古代試婚

5

完

目次

壹之章　久別重逢賽新婚

林蘭心情極好，掰著手指數日子，算起來，跟李明允分別都快一年了。

這日，莫子遊上門來，說他和二師兄這幾個月太閒了，渾身不得勁，問什麼時候回春堂可以重新開張，一雙眼卻是偷偷直往銀柳身上瞄。銀柳拿眼瞪他，他臉一紅，忙別開眼，過一會兒又忍不住去看。

兩人的目光交戰，林蘭只作不見，心裡暗笑，什麼太閒了，分明是幾個月見不到伊人，得相思病了。

「回春堂先不忙著開張，文山已經來過信了，東阿那邊的阿膠製作坊已經弄得差不多了，你和二師兄若是實在閒著無事，便去東阿那邊轉轉，順便把方子帶過去，製一批成品回來瞧瞧。」林蘭慢悠悠地說道。

莫子遊張了張嘴，半天才憋出話來：「師妹，我和二師兄若是都走了，萬一妳這回春堂要重新開張，有一大堆事要張羅，到時候沒人手怎麼行？要不，讓二師兄去東阿好了，我留下來幫妳。」

林蘭忍著笑，閒閒道：「這有什麼，我只等你們回來了再重開回春堂就是，反正我現在也不等銀子用。」

莫子遊這下半晌接不上話來，只一張臉憋得通紅，良久，他咬了咬牙，說：「師妹，有件事，我想跟妳商量商量。」

林蘭笑著說：「師兄有話只管說。」

莫子遊窘迫地看看銀柳，支吾道：「這事，我只能跟妳一人說。」

看師兄急成那樣，林蘭溫言道：「銀柳，妳先去忙。」

銀柳甩了莫子遊一記白眼，福了福身，退了下去。

「說吧，什麼事？」林蘭悠悠問道。

莫子遊訕訕道：「師妹，那個……妳瞧，二師兄年紀也不小了，至今還是獨自一人，他臉皮子薄，不好意思張嘴，咱們做師兄妹的也該替他想著些不是？師妹，妳認識的人多，幫二師兄參詳參詳，給他物色個人。有了家室，安穩了，別說去東阿，就算再遠些也不打緊……」

林蘭心笑，五師兄想娶銀柳，偏拿二師兄說事。

林蘭微微頷首，「是這麼個理，其實我一直留意著呢，就是沒看上合適的人，要不，過幾日我託媒婆給二師兄物色物色。」

莫子遊嘿嘿道：「師妹有這份心就好，其實二師兄這人很好商量，只要對方人品好，相貌過得去，家世什麼的都無所謂，咱們也是苦孩子出身，不挑這個。」

林蘭笑笑，就是不挑破他的心思，只順著他的話說：「嗯，人品好，性子好才是最要緊的，不過也不能不講究，成了親就是一輩子的事，馬虎不得。」

莫子遊急得都快出汗了，師妹這是揣著明白裝糊塗，還是真糊塗？他乾咳了兩聲，長長嘆道：「妳說我和師兄其實差不了幾個月，就因為他比我早入門，他就是二師兄了……」

林蘭挑眉道：「你不說我還真忘了，五師兄好像只比二師兄小兩個月。」

莫子遊忙道：「可不是。」

林蘭斜睨著他，「這麼說起來，五師兄的年紀也不小了，也該成親了。」

莫子遊嘿嘿笑了起來，難得一見的靦腆。

「那這樣吧，回頭叫媒婆給你也物色一個。」

「啊？」莫子遊睜大了眼，「那個……我……我還是比較喜歡認識的，相熟的，彼此知情知性，知根知底的，處起來也不累，師妹，妳說對吧？」

林蘭故意皺了眉頭，「這可不太好辦。」

「這有什麼不好辦的，我又不挑什麼，其實……其實……」莫子遊眼神閃爍，吞吞吐吐的。

林蘭笑著追問：「其實什麼？」

莫子遊老臉紅起來，「其實我覺得銀柳就挺好。」

林蘭不以為然，「銀柳有什麼好的？別看她在我面前老老實實，其實性子糙得很，有時候還挺迷糊的。」

莫子遊道：「哪有？我覺得她挺好的，真的。若能娶了她，我這輩子就算安穩了，再沒什麼不足的了。」

林蘭忍著笑意，一本正經地問他：「真覺得她好？」

莫子遊直起身子，認真點頭，「真的好。」

林蘭蹙著眉頭想了想，道：「不行，這事不行。」

莫子遊緊張道：「怎麼不行？」

林蘭慢悠悠地說：「你想啊，你是我的五師兄，銀柳若是嫁給你，豈不成了我的師嫂？我這不是虧大了？」

莫子遊急切道：「那咱們換換，我叫妳師姊也成！」

林蘭瞅著他，「當真？」

莫子遊無所謂地攤手，「這有什麼，不過是個稱呼罷了，妳在乎，我可不在乎，以後妳就是我師姊了。」

林蘭撫掌，乾脆道：「好，那我便替你去問問。我可把醜話說前頭，這事得銀柳自己點頭，她若不答應，我是不會勉強她的。」

莫子遊嘿嘿地笑，「那還請師姊幫我多美言幾句，若是成了，師姊可就是我的大恩人了。」

林蘭忍俊不禁，噗哧笑出聲來，「你這師姊倒是叫得順溜！」送走了莫子遊，林蘭關起門來跟銀柳說話。

「妳知道我五師兄今兒個來所為何事？」

銀柳低著頭絞著帕子，低聲道：「誰知道他來做什麼。」

林蘭笑道：「他的心思，妳不知道？」

銀柳面上飛起一抹紅霞，頭垂得更低了，「奴婢該知道什麼？」

林蘭笑著拉過銀柳的手慢慢說道：「銀柳，妳和玉容是最早跟我的，也是我最信得過的人，如今玉容都做娘了，跟福安日子過得和和美美的，我這心裡也是安慰。妳的年紀也不小了，明年就十八了，按著規矩也該放出去，這事，我已經為難好了些日子。妳在醫術上有些天分，也跟著我學了些本領，我是指望妳將來能成為我的左膀右臂，所以，捨不得把妳配給那些小廝，嫁得遠了，更捨不得。其實我早看出來五師兄對妳有那份心思，五師兄這人，雖然有時候油嘴滑舌，但心眼卻是極好的，又有一身的醫術，是個可以實實在在過日子的人，妳若嫁給他，我是放心的，現在就看妳願不願意。妳若願意，等二少爺回來，我回了他，就幫你們把事辦了，妳若不願意，我也不會勉強妳，五師兄那邊我去說，他也不會為難妳。這是大事，不急，妳好好想想，想好了再給我個信。」

銀柳猶豫著，其實她不是傻子，莫子遊的心思她知道，就她的身分，能配個小管事就不錯了，就算二少奶奶隨便給她配個人，她也沒得挑，也得應從不是？她不是不願意，只是……捨不得二少奶奶。玉容走了，她再離開，二少奶奶身邊能用的人就少了，周嬤嬤年歲大了，錦繡又是個毛躁的，雲英還小，真正能派上用場的就只有如意了，府裡再進新人又得費一番時間調教，她哪能離得開呢？

「二少奶奶，這事……還是以後再說吧！」銀柳低低道。

「妳不願意？」林蘭問。

銀柳忙搖頭。

「那是為何？」

銀柳猶豫道：「二少奶奶，奴婢走了，誰來伺候您呀？」

林蘭笑道：「原來妳在擔心這個，這有什麼好擔心的，府裡再進幾個丫頭就是，再說，妳嫁出去，又不是不能幫我了，我還說以後回春堂就交給你們去打理了呢，交給別人我也不放心不是？」

銀柳眼睛一亮，羞澀道：「奴婢的事，全憑二少奶奶做主。」

這事說開了，林蘭又了卻心頭一件大事，這晚睡得安寧。天還未亮，林蘭迷迷糊糊感覺有人在親她，那氣息，魂牽夢縈的，真是日有所思夜有所夢，林蘭迷糊地想，這夢就跟真的似的，她能感覺到他的唇的溫熱，輕輕點點的。

哎，如果這不是夢該多好！

林蘭實在不想醒來，懶懶地睜開眼，卻對上一雙彎彎的笑眼，眼底滿滿的寵溺。

林蘭眨了眨眼，有些茫然地囈語：「你……回來了？」

他笑著，撫摸她的臉頰，「對不起，沒忍住，把妳吵醒了。」

林蘭捉過他的手，狠狠咬了一口。

李明允哎喲叫起來：「幹麼咬人？」

林蘭睜著大眼睛，一瞬也不瞬地看著他，「我不是在做夢？」

李明允吃痛，既好氣又好笑，「小蘭子，妳想驗證自己是不是在做夢，也不該咬我啊！」

「你……你什麼時候回來的？靖伯侯說你們還得有十幾天才能回京……」林蘭還是不敢相信。

李明允索性上床，鑽進被窩，摟著她，柔聲道：「我和寧興先回了，林將軍的隊伍在後頭，寅時到家的，看妳好睡，沒敢吵醒妳，就在一旁看著妳。」

林蘭這才醒過神來，撐起身子，看著他，有些語無倫次地說：「你回來怎不叫醒我呢？你連夜趕路的？肚子餓不餓？累不累？哎呀，你該早點叫醒我，我好讓桂嫂給你做些吃的，叫銀柳給你備好熱水洗個澡解解乏，我……我這就去安排……」

李明允一把將她扯進懷裡，緊緊擁著她，聲音甚是溫柔：「妳別著急，我吃過了，也浴過了，大家沒敢驚動妳。蘭兒，我好想妳，想得不行，恨不得插雙翅膀飛回來，現在好了，終於可以這麼抱著妳，讓我好好抱抱妳……」

林蘭靜靜地伏在他懷裡，鼻子酸酸的想哭。盼了這麼久，終於把他給盼回來了。

「明允，祖母她老人家……」良久，林蘭低聲說。

「我知道，我什麼都知道……」他疼惜地吻著她的額頭，「妳辛苦了，以後，什麼事都交給我，妳好好歇歇……」

這個小傻瓜，什麼事都自己扛著，從來都是報喜不報憂。他什麼都知道，苦於鞭長莫及，只能心疼著。

「這次的事情結束後，我向皇上討個差事，到外地去待個幾年……」李明允說著，緊了緊手臂，低頭看懷裡的人，笑了笑，「最好是去南邊。」

林蘭眼睛亮了起來，昂著頭看他，「真的？那是再好不過了，不過，皇上會答應嗎？」

李明允輕笑著，「事在人為，我也不討別的賞，只求這一件，皇上總不好意思駁了我，再說，到時候靖伯侯爺會幫襯著說話的。好了，我得先去給祖母上炷香，隨後就進宮去，今天還有大事要辦，妳再睡會兒。」說著，他低下頭在她唇上印下一吻，流連片刻，才萬分不捨地離開。

銀柳、如意進來伺候他換了朝服，林蘭躺在床上，聽著外頭窸窸窣窣的穿衣聲，只覺心裡頭無比踏實，就好比分成了兩半的心，終於合到了一處，完完整整的。有他在，心就安穩了。

「好好伺候二少奶奶，別吵了她。」李明允穿戴好了，朝裡間望了望，輕聲吩咐道。

銀柳和如意笑著應聲。

李明允一走，林蘭就起來了，使人去葉家報個信，又帶著銀柳等人把屋子重新歸置一番，什麼床單被褥帳子全換了新的，書房也按著李明允在家時的模樣整理好，又讓桂嫂趕緊去買些李明允喜歡吃的菜回來。

她一直以為李明允還要過些日子才能回來，所以都沒準備，誰知道他會提前回來，弄得她措手不及。

大家忙碌著，可心裡都歡快著，自打老太太離世，這府裡的氣氛一直沉鬱得很，如今可好了，二少爺回來了，二少奶奶臉上也有了笑容，這個家又有了生氣，大家幹起活來都勁頭十足。

李明允一直到申末才回來，連日的奔波，一路上又要防著秦家的殺手，今日又在宮裡忙了一整日，光是回稟邊關的情形便足足說了一個多時辰。他說得口乾舌燥，皇上卻端著一杯茶，聽得津津有味，直到說到秦承望的事，皇上才皺著眉頭嘆了幾聲，也沒說任何發落，只讓他先回家，替老太太守幾日孝，等林將軍到京再議。

李明允洗漱好，換了身素衣出來，林蘭遞上一杯熱茶，「快坐下歇歇，喝杯茶暖暖身子。」

李明允看著煥然一新的屋子，苦笑了下，拉過她的手，「又忙了一日？累不累？」

銀柳等人識趣地悄聲退下。

「我有什麼累的，不過是動幾下嘴皮子而已。」林蘭笑道，細細打量李明允，晨間光線不明，都沒看仔細，這麼久不見，他好像黑了、廋了，不過經歷了大漠的風沙，眉宇間倒是多了幾分英氣。

「動嘴皮子也是要花心思的，妳看看妳，瘦得下巴都變尖了，妳離開那會兒，臉還是圓的。」

李明允拉著她坐在腿上，又摸摸她的腰身，憐惜道：「真是廋了，也輕了，這得多久才能養回來？」

林蘭忍俊道：「你當是養豬呢！」

「嗯，以後我就把妳當小豬養，一定把妳養得白白胖胖。」李明允戲謔道。

「你才豬呢！」林蘭橫了他一眼，問：「今兒個見了皇上，一切可還順利？」

李明允吐了口氣，「還好，皇上放我幾天假，讓我在家守幾日孝，等林將軍回京再行封賞。」

「那感情好，辦了趟苦差事，是該好好歇歇了。大舅父讓人捎了話來，說你尚在孝中，也不便出門，他哪天得了空過來看咱們。」

李明允點點頭，「大舅父最會體恤人了，對了，大舅父家可還安好？」

「還行，收到你那封信，我就給大舅父遞了個信，讓葉家也小心著點，大家都謹慎著呢！不過我聽周嬤嬤說，大舅母的身體似乎不太好，多半是因表妹的事鬧心鬧的。」林蘭道。

李明允眉梢挑了挑，「表妹怎麼了？」

林蘭微哂，「我沒問，她的事我也不想知道。」

李明允略微尋思，認同地說：「福氣是自己修的，她自己不惜福，誰也管不了，隨她去，只是可憐了一片父母心。」

「不說了，桂嫂已經備好了菜，可惜現在還在孝中，不能沾葷腥，只能做些素菜，不過也都是你平日裡愛吃的。」林蘭起身，拉他起來。

李明允順勢攬著她的腰身，埋頭在她頸窩裡蹭了蹭，幽怨地說：「我這會兒只想吃妳。」

林蘭臉上刷的燒起來，一直熱到耳朵，推著他，羞赧道：「皇上讓你在家守孝呢，你就老實點吧，我讓銀柳在書房給你鋪了床。」

李明允身子一僵，抬起頭苦著臉道：「不用這樣吧？我好不容易才回來，妳讓我睡書房？這也太殘忍了，那個……分床就免了吧！大不了我忍忍，反正這麼久都忍下來了，不差這幾日。」

林蘭腹誹：你能忍得住？你當自己是柳下惠呢！

兩人吃過晚飯，李明允和趙卓義到外書房去談事情，林蘭去了趟微雨閣。

丁若妍的肚子已經很大了，再有一個多月就該生了，因著李明則還沒回來，丁若妍心思不免重了些，患上了輕度產前憂鬱症，就怕李明則不能及時趕回來，怕自己過不了這道鬼門關，林蘭少不得每日過去安慰她一番。

「大嫂，脈象平穩著呢，孩子很好，妳就放寬心，把自己的身體調養好了，到時候才有力氣生孩子。大哥他肯定能趕回來的，三叔父臨走時都說了，那邊的事情安排妥了就讓大哥回來。」林蘭替丁若妍診了脈，就坐在床前的梅花凳上陪她說話。

「弟妹，這些我都知道，可就是管不住自己不胡思亂想。」丁若妍愁苦著，一想到分娩就緊張得不行。

林蘭薄嗔道：「大嫂，真不知該怎麼說妳，有我在，妳有什麼好擔心的？難道還信不過我的醫術？妳只管放寬心，我跟妳打包票，保證這孩子順順利利地生下來，不過，妳若再這樣整日胡思亂想，吃不好好吃，睡不好好睡，到時候，就算我再有能耐，妳自個兒沒了力氣，我可幫不上忙。」

丁若妍羞愧地垂著眼，「我聽妳的便是。」

林蘭這才笑了，示意紅裳把羊湯端上來，「孕婦多喝羊湯是最好不過了，暖中補虛，補中益氣，到時候生下來的孩子皮膚白皙柔嫩。快趁熱喝了，這廚子做得用心，竟是一點羊膻味都沒有。」

丁若妍被林蘭盯著勉強吃了半碗下去，實在吃不下了，推開了碗。

「剩下的晚些再吃，弟妹妳也快回去吧，不用在這裡陪著我了，不然，二弟該不樂意了。」

林蘭嗔笑道：「他才不會呢，他這會兒跟趙大哥談事情，估計還沒完。」

丁若妍笑道：「他不說，我還能不識趣？快走吧，我也該起來走動走動了。」

林蘭只好起身告辭，剛下樓，碰見李明珠，李明珠很少在這個時候來，大多是趁她不在的時候過來的。

「二嫂。」李明珠遲疑了片刻，微微屈膝喚了一聲。

呃？林蘭微一怔，這還是李明珠回府後第一次這麼叫她，再看李明珠那略帶了些愧疚與害怕的眼神，林蘭笑了笑，「妳來啦，快上去吧，大嫂正說要走動走動，妳陪陪她。」

李明珠點點頭，「二嫂慢走！」

李明珠一直看著二嫂出了門，又在樓下站了一會兒，才慢吞吞地上樓。這陣子大嫂跟她說了很多，她自己也不斷反省過去，越想越覺得自己是錯得離譜。她一直看不起這個二嫂，覺得二嫂不過是個鄉下女人，又因著母親的緣故，對二哥一直心存敵意，所以，總跟二嫂對著幹，如今才算看明白，不論智謀、做人，她都差了二嫂幾條街去，不服都不行。雖然她的身分已經揭穿了，算是李家堂堂正正的三小姐了，可這又如何？說白了，一個不能生育的女人，還算是個女人嗎？她已經沒有什麼可驕傲的，已經沒指望了，她只求能在這個家裡平平淡淡地過完下半輩子。

林蘭回到落霞齋，李明允果然還沒回來，林蘭沐浴過後，拿了本書坐在炕邊看書邊等他，才翻了幾頁，聽見如意道：「二少爺回來了。」

林蘭忙放下書，起身迎了出去，見李明允臉色陰沉，緊抿著嘴唇走了進來。不用想也知道，定是趙卓義跟他說了山兒被擄的事。

「我先去洗個澡。」李明允低聲說了一句，徑直進了淨房。

林蘭給銀柳和如意遞了個眼色，兩人忙跟進去伺候。林蘭坐回到炕上，重新翻開書，卻是一個字也看不進，李明允怕是氣壞了，不過這事也瞞不住，他遲早會知道的。

過了好久，李明允才出來，換了身舒適的白色棉袍，頭髮散著，還是濕的，陰冷著臉，一言不發坐在了炕的另一邊。

如意和銀柳拿著乾淨的帕子追出來，為難地看看二少奶奶。

林蘭下炕，接過銀柳手中的帕子，朝她倆努努嘴，兩人忙退了下去。

「怎麼頭髮沒抹乾就出來了，這樣容易受涼的。」林蘭薄嗔著，走過去幫他抹頭髮。

李明允直直地坐著，任由林蘭抹頭髮，一雙拳頭握得緊緊的，手背上的青筋都爆出來了。

林蘭暗嘆，溫言道：「事情都過去了，好在有驚無險，這筆帳記著就是了，以後一併算，沒得氣壞了自己的身子。」

李明允一拳砸在炕几上，恨恨地道：「他們想置我於死地便罷了，居然還敢對妳動手！秦家，不扳倒秦家，我李明允誓不為人！」

林蘭聽到那句「想置我於死地」，心裡陡然一緊，緊張道：「秦家對你做了什麼？」

李明允目光陰鬱，望著案几上跳動的燭火，沉沉道：「沒什麼，幾個毛賊而已，被寧興收拾了。」他沒敢告訴林蘭北山道上那驚險的一幕。

他說得輕巧，林蘭就沒有追問，不用問也知道他這趟回來多不容易，心裡默默嘆了口氣，撫了撫他的肩膀，柔聲道：「秦家要倒是遲早的事，多少人想要秦家倒臺，皇上就是頭一個，外戚太強，自古天家大忌，哎，太子還道有秦家在背後撐腰，他的地位就能穩固如山，卻不知他敗便敗在秦家手裡。若沒有秦家，皇上或許也不會生出那種心思，你已經做了你該做的事，剩下的就讓別人去做吧，咱們就安安生生過咱們的日子……」頓了頓，林蘭低聲道：「鋒芒太露總不是什麼好事。」

李明允的拳頭慢慢鬆開來，悶悶地哼了一聲，「秦家不倒，咱們別想有安生日子，這件事，我心裡有數，會斟酌著辦的。」

林蘭收了棉布，又道：「時辰不早了，你也早點安歇吧！」

等林蘭掛了棉布回來，李明允已經上床，靠在軟枕上，兩手枕在腦後，眸光沉沉的不知在想什麼。林蘭猶豫了下，熄了燈，慢吞吞摸上了床，剛要躺下，李明允一隻手臂伸過來，將她撈在懷裡。

林蘭挪了挪身子，找了個舒適的位置，就這麼依偎著他，低聲勸道：「別想了，睡吧！」

李明允拿掉身後的軟靠，也躺了下來，就這樣靜靜地躺著。林蘭聞著他身上浴過後皂角的清香，感受著他胸膛的溫熱，心裡不禁浮起些許躁動，都說小別勝新婚，可偏巧還在老太太的孝中，哎……林蘭閉上眼，調勻呼吸，努力摒除一切雜念。

就在林蘭快要迷糊了，他卻轉過身將她擁了個滿懷，她長長的睫毛微微顫動，像兩把刷子，將他的慾望輕易地撩撥起來。他低下頭輕輕吻著她的臉頰，語聲低柔地問：「蘭兒，睡了嗎？」

林蘭迷迷糊糊應著：「睡了……」

黑暗中，李明允無聲一笑，睡了還能答話？嘴唇灼熱著，從她的臉上移開，含住她柔軟的耳垂，輕輕咬著。一隻手探進了她的衣服裡，沿著她的腰線一路向上探去，覆在了胸前那處豐盈柔軟，慢慢揉捏著，不時用指腹摩挲頂端的敏感。

林蘭頓時睡意全消，好不容易壓下去的火，瞬間被他點燃，她有些渴望又有些不安地掙了掙，「這……這樣不好……」

「蘭兒，妳這裡大了好多。」他的呼吸逐漸粗重起來，手指靈活地解開了她的衣帶，半褪了她的衣裳，托住一方豐盈，低頭就吻了上去。

「你說你能忍的……」林蘭無力地推著他。

他舔弄著那顆小小的凸起，含糊道：「我若能忍，我就不是男人……」這個時候他只想要她，以解相思之苦。他捉住她的手按在他身下的硬挺上，讓她了解他有多渴望。

林蘭被他的身上的滾燙沾染著，氣息也漸漸凌亂，微微喘息著，「這樣真的不好……」

他飛快褪下兩人的衣裳，手沿著她的小腹往下探去，分開她的腿，觸手一片濕潤，心中歡喜，一邊吻著她，一邊柔聲安慰：「別怕，凡事有我呢！再說這院子裡都是信得過的，沒人會嚼舌根……」

「可是……可是……」

他索性堵住她的嘴，把她的不安吞進肚子裡，纏綿地吻著，舌尖撬開她的唇，與她的丁香小舌糾纏著，底下的手指也溫柔地探進那處濕潤，一直探到最深處。

「蘭兒，可把我想壞了，妳想不想我……」

林蘭被他撩撥得意亂情迷，渾身發燙，如同點了火一般，哪裡還說得出話來，只能無助地喚著他的名字：「明允，明允……」

李明允再也克制不住，伏到她身上，緩緩地把自己的灼熱埋進她的身體裡。感受到她的緊致和顫慄，他不安地問：「痛不痛？」

林蘭微蹙著眉，搖了搖頭。

李明允大喜，慢慢地滑動起來。初時淺淺探進，慢慢退出，這麼久沒有在一起，她需要適應的過程，他不能操之過急。待到她的嬌吟聲聲溢出，李明允再沒了顧慮，放肆地動作起來，直想往裡再往裡，頂到她的心、她的魂，就這樣糾纏著，無休無止……

也不知過了多久，林蘭已經渾身酸軟，連求饒的話都說不出了，他才發作了出來，兩人皆是一身汗。

「蘭兒，剛才有沒有弄傷妳？」李明允緩過勁來，想到適才的孟浪，心裡不安。

林蘭推著他，「你壓得我喘不過氣來了。」

李明允輕輕笑著，抱著她翻了個身，「那讓妳壓著我。」

林蘭捶了他兩下，嗔道：「才不要，我得去沐浴，一身的汗，難受死了！」

他眼底閃過一絲狡黠，「待會兒再去。」

林蘭感覺到還在她身體裡的那個東西竟有復甦的跡象，很不老實地動了動，當即撐著他的胸膛，直起身子，就要下來，「不行，我吃不消了。」

他笑著，緊緊扣住她，腰往上一頂，「它捨不得出來，蘭兒，妳這裡真好……」

兩人折騰到大半夜，林蘭已經累得連手指也不想動了。李明允起身去端來熱水，幫她擦乾身子，這才饜足地抱著她睡下。

這一覺睡得無比香甜，一夜無夢。第二天一早，李明允睜開眼，看著懷裡的人，滿足地嘆息著，癡癡看了好一會兒，才輕手輕腳地起身。

李明允洗漱過後，換了身素袍，吩咐銀柳等人不要吵醒二少奶奶，自行去了祠堂，給老太太上香，然後又到各處逛了一圈，查看府裡的守衛情況。雖然秦家現在自顧不暇，但也不能放鬆戒備。

林蘭睜開眼睛時，已是日上三竿。看著透窗而出的陽光，林蘭驚得連忙坐了起來，身上卻是一陣酸痛，好似被人暴揍了一頓。

「醒來了？睡得可好？」帳外，李明允溫柔的聲音響起。

林蘭掀開帳子，見李明允衣著整齊，一副神清氣爽的模樣，倚在對面的羅漢榻上看書。

「你幹麼不叫醒我？」林蘭氣悶道。她可從來沒睡這麼晚過，這下，下人們肯定知道昨晚發生什麼事了，想想都丟臉。

李明允輕輕笑著，放下書，下了榻走過來，用一旁的雙魚銀鉤攏了帳子，笑道：「看妳這麼好睡，我怎麼忍心叫醒妳？」

林蘭白了他一眼，沒好氣道：「都是你，我沒臉出去了。」

李明允好脾氣地討好道：「好好，都是我的不是！這也沒什麼不好意思的，大家都了解的，人之常情嘛！」

林蘭抄起一個枕頭砸過去，還了解，了解你個頭啊，她的臉皮可沒他這麼厚！

李明允接過枕頭，笑呵呵地又遞了回去，「解氣沒？沒解氣再砸一下。」

林蘭毫不客氣地拿過來又狠狠地砸他，「今晚你自己睡書房！」

「除非妳一起過去。」李明允笑道。

林蘭懶得理他，下床穿了鞋子，忍著酸痛，進了淨房。

李明允笑了笑，出去喚了銀柳進去服侍。沒多久，銀柳低著頭含著笑出來，去後面的藥庫找了幾味藥。

用過午飯，李明允依舊倚在榻上看書，林蘭在外間看周嬤嬤送來的小孩的衣裳。

「這麼小，真可愛……」林蘭愛不釋手地一件件拎起來看，「周嬤嬤，您的手真巧，這針腳細密得都快趕上葉氏繡坊的繡娘了。」

周嬤嬤笑道：「孩子皮膚嫩，料子得選最柔軟的，線頭得藏好了，不然硌到孩子會不舒服。」

「真是講究！」林蘭嘖嘖道。她不會女紅，曾經在李明允的重賞下嘗試過學兩手，可惜實在不是那塊料，只好作罷。

「等二少奶奶有了小少爺，老奴多做幾件，一年四季的老奴全包了。」周嬤嬤笑呵呵地說。

林蘭臉色微紅，羞赧道：「還早呢！」

「也不早了，二少奶奶過了年都十八了，多少女人十五六歲就做娘了。」周嬤嬤笑道。

林蘭心說，那是摧殘，十五六歲，自己的身體都還沒發育好呢！也難怪古代的人壽命不長，都是折騰得太早的緣故。

銀柳端了碗藥進來，「二少奶奶，藥熬好了。」

周嬤嬤關心道：「二少奶奶，您身體不舒服？」

周嬤嬤話還沒說完，裡面的李明允三兩步衝了出來，緊張道：「蘭兒，妳生病了？」

林蘭面上窘迫之色更甚，揮揮手對銀柳和周嬤嬤說：「妳們先出去。」

周嬤嬤莫名其妙的，銀柳忙拉她退了下去。

李明允內疚道：「是不是昨晚弄傷妳了？」

林蘭瞪了他一眼，端了藥走到炕頭坐下，慢悠悠吹了吹湯藥，皺著眉頭一口喝下。

李明允一旁看得乾著急，「蘭兒，妳要不要緊？是不是請個大夫來看看？」

林蘭放下藥碗，「苦死了，快拿顆梅子來！」

李明允忙不迭去拿了梅子來，林蘭含著梅子，等這股苦味過了才道：「你現在知道著急了，昨晚怎不悠著點？」

李明允一臉愧色。

林蘭看他那模樣，又氣不起來，其實昨晚她自己也動情了，沒能克制住。

林蘭緩和了語氣，幽幽道：「咱們現在還在孝中，不能有孩子的。」

李明允怔了半晌，慢慢走了過去，撫著她微蹙的雙眉，輕柔地說：「對不起，是我疏忽了，以後我會注意，不會再讓妳喝這麼苦的藥。」

林蘭拉下他的手，額頭抵在他胸前，半是羞澀地囁嚅：「等出了孝，我想……我就可以有孩子了。」

李明允眼中露出一抹喜色，溫柔地擁著她，嘴角含笑，「嗯……到時候，我會努力的。」

林蘭羞惱地捶了他一下，嗔道：「努力什麼啊！」

李明允附在她耳邊，笑意越發濃厚，低聲說：「到時候妳就知道了……」

林蘭被他羞得滿面通紅，推了他一把，「不理你了，我去看大嫂！」

李明允看她羞怒的模樣，不禁哈哈大笑。

林蘭回頭瞪他，「你小聲點，讓人聽見了多不好，還以為你不孝呢！」

李明允連忙收聲，輕笑著，目送她出門。

沒多久，寧興和林風來府上，兩人先去給老太太上了香，以示哀悼。李明允讓冬子去微雨閣告訴二少奶奶一聲，然後三人去了外書房說話。

「大哥，要不要我再派幾個人手過來護衛李府的安全？」寧興道。

李明允搖搖頭，「不必了，有趙卓義在應該沒問題。」

寧興挑眉道：「這小子我信不過，這麼要緊的差事交給他，他居然還出了紕漏，回頭看我怎麼收拾他！」

李明允笑道：「這也不能都怪他，他手上統共就那麼七八個人，哪能照顧得面面俱到？他已經不容易了，你就別太苛刻了，況且現在秦家也不敢輕舉妄動，但凡李府出點什麼意外，第一個受質疑的就是他們秦家。」

「話是這麼說，誰知道他會不會狗急跳牆，來個魚死網破？」寧興還是不放心。

「是啊，還是謹慎些的好。」林風附和。

李明允自嘲地笑了笑，「那秦家也太看得起我了，我不過一個區區五品特使，他秦家百年望族，公侯之家，犯得著跟我急？人證既然已經安全押抵京城，他們再在我身上做文章，也沒什麼意義了，如今，他們要緊張的是皇上和四皇子，緊張著怎麼收拾這個爛攤子。」

既然大哥這麼堅持，寧興暗暗打定主意，回去就派幾個人來暗中保護大哥大嫂。

「對了，今早上我家老太爺給我透了個信，說皇上可能會讓我接管北山大營，大哥，這事你怎麼看？」這才是寧興過來的主要目的。

李明允略微沉吟，道：「北山大營是京畿要地，皇上派你去，一是信得過你，想栽培你，二來，也許皇上很快就要行動了，只是……這些年，秦家在北山大營花了不少精力，培植了不少親信，除了一個馬友良，還不知有多少秦家的人潛伏其中，你突然就這麼過去，很難真正掌握大權，我看，這事你跟你家老太爺提個醒，讓皇上先別急著任命，讓兵部推舉合適的人選。」

寧興張大眼睛，不解道：「大哥，你的意思是……我就不去了？」

李明允瞪他，「你這個腦子就打仗的時候靈光！你想想，皇上讓兵部推舉合適人選，秦家會放過這個機會嗎？秦家甘心放棄北山大營的勢力？」

林風先領悟過來：「哦……這是趁機揪出秦家的暗勢力。」

寧興一拍自己的腦門，恍然道：「對啊，這招妙，我今兒個就回去跟老太爺說！」

李明允又橫了他一眼，「且看皇上的意思，他若是想直接讓你過去，再讓老太爺進言，若是皇上自己就有這打算……那就別提了。」

寧興笑呵呵地說：「是是，那是皇上英明！」

說話間，冬子來報，說二少奶奶在前廳等兄長。

李明允笑著對林風說：「大哥趕緊過去吧，蘭兒等著呢！」

林風拱手告辭，跟冬子一道去了前廳。

兄妹倆許久不見，自是少不了一番感慨唏噓。

「大哥現在越來越有將軍的氣度了呢！」林蘭見林風經過軍中的歷練，原本就英俊的樣貌，更多了份沉穩與幹練，稱得上器宇軒昂了，再想想那個相貌普通又沒修養的姚金花，不禁心中感慨，娘若是知道大哥有今日的出息，還會讓姚金花那樣的潑婦進門嗎？

林風在妹妹面前才展現他憨厚溫和的一面，嘿嘿笑道：「妹妹就別取笑哥哥了，我是啥樣妹妹最清楚不過，要不是妹夫和寧將軍提攜，我哪有今日？」

林蘭笑道：「那也得大哥自己爭氣不是？我聽趙大哥說，如今大哥在軍中頗有威望，軍中從來就是靠實力說話的地方，你有能耐人家就信你服你，所以，大哥無須妄自菲薄。」

林風不好意思地摸摸腦袋，憨憨地笑著。

「對了，六月裡收到葉家老太太的來信，提到大嫂和大侄子了，說大侄子長得可壯實了，機靈得很，不過現在還沒起名字呢，就取了個乳名，叫憨兒。大哥，如今你也出息了，安定了，是不是該把大嫂和大侄子接過來？」林蘭提議道，雖然她不喜歡姚金花，但是憨兒是大哥的長子，也是老林家的長孫，小孩子這個年紀是最容易教的，憨兒一直跟著姚金花，若是學了姚金花那種張揚跋扈、尖酸刻薄的性子，那可就毀了。

林風嘆了一口氣，道：「我也正琢磨這事，說起來離家也快兩年了，怪想他們娘倆的。」

「那就接他們來唄！這陣子我幫你看看哪有合適的宅院，先買下來，大哥也好有個安身落戶的地方，等將來大哥功成名就再換府邸便是。」林蘭莞爾道。

林風為難起來，「可……我手頭上沒那麼多銀子，買宅子的事還是再說吧！」
林蘭笑道：「我是說我買。」
林風更加不好意思，「那怎麼行？這可得花不少銀子的，不行，不行。」
林蘭不悅地抬了抬眉梢，「大哥說什麼呢？我就你這麼一個大哥，送間宅子怎麼了？再說我又不是沒銀子。」看大哥又要張口，林蘭忙瞪眼，「不許拒絕，拒絕就是跟我生分，你就當是我送給小侄子的禮物，總不能讓他們娘倆來了，還去租房子住吧？那我成什麼人了？這事就這麼說定了，回頭你就給大嫂去封信，正好葉家大表哥要回豐安，讓他回來的時候把人一起帶過來。」
林風笑呵呵地道：「那就麻煩妹子了。」
林蘭猶豫了下，問道：「我走後，那個老東西有沒有去煩擾你？」
林風茫然地張了張嘴，「哪個老東西？」
林蘭睜大了眼，「你說還有哪個老東西？」
「妳說的是咱爹？」林風遲鈍道。
「呸呸，誰是咱爹？咱爹早死了，咱沒爹！」林蘭氣鼓鼓地說。
林風這才反應過來，忙不迭更正：「是是，咱爹早就死了，咱沒爹，那個老……老東西是來煩擾過我幾次，不過都被我冷臉給甩回去了！妹子，妳放心，這事，哥跟妳是同心的，妹子說不認，咱就不認！」
林蘭面色黯然，嘆息道：「大哥，不是我狠心，我只要一想到多少個夜裡，娘坐在燈下縫衣裳，縫著縫著就落淚，一想到娘臨死都還惦記著那個人，一想到娘孤零零的一個人躺在地下，我這心裡就……就痛。我實在無法原諒他，不管大姑跟他說了什麼，造成了今日的局面，我就是恨他，為娘不值，為娘心痛。」林蘭說著，心酸鼻酸，眼淚便忍不住湧了上來。

林風聽了也是酸楚難當，安慰道：「妹子別難過了，咱們就當這個爹早沒了。」

李明允和寧興說完話也來到前廳，聽見兄妹倆在說林將軍，兩人皆是相視苦笑，林將軍啊林將軍，看來你想認兒認女，不容易啊！

晚上，李明允沐浴過後，倚在羅漢榻上看書，邊感慨著：「還是家裡最舒服，多少日子沒這般舒適過了。」

林蘭從銀柳手中接過梳子，低聲吩咐：「妳下去吧，不用伺候了。」

銀柳笑嘻嘻地把首飾都歸置到妝奩裡，這才福身告退。

林蘭有一下沒一下梳著頭髮，看著鏡中的他閒適慵懶地倚在大引枕上，眉目柔和，嘴角含笑，一副愜意的表情，心裡也是莫名歡喜，有他在，這家才像個家呢！

「今兒個我跟大哥說了，在京城給他置辦一座宅子，好把大嫂和侄子接過來。」林蘭說道。

李明允目光從書上移開，看著她如瀑的長髮，悠然道：「應該的，回頭我讓人去找找，看哪有合適的宅院，不過，妳那大嫂……」李明允想到姚金花以前的種種行為，不由得輕嗤一聲，「只怕她來了，妳又不得安生了。」

林蘭放下梳子，轉過頭來，「有什麼不安生的？便是以前我也不怵她，現在就更不用說了。她若安安分分跟大哥過日子便罷了，若是還敢惹是生非的，我立刻讓我哥休了她。」

李明允哂笑著，放下書本，走過來，拿起梳子，動作輕柔地幫她梳理長髮，邊道：「那是，誰敢欺負妳啊，那不是自己找死嗎？」

林蘭撇了撇嘴，「你什麼意思？說得好像我有多凶惡似的。」

李明允笑道：「我是說，誰敢欺負妳，我第一個饒不了她。」

林蘭噗哧笑出聲來，嬌嗔地剜了鏡中的人一眼，「這還差不多！」

銀柳在外面回稟：「二少爺，靖伯侯府有人來，說要見您。」
李明允手一頓，這都夜了，靖伯侯派人來找他，莫不是有什麼急事？
林蘭推了他一下，「你快去看看。」
李明允去了沒多久，冬子過來報信，說二少爺出府去了，讓二少奶奶早點安歇，別等他了。
「知道是何事？」林蘭不安地問。
冬子回道：「奴才聽見來人說……什麼人找著了。」
林蘭皺起了眉頭，人找著了，莫不是說那個叫魏子的賊人？
打發了冬子回去，林蘭心神不寧地在屋裡走來走去，銀柳怕她凍著，勸道：「二少奶奶就先安歇吧，看來二少爺一時半會兒的也回不來。」
林蘭擺擺手，「妳先下去吧，我再等會兒。」
「那二少奶奶好歹也披件衣裳。」銀柳去取了件夾棉的褙子來給二少奶奶披上，這才退到外間，坐著等門。
天快亮了，李明允才回來，進門就見銀柳一手托著腮伏在桌上，耷拉著腦袋，已經睡著了。走進裡間一看，林蘭歪在羅漢榻上睡著了，身上蓋的褙子滑落在地。李明允挑了挑眉，心中埋怨，這夜裡寒氣重，就這麼躺著，萬一著涼了如何是好？
林蘭睡得並不踏實，李明允一抱起她，她就醒了過來，迷迷糊糊地問：「你回來了？是不是魏子找著了？」
李明允輕輕地把她放到床上，替她蓋好被子，說：「我先去換身衣裳，回來再說。」
不一會兒，李明允從淨房出來，換了身白色棉袍，上了床，習慣性手臂一伸，林蘭就很有默契地倚進他懷裡，幫他攏了攏被子，好整以暇聽他說。

「是魏子找著了，此人曾在北山大營服過役，三年前不知何故離開了兵營。靖伯侯找到了他在兵營裡一個熟識的老鄉，根據他老鄉說，魏子離開兵營後就不知去向，前不久回來找過他，還帶他去醉紅樓喝過花酒，好像魏子在醉紅樓有個相好的，如此才順藤摸瓜把魏子給揪了出來。原來事發後，因為城門各處查得嚴，又有畫像，他走不了，只好藏在醉紅樓裡。秦家的人也在找他，終究還是被靖伯侯的人快了一步，剛才我和趙卓義連夜去審問了魏子，這小子倒還識相，知道自己躲不過了，一五一十全招了。山兒不是他擄的，是有人讓他看守山兒，那人很神祕，但魏子知道，那人是一個叫青盟的組織裡的人……」李明允緩緩說道。

「青盟？幹什麼的？」林蘭好奇道。

李明允嘴角一扯，露出一絲冷笑，「青盟是秦家養的一幫死士，靖伯侯注意他們不是一兩日了。」李明允也是剛剛才知道，在北山道林子裡截殺他的那些人，其實也是青盟的人。青同秦，這名取得實在沒什麼新意。

「那能證明是秦家做的嗎？」林蘭關心的是這一點，抓幾個小毛賊沒用，關鍵是要拿到幕後黑手的證據。

「人已經抓到了，不愁揪不出秦家，慢慢來吧！等林將軍回來，好戲就要開鑼了！」李明允挑了挑眉梢，低頭看著林蘭，微微一笑，「說完了，睡覺。」

熄了燈，李明允忙活了大半夜，已然疲倦了，沒多久便響起了輕微的鼾聲，林蘭卻是睜著眼睡不著，老東西就要回來了，他會不會來打擾她和大哥的生活？

接下來幾天，李明允除了出去看了兩趟宅子，一直都窩在家裡。期間不斷有人來訪，李明允除了寧興和葉家人，一概以守孝為由，避而不見，日子過得倒是清閒。

也是這幾日，舞陽郡主出嫁了。雖說這婚結得有點倉促，不過辦得卻甚是風光，聽說光儀仗隊就有好幾百人，嫁妝八十抬，隊伍從朱雀大街東頭一直排到西頭。鎮南王府上賓客盈門，宴席擺了百來桌，京城裡有頭有臉的人物都參加了，連皇上也送了豐厚的賀禮，並封舞陽郡主為一等平陽郡主，人人都說，這規格足以媲美公主出嫁。

從這場婚禮看，秦家依舊風光無限，聖寵不衰，表象如何且不管，林蘭只是同情舞陽郡主，又一個性情中的女子失陷在政治婚姻裡。比起舞陽郡主，林蘭覺得自己實在是太幸福了，能嫁給一個自己愛的，又愛自己的人，生活也富足，不用為生計犯愁。雖說初時因著惡婆婆、渣公公大煞風景，但現在問題都解決了，上頭沒人壓著，事事自己說了算，這樣的婚姻堪稱完美，不可多得。

轉眼，十幾天過去了，秦家和鎮南王府盛大的聯姻餘音未了，懷遠將軍林致遠的隊伍抵達京城，一起押送回來的還有秦承望。

李明允又去上朝了，皇上先是對李明允這次出使的成績加以肯定，大加封賞，連升四級，從正五品特使一躍封為正三品左侍郎，大有讓李明允接李敬賢的班的意思。

林致遠常年鎮守邊關，為維護邊關安定立下汗馬功勞，這次也被封為從二品定國將軍。

至於北山大營指揮使，在兵部擬出的五位人選中，皇上最終任命了寧興，而其餘四人也做了安排，或升或調，不是到了四皇子手下，就是在靖伯侯的京衛指揮司處。

賞過之後，皇上卻隻字未提秦承望通敵一事，朝中不少大臣紛紛提出要嚴查嚴懲，都被皇上壓了下來，惹得朝廷上下怨聲載道，對秦家的非議更甚，直把秦忠緊張得如在油鍋裡煎熬，惶惶不可終日。

皇上心裡是怎麼想的，很多人猜不透，但諸如李明允、靖伯厚等人卻是安然，皇上不是不動，一切只等時機罷了。

李明允被委以重任，超出了他的預想，這事皇上之前一點口風都沒露，害得李明允想要離京任職的打算成了泡影。平民百姓家開門七件事，件件都跟銀子掛鉤，更別提戶部掌管著一國的錢糧賦稅。早年李明允就常替李敬賢處理戶部的公務，說起來是得心應手，問題是，公務還好處理，人心卻難揣摩，戶部有不少人都是太子一黨，皇上將李明允安排到戶部，不可不說是用心良苦。

林致遠回家後，便聽了馮氏一肚子牢騷，先是大姑一家子在府裡的所作所為，然後是她把山兒送到林蘭家，本想讓他們姊弟好好相處，感情能更進一步，結果山兒卻在李府被秦家的人給擄了。兩件事聽得林致遠火冒三丈，恨得直咬牙，一腳踹碎了一張紅木椅子，把馮氏嚇得花容失色，山兒也縮在母親懷裡，怯怯地看著這個陌生的爹。

林大芳聽說弟弟回來了，喜出望外，連忙拉了丈夫兒子趕來相見。這陣子他們被馮氏拘著，哪也不能去，什麼事也做不了，更別提撈什麼好處了，只等見過弟弟，好好跟弟弟告一狀。

只是這回林大芳失算了，有人比她先了一步，她興沖沖地趕來，正好碰到林致遠在氣頭上。

「弟弟，你可算回來了，大姊真是想死你了……」林大芳進門前就先醞釀好情緒，一進門便哭號起來，直撲林致遠，想要來個姊弟久別重逢，抱頭痛哭的感人場面。沒想到一腳踩在了被林致遠踹碎的椅子腿上，差點摔一跤。

「這……這是咋回事？弟弟，你這是怎麼了，一回家就這麼大的火氣？」林大芳抬頭見弟弟臉色鐵青，一臉暴怒，不禁愕然。

林致遠正要找大姊算帳，大姊卻自己送上門來。他瞥了眼縮在馮氏懷裡的山兒，略微緩和了神色說道：「末兒，妳先帶少爺下去。」

末兒趕緊牽了小少爺的手離開大廳。山兒一出門便甩開末兒的手，趴在門縫往裡瞧。

末兒小聲道：「少爺，別看了，小心被老爺發現。」

山兒朝她做了個噓聲的手勢，眨巴著大眼睛，笑咪咪地說：「末兒姊姊，難道妳不想看我爹怎麼收拾大姑嗎？」

末兒訕訕，她怎麼不想，大姑奶奶一家實在太不像話了，她早盼著老爺回來好好收拾他們。

「咱們就躲在這裡看，沒事的。」山兒笑容狡黠，他才不會錯過這麼好看的熱鬧。

馮氏給下人們使了個眼色，兩個丫鬟趕緊上來，飛快收拾滿地的碎木頭，又無聲退了下去。

林致遠也不招呼林大芳等人坐下，只沉著面孔，自顧自在上位坐了下來，儀態威嚴。

「大姊，妳來得正好，我有事要問妳。」林致遠冷冷地開口。

林大芳沒來由地心頭一緊，弟弟這神情可不太對勁啊！再看馮氏面無表情站在一旁，林大芳忍不住心裡打鼓，是不是馮氏在弟弟面前說她壞話了？看來這個馮氏也不比以前的沈氏好多少，都是些雞腸小肚的主，林大芳心思一轉，乾笑幾聲，說：「弟弟，你要問啥，只管問。」

林致遠看著大姊這張虛假的笑臉，再想到風兒和蘭兒對他的恨，心裡就跟著了火似的，怒火熊熊。他按捺著幾欲爆發的怒氣，沉聲問道：「大姊，當年妳說沈氏母子三人都死了，說是同村的老孫頭親眼看見的，可是真的？」

林大芳驀然一驚，弟弟好端端的怎麼突然問起這個？她心裡發虛，面上勉強笑道：「是啊，這還能有假？還是老孫頭給她們母子三人收屍的呢！可惜老孫頭自己也忘了把人埋在哪了，逃荒的時候也顧不了那麼多不是？」

馮氏側著臉斜睨著林大芳，「大姑上次跟我說的好像是村裡的老吳收的屍……」

林大芳怔了片刻，笑起來，「我有說是老吳嗎？弟妹，是妳聽錯了吧？我說的是老孫頭，沒錯，是老孫頭，這麼要緊的事，我哪能記錯？」

馮氏早就領教過大姑的厚臉皮，對大姑反咬一口的行為毫不為奇，只不屑地噙了一絲冷笑在唇邊，是非曲直，老爺自己應該能夠判斷。

林致遠臉色越發陰沉，「是嗎？大姊確定沒有記錯？」

林大芳誇張道：「這麼大的事，我能記錯嗎？老孫頭說得真真切切的，我還哭了好些日子！這麼些年來，我是一想起我那苦命的弟妹，還有我那苦命的侄子侄女就難過得不行……」林大芳說著用袖口擦了擦眼角並不存在的眼淚，做悲戚狀。

林致遠翻湧的怒火再也無法抑制，如火山爆發，他砰的一拍茶几，霍然起身，茶几上的茶盞生生碎裂。

「林大芳！」林致遠一聲爆喝，嚇得林大芳差點腿軟了去，她驚悚地看著暴怒的弟弟，不明白弟弟為什麼會發這麼大的火。

「好你個林大芳，我們老林家怎麼就出了妳這麼個心腸歹毒的女人？辛巳年三月間，風兒明明回鄉找過妳，打聽我的消息，妳騙他說我死了，我四月裡回鄉，妳又來誆騙於我，說沈氏母子三人三年前就死於饑荒，妳……都是妳，害得我們夫妻陰陽相隔，害得風兒和蘭兒受盡艱辛，害得我們父子到如今不能相認，妳……妳還敢在這裡信口雌黃，滿口謊言？妳以為妳是我姊，我就不敢對妳怎麼樣是嗎？林大芳，我告訴妳，從今兒個起，我沒妳這個大姊，你他媽的立即給我滾！」林致遠怒不可遏。

林大芳徹底傻眼，這怎麼可能？弟弟不是一直在邊關嗎？他怎麼可能跟風兒見面了？

趙全心知不妙，這個大舅子的脾氣他是領教過的，當年就因為他說了幾句調戲沈氏的話，大舅子差點沒拿刀劈了他，好漢不吃眼前虧，趙全連忙上前來拉林大芳。

林大芳也嚇死了，沒想到自己當年一時順口扯的謊，會被弟弟揭穿。是的，她是見過風兒，可她實在討厭沈氏母子，沈氏不僅攛掇弟弟疏遠她這個姊姊，還勾引她的丈夫，她恨不得沈氏早早死了，巴不得弟弟休了沈氏。她就沒想過真相會有戳穿的一日，看到弟弟如此震怒，她不免心虛，不免膽顫，倉皇地看著弟弟，不知所措。

馮氏對大姑一家厭惡至極，只是老爺怒氣沖沖地把人趕走有失理智，便耐著性子勸道：「老爺，您糊塗了，解鈴還須繫鈴人，誰扯的謊誰去解釋，您總該給林蘭他們兄妹倆一個交代。」

林致遠已經被憤怒衝擊得失去了理智，馮氏這麼一勸，他才醒過神來，是啊，當下最要緊的是取得風兒和蘭兒的原諒，到時候再懲治惡人也不遲。林致遠當即袖子一甩，冷聲喝道：「來人，把他們一家四口給我關起來！」

林大芳嚇得面無人色，顫聲道：「小三子，就算大姊一時糊塗，你也不能做得這麼絕吧？我可是你唯一的親姊姊呀！你就為了那個沈氏不認自個兒的親姊，天底下也沒這個理啊！再說了，要不是我一時糊塗，你能娶到這麼年輕美貌的繼室？你能有這個像樣的一個家？沈氏那個黃臉婆她根本就配不上你！」林大芳越說越覺得自己有理。

林致遠氣得渾身發抖，手指點著她，咬牙切齒地說：「妳還知道妳是我親姊，可妳的所作所為，哪裡是一個親姊姊的樣子？妳害得我家破人亡，天底下有妳這樣做親姊的嗎？妳惡事做盡，還敢胡言亂語，妳信不信，我這會兒就收拾了妳！」

林大芳嚇得後退一步，差點一個趔趄。趙全扶住她，膽怯地看著暴跳如雷的大舅子，小聲勸道：「妳就少說兩句吧！把妳弟惹毛了，他可真得什麼事都做得出來！」

馮氏看老爺氣得不行，忙喝下人：「你們耳朵都聾了？老爺的話沒聽見？」

老于趕忙一招手，幾個小廝衝進來，把四個人都給帶了下去。

屋子裡安靜下來，馮氏有些幽怨地看著氣息不穩的老爺，雖然她勸過自己無數次，這件事怪不得老爺，可心裡多少有些不好受。

林致遠平復了怒氣，瞥見馮氏低著頭，神情寥落，心中不免生出歉疚自責來，嘆息道：「敏敏，這件事是我的錯，是我不該聽信大姊的話，害苦了沈氏，害苦了兩個孩子，還讓妳受了委屈……」

馮氏笑容苦澀地搖了搖頭，「老爺還是先想想怎麼才能求得兩個孩子的諒解吧！」事已至此，她還能怎麼樣？為此跟老爺鬧翻？帶著山兒離家？不，那是衝動之舉，畢竟沈氏已經不在了，倒不如做個識大體的，讓老爺感激她，這才是明智之舉。

林致遠想到蘭兒那怨恨的眼神，風兒那冷漠的神情，倚在靠背上，痛苦地扶額。

林大芳一家被帶回到偏院，老于就把院門給關了起來，落了鎖。

「爹、娘，這是怎麼回事啊？舅舅他為什麼發這麼大的火？」趙康平到現在才敢開口說話，剛才差點沒把他的魂嚇掉。

「是啊，娘，舅舅剛才那樣子好凶，跟要殺人似的。」趙康寧摸摸怦怦亂跳的小心肝，心有餘悸道。

趙全瞪了林大芳一眼，沒好氣道：「還不是你娘，扯謊也不會扯得好聽一點，偏說人家死掉了，這下好了，大舅子肯定是找著風兒和蘭兒了，我看妳怎麼收場！」

林大芳懊惱道：「什麼怎麼收場，我就騙他怎麼著？我是他唯一的親姊，他能拿我怎麼著？」

趙全哼了哼，「妳就省省吧！妳沒聽剛才大舅子說，他沒妳這個大姊，怎麼著？就他那臭脾氣上來，信不信他拿刀剁了妳？」

林大芳虛張聲勢道：「他敢？」

「敢不敢妳看著好了，我敢保證，妳再胡說幾句，他真能六親不認！」趙全攏了袖子坐上炕頭，自言自語道：「這趟來還以為能撈多少好處，敢情人家是把咱們請來審問的……」

「爹，舅舅不會真的不認咱們吧？」趙康平擔心道，他的前程可全指望舅舅了，當官啥的不敢想，好歹也能掙上一個宅子，討個美嬌娘做老婆不是？

趙全翻了個白眼，「這事問你娘去，我不知道。」

林大芳鬱鬱地說：「別問我，我正煩著呢！」

趙康平、趙康寧兄弟倆面面相覷，皆是垮著臉，似乎已經看到了美夢破碎。

◆◆◆

李明允下了朝回來，換了朝服，去淨房洗了把臉出來。林蘭看他一臉疲憊，遞上一杯熱茶，關切問道：「第一天去戶部任職，還習慣嗎？」

李明允接過茶水，吹了吹浮在上面的茶葉，喝了兩口才道：「今天忙得連喝茶的時間都沒有，要熟悉上下同僚，要接手各項事務，盡快熟悉戶部的情況，哎，我這才知道皇上為什麼要我去戶部，如今這戶部簡直就是一個爛攤子，國庫差不多快空了，今秋江南一帶的賦稅才收上來四成，其他地方也差不多是這情形。各地不是鬧水災，就是鬧旱災蝗災，鹽課的收入也比往年大大不如……」

「上面不是還有戶部尚書嗎？這些事該他去操心才是。」林蘭不解道。

李明允苦笑道：「戶部尚書都快告老了，臨時頂缺而已，他只求不出亂子，哪會費神去解決這些麻煩事？真要解決起來，還不得得罪多少人，皇上這是想讓我挑起這副爛攤子，讓我來做這個惡人。」

「好事輪不到，盡派些苦差事，皇上也真是太看得起你了，現在怎麼辦？難道真要為國鞠躬盡瘁，死而後已嗎？」林蘭發牢騷道。

李明允揉揉發脹的腦仁，重重一嘆，「有什麼辦法呢？別人羨慕還來不及，只有自己知道其中的滋味。」

「那你那些同僚可靠嗎？若盡是些扯後腿的，這事也沒法子做。」林蘭擔心道。

李明允想了想，本想說夠嗆，可是看到蘭兒一臉擔憂的神色，又把話嚥了回去，微微一笑，「妳別擔心，妳夫君這點本事還是有的。」

如意進來請示，問可以擺飯了嗎？

林蘭道：「擺飯吧！」

夫妻兩吃過晚飯，李明允叫冬子把今兒個帶回來的文書全搬到內書房來，準備開夜工。

外面有人來報，說定國將軍來訪。

李明允忙看林蘭的意思，林蘭臉色一沉，「他來做什麼？不見！」

李明允訕然道：「不見不好吧？說不定是為了別的事。」

林蘭剜了他一眼，「他還能有什麼事？什麼事都不見！」

李明允點了點她的鼻子，溫言勸道：「妳放心，我說過我一定站在妳這一邊。我出去見見他，萬一是為了公事……我保證，他若是提私事，我立刻打發他走人。」

這不騙鬼的嗎？公事？公事在朝廷上不能說？非要跑家裡來，而且還是這個時候？林蘭正要堅持，李明允在她臉上輕啄了一下，笑道：「我去去就回。」

看李明允匆匆離去，林蘭怔了片刻，讓銀柳取來披風，後腳也跟了去。

李明允跟林致遠寒暄了幾句，方才坐下說話。

人家都說老丈人看女婿，越看越厭棄，可面對這樣優秀的女婿，林致遠怎麼看怎麼歡喜，再說，他還有事求著女婿呢，態度便越發和藹起來，笑呵呵地說：「後生可畏啊！明允，你可算得上是我朝有史以來最年輕的戶部侍郎，皇上如此器重你，你將來的前途不可限量，不得不說，蘭兒挑夫婿還是很有眼光的，蘭兒能嫁給你，是她的福氣，當然，你能娶到我家蘭兒也是你的福氣。」

蘭兒和李明允相識到成親的過程，林致遠有聽李明允說過，當然李明允是隱瞞了契約一事。蘭兒結識明允，是在明允未功成名就之前，但怎麼說明允也是出身官家，蘭兒當時不過是一無名村婦，兩人身分天差地別，卻能有這樣的造化和機遇，林致遠深信，那是自己的女兒有眼光有本事，不愧是他老林家的閨女。

李明允謙虛地笑道：「將軍過獎了，能娶到蘭兒為妻，是我三生修來的福氣。」在蘭兒沒答應認爹之前，他可不敢認岳丈。

林致遠聽著這話，開懷不已，連聲道：「好好好，這話我愛聽，看到你們夫妻恩愛，我這心裡舒坦！」

林蘭躲在外頭聽牆壁，滿心腹誹：誰是你家閨女？你有盡過做爹的責任嗎？現在想來當便宜老爹，沒門！

李明允陪著笑，心說，您老今兒個過來就為說這個？您老是怕我一朝得意就嫌棄蘭兒了？

林致遠滿意地啜了口茶，忽而皺起了眉頭，「山兒的事，我知道了，你們且放心，有我在，秦家若是敢動你們一根老毛，老子可不管你秦家有沒有太后罩著，皇上寵著，老子照樣劈了他。」

李明允眉心跳了跳，「將軍稍安勿躁，皇上心裡曲折分明，秦家不敢亂來的。」

林致遠睜大眼睛，嗓門大了起來：「都上門擄人還要怎麼個亂來法？這個公道我是必定要跟秦家討回來的！」

李明允想了想，說：「我也正要找將軍說此事，蘭兒已經把山兒被擄的風聲放出去了，這事皇上還在查。靖伯侯的人已經抓到了魏子，祕密關押著，回頭我讓趙卓義把人交給將軍處置。將軍若是能順藤摸瓜，拿到秦家指使的證據，皇上面前也好有個說法。」

林致遠猛然直起身子，「抓到了？好極了，你今晚就把人交給我，沒證據我也弄出證據來！」

李明允忍不住嘴角抽了抽，暗嘆，還是老丈人有魄力，他和靖伯侯還在努力追查，尋找證據，老丈人卻是直接就要來個無中生有，不過，秦家多行不義，對付非常之人用非常手段也無可厚非。

林蘭聽著，也忍不住翻白眼，果然當兵的都有一股子匪氣。

林致遠很快恢復了好心情，緩和了語氣說道：「山兒跟我說了，他蘭兒姊姊對他很好，跟親姊似的，可疼他了，可見血脈親情，天性使然……」

李明允附和道：「蘭兒一向很喜歡孩子，尤其是像山兒這般乖巧的孩子。」

林蘭嘴角勾了勾，這話回得好。

林致遠頓了頓，又道：「我本想等安頓下來後，讓人去湖州把她大姑請到京城來，好好問問當年之事，沒想到，馮氏早已經把人請過來了，現在事情都問明白了，她大姑實在是太不像話，就因著跟蘭兒她娘有嫌隙，盡拿人生死開玩笑。這事，我先跟你通個氣，改天我讓她大姑親自上門來把話說清楚，讓蘭兒來決定怎麼處置她大姑。」

「哦？大姑已經承認了？」李明允驚訝道。

林致遠重重一哼，「她敢不認？風兒是三月裡回湖州找我，她就騙風兒我死了，我四月裡回湖州，她又騙我沈氏母子三人早就不在了，說得有鼻子有眼的，我一時不察，信以為真，這才陰差陽錯，造成了今日的局面。她大姑實在罪大惡極，罪不可恕。」

李明允不由得挑眉，也是憤慨，「若真如此，這種親戚，不認也罷。」

「跟這種人做親戚，簡直就是倒了八輩子血楣。等我先把秦家的事處理了，再來清理門戶，今日我是先來跟你通個氣，蘭兒那裡，還需要你幫我那個……」林致遠對李明允昂了昂下巴。

李明允心照不宣地點點頭。

「那我就先告辭了。」林致遠知道事情急不來，唯有慢慢圖之，先跟女婿搞好關係，讓女婿去蘭兒那裡吹吹枕邊風，說不定蘭兒的心慢慢就軟化了。

林蘭聞言，連忙退回去。

回到房裡便先安歇了，不一會兒聽見李明允回來，在問如意：「二少奶奶呢？」

「二少奶奶安歇了。」如意回道。

李明允默了默，輕聲交代：「把這些摺子搬到西次間去，別吵著二少奶奶。」

林蘭捂著被子面朝裡，心煩意亂的，她有些害怕，如果老東西真的拿出了能讓她諒解的理由，她該怎麼辦？難道老東西就一點責任都沒有嗎？難道娘受的那些苦就不追究了嗎？難道娘就只能自認倒楣了嗎？那個大姑，如此惡毒的女人，她又該怎麼收拾才好？光把人趕回老家，然後老死不相往來，那不是太便宜了大姑嗎？

帳子無聲掀開，不用想也知道是李明允。林蘭閉緊了眼睛假寐，這會兒她一點也不想跟李明允談這件事，她心情糟透了。

李明允知道她沒睡著，依她的性子，這會兒絕對不可能睡得著，可她背對著他一動也不動的。李明允坐了一會兒，幫她掖好被子，又在她面上親了一下，輕輕放下簾帳，熄了燈，去西次間看文摺去了。

林蘭不想跟李明允說話是一回事，可李明允什麼也不說又是另一回事，女人的心思有時候就這麼矛盾，李明允一走，林蘭刷的掀開被子，黑暗中，眼睛睜得大大的，鬱悶得不行。

林致遠回到將軍府，馮氏已經洗漱過，抱著山兒講故事。見老爺回來了，馮氏柔聲跟山兒說：「山兒乖，今天就先說到這，你先跟阿秀回房去睡覺。」

自打山兒從李府回來，每天晚上都要纏著她講故事，她若不允，山兒就很委屈地說，蘭兒姊姊每天都邁故事的，蘭兒姊姊說小孩子多聽故事會變得聰明。馮氏拗不過他，只好掏家底的給他編故事，苦不堪言。

山兒倒是聽話，一骨碌從母親腿上滑下來，乖巧地叫了聲爹，昂著小臉問道：「爹，您去見林蘭姊姊了嗎？姊姊有沒有誇山兒乖？有沒有想山兒？」

林致遠訕訕，他去李府根本就不敢提說見蘭兒，這會兒，蘭兒肯定不會見他，不過，他可不想讓山兒知道他這個老爹有多窩囊，當即抱起山兒，在他粉嫩的小臉上親了親，溫言道：「你蘭兒姊姊說了，山兒最是乖巧機靈，你姊姊說，等那些壞人都抓住了，讓你去她那玩。」

山兒開心地拍手，「太好了，爹，您趕緊把那些壞蛋都抓起來，山兒就可以去找姊姊玩了！」

林致遠哈哈笑道：「好，爹抓壞人，誰敢欺負我的山兒，爹保准滅了他！」

山兒又拍馬屁：「爹是大英雄，大將軍，山兒的爹最威武！」

山兒的話惹得林致遠又是開懷大笑，心中的那點鬱悶也消散了。他把山兒交給阿秀，阿秀帶了山兒離開。

馮氏親自伺候老爺梳洗了，夫妻多年未見，自是少不得一番親暱。

許久，雲停雨歇，屋子裡安靜下來，馮氏小鳥依人地依偎在老爺懷裡，面上還是羞澀。

林致遠滿足地嘆了一口氣，略帶愧疚地說：「這些年，辛苦妳了。」

馮氏低聲道：「辛苦倒是不怕，只是日日擔心老爺的安危，這牽腸掛肚、惶恐不安的滋味不好受。」

林致遠嘴角微揚，緊了緊手臂，安撫地拍拍她的肩膀說：「這次回京，短期內應該不會出征了，我也這把年紀了，是該功臣身退了，也好讓那些年輕人有個歷練的機會。」

馮氏欣喜，「那可太好了，妾身只想守著老爺，守著山兒，安安穩穩地過日子。」

林致遠笑意更濃，「好，以後咱們一家，還有風兒、蘭兒，一起好好過日子。」

馮氏默了默，小聲道：「老爺，您說，蘭兒她能接受咱們嗎？」

林致遠很有信心道：「放心吧，蘭兒是個善良識大體的女子，等誤會解除，她一定會諒解的。我在想，等過些日子，給沈氏請個誥命……」

懷裡的人呼吸一頓。

林致遠忙道：「沈氏畢竟是我的原配，說起來，總是我對不住她，她一個人含辛茹苦把兩個孩子拉扯大……」

一隻手輕輕覆在了他的唇上，只聽馮氏道：「老爺，別說了，您的心思，妾身都了解。姊姊受了那麼多苦，臨終也沒能見上老爺一面，比起姊姊，妾身已經太幸運了，等賜封的誥命下來，等蘭兒他們認祖歸宗，咱們去一趟豐安吧！」

馮氏這樣的說的時候，心裡是酸楚的，她只是知道她應該這麼說，應該這麼做，因為她無力去阻止老爺，那樣只會讓老爺覺得她不夠大度，不夠明理，不夠賢慧，況且她的良知她的教養也不允許她去阻擾。人死為大，她永遠也爭不過一個死去的人。無法改變的事情，唯有去順應，才是明智之舉，但是，心裡真的很難過啊！

林致遠感慨萬千，「多謝夫人諒解，逝者已矣，我能為沈氏做的也只有這點了。」

◆◆◆

林蘭憋著氣一直等到快子時，李明允才慢吞吞過來歇息。

正要掀開帳子，帳子忽地被人掀了起來，只見林蘭俐落地下床，抱了一床被子扔到對面的羅漢榻上，然後看也不看他一眼，只輕飄飄地撂下一句話：「今晚你睡榻。」然後自己又爬回床上睡覺了。

李明允茫然地看著晃動的帳子，這是怎麼了？是氣他來晚了？還是氣他去見老丈人了？

李明允摸了摸鼻子，笑呵呵地去撩帳子，「蘭兒……」

林蘭面朝裡，甕聲甕氣地說：「我心情不好，別煩我！」

李明允腆著笑臉，好聲好氣地哄著：「夫人為何事煩惱，快與為夫說說，天塌下來，為夫替妳頂著。」李明允邊說邊上了床，去抱她。

「走開走開，我煩的就是你，你走開……」林蘭扭著身子不讓他靠近。

「原來是我惹蘭兒不高興了，我反省，我認錯，不過，能換一種懲罰方式嗎？天這麼冷，一個人睡覺不暖和！來，我讓妳打一下，再不解氣，我讓你咬一口！」李明允好脾氣地哄她，伸了手臂在她嘴邊。

林蘭毫不氣地抓過來，一口咬上去，卻是捨不得下重口，氣餒地又拍掉他的手，捂緊了被子不理他。

李明允心笑。蘭兒還是心疼他的，便大了膽子把人撈進懷來，「我來猜猜蘭兒在惱什麼。」林蘭扭捏了下，終是敵不過他有力的臂膀，只好鬱鬱地從了他。這傢伙，大半年不見，力氣大了好多。

「蘭兒肯定是在煩惱，這個林將軍怎麼這麼煩人，有完沒完？就算他再有理由又怎樣呢？能讓死去的人復活嗎？能讓時間倒流，從頭再來嗎？都不能，所以，能這麼輕易地原諒他嗎？不能，可是萬一妳招架不住怎麼辦呢？豈不是便宜了他？所以，妳很煩，我說的對嗎？」李明允笑道。

林蘭沒好氣地剜了他一眼，「錯，我壓根兒就沒想過要原諒他，絕不原諒，永遠不原諒！」

「好，妳說不原諒就不原諒，讓他後悔一輩子去。誰讓他輕信了別人的話，誰讓他不動腦子，誰讓他這麼快就另娶新歡，他是活該，咎由自取，沒好下場……」李明允順著林蘭的話說。

林蘭冷哼道：「你在他面前肯定不是這樣說，你心裡也肯定不是這樣想。」

「哪能呢？我真是這樣想的。」李明允叫起屈來。

「誰信你！」林蘭翻了個白眼，嘟噥道。

「哎，妳說，咱們倆的命怎麼就這麼差呢？都攤上這麼個不像話爹！不過相比起來，妳爹跟我爹還是有不同之處，我爹更惡劣，他那是削尖了腦袋想著怎麼騙財怎麼騙色，明知故犯，不可饒恕，而妳爹，錯在不察，不過話說回來，若換作是我，就算明知道自己的大姊不是個好人，也很難想到自己的親姊姊會拿人的生死來騙自己。我聽妳哥說過，當年鬧饑荒，的確死了很多人，就算用餓殍遍野來形容也不為過，在那樣的情況下，妳爹信了妳大姑的話，也是情有可原。」李明允平心而論。

林蘭惱了起來，「你還說幫著我，你聽聽你說的，盡是向著他！」

李明允陪笑道：「我哪是向著他？不過是從局外人的角度來分析看待這件事。」

「照你這麼說，他還有理了？他既然知道妻子兒女不在了，怎麼也該為我娘守孝一年吧！這是最起碼的，可他呢？沒過幾個月就娶了填房，這叫什麼？這叫沒心沒肺、薄情寡義，我娘受的那些苦，太不值了！」林蘭激動地反駁道。

李明允苦笑道：「妳也知道林將軍回鄉探親時日不長，馬上就要回邊關的。沙場血戰，刀劍無眼，妳也見過，誰也不知自己什麼時候就馬革裹屍了，林將軍想為老林家留條根，這種想法也無可厚非吧？」

林蘭一骨碌坐起來，十分嚴肅地問他：「那我來問你，如果易地而處，死的是我，你也會為了給你們李家留後，轉而去娶別人嗎？」

李明允忙道：「那怎麼能比？妳我是情比金堅，是經受過無數考驗，妳是我這輩子認定的，而且是唯一的妻子，除妳之外，我誰也不要，不管出於什麼理由，我都不會再找別人！」

「這就對了，那你覺得我還能原諒他嗎？」林蘭氣鼓鼓地說。

李明允拉她進懷裡，感慨道：「蘭兒，妳以為這世間有幾對夫妻是如妳我這般恩愛，曾經滄海難為水，除卻巫山不是雲？妳我心裡是只有彼此，甚至把彼此看得比自己的性命更重，蘭兒，所以我們是幸運的，能和自己愛的人共度一生，可這世上絕大多數的夫妻，他們的結合只是為了完成人生大事，為了傳宗接代，上以祭祖廟，下以繼後世，夫妻間能相敬如賓，相濡以沫便算是好的了，更有甚者，同床異夢，三妻四妾也是尋常的，妳認為林將軍薄情寡義，我只能說，他愛妳母親愛得不夠深，也許他對妳母親的感情就僅僅是一個丈夫對妻子的感情，我不是說他對，但這在大多數人眼裡，是可以理解的。」

林蘭突然覺得很悲哀，她不得不承認，李明允說的有一定的道理，都怪這萬惡的封建社會，女人就要從一而終，丈夫死了改嫁都得遭受世人唾棄，而男子三妻四妾反倒是身分和能力的象徵。男子死了妻房，就可以再娶，你不娶，人家還替你著急，實在是太不公平，太邪惡了，可她偏偏來到這樣的時代。

懷裡的人突然沒了聲音，李明允低下頭來，修長的手指勾住她的下巴，迫使她抬起頭來，對上一雙無限感傷的眼眸，李明允低柔地說：「別人怎麼想，我們不管，我只知道，此生有妳足矣。一生一世一雙人，多不容易，所以，我會好好珍惜。」

「明允……」林蘭難過著，感動著。是啊，多不容易，多麼慶幸，讓她遇上這樣的人，一個懂自己、愛惜自己的人。

李明允憐愛地撫著她的面頰，目色溫柔得似要滴出水來，沙啞著聲音道：「蘭兒，別難過，我想妳母親最大的心願並不是夫妻團聚，而是妳和妳哥過得好。她若泉下有知，一定會很欣慰的。」

林蘭把頭埋進他的臂彎，眼睛酸脹得難受。母親，如果您泉下有知，您會原諒他嗎？

李明允撫著她柔軟的頭髮，「蘭兒，不用為難自己，不論妳做什麼決定，我都支持妳。」

林致遠軍人作風，雷厲風行，沒兩天，就傳出林山找著了，同時還抓住了綁架林山的賊人。據賊人所言，是秦家指使他們這麼做的。林致遠帶著供詞一狀告到了御前，請求皇上為其做主，並扔出一個重磅炸彈，李家二少奶奶林蘭，乃是他失散多年的女兒。

京城一片譁然，大家都知道李明允之妻原是一籍籍無名的鄉野村婦，如今突然成為定國將軍失散多年的女兒，成了將門千金，如此離奇曲折的故事，怎能不叫人驚掉下巴？怎能不引起人們的好奇之心？這其中是不是有什麼貓膩？

林蘭得知此事，氣得直冒煙，好個老東西，竟然給她來一招先斬後奏！他先昭告天下，如果她堅持不認父親，豈不被人說成不孝？老東西這是想要用輿論的壓力來逼迫她就範嗎？

林風也聽到消息，急忙從西山大營趕過來。

「妹子，這可怎麼辦？」林風急了，才一天的功夫，營中已經傳遍了，大家都來問他是不是真的，弄得他說是也不是，說不是也不是，不堪其擾。

「二少奶奶，外面有人找大舅爺。」如意來報。

林風一臉錯愕，「誰啊？怎麼知道我在這裡？」

如意搖頭道：「那人只說是要緊事，別的沒說。」

林蘭道：「哥，你出去看看，興許是營裡找你有事。」

林風遲疑了一下，起身道：「那我去看看。」

林蘭在前廳裡等了一會兒，如意來回：「二少奶奶，大舅爺走了。」

「走了？上哪？」

「大舅爺沒交代，來人跟他說了兩句話，大舅爺就跟人走了。奴婢還問大舅爺來著，大舅爺似乎很急，火燒眉毛似的走了。」如意不滿地嘟噥道。

林蘭挑了挑眉梢，也許是有什麼要緊的軍務吧？

懷遠將軍府裡，李明允表情還算平靜，口氣有些冷淡：「林將軍，您這麼做，給蘭兒造成了很大的困擾，她現在都快氣瘋了。」

林致遠卻是一臉的淡定，振振有辭道：「我這麼做也是為了蘭兒好，我昭告天下，蘭兒是我林致遠的女兒，那些想打她主意，企圖對她不利的人，自己好好掂量掂量，是否惹得起我林致遠。」

李明允的目光陡然銳利起來，「將軍是覺得我李明允沒有本事保護自己的妻子？」

林致遠呵呵笑道：「明允啊，你多慮了，我怎麼會這麼想？我這純粹是一個父親對自己兒女的關切之心。你也知道，我對蘭兒一直存著一份很深的歉疚，我只想保護她，我想，你應該能理解。」

「可您這麼做，實在有些適得其反。」李明允淡淡道，蘭兒氣得都要跳腳了，若不是他攔著，這會兒，依蘭兒的性子，她絕對會罵上門來。

「哎……我不這麼認為，我是蘭兒的父親，這一點是無法改變的，蘭兒一時不能諒解我沒關係，我可以等。」林致遠態度很誠懇地說。

李明允為之氣結，這也叫等？分明是把蘭兒放在火裡烤，油裡煎，他太清楚這樣的後果是什麼，沒有人會去譴責林致遠誤以為妻子兒女已死而另娶馮氏的行為，沒有人會理解蘭兒的痛苦，人們只會說林將軍情有可原。林將軍如此大張旗鼓地要認一雙兒女，足見林將軍對一雙兒女的關愛之情。人們只會說蘭兒不懂事，心胸狹隘。李明允真的很生氣，他可以忍受別人對他的非議，但是他不能忍受別人說蘭兒一句不是。

林致遠看女婿的臉色越來越陰沉，心裡又是喜又是悵，喜的是，明允對蘭兒那是用情至深，惆悵的是，蘭兒真的就這麼排斥他嗎？

「人呢？把人交出來，我這便帶走！」門外傳來一人暴躁的吼聲。

「大少爺，您別急，大少奶奶和小少爺就在府裡，這會兒正跟夫人說話呢！」老于道。

「別叫我大少爺，我不是你的大少爺，你少廢話，現在就把人給我帶出來……」

李明允聽著這聲，驀然一凜，林風怎麼來了？

林致遠卻是眉頭一展，朗聲道：「老于，還不快請大少爺進來。」

須臾，林風走進來，雙目冷若寒星，氣憤地看著林致遠，「你把金花和憨兒交出來！」

林致遠一點也不惱，笑容慈祥，「風兒，快過來坐。金花和憨兒一到，為父就讓人去找你了，憨兒這小子，長得虎頭虎腦，簡直跟你小時候一個摸樣，別提多可人了。」

林風見到妹夫也在，妹夫的臉色也不太好，當即不客氣道：「我不過是個沒爹沒娘的野孩子，無名小卒一個，可不敢跟尊貴無比的定國大將軍攀親戚！金花和憨兒我這就帶走，我自己的妻子兒子，我自己會照顧！」

李明允這才明白，林將軍原來不動聲色地把姚金花和憨兒接到了京城，想拿她母子來籠絡林風。哎，這個岳丈大人，原來出的不止一招，設的是個連環局。姚金花那個女人，貪婪無比，有了個做大將軍的公公，怕是會拚命攛掇林風認爹。

「風兒，別再任性了，為父是有不對之處，為父都承認，為父也會儘量彌補對你們的歉疚，可你們總該給為父一個機會，難道你們真的要跟為父老死不相往來？」林致遠感傷道。

林風悶悶地哼了一聲，「大將軍這又何必，您只當我們早就死了不就成了？」

林致遠黯然道：「風兒，你以為為父這些年就過得很好嗎？每每想起你們母子，為父這心裡……痛啊！你們是為父此生最大的遺憾，為父常常想，如果時光可以倒流，為父絕不入行伍，就在鄉下守著你們做一輩子獵戶，咱們一家人能和和美美地過日子，可惜，這世上沒有後悔藥……風兒，你要信為父，為父若是知道你們還在世上，為父絕對不會棄你們不顧。」

林風心裡梗得難受，驀然脫口而出：「你也知道這世上沒有後悔藥？想要我認你，除非娘活過來，娘說認，我林風二話不說跪下向你磕頭！」

林致遠臉色灰敗下去，頹然地看著怒視著自己的兒子，一種深深的無力感讓他幾乎透不過氣來。面對咄咄逼人的兒子，他是有力無處使，有心無處用，哎，老林家的種怎麼就這麼倔呢？

「相公……」姚金花聽管家老于說相公來了，迫不及待趕來相見。她是做夢也沒想到，林風居然是定國大將軍的兒子。定國大將軍啊，這是多大的官，便是見到鄉里的里正大人，她都要哆嗦了，如今她卻成了定國大將軍的媳婦，這一天，她覺得跟做夢似的。本以為是林風要接她母子進京，到了京城卻進了將軍府，見到了公爹，差點沒驚掉她的下巴。都說天上不會掉餡餅，這回卻掉了個天大的餡餅，而且就砸在她的頭上，都快把她砸暈了，當然，是歡喜得暈過去。

林風見到姚金花，喜道：「金花，妳真的來了？」

姚金花本想撲過去抱住自己的丈夫，都快兩年不見了，想死她了，可是礙著公爹在，不好太放肆，畢竟現在她是定國將軍的兒媳婦了呢！

姚金花眼裡泛著欣喜的淚花，又想哭又想笑，幽怨道：「你一走就是兩年，也不知道記掛我們娘倆，這次若不是公爹接了我們來，你是不是就打算不要我們娘倆了？」

林風依順慣了姚金花，被她這麼一埋怨，心就開始發慌，「這……這怎麼可能？」林風看看林將軍，還有妹夫，不好意思地哄姚金花。

「姊夫，您是來看山兒的嗎？」山兒不知從哪跑出來，親暱地拉著李明允的手，笑容天真。

李明允知道林蘭很喜歡山兒，愛屋及烏，他和悅了神色，低柔了聲音，摸摸山兒的小腦袋，笑道：「是啊，姊夫來看山兒，這些天山兒有沒有想你蘭兒姊姊？」

「有啊，山兒每天都想姊姊，要不是我娘說我得躲在家裡嚇嚇那些抓我的壞人，山兒早就去看姊姊了！」山兒眨巴著大眼睛，烏溜溜的，像兩顆水晶葡萄，稚嫩的嗓音讓人心生憐愛。

「山兒，你現在若想去看你姊姊，可以去了。」林致遠笑咪咪地說。

「真的嗎？那太好了，我現在就要去！姊夫，您帶山兒去見姊姊……」山兒搖著李明允的手臂，撒嬌著道。

李明允斜睇了眼林致遠，他這是又想利用山兒來緩和與蘭兒的關係。

「山兒乖，你蘭兒姊姊這幾天有事要忙，等她忙完了這陣子，姊夫再來接山兒好不好？」李明允溫柔地哄道。

山兒失望地翹起了嘴，眼中的光彩被失望的黯然所掩蓋，低著頭，輕扯著姊夫的袖子，看起來可憐兮兮的，活像個被遺棄的孩子。

李明允幾乎不忍，就要答應他，可現在蘭兒肯定還在氣頭上，山兒這會兒去，非但起不了作用，還會讓蘭兒更生氣，所以還是忍住了沒鬆口，勸慰道：「山兒乖，你蘭兒姊姊最喜歡聽話的山兒。」

那邊林風正窘迫著，不知道該如何安慰淚眼婆娑的姚金花，只小聲地勸她：「快別哭了，這麼多人看著多不好意思。」

姚金花扭了扭身子，自顧自垂淚。

「山兒，到娘這裡來，你姊夫跟你爹有事要談。」馮氏走了進來，溫言道。

山兒不情願地挪到了母親身邊。

馮氏笑容溫婉，「老爺，妾身讓人在花廳備了酒菜，您和明允邊喝邊談吧。風兒和金花久別重逢，肯定有很多話要說，讓他們小夫妻好好說會兒話。」

林致遠朗聲笑道：「夫人說的是，明允，走，咱們爺倆去喝兩杯。」

李明允拱手一揖，「在下還有些公務要處理，就先告辭了。」

「噯，這都什麼時候了，公務再忙也得先吃飯不是？」林致遠挽留道。

「不了不了，蘭兒還在家中等著，在下先告辭了。」李明允說罷，對林風道：「大哥晚些來一趟李府吧！」

林風連忙點頭，「我待會兒就過去。」

李明允沒有再逗留，大步流星地離去。

馮氏朝林致遠努嘴，林致遠會意，嘆了一口氣，和馮氏一道離開，這裡留給林風和姚金花。

出了門，馮氏吩咐王嬤嬤：「把憨兒少爺抱進去吧！」

姚金花從王嬤嬤懷裡接過憨兒，抱著憨兒坐在一旁抹淚，邊委屈地抱怨：「當初你可是說好了，到了京城安頓下來就來接我們母子，結果一去就是兩年，把我們娘倆丟在豐安不聞不問的！我生憨兒的時候差點連命都沒了，我一個人辛辛苦苦把孩子拉扯大，你說我容易嗎？你這個沒良心的，你說我怎麼就這麼命苦，嫁了你這麼個沒良心的男人……」

姚金花越說越委屈，又嗚嗚地哭了起來。懷裡的憨兒見娘哭了，也跟著哭。

這會兒沒旁的人在，林風也就沒什麼好顧忌的了，蹲在姚金花面前，拿袖子要替她擦眼淚，姚金花生氣得拍掉他的手。

林風又去哄憨兒：「憨兒不哭，憨兒乖，來，爹抱抱！」

憨兒不認識這個人，只緊緊地摟著母親的脖子，哭得更響了。

林風急得手足無措，低聲下氣地解釋：「金花，快別哭了，都是我不好，都是我不好，我只是想等我混出點名堂再接妳來，總不能讓妳跟著我受苦不是？」

姚金花哄著孩子，罵道：「你騙誰呢？你妹子嫁進了尚書府，她隨便拔根毛就夠咱們過一輩子了，需要你那麼辛苦去打拚，去搏命？你說，是不是她不讓你來接我的？我就知道她還記仇，想拆散咱們呢！」

「妳這都哪跟哪的，沒這回事，妹子不是那樣的人！妳也不知道妹子的處境，別看她嫁進了高門大院，可日子也不好過，我怎麼能去麻煩她？再說，我一會兒南征一會兒北上的，就沒安穩過，怎麼來接妳？」林風聽姚金花責怪林蘭，忍不住替妹子辯解。

姚金花氣哼哼道：「你不用替她說好話，我知道你只心疼你妹子，不心疼我！」

「怎麼會呢？妳和妹子，還有憨兒，都是我最親的人，我都心疼的！」林風見姚金花總算不哭了，暗暗鬆了口氣。

姚金花生氣地戳林風的額頭，「你要搞清楚，跟你過一輩子的人是我，不是你妹子！你再這樣拎不清，我這就帶憨兒離開，叫你一輩子見不到兒子！」

林風一個頭兩個大，姚金花為什麼就要處處針對妹子呢？就不能好好跟妹子相處呢？

「好在現在你找到了你爹，咱們以後也算有了依靠，你也不用那麼辛苦去打拚了，只要你爹一句話，你要什麼沒有？咱們以後得好好孝敬爹，這才是正理。」姚金花罵夠了，方想起公爹交代的任務。

林風面色沉了下來，「金花，這件事咱們以後再說，現在咱們先離開這。」

姚金花睜大了眼睛，「去哪啊？這不就是咱們家嗎？你爹你娘把什麼都安排好了，給咱們騰了間大院子住，比葉家的宅子還氣派呢！以後你就是這裡的大少爺，我就是大少奶奶，咱們憨兒就是小小少爺了，多神氣，多好啊！」

林風正色道：「金花，我沒有爹，我娘已經死了，這裡的人跟我沒關係。」

姚金花恨得直咬牙，去揪林風的耳朵，「呸呸呸，說你拎不清，你還真是渾！別人遇上這種好事，歡喜得都怕是要暈過去了，巴結都來不及，你倒好，有個當大將軍的爹你還不認，有福不知道享，你犯的是哪門子的賤啊？我告訴你，我哪也不去，你也老實地給我待著，這裡就是咱家！」

林風霍然站起來，沉聲道：「金花，我實話告訴妳，這個爹我是不會認的，妳要是不跟我走，我也不認妳！」

姚金花不可置信地看著發飆的林風，這個在她面前從來都是唯唯諾諾、言聽計從的男人，居然敢不聽她的話，居然還敢威脅不認她？

姚金花火氣來，把憨兒往地上一放，指著林風的鼻子罵道：「好啊，林風，你現在出息了，腰桿子硬了，不把我姚金花放在眼裡了！你說，你是不是看上別的女人了？是不是想休了我去娶別人？你這個沒良心的，我千辛萬苦來到京城找你，你竟然這樣對我，我……我跟你拚了！」說著，姚金花撲上去，衝著林風就是一頓狠捶，「我讓你凶我，我讓你不認我，你這個沒良心的東西……」

憨兒嚇得大哭。林風躲閃著，臉上還是被姚金花的指甲劃了一道。林風也火了，哪有這樣的老婆，只認金錢權勢，完全不顧自己丈夫的感受？

「姚金花，妳有完沒完！」林風捉住金花亂揮的手，用力一推。

姚金花一個不穩，撞到了一旁的椅子，摔在了地上。

姚金花愣了一下，眼前的林風好陌生，陌生得讓人害怕，她旋即嚎啕大哭起來，「你個殺千刀的，你打我……我跟著你吃苦受罪，你竟然這麼對我？我不活了，我不活了，我死了算了……」

林風看著哭天搶地的姚金花，再看看不諳世事，嚇得大哭的憨兒，心頭無比煩悶。他一把抱起憨兒，對姚金花說：「我再問妳一次，妳跟不跟我走？」

姚金花又是一愣，終於認清林風不是在開玩笑，可是……她都在公爹面前拍胸脯打包票了，說一定能勸林風認爹，難道要讓到手的富貴白白溜走？這可是她做夢都不敢求的富貴啊！她的大少奶奶生活還沒開始就要結束了嗎？她怎麼能甘心？

姚金花一骨碌爬起來，放低了姿態，求道：「林風，你別傻了，那是你爹啊，幹麼一定要鬧得這麼僵？再說你爹又不是故意的，你怎麼就不依不饒呢？你聽我的勸，不要再鬧了，咱們好好過日子成不？」

林風瞪眼，「妳走不走？」

姚金花拉住他，「我不走，你也不許走，你這樣做是不孝，哪有做兒子的不認自己的爹？說出去是要被人戳脊樑骨的，我不能讓你這麼做……」

林風一把甩開姚金花的手，冷聲道：「妳要認妳去認，妳要留下，妳別後悔！」說罷，林風抱著憨兒快步走掉。

姚金花傻掉了，沒想到林風說走就走，她傻了一會兒才想起來憨兒被林風抱走了，急忙追了出去，「林風，你混蛋，把憨兒還給我……」

林風幾乎是用逃的，幾個下人來攔他，都被他一腳踹開了去，飛也似的逃出了將軍府。憨兒伸著小手大哭，「我要娘！娘……娘……」

姚金花眼看著林風走掉，追又追不上，又氣又急，跺著腳又哭又罵。

林致遠和馮氏聽到動靜也趕了出來。

「這是怎麼回事？」馮氏見姚金花披頭散髮，呼天搶地的，驚詫地問。

姚金花哭道：「他走了，他把憨兒也抱走了……」

林致遠臉色發青，這個強犢子，這是鐵了心不要他這個爹了嗎？

貳之章 極品嫂子結怨恨

李明允回到家，把姚金花來京的事跟林蘭說了，林蘭肺都要氣炸了，姚金花就是大哥的剋星，老東西把姚金花接來目的很明顯，就是要用姚金花母子倆牽制大哥，這下，大哥肯定會動搖。

「算了，我不管了，哥要認爹他自己認去，我是不會認的，說什麼也不能原諒他！」林蘭鬱悶得不行，負氣地說。

李明允嘆氣著，怕是事情沒那麼簡單，林將軍為了認回一雙女兒，可以說是用盡了心思，他的用心可以理解，但是手段未免激進了些，只怕會適得其反啊！

「別多想了，不管怎樣，妳還有我呢！」李明允安慰地拍拍她的肩膀，「先去吃飯吧！」

林蘭情緒低落，「我不想吃。」

「那怎麼行，再生氣也得顧著自己的身子，妳要是不吃，我也不想吃了。」李明允邊哄著邊把林蘭推到了飯桌前。

「嗯……今兒個有妳愛吃的魚香肉絲，總算是可以開葷了，妳瞧妳這陣子粗茶淡飯，都瘦得不成樣了。」李明允把林蘭按著坐下，親自布菜。

「好久沒吃桂嫂做的魚香肉絲了，聞著都要流口水了，來，嘗嘗……」李明允夾了一夾餵到林蘭嘴邊。

林蘭搖搖頭，蹙著眉頭，「我真不想吃。」

「乖，多少吃一點，妳這樣，我會心疼的。」李明允鍥而不捨地搖著筷子。

林蘭無奈，只好張嘴吃一口。

李明允笑了笑，又往她碗裡夾了些她愛吃的菜，邊勸道：「既然妳已經打定了主意，就不要再煩惱了，別人愛說什麼愛做什麼就由他們去，只要妳相公我支持妳就行了，拿別人的錯誤懲罰自己，豈不是跟自己過不去？」

林蘭撇了撇嘴，「我才不會跟自己過不去，只是他整了一齣又一齣的，我心煩。」
「哇哇……」外面傳來一陣小孩的哭聲。
林蘭愕然地看著李明允，李明允也是一臉茫然。
「哎呀，大舅爺，您這是……這是誰家的孩子啊？」周嬤嬤問道。
林風似乎很著急，道：「我妹子呢？明允呢？」
「在裡面吃飯呢！」周嬤嬤回道。
「呃？好像是我哥和憨兒……」林蘭怔了下，忙起身迎出去，李明允也放下碗筷跟了出去。
林風已經被憨兒哭得焦頭爛額，他又沒有哄孩子的經驗，一點辦法也沒有，要不是這是自己的兒子，他真想把人丟大街上不管了。
「妹子，快幫忙哄哄，他一直哭，怎麼說都不聽！」林風見到妹子如見救星。
「這是憨兒？你怎麼把憨兒抱過來了？嫂子呢？」林蘭接過孩子，訝異地問。
「別提她，她是賴在將軍府不肯走了，就讓她待那好了，我自己的兒子我肯定要抱過來的！」林風煩躁道。
李明允擰著眉頭，這可真是越來越亂了。
「大哥，還沒吃飯吧？」李明允問。
林風鬱鬱道：「哪裡還吃得下飯？」
林蘭吩咐銀柳：「去讓桂嫂添幾個菜。」
李明允看著哭不停的憨兒，擔心道：「妳趕緊哄哄孩子，這樣哭下去，非把嗓子哭啞了。」
林蘭抱著憨兒，「行，孩子交給我，你陪大哥說說話。」
「憨兒乖，不哭哦，我是你姑姑，最疼你的姑姑，不哭了，姑姑給你糖糖吃……」林蘭抱著憨兒進了內室，周嬤嬤忙跟了進去，如意去端了糖果盒來。

「憨兒，你看，這是麥芽糖，來，吃一個。」

「憨兒少爺，這是核桃酥，很好吃的喔！」

「憨兒少爺，你看，布老虎，要不要啊……」

三個人拿出渾身解數哄孩子，憨兒到底是孩子，被這琳瑯滿目的吃食和玩具吸引住了，漸漸止住了哭泣，但眼前的人都好陌生，他怯怯地把布老虎抱在懷裡，一雙晶瑩的淚眼，戒備地看著她們。

「憨兒真乖，姑姑疼你。」林蘭看著虎頭虎腦的憨兒，一種來自血脈的親近感，讓她毫無理由地喜歡上這個孩子，心情也變好起來。

「小少爺長得可真壯實，這小模樣可愛極了！」周嬤嬤笑咪咪地看著憨兒。

「那是，我們家憨兒是個小壯士呢！」林蘭親暱地在憨兒臉上啄了一口。

憨兒愣愣地看看林蘭，又看看周嬤嬤和如意，癟了癟嘴，喊了一聲：「娘……」

「憨兒乖，憨兒乖乖的，姑姑帶你去找你娘好不好？」

如意翻出一個波浪鼓，這些都是二少奶奶準備送給未出世的小少爺的，現在正好派上用場。

如意搖著波浪鼓，笑嘻嘻地問憨兒：「憨兒少爺，這個喜不喜歡？」

憨兒看了看，怯怯地去抓林蘭的手，「拿……拿……」

林蘭忍俊不禁，這小傢伙，自己想要卻要別人拿給他，「姑姑幫你拿，這些都給憨兒。」

憨兒拿著波浪鼓搖了兩下，又把波浪鼓伸到林蘭面前搖了兩下，大眼睛眨巴眨巴地看著林蘭，有討稱讚的意思。

「憨兒真能幹，對，就這麼搖，波浪鼓，臉兒圓，好像是胖妞妞戴耳環，左一個，右一個，搖起頭兒唱得歡……」

憨兒和著林蘭的節奏，搖著波浪鼓，林蘭又把一顆麥芽糖塞他嘴裡。這小傢伙嘴裡吃著糖，手裡搖著波浪鼓，不一會兒就把娘給拋到腦後了，嘿嘿地笑起來。

周嬤嬤笑道：「二少奶奶，把小少爺交給老奴吧！老奴哄著他，您趕緊去吃些，別餓著了！」

「我不餓，我陪他玩會兒，妳去弄些孩子吃的東西來。」

周嬤嬤笑呵呵地應聲去了，林蘭又唱起了兒歌，真好，這是大哥的孩子呢！她離開豐安的時候，這小傢伙還在娘肚子裡，轉眼都這麼大了，好在沒讓姚金花帶壞。大哥這回還真夠硬氣，竟然把姚金花給撇下了，估計這會兒姚金花要氣瘋了，哈哈，想想都開心。

「那你接下來打算怎麼辦？」李明允給林風斟滿了酒。

林風濃眉擰起，「還能怎麼辦？姚金花她是掉進錢眼裡去了，一心想做她的大少奶奶，那就隨她去，但憨兒是絕對不能跟著她！」

李明允清清嗓子，思忖著說：「你還得回西山大營，不可能帶著孩子，要不，就把憨兒留在這，蘭兒會照顧好他的。」

林風擔心道：「我怕金花會上門來鬧。」

李明允哂笑著拍拍林風的肩膀，「你就放心吧，蘭兒會應付的。」姚金花什麼人，充其量不過是個沒見識的村婦，蘭兒還能怵了她？老巫婆那麼難纏的人，在蘭兒手裡還不是照樣討不了便宜去。

林風嘴角勾勾，露出一絲苦笑，「那倒是，金花和妹子一直不對眼，總是變著法子找妹子的碴，妹子只是不想我這個做大哥的為難，才一忍再忍……哎，都是我這個做哥的無能，讓妹子受委屈了。噯，你說我以前怎麼就這麼怕她呢？真夠窩囊的！」

李明允笑道：「懼內又不是什麼見不得人的事，只是得掌握好分寸，比如今天的事，大哥，我真心覺得你做得很對，很有種。」

「那是她實在讓人火大，她要是不改改這見錢眼開的勢利毛病，我一準兒休了她，省得我林家又出一個像大姑那樣的人。」林風說著不覺腰桿子都硬了起來。今天在姚金花面前發了一回飆，突然覺得自己像個男人了，有種揚眉吐氣的感覺。

李明允朗聲大笑，「大哥，我看你是越來越有氣概了，來，乾了這杯！」

兩杯酒下肚，酒氣上浮，沖散了林風心頭的抑鬱。林風搭著李明允肩膀，笑說道：「明允，妹夫，你是個好樣的，妹子交給你，我特別放心。」

李明允訕笑道：「大哥過獎了。」

周嬤嬤弄來一碗雞絲麵，「二少奶奶，老奴來餵憨兒少爺吃飯。」

林蘭低頭溫柔地對憨兒說：「憨兒，咱們來吃麵好不好？」

憨兒這會兒也餓了，眼睛直勾勾地盯著香氣騰騰的麵，點了點頭。

周嬤嬤拍拍手，「憨兒少爺，來，周嬤嬤餵你吃。」

林蘭把憨兒交給周嬤嬤，問：「我哥還在？」

「在呢，跟二少爺聊得正歡。」周嬤嬤回道。

「妳們伺候好憨兒，我出去看看。」林蘭整了整被憨兒坐皺了的裙襬，又俯下身摸摸憨兒的小臉蛋，軟聲細語地說：「憨兒乖乖吃飯，姑姑待會兒來看憨兒。」

「說起來我還得謝謝嫂子，若不是她硬要把蘭兒許給張大戶做妾，蘭兒也不會找上我。」李明允一邊給大舅子斟酒，一邊感慨道。

林風不住地悶聲發笑，指指李明允，「看來你這小子早就對蘭兒有心了。」

李明允笑著，不置可否，心中卻在想，他是什麼時候開始對蘭兒動心的呢？說不出一個確切的點，就這樣潛移默化的，自己的心就被她一點一點占據了，等醒悟過來時，已經被她占得滿滿的，再也容不下任何人。

「在說什麼呢？」林蘭笑著走了進來。

李明允忙道：「沒，沒什麼，憨兒呢？」

「在吃麵呢！憨兒很乖，一哄他就不哭了！」林蘭笑道。

林風鬆了口氣，「還是妹子有辦法。」

「那是，你們這些大男人哪裡會哄孩子？哥，我說憨兒就先放在我這，上次看的那間宅子你若滿意的話，咱就買下來，再請上幾個丫鬟婆子，也好安頓下來。以前是你自己一個人，隨意些不打緊，現在憨兒來了，總得有個像樣的家不是？」林蘭不動聲色地把酒壺給放遠了去，這兩人，就這麼一會兒功夫，三壺酒都空了，竟不知明允去了一趟邊關，酒量見長啊，以前是三杯就倒。

「妹子，妳說怎樣就怎樣，哥都聽妳的。」林風好脾氣道。

林蘭小聲地對李明允抱怨：「你怎麼讓哥喝這麼多酒，醉了傷身的！」

李明允無辜地攤手，這點又不算多，軍營裡的弟兄，誰沒個一兩斤的酒量啊！再說了，大舅子要喝酒，他這個做妹夫的能攔著嗎？

「妹子，沒事，這點酒，我還不過癮呢！」林風嘿嘿笑道。

林蘭不客氣地剜了林風一眼，「哥，你少喝點啊，晚上你還得回軍營呢！」

林風這才想起來，一拍腦門，「瞧我這記性，我得趕緊回去了，明天還有要事呢！」林風站起來，腳下有些虛浮，身子晃了晃。

李明允忙扶住他，「大哥，我讓老吳套輛馬車送你回去吧！」

林風擺擺手，「不用不用，我自己能行，那個……妹子啊，憨兒就先拜託妳了，等我忙完了這陣子，再來接他。」

林蘭擔心地看著大哥，「哥，憨兒在我這你只管放心，不過，這會兒你真的不能騎馬了，明允，你去安排馬車。」

「不好了，不好了，二少奶奶，有個瘋女人闖進來了，說是要二少奶奶把人交出來！」雲英氣喘吁吁地跑進來稟報。

瘋女人，除了姚金花還能有誰？

林風心頭一凜，酒也醒了，冷著臉沉聲道：「我去打發了她。」

林蘭和李明允相覷一眼，也跟了出去。

「金花，妳別急……」

一下馬車，姚金花就不管不顧地往裡闖，馮氏看得心驚肉跳，在後面追著喊著。姚金花說要來李府要人，馮氏的意思是不用這麼急，讓林風跟兒子處一處，培養一下父子感情也好，再找個適當的時機把人帶回來，可姚金花根本不聽，吵著要兒子，她想想不放心，這才跟了過來。

姚金花這會兒的確快要發瘋了，一來是緊張兒子，憨兒出生後就沒離開過她半步，忽然被人抱走，心就像被掏空了似的，渾身不自在；二來，她也知道公爹在意的不是她，而是憨兒，憨兒才是能留住林風的關鍵，所以，她迫切地要把憨兒帶回去。

「林風，你給我出來，你把憨兒還給我……」姚金花推開前來攔她的兩個婆子，高聲嚷嚷著，逕直往裡闖。

林風老遠就聽到姚金花的大嗓門，火氣伴著酒氣齊齊湧上心頭，這可是妹子家，他可以不要臉面，可妹子和妹夫還要臉呢，這算什麼事！林風加快了腳步。

「妳嚷什麼？也不看看這裡是什麼地方，是妳能胡亂闖的地方嗎？」林風出現在姚金花面前，大聲喝道。

姚金花今天已經被林風吼了好幾回了，以前都只有她吼林風的份，林風在她面前大氣也不敢出一聲，如今不過是當了個校尉，就了不起了，開始對她大呼小叫了。姚金花悲憤至極，衝上去一把抓住林風的衣襟，質問道：「你把孩子藏哪去了？快把孩子還給我！」

林風想要掰開姚金花的手，可她拽得死緊，怎麼掰都掰不開，林風怒道：「妳鬧夠了沒有？」

姚金花聲嘶力竭地喊道：「沒有，你不把憨兒還給我，我就跟你沒完！那是我生的孩子，我帶大的孩子，你憑什麼抱走？你還我憨兒，還我憨兒……」

馮氏追上來，瞧著眼前的情形，頓覺頭大。這個姚金花，怎麼一點策略也沒有，就知道耍橫耍狠？要是這樣有用的話，林風能把孩子帶走嗎？對付林風這樣的男人不是靠大嗓門，不是靠威脅，而是服軟，用眼淚，用哭訴哀求！哎，馮氏後悔自己在來時沒好好教教姚金花，她也沒想到姚金花會這樣。

「金花，妳好好跟他說，別急啊！」馮氏只能一旁苦勸。

林蘭和李明允隨後趕到，林蘭見姚金花跟個潑婦似的，頓時火氣上湧，就要衝上去。李明允忙拉住她，對她搖搖頭，且看大哥怎麼處理。

林風被姚金花這麼扯著，李府的下人們都驚愕地看著，林風覺得他的臉都丟盡了，惱羞成怒，他一個閃身，用力一甩，把姚金花甩了出去。

姚金花跌在地上，屁股摔得生疼，她驚悚地看著怒不可遏的林風，這個男人真的變了，不再是她記憶中的男人了，強烈的失落感讓她有一瞬的茫然。

馮氏忙去扶起姚金花，「金花，有話好好說，不要急啊！」又小聲地教她：「男人都是要面子的，妳讓他在這麼多人面前下不了台，他能不跟妳急嗎？」

姚金花終於意識到，屬於她的威風的日子一去不復返了，這個男人再不是任她揉捏的軟麵團了，她傷心地哭了起來，委屈道：「我也不想這樣，可他二話不說就把孩子抱走，我能不急嗎？憨兒就是我的命呀！」她哭著又衝林風道：「如今你有出息了，就開始嫌棄我了，話沒說兩句就對我發火，我滿心歡喜來尋你，你就這麼對我……嗚嗚嗚……咱們是夫妻，有什麼不好商量的，你跟我好好說，我能不聽你的嗎？你就是故意這樣，故意藉著這個由頭好休了我……」

林風還真是吃軟不吃硬，姚金花撒潑打滾的他倒好解決，這一哭一服軟，他就不知道怎辦好了。火氣消了下去，林風悶聲道：「妳胡說什麼？我一再問妳跟不跟我走，是妳自己非得留下，這會兒倒埋怨起我來。」

「我哪知道會這樣，那不是你失散多年的爹嗎？有爹為什麼不認？你自己做事沒道理，還來說我！」姚金花哭得肩膀一抽一抽的。

「喂，妳不了解情況，少在這裡胡說八道！」林蘭最恨人家說不認爹就沒道理的話，如果姚金花不是哥的老婆，不是憨兒的娘，她早讓人趕了出去，眼不見心不煩。

馮氏看林蘭面色不豫，尷尬道：「林蘭，妳別生氣，妳嫂子她也是因為想孩子，急了……」

哼，急了？是她姚金花急著當將軍府的大少奶奶吧？

姚金花一見林蘭跳出來，心裡憋著的一股邪火陡然找到了發洩出口，她三兩步衝到林蘭面前指著她質問：「是不是妳從中挑撥離間？我知道妳早就看我不順眼，一定是妳挑唆妳哥，好讓妳哥休了我，妳哥以前可不是這樣的……」

林蘭一把拍掉她的手，毫不客氣地說：「實話告訴妳，要不是看在憨兒的面上，我還真想這麼做！也不撒泡尿好好照照自己，長得抱歉也就算了，還好吃懶做，勢利又貪財，一天到晚就知道雙手插腰，耀武揚威，對我哥呼來喝去的！什麼叫夫是綱，夫是天，妳娘沒教過妳三從四德嗎？妳氣死我娘，又想把我賣了，這筆帳我還沒跟妳算呢，妳還敢來質問我？信不信我打妳出去？」

姚金花眼中閃過一抹懼意，隨即又把胸挺起來，囂張道：「妳打我試試？妳打呀，打呀……我對妳哥呼來喝去怎樣？妳哥還就喜歡我這麼對他，他樂意，妳氣也白搭！別以為妳嫁了個有錢有地位的男人就了不起了，目無尊長，辱罵嫂子，妳娘又是怎麼教妳的？」

「姚金花，妳不要太過分了！」林風怒吼一聲，這個女人真是越說越不像話了。

姚金花激動地嚷嚷道：「是你妹子過分，哪有小姑子這樣對大嫂說話的？你這個做哥也不管管，就知道對我發脾氣！我姚金花是沒相貌也沒本事，可我好歹給你生兒育女，沒有功勞也有苦勞，你們一個個的就這麼對我，我……我不活了……」

姚金花左右看了看，兩邊都是牆，不好撞，就一頭往林風胸口撞去。

「這……這可如何是好……哎呀，林蘭，妳就別火上澆油了，快勸勸吧！」馮氏著急得說。

林蘭冷哼一聲，淡淡道：「林夫人，我們家的事，妳不清楚，這種場面早就見怪不怪了。妳若是怕出事，那就趕緊把人帶走，反正她很稀罕做妳的媳婦。」

馮氏被嗆得一時無語，看來這兄妹倆對姚金花都不怎麼待見，其實她也不喜歡姚金花這種一哭二鬧三撞牆的潑婦行為，讓她想起大姑一家子，哎，林風和林蘭自小在鄉野裡長大，沒沾染這種習氣委實難得。

「你拉著我做什麼？你既然這麼嫌棄我，把憨兒還給我，我帶憨兒走，以後再不出現在你面前，你就當我們娘倆死了……」姚金花扯著林風，眼淚鼻涕全擦他身上。

這樣實在是太丟人了，林風一咬牙，緊緊地抓住姚金花的手臂往外拽，「要鬧出去鬧，今天老子豁出去了，陪妳鬧個夠！」

李明允忙上前勸：「大哥，別這樣，這樣解決不了問題……」

「明允，你別管，讓大哥自己處理。」林蘭制止道，大哥難得發一回威，這種老婆早就該修理了，姚金花就是三天不打上房揭瓦的貨色。

「你們林家沒一個好東西，沒一個好東西……」姚金花掙扎著不肯出去。

林風索性捂住她的嘴，沒想到姚金花一口咬下來，手指上立時幾個深深的血洞。

馮氏本想追出去，轉念一想，她追出去也沒用，她的身分本來就尷尬，還是不要插手的好。

「林蘭，真不好意思，我想勸她別來的，沒勸住……」馮氏訕然道。

林蘭話語淡淡，透著疏離：「林夫人，麻煩妳回去轉告大將軍，不要試圖改變什麼，彼此當彼此不存在好了，請他別再耍什麼花樣，否則，我會更恨他。」

馮氏神情一滯，黯然道：「那……我們還是朋友吧？」

林蘭嘴角彎起些微弧度，說遺憾更不如說是自嘲：「以前是，現在，妳覺得有可能嗎？」

馮氏心口堵得慌，自從認識林蘭，她就是真心以待，覺得林蘭是個可以交心的朋友，而如今，她們之間卻是連陌生人都不如了。

看到馮氏失望寥落的神情，林蘭心裡也不好受，她在京中，稱得上交心的朋友，也唯有馮氏和喬雲汐。喬雲汐對她好，多半是因為她曾經救過她的孩子，有這份恩情在，而馮氏，一直是無所圖地幫她，她曾想過要跟馮氏做一輩子的朋友，現在，因為老東西的出現，把這一切都破壞掉了。

「我也知道，我們回不到從前的樣子了，但我心裡，還是把妳當朋友……我先告辭了。」馮氏低聲說著，慢慢轉身離去。

林蘭忍著不去看她離去的背影，忍著心裡的酸楚，她不是個不講理的人，不是要一竿子打翻一船人，她知道這事不能怪馮氏，要怪只能怪那個老東西，可是……她和馮氏註定是走不到一塊去了。

李明允無聲嘆息，摟了摟林蘭的腰，勸道：「這裡風大，妳先回去休息，我去看看大哥，可別真鬧出什麼事來。」他又扭頭吩咐道：「銀柳，扶二少奶奶回房。」

銀柳噯了一聲，過來扶二少奶奶。

林蘭不放心又叮囑了一句：「你別幫著姚金花說話，她那人，給點顏色就開染坊，這次不把她的氣焰壓下去，她就會鬧個沒完。」

李明允笑了笑，「明白了，夫人。」

林風扯著姚金花出了李府，邊警告道：「妳若還想跟我好好過日子就給我安分點，再鬧，再鬧可別怪我把妳扔大街上！」

姚金花不甘心地狠捶了他一下，「混蛋，你弄疼我了，快放手！」

林風皺著眉頭，「那妳還鬧不？」

姚金花幽怨無比地說：「你跟我好好說，我能鬧嗎？」

林風這才鬆了手。

「你把我拉出來，憨兒怎麼辦？」姚金花不敢再鬧了，扯了扯皺巴巴的衣裳，橫了林風一眼，問道。

「憨兒有妹子照顧，不用擔心。」林風跟門房打招呼：「把我的馬牽出來。」

門房趕緊應聲，去牽馬。

姚金花一聽又急了，「你妹子她自己都還沒做娘呢，怎麼會帶孩子？不行，憨兒不能交給她，憨兒生下來還沒離開過我，每天晚上都得我哄著他才肯睡……」

林風冷眼瞅著她，「把孩子交給妳，妳好抱去將軍府討好那個老東西？」

「呸呸呸，哪有人這樣說自己爹的？沒大沒小！」姚金花罵道。

林風濃眉倒立，「我說了，他不是我爹，我沒這樣的爹！妳也最好斷了認爹的心思，要不然，妳走妳的陽關道，我走我的獨木橋！」

門房馬還沒牽出來，馮氏出來了。

姚金花立即變了副嘴臉，討好地說：「夫人，您……先回吧，我勸勸他，勸勸他……」

林風負氣地扭過頭去，姚金花還一個勁扯他的袖子，低聲說：「你這樣太沒禮貌了！」

馮氏微微苦笑，「也好，你們好好談談，夫妻間沒什麼是不能商量的。」

「是，是，好商量，我們好好商量。」姚金花笑得十分諂媚，還故作親暱地捅了下林風。

林風差點氣得內傷，這女人翻臉比翻書還快，真是無藥可救了。

馮氏一走，林風就吼開了：「我說妳怎麼就這麼賤呢？幹麼對人家這副樣子？她是妳親娘還是妳的金主？」

「噯，你還真說對了，她可不就是咱們的金主嗎？林風，我說你是不是當兵當傻了？有這樣一個位高權重的爹你不認，非要整得跟生死仇敵似的！你也不想想，有了這個爹，你的前程一片光明，還有咱們的憨兒，以後就是大將軍的孫子，將門之後，那得多威風！你就算不為你自己想，也得為憨兒的將來想想不是？我這不都為了你和孩子嗎？」姚金花苦口婆心地勸。

「誰稀罕靠他，我林風自己有手有腳，自己能養活自己，自己的前程自己掙，沒他這個爹，我林風照樣能混出人樣來！」林風氣道。

姚金花很不屑地剜了他一眼，「喲喲喲……瞧你能耐得，得了吧，你這芝麻綠豆的小官，得拚多少年才能混到你爹的地位，還不一定混得上呢！」

「小官怎麼啦？妳瞧不上我，我又沒攔著妳。」林風沒好氣地翻了個白眼。

姚金花臉色一沉，大聲道：「林風，你有完沒完？從咱倆見面，你三句不離趕我走，你說，你是不是有什麼相好了，故意藉著這個由頭好把我給休了？」

門房牽了馬出來，看大舅爺被這個女人指著鼻子罵，心裡不禁有些犯怵，小心翼翼地說：「大舅爺，您的馬。」

林風接過韁繩，牽了馬就走人。

姚金花連忙追了上去，「哎……我問你話呢，你給我說清楚！」

林風頓住腳步，回頭目色沉沉地看著姚金花，認真道：「金花，我林風是個什麼樣的人，妳應該清楚。嫌貧愛富的事，我林風從來不幹，妳不要動不動就相好相好的。妳要求富貴，我不攔著妳，妳若還想好好跟我過日子，就改改妳的性子，不然，我們沒法在一起。」

姚金花怔了怔，林風這樣不怒不威的認真神情，讓她沒來由得心驚，也不敢放肆了，怯怯地說：「我怎麼不想跟你好好過日子？只是，你真的不考慮認爹了嗎？」

林風的眼神陡然犀利起來，姚金花立刻投降，「算了算了，當我沒說！」頓了頓，姚金花又問：「那咱們現在去哪？」

「客棧。」

「客棧？為什麼去客棧，李府又不是沒房子給咱們住，再說，憨兒還在李府呢！」

林風不耐煩地嘖了一聲，「妳剛才罵妹子不是罵得很爽快嗎？這會兒倒有臉說住李府了？」

姚金花撇了撇嘴，「那是她先罵我的好不好？再說我也沒說錯，她就是想趕我走。」

「妳好好反省自己，要不是妳先出言不遜，胡攪蠻纏，妹子能說妳嗎？」林風氣哼哼道。

「反正你就只會護著你妹子，你們是血濃於水的兄妹，就我是外人！」姚金花氣悶地嘀咕：「去客棧也行，把憨兒帶上，憨兒不在我身邊，我不安心。」

「憨兒跟著妳，我才不安心！別廢話了，妳先在客棧住幾日，妹子已經幫咱們看好了一處宅院，這幾天就買下來，妳總跟妹子對著幹，妹子卻是一心為咱們著想，要不是那個老東西偷偷把妳接了來，我正準備去接你們呢！」

姚金花心中微喜，好奇地問：「那宅子有多大？地段好不好？得花多少銀子？」

林風無奈地搖搖頭，「三進，我本來說買個兩進的院子就行了，妹子就怕寒磣了妳這個大嫂，一定要買個大的。」

姚金花不以為然，「反正她有的是銀子，她就你這麼個親哥哥，送個小宅子，她也沒臉啊！」

林風好不容易壓下去的火氣又竄上來，「我說姚金花，妳這人知道好歹兩個字怎麼寫嗎？」

看林風火了，姚金花識趣地閉上嘴，看在有好處拿的分上，她就暫時忍忍吧！

李明允回到落霞齋，見林蘭坐在炕上發呆。

「在想什麼呢？憨兒呢？」

林蘭有氣無力道：「憨兒吃飽了，周嬤嬤正哄他睡覺，我哥呢？」

李明允給自己倒了杯茶，坐到林蘭對面，慢悠悠地說：「我出去的時候，看他們已經不吵了，就沒上前，這會兒已經走了。」

「我哥要把姚金花帶哪去？」

「估計是去客棧吧！」

「去客棧也好，我還正擔心姚金花要賴在這裡不走。這女人，我見她就煩。」林蘭鬱悶道。

李明允挑了挑眉梢，放下茶盞，說：「江山易改本性難移，妳嫂子貪慕虛榮的性子是改不了了，妳還是防著點，別讓她把憨兒抱走了。妳信不信，她定會把憨兒送回將軍府。」

林蘭冷哼道：「這還用說嗎？她做夢都想發財！以前她最羨慕的就是張大戶家的姨娘們，不用幹活，有吃有穿還能住大宅子，現在有這麼個當大官的公公，她能不想破腦袋去認嗎？我看我哥還有得鬧心，好在我哥如今總算是腦子清醒了，沒被她牽著鼻子走。」

李明允笑了笑，拖過大引枕斜倚著，屈起一條腿，一隻手隨意地搭在膝蓋上，姿態慵懶，笑看著林蘭因為不快而陰鬱的臉，「妳就不怕妳哥被姚金花哄走？」

林蘭翻了個白眼，沒好氣道：「哥要是到現在還拎不清，我也懶得理他！」林蘭回味了一下李明允的話，往前挪了挪，挨到明允身邊，「你覺得有這個可能？你看到他們倆和好了？」

李明允聳了聳肩，「看到是沒看見，我只是隨便說說而已，不過妳也知道枕頭風的威力……再說，妳哥又是個老實人。」

是啊，姚金花那張破嘴能把黑的說成白的，死的說成活的，要是天天在哥耳邊灌迷魂湯，難保哥不會動搖。

林蘭沉吟道：「明允，你說我勸我哥休了姚金花怎麼樣？」

「哎，可別，都說寧拆十座廟不毀一門親，姚金花再不好，總是憨兒的娘……」

「去，有這種娘才是憨兒的不幸，憨兒跟著姚金花，準學壞。再說了，家有賢妻家才旺，姚金花這種女人，除了捅婁子、扯後腿，她還能幹啥？別把我哥也給連累了。」林蘭越想越覺得姚金花這種老婆要不得。

「話是這麼說，不過，這夫妻過日子，就好比如人飲水冷暖自知，到底合不合適，妳哥自己心裡清楚，妳哥若覺得姚金花好，妳去勸說，反倒落了個妳小心眼，妳哥若覺得姚金花不好，要休妻，妳再點頭附和也不遲。」李明允中肯地說。

林蘭有些頹喪，「哎，說來說去，就一個道理，寧可相信這世上有鬼，也不能相信媒婆的嘴，當初要不是那個王媒婆把姚金花誇得跟朵花似的，我娘也不會讓姚金花進門。」

李明允笑笑，「好了，不說她了，今晚酒喝多了，有點上頭，我去沐浴，咱們早點休息。」

林蘭讓銀柳去煎了梨汁給李明允醒酒，自己也去洗漱，等她出來的時候，李明允已經躺在床上閉目養神了。如意來稟，說憨兒少爺哭了幾聲喊娘，這會兒已經睡著了。林蘭安下心來，這個侄兒還算是乖巧的。

銀柳很快送來梨汁，林蘭親自端了送到床邊，「明允，喝了梨汁再睡。」

李明允睜開眼，坐起身來，喝了半碗，道：「不喝了，免得一肚子水，又要起夜。」

林蘭把碗交給銀柳端下去，一邊去解開帳子的銀勾，一邊數落道：「一會兒沒看住，你就喝這麼多，看你明天還有沒有精神去上朝！」

李明允就這樣笑咪咪地看著林蘭，眸中有些許醉意，在燭光下，流光瀲灩，說不出的魅惑。

林蘭嗔了他一眼，「笑什麼笑，快睡吧！」

身子剛挨著床沿，就被他一把拉入懷裡。

「哎……你幹什麼？別動手動腳的，趕緊睡了！」林蘭推著他。

李明允反而抱得更緊，因為喝了酒的緣故，嗓音略沙啞，在她耳邊說：「我想要……」

耳邊是曖昧的話語，鼻息間是微醺的酒氣，林蘭臉上發燙，羞赧地嗔道：「要什麼啊你……」

李明允的手熟練地替她寬衣解帶，濕熱的吻輕輕點點落在她的眉眼間，溫柔地低聲呢喃：「我想要個孩子……」

「不行，要孩子，你先戒酒三個月。」林蘭義正辭嚴地拒絕，身子卻在他的挑逗下漸漸發燙，情慾如潮水湧來。

「都聽妳的。」李明允低笑著，挺身將自己堅硬的炙熱埋進那最柔軟最溫暖的地方。

這一晚，林致遠是睡不著了，本以為風兒見到媳婦跟兒子態度會有所轉變，沒想到風兒不僅把他的孫子抱走了，現在媳婦也跟著跑了，竹籃子打水一場空。

林致遠翻來覆去的，馮氏也睡不安生，「老爺，您明早還要早起，快些睡吧！」

「我哪裡還睡得著？妳說，蘭兒和風兒到底要我怎樣做，他們才肯諒解我？」林致遠睜著眼，入眼卻只有一片沉沉的黑暗，就好像他的心，茫然得找不到方向。

馮氏今天心情特別不好，林蘭淡漠疏離的態度，讓她心裡堵得慌，便沒好氣地嘟噥：「你問我，我問誰去？我和林蘭原本無話不談，如今她連看都不願多看我一眼，我心裡還不舒服呢！」馮氏轉了個身背對著他。

林致遠一手支起身子，去搖她，「那是她一時轉不過這個彎來，等她想通了就沒事了。」

馮氏淡淡說道：「老爺，該轉彎的是你。」

林致遠錯愕，「這話從何說起？」

馮氏乾脆坐起來，認真道：「從何說起？從老爺偏信大姑的謊言說起。老爺，不是妾身說您，這件事，大姑固然不可饒恕，但老爺您就沒錯嗎？您明知道大姑是什麼樣的人，這麼大的事，您就沒有去求證一下鄉里鄉親？大姑隨便編個老孫頭就把您給唬過去了，您讓林蘭他們怎麼想你這個爹？肯定會覺得您根本就不重視他們，若是重視，無論如何也該尋了他們的屍骨好生安葬；若是重視，就不該隨即就娶了我；若是重視，您就該考慮到他們的感受，而不是採用這種帶有強迫性的手段來逼迫他們。您不是說明允是支持您的？可您看明允這回過來明顯是不高興了。林蘭可是他心尖上的人，他是絕不允許林蘭受到一點傷害，不用想都知道林蘭對你私自昭告天下有多生氣，還有，您把姚金花母子接過來，若是好好地把人送到林風那，林風或許還會感激您一二分，現在弄得，倒像是你用金花母子來脅迫林風，他能不生氣？指不定心裡更恨您了。」

林致遠被馮氏一頓數落，張口結舌，面紅耳赤，「妳這麼說，都是我的不是了？」

馮氏氣悶道：「不是你的不是，還是誰的不是？難道是妾身？妾身可沒哭喊著急著要嫁你！」

林致遠被嗆得說不出話來，重重躺下，負氣地閉上眼睛，胸膛起伏，呼吸沉重。

馮氏自顧自說道：「您一定在想，為什麼孩子們就不能體諒您的苦衷？為什麼您已經夠低聲下氣了，孩子們還不依不饒？所以說，您都是站在您自己的立場看問題。老爺，這可不是在邊關打仗，大家都得聽您的，以您為中心。當然，如果您覺得認不認這雙兒女無所謂，那您就繼續這樣，如果您還想認他們，想一家團圓，您就得改變自己的想法，真正的為他們著想，考慮他們的感受……」

林致遠的氣息漸漸平復下來，馮氏說得好像是有那麼點道理，便有些抱怨地說：「這些話，妳怎麼不早跟我說？」

馮氏沒好氣道：「老爺有問過妾身嗎？您自個兒就拿主意了，要姚金花母子到了家門妾身才知道有這回事，您讓妾身怎麼跟您說？」

林致遠連連賠罪：「是是，都是我的不是，問題是，我接下來該怎麼做？」

馮氏擺起譜來，「妾身說的老爺肯聽？」

林致遠又坐了起來，好聲道：「夫人說的都是金玉良言，為夫自然是聽得。」

馮氏翻了個白眼，有求於人才說得這麼好聽，罷了，她也不想跟林蘭一輩子這樣僵持著，權當幫幫林蘭，幫幫自己好了。

「那好，妾身就斗膽說上一說。第一，這件事大姑難辭其咎，要怎麼發落他們，您該拿出個章程來。」

林致遠點頭附和道：「那是，絕不能輕饒了她，我這不是想著聽聽蘭兒的意思嗎？」

馮氏柳眉蹙起，冷聲道：「您以為林蘭還願意見到大姑？見到又怎樣？罵一頓還是打一頓？心裡的怨恨就能煙消雲散了？」

「好好好，我明兒個就打發了大姑一家回老家，從此我就當沒這個大姊。」林致遠忙道。

馮氏哼道：「就這麼著？豈不是太便宜他們？不就是沒從您這撈到好處嗎？他們回老家還不是照樣過日子？」

「那夫人的意思是？」

「至少得讓他們親自去沈氏的墳前磕頭賠罪，然後將他們的惡行昭告鄉里，公開斷絕姊弟關係。老爺，您別怪妾身心狠，您也瞧見了，大姑一家是什麼心性，他們沒能從您這撈到好處，但只要他們在鄉里一嚷嚷，說自己有個當大將軍的弟弟，有的是想巴結討好他們的人，到時候他們藉著您的名頭做些有損您威名的事，可不是鬧著玩的。只有這樣，才能封住他們的嘴，讓那些試圖巴結的人斷了念頭，才能讓大姑一家自律一些，夾著尾巴老實做人。這不是害他們，而是幫他們。」馮氏已經憋了好久的話，今日終於可以一吐為快。

林致遠低頭思忖良久，嘆了一口氣，「妳說的有理，就按妳說的意思辦。」

「還有，那個姚金花，我看她也不是什麼好女人。您是沒瞧見，今兒個在李府她撒潑打滾的樣子，把林蘭的臉都氣白了，林風也氣得不行。說實話，這種女人真配不上林風，所以，您以後少管他們的事。」馮氏沒好氣道。

林致遠道：「我要不是衝著風兒，那種女人我會理她？當初她還想把蘭兒賣給張大戶，這筆帳以後再跟她算。」

馮氏氣得差點手指點到他額頭上去，硬生生地忍住了，「老爺，你說我該說你什麼才好呢！你明知道姚金花不是個東西，你還往家裡接，還想利用她去留住林風，這不更讓人生氣嗎？你讓林蘭怎麼想你？」

林致遠汗顏，「這事，是我欠考慮了，我其實在乎的是憨兒，多乖巧的孫子，跟風兒小時候長得一個樣，虎頭虎腦的。」

馮氏實在是無語，仰頭倒下，捂緊了被子，不再理他。

「哎……妳接著說啊！」

「不說了，跟您沒法說！」馮氏往裡挪了挪，真是越說越心煩。

林致遠訕然，獨自一人坐在那裡長吁短嘆。的確是他把問題想得太簡單了，以為自己這樣做就能取得兩個孩子的原諒，沒想到弄巧成拙，反而讓事情變得越來越糟糕。他娘的，這事可比打仗費腦子多了。

天還沒亮，李明允就起來了。昨晚折騰到半夜，林蘭累得眼睛都睜不開，迷迷糊糊的也想起來，被李明允按回去，「妳多睡一會兒，別起來了。」

林蘭抱著被子嘟噥：「當個官也真累，每天起得比雞還早。」又不禁慶幸家中沒有長輩，不然自己也該早早起來去請安。

李明允寵溺地摸摸她的臉蛋，柔聲道：「我儘量早點回來。」

李明允走後，林蘭也沒睡多久，就被小孩的哭鬧聲吵醒了，林蘭這才想起還有個憨兒，忙喚銀柳來：「憨兒少爺怎麼了？」

銀柳苦著臉道：「憨兒少爺一覺睡醒見不到娘，哭著要娘親，周嬤嬤怎麼哄也哄不住。」

林蘭連忙起來，讓銀柳伺候著穿衣梳洗。

周嬤嬤已經使出了渾身解數，什麼好玩的都搬出來了，冬子在院子裡裝猴子翻跟斗逗憨兒，反倒把憨兒惹到哭得更厲害了。

「冬子，有你這麼哄人的嗎？不會就趕緊下去。」林蘭出門來，見冬子垮著一張臉，就差沒喊憨兒小祖宗了，不禁又好氣又好笑。

冬子如釋重負，連忙告退，林蘭喚住他：「冬子，你去街上多買些好玩的回來，快！」

冬子應聲去了。

周嬤嬤愁眉苦臉地抱著憨兒走到林蘭跟前，「二少奶奶，這……怎麼辦啊？」

林蘭接過憨兒，拿出帕子替憨兒擦掉眼淚，邊哄道：「憨兒乖，憨兒不哭，姑姑帶你去看小魚好不好？小魚小魚水中游，搖搖尾巴點點頭，一會兒上，一會兒下，好像快樂的小朋友……」

憨兒聽著兒歌，小身子還是一抽一抽的，癟著嘴巴，很委屈的樣子，不過卻是不哭了。

林蘭帶憨兒到後花園看鯉魚，小孩子都喜歡小動物，憨兒起先還只是安靜地看，到後來忍不住伸出小手要去捉魚。銀柳很識趣地撒下魚食，引得池中的鯉魚齊齊來爭食，看得憨兒拍手咯咯笑，總算暫時把人給哄住了。

「還是二少奶奶有辦法。」周嬤嬤跟在後頭笑嘆著。

「那是咱們憨兒乖……」林蘭溫言細語的，疼愛地摸摸憨兒的小腦袋。

「您還別說，像憨兒少爺這麼乖巧的孩子還真少見，昨晚老奴還擔心憨兒少爺哭鬧不休，沒想到，憨兒少爺一覺睡到大天亮。」周嬤嬤看著憨兒也是滿心歡喜，心裡就盼著二少奶奶也趕緊生個小少爺才好。

「對了，你們都警醒些，如果我嫂子上門來看憨兒，可不許她抱出門去。」林蘭想到這碴，趕緊吩咐下去。

「是，沒二少奶奶的允許，誰也別想抱走憨兒少爺。」周嬤嬤笑著應道。

「二少奶奶，二少奶奶……」有人急聲高呼。

「好像是紅裳。」銀柳道。

紅裳上氣不接下氣地跑了過來，「二少奶奶，您快去瞧瞧，大少奶奶好像快生了！」
林蘭一驚，忙把憨兒交給周嬤嬤，吩咐銀柳：「銀柳，妳快去取我的藥箱。」
周嬤嬤擔心道：「怎麼提前了好幾天呢？」
林蘭也顧不得回答周嬤嬤的困惑，按說離丁若妍的預產期還有七八天，但這也在正常時間範圍內。林蘭邊走邊問紅裳：「大少奶奶肚子痛了，還是見紅了？」
紅裳道：「是見紅了，早起的時候才發現的，肚子還沒開始痛。」
林蘭心下稍安，沒開始陣痛就還好。
丁若妍害怕極了，雖然林蘭有跟她說過生孩子要注意的一些問題，教了她怎麼呼吸吐納，說孩子胎位正應該能順利生產，可她就是害怕，關鍵是明則不在身邊。
「大嫂，怎麼樣？感覺還好嗎？肚子有沒有痛起來？」林蘭上了樓，就看見丁若妍臉色慘白地躺在床上，神情慌張。
「弟妹，怎麼辦？妳不是說見紅了就快要生了，可妳大哥還沒回來……」丁若妍緊緊拉著林蘭的手，六神無主。
林蘭安慰道：「大嫂，妳別怕，有我在，讓我先替妳瞧瞧。」
林蘭檢查了一番，一切跡象都表明丁若妍真的快要生了，她果斷地吩咐：「紅裳，去把張穩婆和劉穩婆請來，我需要幫手。姚嬤嬤，趕緊吩咐下去，燒熱水，準備乾淨的帕子，再讓人去丁府請丁夫人過來。」
大家連忙各就各位，各司其職，忙碌開來。
「真……真的要生了？」丁若妍的臉色越發蒼白。
林蘭笑著拍拍丁若妍的手，「大嫂，孩子準備出來見妳了，妳可別慌，妳和孩子一起努力，讓孩子平安順利來到這世上。」

丁若妍蹙起了眉頭，「妳這麼一說，我都覺得肚子開始痛了……」

斷斷續續的陣痛從清晨一直延續到晚上，丁若妍是個含蓄內斂的人，就算痛得受不了了，也羞於呼痛，只聽得那一聲聲沉悶的呻吟越來越急促，她額上的汗珠越來越密。

「怎樣？快生了沒？」丁夫人看女兒如此遭罪，心疼不已，不時地詢問林蘭。

林蘭有些擔心，都一天了，丁若妍的陣痛間隔時間越來越短，痛得也越來越厲害，但宮口還沒有開到二指，這樣下去，只怕到關鍵時刻，丁若妍會體力不支。

「丁夫人稍安勿躁，大嫂的情況良好，只是時間問題。」林蘭應付了丁夫人，吩咐姚嬤嬤：「去取參片讓大少奶奶含著。」

丁夫人坐在床邊緊握著丁若妍的手，忍不住抱怨：「明則怎麼到現在還不回來？自己老婆要生孩子了，他還不知在哪個地方磨蹭？都說男人沒心沒肺，我看他還真是個不可靠的……」

丁若妍痛過一陣，緩了口氣，虛弱地說：「娘，您別這麼說，是孩子提早要出來，明則又怎會知道……」

丁夫人恨其不爭，「妳就知道幫著他說話，也不知道妳看上他什麼了。」

產房裡有不少下人，丁夫人直白地宣洩她的不滿，數落此間的男主人，大家都覺得很尷尬。

自打李府被抄後，丁夫人就一千個一萬個看不上李家，如今二少爺升了官，而大少爺還是一白丁，這一比較，丁夫人就更加著急上火，每次過來，不是數落大少爺沒用，就是責怪大少奶奶死心眼。

丁若妍本來就如墜煉獄，苦不堪言，母親還在一旁說風涼話，叫一屋子的下人看笑話，氣得她喉嚨打結，一口氣堵在那，上不來也下不去。

林蘭皺了皺眉頭，這位丁夫人實在太讓人討厭了，嫌貧愛富也不分場合，女兒都痛得要死了，還一個勁只怕女兒不夠鬧心。

「丁夫人，這會兒說這些恐怕不太好吧？產婦能否順利生產，心情是很重要的。再說了，三十年河東，三十年河西，風水輪流轉，莫欺少年窮啊！說不定將來，您還得依仗這個不入眼的女婿呢！」林蘭不鹹不淡地說道。

林蘭說這話可是有根據的，丁大人雖然不是太子黨中的重要人物，卻是明明白白的太子黨，太子這個位置是坐不穩了，等四皇子上位，丁大人的前途也就到頭了。而李明則有李明允這個弟弟幫襯，重新入仕只是遲早的問題。丁夫人現在嫌棄李明則，將來只會讓自己難堪，不過，這種人只怕臉皮也是厚的，不怕難為情。

丁夫人臉色沉了下來，正欲反駁林蘭的話，丁若妍喘息著，鬆開母親的手，艱難道：「我這一時半會兒也生不出來了，母親，您還是先回吧。」

「妳這個樣子，娘怎能放心回去？」丁夫人見女兒生氣了，忙道：「我不說了還不成？」嘴上是這麼說，心裡卻是腹誹鄙夷：就明則那副慫樣，還能有多大的出息？哼，依仗他？還不如依仗柱子來得可靠！

夜漸漸黑沉，又漸漸明晰，李府上下，每個人的神經都緊繃著，一刻不敢鬆懈，心裡想的，眼睛不自覺望的都是位於李府東南方的微雨閣，祈禱大少奶奶能平安生下小少爺或是小小姐。

李明允也幾乎一夜沒合眼，他是信得過林蘭的醫術，只是心疼林蘭辛苦。心疼的他，不由得對孩子生出一絲懼意，萬一將來蘭兒生產也要受這麼大的罪，他寧可不要孩子了。這邊還是沒有消息，上朝的時間卻又到了，李明允只好囑咐冬子，一有消息立即去戶部告知他。

新的一天又開始了，但痛苦還沒有結束。

「大嫂，趕快抓緊時間休息一下，待會兒我讓妳用力，妳再按著我說的方法呼吸用力。咱們再堅持一下，孩子很快就能出來跟妳見面了。」林蘭面帶微笑，拿了方乾淨的帕子替丁若妍拭去滿臉的汗滴。此刻的丁若妍，整個人就好像從水裡撈出來似的，渾身濕透，林蘭看著心疼，鼓勵道。

丁若妍連動眼皮子的力氣都快沒了，真懷疑自己能不能堅持到最後一刻。

「明則呢？他回來了嗎？」丁若妍孱弱無力地問。

姚嬤嬤遞上熬好的濃參湯，「二少奶奶，參湯已經溫過了。」

林蘭接過參湯，紅裳馬上扶起大少奶奶，讓大少奶奶倚在她懷裡。

「大哥現在一定在路上了，我已經派老吳去碼頭等候，妳且安下心來，有我在，妳什麼都不用怕。現在陣痛的間距越來越短了，趁著這會兒不痛，快把參湯喝了吧，待會兒才有力氣。」林蘭溫言勸說，一小口一小口餵丁若妍喝下。

天色漸明，運河上的船隻也漸漸多了起來，一艘由南向北的客船停靠碼頭，船夫繫好纜繩，朝船艙內大喊：「客官，京津渡口到了！」

不多時，船艙中鑽出個一身素白棉袍的青年，面容清秀，那雙原本沉靜的雙眸，在望見岸邊那塊石碑上所刻的「京津渡口」幾個大字後，陡然間有了一絲喜色波動。他回艙背了個包袱出來，給了船老大一張銀票和幾錠碎銀，大步踏上連接船身和岸上的踏板。

終於回來了，沒想到這一去就是三四個月，原本以為祖母的後事很快就能辦妥，他很快就能回京，誰知大伯父花樣百出，一會兒嫌老太太的墳修得不夠氣派，一會兒又說今年的屬相跟老太太的屬相相沖，最好是等到明年再入土。總之是一齣接一齣的，就是一個拖字。拖有什麼好處？老太太的後事沒辦好，李明則就回不了京啊！一想到懷有身孕的丁若妍，李明則就寢食難安，所以最後他只能妥協，他的那份田地由大伯父負責耕種，二弟那份由三叔父一家負責。大伯父這才痛痛快快把老太太的後事辦了。他等那邊事情一了結，便馬不停蹄往回趕，就怕趕不上孩子出世。那樣重要的時刻，他不能陪在丁若妍身邊，將是他終身的遺憾，那可是他們的第一個孩子。

想到這，李明則不由得加快了腳步。

「大少爺……大少爺……」人群中有人高聲呼喊。

李明則下意識抬頭，目光在人群中搜索，雖然他不能確定是不是在叫他。

是老吳！李明則看見了揮舞著手擠過人群向他靠近的老吳。

「大少爺，可算把您等到了。」老吳眉開眼笑。

「老吳，你怎麼知道我今天到？」李明則納悶道，雖然他出發前有給家裡寫信，但他以為，郵驛送信的速度可能還沒他人回來得快。

老吳這才正色道：「老奴哪裡知道大少爺今天會回來，是二少奶奶吩咐老奴來這裡等大少爺的，因為大少奶奶快生了。」

李明則的心陡然提到了嗓子眼，驚訝道：「大少奶奶快生了？什麼時候的事？」

「昨天大少奶奶就開始肚子痛了，這會兒說不定孩子已經生下來了呢！」老吳猜測道，他家的婆娘和兩個媳婦都是不出一天就順利把孩子生下來了，現在距離他出門都一天一夜了。

李明則把包袱甩給老吳，急問道：「馬車呢？」

老吳捧著包袱，往右前方努了努嘴，「就在那邊。」

李明則二話不說，拔腿朝馬車跑去。老吳愣了一下，追上去，「大少爺，您慢點！」

李明則到了馬車前，三兩下解開套著車身的繩子，「老吳，馬我先騎走了，你自己想辦法回來吧，包袱裡有銀子。」李明則說著翻身上馬，雙腿一夾，馬鞭一甩，「駕……」

白馬撒開四蹄飛快奔跑起來。

老吳傻愣愣地看著光禿禿的車身，這叫他怎麼回去？難道用手拉回去？路可不近呢！

李明則用最快的速度趕回李府，一路上差點撞到幾個行人，還撞翻了一個貨郎擔。他也顧不上賠禮道歉，只扔給貨郎擔一錠銀子，作為補償。

李明則飛身下馬，大步朝府裡走，門房老張見大少爺回來了，歡喜地打招呼：「大少爺，您可算回來了。」

「大少奶奶生了嗎？」李明則開口就問。

「還沒呢，大少奶奶這回可遭罪了……」老張感慨著。

李明則的神色更加凝重，幾乎是用跑的趕往微雨閣。李明則走得急，在垂花門處跟一個人撞了個滿懷，李明則差點摔倒，那人已是遠遠摔了出去。

「誰啊……走路不長眼睛的？」那人摸著屁股，齜牙咧嘴地咒罵。

李明則也摸著受傷的下巴，憤怒地盯著這個擋了他路的人。

「妳在誰的手下做事？」看這人長得粗糙，姿色平庸，還那麼一股子俗氣，李明則皺起眉頭，沉聲問道。

眼看著姚金花和大少爺撞在一起，如意嚇得目瞪口呆。聽見大少爺問話，正要作答，卻見姚金花一骨碌爬起來，三兩步衝到大少爺面前，指著大少爺的鼻子，凶道：「你問我在誰的手下做事？我還要問問你是在誰手下做事的！這裡是內院，是你一個大男人可以隨便闖進來的？走路也不長眼睛，等我告訴我小姑，一定撤你的職，扣你的月例，把你趕出去！」

李明則心急如焚，哪裡管妳這個潑婦的小姑是誰，更沒時間跟她磨蹭，一把推開她就要離去。

姚金花卻緊緊地拉住他，不依不饒道：「你想就這麼走掉，沒門！你得賠我這身衣裳錢，我剛買的，花了三兩銀子呢，現在被你弄髒了，穿不了了，你賠，你賠……」

「哪裡來的潑婦？還不快走開！」李明則大怒，喝道。

「你敢罵我潑婦？你是什麼東西，今天你不賠我衣裳錢，哪也別想走。」姚金花跳著腳罵。

李明則甩不開，怒從心起，一扭頭看見如意：「如意，這人是誰啊？」

如意支支吾吾：「大少爺，這……這是舅夫人。」

「啊？大少爺？」姚金花怔愣住，不由得鬆開了手。

李明則瞅著姚金花，一時沒反應過來，這是哪門子的舅夫人，只是她終於鬆開了手，李明則趕緊走人。

姚金花怔怔地看著大少爺的背影，一直到看不到為止，嘴裡嘀咕：「這真是你們大少爺？看不出來啊，怎跟李明允這麼不像呢？而且，妳看看，他這一身粗布衣衫，連府裡的管家都穿得比他好……」

「哎……如意，妳怎麼不早點跟我說啊！」姚金花抱怨著，剛才那樣真是有點失禮呢！

如意訕訕，「舅夫人，您有機會讓奴婢開口嗎？」

姚金花悻悻，「算了算了，我先走了，明天我再來。」姚金花一邊拍掉衣裙上的灰塵，不住地惋惜，這身衣裳是今天剛上身的啊，結果就弄髒了，倒楣！

「大嫂，再堅持一下，再用力，孩子很快就能出來了。」林蘭鼓勵著，額上的汗滴不斷滑入鬢髮。她的面容依舊保持著平靜，但心裡卻是著急，丁若妍的力氣實在太小了，幾乎幫不上什麼忙。孩子的頭早就看到了，可到現在一直下不來。再這樣下去，孩子會有窒息的危險。

銀柳在一旁拿著手絹，不時幫二少奶奶擦汗，她跟在二少奶奶身邊這麼久，還是第一次見二少奶奶這麼緊張。

「李夫人，妳到底行不行啊？如果不行的話就早點說，咱們可以換人。」丁夫人已經睡了一覺，神氣十足，對林蘭這麼久還不能解決問題頗為不滿。

「林蘭，我不行了，真的，不行了……」丁若妍汗出如漿，無望地呻吟著，她已經很努力了，可是還是不行啊！

林蘭狠狠地瞪了丁夫人一眼，妳這個做娘的，不拆臺會死嗎？說話做事從來不看場合。

「丁夫人，請您保持安靜，如果您熬不住一定要說話，請您出去說。」林蘭冷冷道。

張媒婆勸道：「夫人，您別著急，應該就快了。」

丁夫人張了張嘴，看著只剩半條命的女兒，終究還是忍了下來。

「若妍，若妍……我回來了，妳聽見了嗎？我就在外面，若妍，妳不要怕，我在呢，我在……」樓下傳來李明則的大聲呼喊。

林蘭心頭一喜，「大嫂，妳聽見了嗎？大哥回來了，大哥回來了，所以，妳一定要努力堅持，你們一家就要團聚了！」

丁若妍眼睛陡然明亮起來，熱切地望著樓梯的方向。

李明則要上樓，被幾個婆子死命攔住。

「大少爺，您真的不能上去，那是產房，污穢之地，男人不能進……」

李明則呸道：「那是我自己的妻子兒女，什麼污穢不污穢的？快讓開，我要上去！」

「大少爺，使不得，真的使不得……」

「大哥，你就稍安勿躁吧。大嫂一定聽見你的聲音了，知道你回來了，她的心也就安了，這會兒正是關鍵時候，你就在這裡等等。」李明允拍拍李明則的肩膀勸慰道，今日他也是早點趕回來，等在微雨閣樓下。

李明則十分沮喪，雖然沒聽到丁若妍的呻吟呼痛，但他知道丁若妍的性子，就算是痛死了也羞於啟齒，正因為這樣，所以他才更擔心更心疼，他多想守在丁若妍身邊，握著她的手給她打氣。

「若妍，妳別怕，妳一定要努力，我在這裡等妳，等妳和咱們的孩子……」李明則無奈，只好朝樓上大聲喊道。

聽到李明則的話，丁若妍的眼神變得堅毅沉靜，她咬了咬唇：「林蘭，幫我，我要孩子順利出生……」

李明允看著焦躁不安，在屋子裡團團轉的大哥，忍不住又勸：「大哥，你就坐一會兒吧！你也聽見了，銀柳說大嫂快生了，別擔心！」

李明則心浮氣躁地說：「怎麼可能不擔心？這都多久了，早知道生孩子這麼辛苦，這麼凶險，我寧可不要孩子了！」

李明允愣了下，這話怎麼這麼耳熟？呃，他昨晚就這麼想來著！

「哇……哇……」樓上傳來響亮的孩子的啼哭聲。

李明允霍然起身，李明則也頓住腳步，兩人皆望著樓頂，心中狂喜，生了，生了……

咚咚咚……姚嬤嬤飛奔下樓，眉開眼笑，喜孜孜地說：「恭喜大少爺，大少奶奶生了，是個小少爺，白白胖胖的小少爺……」

李明則似乎還沒從這個驚喜中緩過神來，懵懵然的，幾乎不敢相信自己真的做爹了。

李明允笑著拍了下李明則的肩膀，「大哥，還愣著幹什麼？大嫂生了，恭喜你做爹了！」

李明則遲鈍地反應著，搓著手，傻笑著語無倫次：「是啊，是啊，生了，做爹了！賞，在大嫂奶奶身邊伺候的每人賞銀十兩，府裡其餘人皆賞銀五兩！」

姚嬤嬤樂呵呵地屈膝施禮，「謝大少爺賞。」

李明允豪爽地揮衣袖，「十兩太少，這可是李府的大喜事，姚嬤嬤，傳命下去，賞銀加倍。」

林蘭忙了兩天一夜，累得夠嗆，只想趕緊回去睡覺。還想數落幾句晚到的女婿的丁夫人，也被裡林蘭請了出去，好把空間和時間留給這對久別重逢外加喜得貴子，高興得不知所以的夫妻。

姚嬤嬤忙著去派賞，闔府上下一派喜氣洋洋。

林蘭泡在大浴桶裡閉目養神，水微燙，蒸騰的水汽中氤氳著薰衣草的芳香，沁入四肢百骸，讓她每一個毛孔都張開來，盡情呼吸。

如意一邊加熱水，一邊彙報這兩日憨兒少爺的情況。

「冬子買了好多玩具回來，又有這麼多人陪著他玩，憨兒少爺別提多開心了，也不吵著要舅夫人了，哦，對了，舅夫人這兩日都有過來，想把憨兒少爺帶走，周嬤嬤不讓，緊緊看著她，說這是大舅爺吩咐的，要帶走憨兒少爺，除非大舅爺自己過來，舅夫人沒轍，只好作罷……」

林蘭漫不經心地「唔」了一聲，如意又道：「今兒個奴婢送舅夫人出門的時候，正巧碰上大少爺，大少爺走得急，把舅夫人撞倒了，結果舅夫人扯著大少爺嚷著說大少爺弄髒了她的新衣裳，要大少爺賠，話說得可難聽了，後來舅夫人知道是大少爺，才鬆了手。」

林蘭微微蹙了蹙眉頭，這個姚金花真是個上不了臺面的潑婦，林家的臉都被她丟盡了。

「知道了，妳先下去吧，我一個人待會兒。」林蘭這會兒懶得聽姚金花的醜事，累了兩天，她只想好好放鬆一下。

如意試了試水溫，又往浴桶裡加了兩勺熱水，這才退了下去。

李明允在外面等了好久，還不見林蘭出來，放心不下，正要進去看看，林蘭卻是穿了身月白色的中衣，半睜著眼，搖搖晃晃出來了，直接晃蕩到床邊倒下，拉了被子隨便一裹就睡了。

李明允看她累成這樣，輕手輕腳走過去，替她掖好被子，放下簾帳，熄了床邊的燈，又輕手輕腳回到西次間，把這邊的燭火調暗了些，湊近燭火看文摺。

林蘭沉沉地睡了一覺，第二天醒來又是精神抖擻，這就是年輕的好處。

「二少爺呢？」林蘭一邊起身穿衣一邊問銀柳。

銀柳笑道：「二少爺去了大少爺那邊。」

林蘭怔了怔，「二少爺沒上朝？」

如意提了熱水進來，笑說：「二少奶奶忘了？今兒個是二少爺的休沐日。」

呃，是嗎？她還真是不記得了。

周嬤嬤把憨兒抱過來跟二少奶奶一起用早餐，林蘭逗憨兒玩了一會兒，也過去微雨閣。

李明允和李明則兄弟倆在書房裡說話。

「……祖母的後事已經安排妥當了，與祖父合葬一處。我也是多年未回去了，這次回去看了，真是感慨良多。咱們李家在鄉里也算得上是數一數二的大戶人家了，尤其是大伯父家，大伯父手裡的產業真不算少，光良田就有三十多頃，還有八九間鋪面，三位堂兄弟都成了家，人丁興旺，相比之下，三叔父家就寒酸多了，總共也就十來頃田地，還有大部分是山地，住的房子也是李家大宅中最舊的。」李明則話語裡略帶不平之意。

李明允捧著一杯熱茶，蹙著眉頭，「怎麼差距這麼大？」

李明則冷笑道：「三叔父哪有大伯父這般精明，大伯父是族長，他一上任就定下田產按人頭分配。三叔父就明柱和明棟兩個兒子，明柱還沒成親，明棟只生了一個兒子，這樣分配，他們自然是要吃虧些。族裡其他人都得了大伯父的好處，便順著大伯父的意思，三叔父他的身體又不好，沒這精神來爭，事情就變成這樣了。本來按弟妹的意思，屬於咱們的那二十頃地都交給明棟兄弟打理，可大伯父百般為難，我若是不把地交給他，我看，等到明年祖母都不能入土為安，只好答應了他。」

「看來咱爹貪財的性子是隨了大伯父了。」李明允嘴角一勾，譏誚道。

李明則搖頭嘆了口氣，「我看來看去，大伯父家的幾位堂兄弟也夠嗆，知道祖母把遺產都交給了弟妹，連帶著對我也是橫眉冷對，我這次回去是住在三叔父家。」

祖母去世時，大伯父和大伯母在李家鬧的那些事，李明允都已經知道了，對大伯父一家沒有好感，若是李家的幾位長輩都是這副樣子，不管祖母託付了什麼，交代了什麼，他都不會理會，好在三叔父還是個明理的。

「我記得明柱堂弟好像考了秀才。」

李明則點頭道：「是啊，還有大伯父家的明瑞，不過我聽說明瑞在鄉里風評不佳，考了個秀才就有些驕傲了，倒是明柱，上次來京，他提都沒提，我是回了鄉才知道的。」

「風評不佳？那就算了，這種人就算是扶了上去，將來也只會給李家丟臉抹黑，至於明柱兄弟，讓他好好念書，能幫就幫一把。」李明允挑眉道。

「我也是這麼認為，三叔父的家教還是不錯的，明棟、明柱都很務實，一點不花哨。」李明則認同地點頭。

李明允慢悠悠地啜了口茶水，漫不經心地問道：「你娘在鄉里過得如何？」

不是李明允好打聽，也不是他要關心韓氏，他只是希望大哥不要跟韓氏有太多瓜葛，免得讓他後悔放了韓氏一馬。

說到韓氏，李明則的神情晦暗不定，默了片刻，說：「我去看過她一次，她想來給祖母上炷香，大伯母不讓，我就沒讓她來。二弟，大哥心裡有數，我只能保她不用為衣食擔憂，畢竟她生我養我二十多年。」

李明允輕哂沒有答話，大哥心裡有數就好，江山易改本性難移，他絕不能讓韓氏重回李家，禍害李家。

「二弟，我昨天見到弟妹的嫂嫂，這個女人似乎……」李明則想到姚金花那撒潑樣就厭惡。

李明允蹙著眉頭淡淡道：「這個女人，你不用理會她，林蘭在家時吃過她不少苦頭。」

李明則恍然，「我看她也不是善類。」

冬子跑來傳話：「大少爺、二少爺，陳公子和陳夫人來賀喜了。」

李明允怔了怔，喜道：「子諭回來了？」

冬子笑呵呵地點頭，「這會兒正在前廳候著呢！」

李明允趕緊招呼李明則：「大哥，走，見見子諭去。」

陳子諭正坐著喝茶，聽見李明允的聲音：「子諭，子諭……」

陳子諭忙放下茶盞，剛起身，李明允已經大步踏了進來，兩人笑呵呵的你看著我我看著你，李明允一拳打在陳子諭的肩膀上，「好你個小子，去了趟高麗，長了不少膘啊！在那邊日子過得很滋潤吧？老實交代，有沒有跟高麗的美女勾搭？」

陳子諭捂著肩膀，誇張地作痛苦狀，倒抽一口冷氣，抱怨道：「你就不能輕點？稀罕你去了趟北疆長了幾分蠻力？我昨晚剛回來，今兒個就來看你，你就這麼招待我啊？」

李明允哈哈大笑，「還真被你說對了，在軍中跟寧興學了幾手，正手癢呢！」

陳子諭很鄙夷地瞅著他，「你怎麼不學好啊？以前不總是說寧興空有一身蠻力，沒啥腦子嗎？怎麼，你還跟他學？」

李明允瞪他，「這話是你說的，我可沒說過，別往我身上栽！」

陳子諭翻了個白眼，嘟噥著：「你的記性可真好……」瞥見李明允身後的李明則，陳子諭方才想起這趟的目的之二，忙堆起笑容，對李明則拱手作揖，「李大哥，小弟給你道喜了，恭喜李大哥喜得貴子啊！」

李明則笑呵呵地拱手還了一禮，「陳公子客氣了，那個，二弟，你跟陳公子好好敘敘，我去讓人安排酒菜，待會兒大家好好喝一杯。」

陳子諭笑道：「這喜酒是一定要喝的。」

李明允興致高昂，「正好今日我休沐，就陪你喝幾杯，咱們兄弟也好久沒聚了。」

「也不知道寧興這小子今日得閒不得閒……」陳子諭歪著頭自言自語著。

「甭管他得閒不得閒，若知道你我在這裡喝酒，就算有天大的事，那傢伙也肯定立刻趕來。」李明允扭頭喚冬子：「冬子，你去北山大營把寧將軍請過來，就說三缺一了。」

「你們慢聊慢聊。」李明則拱了拱手，先行離去。

李明則一走，李明允又是一拳捶在老地方，「你小子，本事不小啊，都混上使臣了，這次回來，估計鴻臚寺卿之位非你莫屬了！」

陳子諭又捂著肩膀，「大哥，你也太粗暴了，越來越像寧興那小子了。」

「來，跟我說說你在高麗的見聞。」李明允招呼他坐下。

「唉喲，你是不知道，我原以為這是趟苦差事，沒想到是趟美差啊！我在高麗每天不是喝酒吃肉，就是遊山玩水，愜意得不得了……」陳子諭得意洋洋地開始吹噓。

參之章 皇權易主細聽沉

微雨閣中，裴芷箐和林蘭在逗躺在搖籃裡剛吃飽的小嬰兒。

「啊，妳瞧他，還吐奶泡呢，太可愛了！」裴芷箐看著粉嫩的小嬰兒，喜歡得不行，回頭對躺在床上的丁若妍說：「若妍，這孩子像妳，瞧瞧這眼睛，這眉毛，就跟妳一個模子印出來似的。」

丁若妍剛光榮地升級為母親，雖然精神還有些不濟，但整個人散發著母性的光彩，越發顯得溫柔嫻靜，嘴邊是抑制不住的微笑，「我還是希望孩子長得像他爹。」

裴芷箐不以為然，「為什麼啊？我們女人懷胎十月，辛辛苦苦生出來還不像自己，那多虧！」

林蘭笑道：「那妳趕緊生一個完完全全像妳的。」

裴芷箐臉上飛起一抹紅霞，嗔道：「我看妳才該趕緊生一個，你們都成親快三年了。」

林蘭撇了撇嘴，「我才不急，我有小侄子！倒是妳，你們陳家好久沒添丁了，陳家老太爺盼得緊呢！」

裴芷箐嗔道：「我看妳是皇上不急太監急，老太爺都沒說什麼，要妳來操心。」

丁若妍笑道：「妳們都趕緊生吧，我們承宣也好有個伴不是？」

林蘭意外道：「名字已經取好了？」

丁若妍溫言道：「是啊，按著族譜，接下來是承字輩的，明則早就擬了幾個名字，昨晚定下的，就叫李承宣。」

裴芷箐道：「這名字好聽，承宣，宣兒，小宣兒。」裴芷箐說著又去逗孩子，孩子縮了縮脖子，打了個哈欠。這一用力，小臉漲得通紅，小模樣可愛極了。

銀柳上樓來稟報，說寧將軍也來了，大少爺擺了桌酒席，請大家喝酒。

裴芷箐皺了皺眉頭，「他還吃啊，再這麼吃就快變大胖子了……」

林蘭笑道：「怎麼，妳家子諭變胖了嗎？他可是自詡風流瀟灑京城第二呀！」

裴芷箐訕訕道：「妳聽他吹，銀柳，妳幫我去傳個話，讓他別喝多了。」

林蘭挽了裴芷箐的手，笑道：「妳就別操這份心了，回頭妳讓他跟著馬車跑回府權當瘦身不就行了？走走，咱們也去弄些好吃的，邊吃邊聊。」

丁若妍也笑嗔道：「妳們要弄好吃的就趕緊去，別在這裡饞我，罪不罪孽啊！」

林蘭哈哈笑道：「嫂子別急，等妳出了月子，想吃什麼好吃的都有。」說著，林蘭拉了裴芷箐下樓去。

兩人剛下樓，還沒出微雨閣，張嫂來報，說門外有人求見二少奶奶，說是將軍府的管家。

林蘭眉梢一挑，「將軍府的人來做什麼？不見。」

張嫂為難道：「那人說是有要事，請二少奶奶務必見他一見。」

裴芷箐小聲問道：「那件事是真的？」

林蘭知道裴芷箐是問老東西在外宣揚的那些話，心中不由得更加氣憤，「假的，我才沒這麼好命，我爹早死了！」

裴芷箐瞧她那義憤填膺的模樣，便知這事假不了。其實她早想來問問林蘭，外面都已經傳得沸沸揚揚了，什麼說法都有，有羨慕的，也有詆毀的，她最擔心的是馮夫人。馮夫人和林蘭一向要好，這下成了林蘭的繼母，這兩人該如何相處？那得有多尷尬啊！儘管心裡跟百爪撓似的，但又不好意思來問，家家都有一本難念的經。

「妳去回了他，就說我沒空，不見。」林蘭沒好氣地說，挽了裴芷箐去落霞齋。

沒多久張嬸又來稟，說那人走了，不過有話轉告二少奶奶，說林家大姑一家已經被將軍趕回老家去了。

林蘭氣悶得不說話，大姑走不走關她什麼事，幹麼要來告訴她？哦，他以為把大姑一家趕回去就算是解決問題了？老東西根本就沒有意識到問題的根本，大姑固然可恨，但他自己才是最叫人恨的，真是的，就不能讓她清靜幾天嗎？

裴芷箐見她面色不佳，小聲問道：「妳沒事吧？」

林蘭抿了抿嘴，「沒事，張嫂，妳下去吧，以後將軍府的事不必來回我，將軍府的人，除了山兒，一概不見。」

張嫂忙應聲退下。

裴芷箐默了默，還是按捺不住，問道：「那妳也不理馮夫人了？」

林蘭苦悶地嘆氣，「芷箐，打從我懂事開始，我就以為我爹已經死了，我娘為了把我和我哥拉扯大，吃了多少苦，如今，突然冒出個爹來，還是當朝大將軍，還娶了妻室生了兒子，換作是妳，妳能接受嗎？」

裴芷箐無語，那還真是有點難以接受，最尷尬的是繼母跟自己還是好友。

「妳爹會不會有什麼苦衷啊？」裴芷箐勸道。

林蘭冷冷一哼，「不管他有什麼苦衷，我都不會諒解！」

林蘭的態度這麼堅決，裴芷箐相信林蘭肯定有她的理由。林蘭不是一個不講道理的人，相反，她是個極明理也很和善的人，會氣成這樣，八成是林蘭她爹做了很不應該的事，只是外邊那些人不明就裡，胡亂猜測，也不太好，林將軍在大家心目中的形象是高大的英雄，外人只會支持他，而譴責林蘭的。

「林蘭，咱們也算是知心的，所以，我跟妳說幾句真心話，這件事這樣僵持下去，總是對妳不利，妳該想個辦法盡快解決了才好，要不，就讓林將軍自己出面解釋清楚，解鈴還須繫鈴人，他放的話，讓他自己想辦法收回。」裴芷箐道。

林蘭扯了扯嘴角，苦笑道：「他才不會出面解釋，就算解釋，也是幫他自己開脫責任，難道他還會把自己的過錯昭告天下？」

呃？這倒也是！裴芷箐默默，很替林蘭抱屈，好不容易風平浪靜了，又起風波，林蘭就沒過過幾天安生日子。

「算了，不說他了，免得壞了興致。銀柳，去看看，桂嫂酒菜準備好了沒有？」林蘭甩了甩頭，把煩惱拋到腦後，吩咐銀柳。

裴芷箐也努力找話題來活躍氣氛：「對了，我前陣子見到舞陽了。」

「她現在過得還好嗎？」林蘭也關心道，秦家雖然可惡，但她對舞陽郡主還是很有好感的。

裴芷箐神情一黯，自責著，還說找個話題活躍氣氛，結果又說了不該說的。

「她不太好，瘦得都不成樣了，我聽說那鎮南王世子不是個好東西，家裡妾室通房就有十幾個，舞陽又是心氣高的，能好得了嗎？」

◆ ◆ ◆

李明則敬了一圈酒就先告退，去看丁若妍和孩子。

陳子諭嘖嘖道：「你這個大哥還真是個明白人，不像你繼母，也不像你爹，難得，難得啊！」

李明允把滿滿一杯酒放到他面前，「喝酒吧，哪來這麼多廢話？」

寧興舉杯，「來來來，喝酒，咱們兄弟可是很久沒聚了，下次再聚又不知是什麼時候。」

陳子諭剜了他一眼，「什麼話，咱們三個都在京城，要聚還不容易？打個招呼，甭管在哪，我隨叫隨到！」

李明允揣測道：「寧興，你是不是要離京？」

寧興自己乾了杯中酒，神情略顯凝重，默然片刻，說：「具體的情況，我暫時不能說，只是已經接到密令，大哥、二哥，這個年興許不太平靜，你們自己都小心點。」

陳子諭斂了笑容，「這是什麼情況，你哥我昨兒個才回來，什麼都不知道啊！老大，京裡出啥事了？」

李明允睨了他一眼，「我看你腦子裡也長膘了，天子腳下，除了那檔子事，還能出啥事？」

陳子諭眨巴著眼睛，呆了半晌，小心翼翼地問：「你指的是……」

李明允點點頭，心情也有些沉重，最近種種跡象表明，皇上要動手了。先是秦承望的事，人證無緣無故暴斃獄中，皇上以證據不足為由，並未深究，只是撤了秦承望的職，讓他離開兵部，閉門思過。朝中大臣們為此輪番進諫，皇上都置若罔聞。起先他還以為人證是秦家派人做掉的，靖伯侯一句話，解了他的困惑。靖伯侯說「看守人證的守衛是御林軍，秦家再手眼通天，也沒這能耐……」言下之意，這口是皇上自己滅的；第二件事，就在舞陽郡主和鎮南王世子成親之前，皇上冊封了秦家另一位女兒為容嬪，恩寵有加；第三件事，也就是一個月前，寧興原來的頂頭上司褚將軍升任兩廣總督。褚將軍一直是力捧四皇子的，皇上派他前往兩廣，意欲何為，稍微動點腦子都能想到，那是為了牽制南邊鎮南王的勢力；再就是太后已是病入膏肓，太醫院已經束手無策，看來時日無多。

陳子諭了然地點點頭，「那還真是得小心點。」別的不怕，就怕秦家來個兵變，殃及池魚。

原本是開心的聚會，因這個沉重的話題，三人都沒了說笑的心思。陳子諭是帶了裴芷箐來的，也不好把人晾在一邊太久，聚會早早散了。

林蘭見李明允回來了，抱怨道：「你們兄弟幾個難得見面，怎不多聊一會兒？我和芷箐都還沒說夠呢，你們就散了！」

李明允邊更衣，邊笑道：「妳也不體諒人家小夫妻久別重逢。」

林蘭接了他脫下的衣裳交給一旁的銀柳，笑道：「說的也是，芷箐也夠倒楣的，剛成親，子諭就出使高麗去了，一去就是一年。這年少夫妻最恨別離，不過，我聽說子諭這趟出使過得倒是挺快活的。」

李明允笑道：「芷箐跟妳抱怨了？」

「抱怨倒沒有，就是說子諭胖了不少，要是辛苦，還能長肉？你看你，同樣是出使，你去一趟北疆，起碼掉了十斤肉，這就是差別。」林蘭笑著說。

「那不能比，人家命好，我就是奔波勞碌的命。」李明允自嘲道。

「要我說，當官這麼辛苦，還不如不當呢！山西那邊今年的紅利就有一百六十萬兩，加上十八間鋪面的租金六十二萬兩，還有莊子上的收益，咱們的日子過太好了。」林蘭把李明允按在梅花凳上，幫他鬆了髮髻，輕輕梳理著，一邊說道。今年因為秦家的緣故，她的回春堂沒開多少時日，要不然，回春堂的收益也是相當可觀的。

李明允蹙著眉頭在想寧興的話。

林蘭見他不搭腔，又悻悻道：「不過我知道你們男人都喜歡追求功名，這是你們能力的體現，也是自我價值的體現。我不是要攔著你，只是希望你不要那麼辛苦，可是為人臣子，總是身不由己……」

李明允依然走神，林蘭俯下身，看了他一眼，伸出手在他面前晃了晃，「哎，我跟你說話呢，你發什麼呆啊？」

李明允回過神來，輕笑道：「哦，聽著呢！」

林蘭輕推了他一把，不滿地嘀咕：「敷衍！」

李明允拉了她的手，讓她坐在自己腿上，林蘭臉一紅，嗔怪道：「幹什麼？銀柳還在呢！」

李明允環顧四周，笑道：「哪有？」

林蘭抬頭來看，銀柳果真不在了，這丫頭也太識趣了，只要李明允在，她們幾個就躲出去，不召喚就不進來。

「蘭兒……」李明允抱著她，緩緩說道：「妳明天去趟大舅爺家吧，讓他們不要貪圖過年的這點生意，早些把店鋪關了。」

林蘭敏感道：「是不是出什麼事了？」

李明允鄭重了神色，「現在還不能確定，就算是未雨綢繆吧！」

◆　◆　◆

林風這晚趕回京城，他怕他不在的這幾日，姚金花不安分，所以，一辦完事就回來找姚金花。姚金花卻不在客棧裡，店裡的小二說姚金花一早就出門了，沒見回來。

這都晚上了，姚金花還能上哪？林風首先想到的是李府，興許金花是去看憨兒了，於是又來到李府，問了門房，門房說她前幾日都有來過，看看憨兒小少爺就走了，今兒個沒來。

金花在京城人生地不熟，除了李府，就只有去將軍府，林風臉都黑了，姚金花要是真的去了將軍府，他可饒不了她。

林風又回到客棧，姚金花還沒回來，林風就往將軍府去，在府門外候著，果然，沒多久，見姚金花笑呵呵地從將軍府出來，上了將軍府給她準備的馬車。

林風氣得暗暗攥緊了拳頭，尾隨了上去，先姚金花一步回到客棧。

姚金花今兒個心情特好，周嬤嬤早上送來了一張房契，還有三百兩銀子，讓她自己添置家什，她拿到房契馬上就去看了，八成新的三進大宅子，地段也好，庭院開闊，屋子明亮，雕樑畫棟的，還帶一個小花園，雖然比不上李府和將軍府那麼氣派，但比起以前住的破屋子，那簡直就是一個天一個地。

姚金花還跟附近的人打聽了這一帶的房價，這麼一間宅子居然要二十多萬兩，驚得她半天沒回過神來。二十萬兩，那是多少銀子，堆起來都快成小山了吧！昂貴的價錢讓姚金花對這新居越發滿意。然後她就開始置辦家什，逛了一圈街市，發現三百兩銀子只能買些普通的家具，好一點的，比如黃花梨木，還不夠打製一套桌椅，不由得又抱怨林蘭小氣，房子都送了，再搭些家具又如何？本想去向林蘭再要些銀子，又怕林蘭跟她哥去告狀，故而就想到去將軍府，反正林風跟他爹不相往來，林風不會知道。這不，她一開口，公爹就給了她一萬兩銀票，還讓她不夠的話再去拿。姚金花拍拍懷裡揣的十張大票子，滿足又高興，她八輩子都沒見過這麼大的票子，一萬兩啊！要跟以前似的，一個銅板一個銅板地存，就算再存上八輩子也存不起來，如今，只要開個口就到手了。當初還以為嫁了個窮光蛋，窩囊廢，誰知竟是撿到寶了。

姚金花哼著小曲兒回到了人字五號房，一推門，看見林風坐在裡面，姚金花嚇一跳，結巴道：「你……你今兒個怎麼來啦？你什麼時候來的？」

林風目光冷然，沉聲問道：「妳上哪去了？」

姚金花腦子轉得飛快，笑咪咪地關上門，扭啊扭的走到林風面前，殷勤地幫他倒茶，嗲聲嗲氣地說：「你要過來也不早跟我說一聲，要不然，我就等你一起去看宅子了。」說到宅子，姚金花興奮起來，「林風啊，我跟你說，妹子送的那間宅子真不錯，院子開闊，開間又大，又向陽，還有一個小花園呢！就是裡面沒擺設，妹子給了咱三百兩銀子，讓咱們自己去添置家什……」

林風冷冷道：「我是問妳上哪去了？」

姚金花眨巴著眼，很無辜地看著他，「我剛才說的你沒聽見嗎？我去看宅子了，然後又去看家具了，早些歸置整齊，咱們也好早些入住不是？天天住客棧像什麼樣啊？」

林風怒視著她，「妳看家具，看到將軍府去了？難不成妳要從將軍府搬家具？」

姚金花心裡一陣發虛，她去將軍府，林風是怎麼知道的？這傢伙不會是在詐她的吧？姚金花的表情更無辜了，「你說什麼，我幹麼去將軍府啊？我怎麼可能跟將軍府要家具呢？」

林風一拍桌子，猛地站起來，「姚金花，妳說謊都不眨眼的是吧？我親眼看見王嬤嬤送妳出府，妳還敢誆我？說，妳去將軍府做什麼？是不是嫌妹子給的銀子太少了，跟將軍府要銀子去了？」

姚金花嚇得倒退了兩步，捂著胸口，強作鎮定，虛張聲勢道：「你……你這麼凶幹麼？老是動不動就罵我，我是你老婆，不是你手下的士卒！」

林風指著她，氣得都不知道該從何說起，咬了咬牙，切齒道：「我警告過妳多少次，將軍府跟咱們沒關係，妳還去，妳不要臉，我還要！」

「喂，你講點理好不好，我只不過是去告訴他們咱們有新宅子了。你跟你爹鬧翻了，可你還姓林，咱們憨兒還是林家的孫子，你自己不認爹，總不能不叫人家來看孫子吧！」姚金花梗著脖子爭辯道。

林風氣極反笑，「姚金花，看來榮華富貴在妳心中遠比我來得重要。」

姚金花不以為然地說：「就這麼點小事，也值得你大驚小怪，我又沒說去認他們。」

林風默然無語，拔腿走人，姚金花忙攔住他，「你要上哪？」

林風面無表情，「回兵營。」

「來都來了，幹麼走啊？咱們夫妻都兩年多沒在一起了，你見面就跟我吵，以前你可不是這樣的。我知道你是嫌棄我了，嫌我長得不好看，嫌我出身低微，嫌我這，嫌我那，總之我在你眼裡，如今是一文不值了！也是，你如今好歹也是個官了，又有個當大官的妹夫，還有個當大將軍的爹，你完全可以娶個千金小姐……你若是嫌我，你就直說啊……我姚金花雖然沒什麼見識，也不如你妹子那樣有本事，好歹我還有點骨氣，你說，只要你說得出口，我……我就帶憨兒走，不在這礙你的眼……」姚金花越說越傷心，掩面哭了起來。

聽她說得傷心，林風不由得心軟下來，雖然姚金花有諸般不是，但他們畢竟是結髮夫妻。林風無聲地嘆了一口氣，撫著姚金花的肩膀，聲音柔和起來：「金花，我不是嫌棄妳，妳也知道我不是那樣的人，只要妳不再替認爹的事，不再去將軍府，跟他們不再往來，咱們還和從前一樣，好好過日子，行嗎？」

姚金花撲進林風懷裡，低聲嗚咽著：「我都聽你的還不成嗎？林風，不要再對我這麼凶了，我真的很怕，怕你不要我了！你若真的不要我，我就只好抱著憨兒一起跳護城河了……」

林風打了個寒顫，低聲斥責道：「妳胡說什麼？我什麼時候說不要妳了？」

姚金花扭捏著，撒著嬌，仰頭問他：「那你今晚還走不走？」

「不走了，快去洗把臉，看妳哭得跟花貓似的，難看死了。」林風笑道。

姚金花嘟著嘴，捶了他一下，「你還說你不嫌棄我，你就是嫌我不好看來著。」

林風憨憨地笑，「誰哭的時候是好看的？」

姚金花嗔了他一眼，「那你幫我去打水啊！」

林風笑了笑，提了水壺出去打水，姚金花趕緊從懷裡掏出銀票塞到枕頭底下，想想又不安全，又拿出來塞到褥子底下。

「金花，熱水來了，剛出門就碰到小二送熱水來……」正在這時，林風推門進來。

姚金花嚇得手一抖，一張銀票掉在地上。

林風看到姚金花鬼祟的樣子，心頭一凜，再看地上的花紙，臉色越發暗沉，「這是什麼？」

姚金花連忙撿起來，捏在手心裡，支吾道：「沒、沒什麼……」

林風放下水壺大步上前，伸出手，「拿來我看看。」

姚金花嘟囔著：「有……有什麼好看的……」

「拿來！」林風沉聲喝道。

姚金花嚇得一哆嗦，往後退了兩步，把銀票藏到了身後。

林風一把扳過她的身子，抓住她的手，要掰開她的手指。

「哎呀……你幹什麼？輕點輕點，我手指要斷了……」姚金花呼痛著。

林風從她手裡搶過花紙，一看竟是一張面值一千兩的銀票，頓時臉都綠了，一把推開她，翻開枕頭、褥子，只見褥子下面還有好幾張，拿起來一數，整整有一萬兩之多。

林風拿著一疊銀票，冷聲質問：「哪來的？」

姚金花急道：「林風，你聽我解釋啊！我真的沒跟公爹要錢，是公爹他自己給的，我推不過，只好先收下了，想著明天再去還給他的……」

「姚金花，妳還想騙我？」林風用力推開她，旋風般的衝出房間。

姚金花呆呆地望著洞開的房門，良久才癱坐在地上嚎啕大哭：「我這是做了什麼孽，竟遇上這麼個沒腦子的窩囊廢啊……」

林風衝出客棧，躍上馬，直奔將軍府。風在耳邊呼號，怒火在心中燃燒，如果他今晚沒識破姚金花的伎倆，他就稀裡糊塗承了老東西的情，這叫他情何以堪？

將軍府裡，馮氏在燈下心不在焉地做針線活，林致遠歪在炕上翻看兵書。馮氏見他看得認真，幾度欲言又止。

林致遠輕哂一聲，「有什麼話就說吧，憋著多難受。」

馮氏把針線放下，溫言道：「老爺，您怎麼就自作主張地給了金花那麼多銀子？」

林致遠瞥了她一眼，閒閒道：「怎麼？妳心疼了？」

馮氏道：「老爺也太小瞧妾身了，咱們家雖說不上家底豐厚，拿個一萬八千的，還是可以承受的。妾身不是心疼銀子，若是老爺與林風已經冰釋前嫌，您要給多少，妾身都沒意見，給少了，妾身還不樂意呢！可問題是，姚金花擺明了是瞞著林風和林蘭來要銀子的，這萬一以後林風知道了，還不知會怎麼想。」

林致遠不以為意，笑道：「可媳婦都上門討要了，我能不給嗎？反正將來我這些東西也都是給幾個孩子。」

「話不是這麼說的，老爺是一片好心，就怕人家不領情，反倒責怪老爺。」

「我也沒指望風兒領情，給他是應該的。蘭兒能給他哥送宅子，我這個做爹的給他添點家什，也沒什麼大不了吧？」

馮氏嘆了口氣，「您還是指望姚金花能把這事瞞住，若是林風知道了，定把銀子還回來。」

話剛落音，外頭末兒稟報：「大少爺來了，在前廳候著呢！」

林致遠猛地直起身子，和馮氏面面相覷。

馮氏撇了撇嘴，「這可不是妾身招來的。」

林致遠忙下炕，穿上鞋子，「我去看看。」說著開門出去。

馮氏搖頭嘆息，這姚金花也就只有這點本事，一晚上都瞞不過。

林致遠趕到前廳，見林風跟一根柱子似的杵在廳中央，面若覆霜，林致遠心裡不由得咯噔一下，難道真叫馮氏說中了？

「風兒，怎麼這麼晚了過來，有事嗎？」林致遠笑容溫和地走了過去。

林風面無表情從懷裡掏出十張銀票拍在茶几上，「這是一萬兩，您老清點一下。」

林致遠笑容一僵，指著銀票故作茫然地問：「這是……」

「在下與將軍大人非親非故，不敢叫將軍大人破費，這些銀票還給將軍大人。」林風說完，拔腿走人。

林致遠一把拉住他的手臂，低聲下氣道：「風兒，你何必說這麼絕情的話？以前的事是爹不對，爹已經知道錯了，人非聖賢，孰能無過，風兒就不能給爹一個補償的機會，一個贖罪的機會嗎？」

林風冷然望著前方，聲音如冰冷的鐵石，「我不需要補償，您老要贖罪，去跟我娘說吧！」

「風兒，你到底要爹怎麼做，你才肯原諒爹？」林致遠幾乎是哀求的語氣。

林風直視林致遠，面容平靜，平靜到不帶一絲感情，一字一頓地說：「除非我娘活過來。」

林致遠倍感無力，悵然道：「風兒，你真的要這麼絕情嗎？」

林風神色堅毅，甩開了林致遠的手，大步離去。

林致遠看著茶几上的銀票，氣憤地一腳踹翻了茶几，茶水四濺，木屑和碎瓷散了一地。

林風出了將軍府，望著頭頂上暗無星辰的夜空，心中苦悶至極，看來，把金花接到京城是個錯誤的決定，可是若把金花母子送回豐安，又怕憨兒被金花教壞，而且拆散金花母子，他又於心不忍。總以為自己闖出一番名堂後，可以給金花母子一個安定幸福的生活，還和以前一樣，簡簡單單地過日子，可經過這些天，看過金花的種種作為，他真的很茫然，他和金花再回不到以前了，是他變心了嗎？金花一直就是這樣的個性，貪財、張揚、跋扈，自打進家門，就跟娘吵，跟妹子吵，一天三小吵，三天一大鬧，若不是金花，娘也不會那麼快就離世……可那時，他不都忍了嗎？為什麼現在就無法忍受了呢？真的難以忍受啊！只要看到金花那貪婪的面孔，他就忍不住心生厭惡，看到金花撒潑的樣子，就忍不住想揍人，真的是因為他的心變了嗎？

林風牽著馬漫無目的走在街頭，許久許久，才發現自己站在了李府門前。

這會兒妹子和妹夫應該已經睡了吧？他該去哪兒？突然發現，自己想找個說話的人都找不到，這可真是悲哀啊！

轉身離開李府，林風不知不覺走到回春堂，抬頭望著那塊黑底鎏金的匾額，在夜風中，竟有幾分蕭瑟之意。

「咦？這不是林風嗎？」一個人上前問話。

林風回頭一看，原來是莫子遊。

「真的是你啊！林風，你怎麼站在這裡發呆呢？走走，去我那坐坐，我和二師兄做了一天的藥丸，正說弄兩壺好酒解解乏，走，一起喝酒去。」莫子遊晃了晃手裡的兩壺酒，熱情地拉了林風走。

三杯酒下肚，在莫子遊的追問下，林風道出了心中的苦惱。

莫子遊誠懇地說：「林風，說句你不愛聽的話，但絕對是大實話。我覺得這件事，真的不能怪你爹，要怪就只能怪天意弄人。你想，換作是你，在那樣的情況下，你會怎麼做？你怪你爹不尋你們，天下之大，你讓他上哪尋你們？你怪你爹不該隨即娶了繼室，但你大姑告訴他的是，你們早死了，你爹遇見個合適的就娶了，任誰都不會責怪你爹。男人死了妻房，那就是鰥夫，娶妻納妾無可厚非，你可見天底下有哪個男人死了妻房不重新娶妻的？他也是為了你們林家的香火不是？」

林風怔然，思索著莫子遊的話有幾分道理，可是，他還是為娘不平。

「這麼說，他就一點錯都沒有？」林風不甘道。

莫子遊和王大海對望一眼，王大海道：「也不能說你爹就沒個錯，但還不至於錯到讓你們老死不相往來的地步。我知道你們多是站在你娘、你們自己的立場去看問題，所以才會這麼氣憤，可你們這樣下去，總不是個事，時間長了，外人只會責怪你和林蘭不孝，反而同情你爹。」

「是啊，鬧得這樣僵，對大家都沒好處。林將軍在軍中威信極高，你肯定會受人詬病，林蘭和李明允就更不用說了，他們倆名聲在外，更受人關注，要是有人拿這事說嘴，對明允的影響更大。百善孝為先，天下無不是的父母，況且林將軍已經低頭了。要我說，認就認唄，開出條件讓你爹自己考慮，若真是跟你爹合不來，大不了以後少來往就是。」莫子遊建議道。

「你們真的也覺得我該認？」林風有些動搖，其實這些話，妹夫也對他說過，只是妹夫說得比較含蓄委婉，這種事又不好到處說，所以，多是他和妹子討論的結果。妹子比他抗拒得更厲害，現在聽到莫子遊和王大海作為局外人的分析，林風開始懷疑自己是不是真的太執拗了。說實話，自從老東西昭告天下後，軍營中的弟兄看他的眼神都變了，一個個都來恭喜他、巴結他，讓他煩不勝煩。

莫子遊拍拍林風的肩膀，「林風老弟啊，聽我的準沒錯。你妹子有時候就是一根筋，對別人總能寬容以待，一旦事情落在自己頭上，她就炸毛了，你該勸勸她才是。」

王大海苦笑道：「師妹那性子，認定的事九頭牛都拉不回來，想勸她，我看，難哦……」

莫子遊也是一臉訕訕，要想勸師妹改變主意，那還真是需要冒風險的。師妹這人，一惱起來，別說師兄妹，興許連親哥都能不認，「師兄說的是，不過，也看人勸的，有些人勸不得，勸了也未必肯聽，有些人勸了說不定有點效果。」

林風和王大海異口同聲地問：「誰？」

莫子遊聳了聳肩，攤手道：「我哪知道。」

兩人齊齊甩他一個大白眼。

「算了算了，你也別煩了，喝酒喝酒。」莫子遊給林風斟滿酒杯。

第二天，林風一早去了李府。

林蘭讓周嬤嬤把憨兒抱出來，讓他們父子培養培養感情。憨兒似乎有些怕林風，都不肯讓他抱，死命趴在周嬤嬤肩膀上。

林風笑罵道：「這臭小子，連自己的爹都不認了。」話一出口，林風突然覺得這話怎麼像是在說自己？不由得苦笑。

林蘭嗔道：「憨兒才多大，小孩子都認生，等你們熟了，慢慢的就好了。」

周嬤嬤笑道：「可不是，憨兒可乖巧了！憨兒，這是你爹，快叫爹啊！」

憨兒怯怯地看著林風，就是不開口。林風期待著看著憨兒，希望憨兒能喚他一聲爹。

場面有些尷尬，林蘭打圓場：「周嬤嬤，妳別逼他，小孩子要慢慢教，妳帶憨兒用早點吧！」

周嬤嬤笑呵呵地抱了憨兒下去。

林蘭問：「哥，你怎麼這麼早就過來了？早點用過沒？」

「用過了，昨晚住在莫師兄那。」林風坐下來，揉了揉有些脹痛的腦仁。

林蘭詫異道：「你怎麼到莫師兄那去了？嫂子呢？」

林風悵然嘆了一口氣，「妹子，妳嫂子這人……怎麼說呢？我如今真的難以忍受了。」

林蘭心思一動，也坐下下來，小聲問道：「你跟嫂子吵架了？」

「妳嫂子太叫人氣憤了，妳昨兒個剛送了房契給她，她就跑去將軍府，跟老……跟他們要了一萬兩銀子添置家什，妳說，這都什麼事？她怎麼就那麼貪財呢？」

林蘭不屑道：「嫂子貪財，哥又不是第一天才知道，我就說她認公爹的心不死。」

「認不認那是另一回事，我就是見不得她那副貪婪的嘴臉。」林風眼中流露出厭惡的神情。

林蘭嘴角幾不可察地微微牽動，看來姚金花還真是不讓她失望，昨兒個她故意讓周嬤嬤只送三百兩銀票過去給姚金花添置家什，就姚金花那股子貪婪勁，三百兩還不夠她塞牙縫，她就算準了姚金花會把主意打到老東西那去。只是沒想到姚金花動作這麼快，暴露得也這麼快，老東西也真是大方，出手就給一萬兩。一萬兩對她來說不過是九牛一毛，但對於一向只知道上陣殺敵，不知道中飽私囊的老東西來說，一萬兩不算小數目了。

「江山易改本性難移，這還只是個開頭，往後還有你惱的。」林蘭不疾不徐地說道。

「若不是看在憨兒的面上，我……我真想休了她。」林風氣憤地握緊了拳頭，這些話，他也只能跟妹子說說。

林蘭眼睛一亮，即刻恢復如常，「哥，你真這麼想？」

林風氣悶得不說話。

「哎，嫂子這人，雖不是大奸大惡，但萬惡皆因欲念而起。人心無底，貪婪無底，我就是擔心她這性子遲早會害了你。咱們若只是平民百姓倒也罷了，她貪婪，大不了小氣些，但是哥，你現在頗受賞識，將來的前途必定無可限量，身邊若是有這麼個人，遲早會闖出大禍的。」林蘭擔心道。

看林風的臉色越發陰沉，林蘭又道：「這還是其一，萬一憨兒跟著她，也學到她那副心性，那可就真的麻煩了。」

林風陰沉道：「妳說的這些，也正是我顧慮的，可是……那又能如何呢？我可不想讓人說我有了前程就忘了糟糠妻，再說，她畢竟是憨兒的娘。」

林蘭點頭，認同道：「哥說的也有理，既如此，那也只能忍耐了。哥你自己留心點，別叫她牽了鼻子走，小事順著她無所謂，大事你可一定得自己拿定主意。」

林風既然有了這樣的心思，而姚金花，不用別人給她找錯，她自己也會上趕著招人厭，等到哥無法容忍的那一天，她再添把火，讓哥把姚金花給休了。若沒有憨兒，她這會兒就想法子讓姚金花滾蛋，她忍姚金花已經忍得夠久了，打從姚金花把娘氣到吐血開始，她就存了這念頭，這惡婆娘，沒資格做林家的媳婦。

「妹子，我接下來可能有陣子不能來看妳了，妳嫂子那邊，還得妳幫忙看著點，別叫她再做出丟人現眼的事情來才好。」林風正了正神情說道。

「哥，你這任務我可不一定能完成，嫂子見我就紅眉毛綠眼睛的，叫我去看著她？非吵起來不可。」林蘭撇了嘴道。

林風悻悻道：「我也知道這挺難為妹子的，哎……說什麼才好呢？妳就當幫哥一個忙。」

林蘭驀然想起昨兒個寧興也說有陣子不能回京，便試探道：「哥，你是不是得了什麼命令？」

林風張口，欲言又止：「這是軍中的機密，我不能說，總之，等我事情一辦完就回來。」

林蘭越發肯定了自己的猜測，西山大營和北山大營都要有大動作了。

「那哥自己小心些，千萬要顧全自己。」林蘭也不能把話說得太開，點到即止，這樣的行動，肯定是有一定風險的，希望哥好好的別出意外才好。

林風點頭道：「我會注意的，妹子自己也要保重，我這就先走了，還得去告誡妳嫂子一番，不然我還真不放心。」

林風起身邁了兩步又回過頭來，「憨兒還是得麻煩妹子帶一段時日，妳嫂子若是來要人，妳只管往我身上推，千萬別給她帶走了。」林風是想起昨晚姚金花說要抱憨兒去跳護城河，心裡就犯忱。

「知道了，憨兒可是咱們林家的血脈，我可不能讓人帶壞了他。」林蘭笑道。

林風趕到客棧，姚金花還躺在被窩裡睡覺，一雙原本不大的眼睛，因為昨晚哭了一場，腫得只剩一條縫。見林風來了，姚金花氣猶未平，那可是一萬兩銀子啊，就這麼被他弄沒了。

「你不是嫌我嗎？還來幹什麼？」姚金花憤憤然地說道，又鑽進被窩，把自己蒙了起來，不理林風。

林風站在床前，努力讓自己平靜下來，說：「我這就要回去了，軍中有任務，可能很長一段時間不能來了。妳受累些，早點把宅子歸置整齊，住過去，妹子已經說了，到時候會幫咱們請幾個丫鬟婆子。」

姚金花一聽林風要走，心就軟了，騰的坐了起來，可又聽他說讓她把新宅子歸置整齊……

「我手裡統共只有三百兩銀子，你讓我怎麼歸置啊？」姚金花鬱鬱道。

林風掏出幾張銀票給她，「這是我這兩年存下的，一共是一千二百兩，都交給妳了。若是省著點，也夠了。」林風把銀票放在被子上，頓了頓又道：「妳別再去將軍府了，這是我最後一次警告妳。」林風說罷，轉身就走。

「噯，你就這麼走了？」姚金花赤足跳下床，想追上去，林風已經出門去，砰的帶上了門。

姚金花氣得直咬牙，伸手就要把手裡的東西朝大門砸過去，猛地想起那是銀票，又收了回來，跳著腳罵：「你這個沒良心的，就這樣把我扔下了啊？混蛋……」

林蘭送走大哥，就去了葉家。

葉德懷知道林蘭的來意後，決定讓王氏和媳婦帶著兩個孫兒先回豐安去。

轉眼到了臘八，京城裡已經下了好幾場雪，天氣越發冷了，李明允下朝也越來越遲。

這一日，山兒過來了。幾個月不見，山兒長高了不少，可臉蛋還是圓圓的，柔嫩可愛，披了一件蔥綠色鑲白狐毛的大氅，襯得一張小臉唇紅齒白，十分討喜。

林蘭捏他小臉，笑嗔道：「山兒怎麼想到今日過來？快去屋裡暖暖。」

山兒嘟了嘴道：「我早就想來的，可我娘要我讀書，我爹要我習武，來不了。這不，今兒個臘八，我娘才好心放我一天假，我就趕來討臘八粥喝了。」

周嬤嬤把一個暖爐塞給山兒，笑道：「喲，我們山兒少爺都成大忙人了。」

「可不是？我娘說，姊夫才學出眾，要我將來像姊夫一樣也考個狀元。我爹說，大哥武藝出眾，要我像大哥一樣，將來做個將軍，哎，我都不知道我將來是當狀元好呢，還是做將軍好？」山兒愁眉苦臉地說，好像這個問題真的很困擾他。

聽山兒一副小大人樣的唉聲嘆氣，大家忍俊不禁。

林蘭讓銀柳拿來好吃的招待山兒，笑問道：「那山兒自己想當什麼樣的人？」

山兒兩眼望天，想了想，「我覺得還是做個狀元比較威風，像我爹那樣有什麼好的？一年到頭，沒幾日在家裡。」

銀柳笑道：「山兒少爺說的極是，還是當狀元好，瓊林宴，打馬遊街，多威風啊！」

山兒認同地點頭，好像這個狀元手到擒來似的，自信滿滿地說：「那我就做個狀元吧！」

眾人又是哄堂大笑，林蘭道：「山兒想當狀元，志氣不小，不過狀元可沒這麼容易當的，像你姊夫那樣，吃飯捧著書，走路捧著書，得十分刻苦才行。」

山兒眨巴著眼，一派天真地問道：「姊夫吃飯也看書，不會嗆到嗎？還有，走路也看書，不會摔跤嗎？」

林蘭怔然，捏了捏他的小鼻子，嗔道：「你這腦袋瓜子，盡琢磨這些沒用的。」

山兒嘿嘿笑道：「姊姊說的山兒都懂，姊姊是要山兒學那孫敬、蘇秦，頭懸樑，錐刺股，姊姊放心，山兒會用功的。」

周嬤嬤笑道：「瞧瞧，瞧瞧，我們山兒少爺才幾個月不見，學問見長啊！」

山兒不以為然，「這些故事，先生早就跟我們說過的，不過我覺得頭懸樑就算了，拿錐子刺大腿，這流血不說，腿刺疼了不是不能走路了嗎？萬一老是想睡覺，把腿刺爛了，豈不是要生病？一生病，豈不是沒法子念書了？」

林蘭哭笑不得，「誰叫你真的拿錐子刺來著？回頭姊姊給你弄些清涼的藥膏，你若是看書看得睏了，就抹一些在頭上，保管你清醒得很。」

山兒開心道：「那是最好了，不過，我爹可不會這麼輕易地放過我，他一心要我當將軍呢，說什麼繼承衣缽。」

「呸，就你爹那點見識，甭理他！」林蘭不屑道。

山兒訕訕地笑，「這話我可不敢跟爹說，或者姊姊您幫我去說說吧，爹一準兒聽您的，您說的比我娘說的都管用。」

林蘭道：「哪用得著這麼麻煩？你回去只管跟你爹說，就說你姊姊覺得還是念書好就成了。」

山兒笑道：「那我回去試試，若是不行，姊姊可一定得幫我。」

如意抱了憨兒進來。憨兒今日也穿了一身煙草綠的綢緞短襖、杏色撒花棉褲，戴了一頂虎頭帽，像個小圓球。

山兒一見憨兒，開心得直嚷：「憨兒快叫聲二叔來聽聽！」

像憨兒這麼大的小孩，最喜歡比自己大的孩子，也不認生，乖乖叫了聲：「叔……」

山兒得意地拍手，「姊，您聽，憨兒叫我叔了呢……終於我不是家裡最小的了！」

林蘭寵溺地笑嗔道：「你這二叔可不是白當的，今日你就陪憨兒玩了。」

如意把憨兒放到炕上，山兒脫了鞋子就在炕上哄山兒玩。

雲英在外頭急道：「二少奶奶，大少爺請您即刻過去一趟。」

林蘭一怔，出什麼事了？忙吩咐周嬤嬤等人照看好山兒和憨兒，銀柳取來件猩紅大氅給她披上，兩人急忙前往前廳。

李明則在屋子裡搓著手來回踱步，神色頗為焦慮。見林蘭來了，李明則忙迎上前去，急切道：「弟妹，不好了！」

林蘭心一沉，「大哥，您先別急，慢慢說。」

「我剛從茶葉鋪回來，現在外頭亂糟糟，說是馬上要戒嚴了。」李明則道。

暴風雨終於是來了，林蘭穩定情緒，問道：「大哥看到的是什麼情形？」

李明則說：「我也不太清楚，就看見街上都是兵馬，老百姓們都躲回家了。我已經讓趙卓義去打聽了，現在我只擔心二弟，二弟還沒回來呢！」

林蘭也很擔心，肯定是事態嚴重，才會到處都是兵馬，不曉得戶部那邊安不安全，有沒有受到影響。

「大哥，咱們先緊閉大門，吩咐下人們先不要出府，等情況弄清楚了再說。」林蘭冷靜道。

李明則點頭道：「好，我這便吩咐下去。」

等了差不多一個時辰，趙卓義回來了，神色凝重，「嫂子，情況有些不妙，皇宮被封鎖了，打聽不到消息，六部好像也被衝擊了，聽說死了好些官員，現在巡城司的兵馬正跟叛軍廝殺，還沒拿下。」

李明則臉色大變，顫聲問道：「知道死了哪些人嗎？」

趙卓義搖頭。

林蘭不禁一陣暈眩，明允就在戶部，秦家恨明允入骨，肯定會先拿明允開刀的。

「嫂子，您別急，李大人吉人天相，應該不會有事。待小的再去打聽，一定把李大人帶回來。」趙卓義忙安慰道。

李明則也急道：「那就勞煩趙統領了。」

趙卓義抱拳道：「我這便過去，府裡我也留了人手，聽說叛軍還衝擊了一些官邸王府，你們還是緊閉大門，小心防範為妙。」

「嗯，我知曉了，趙統領也要小心。」李明則送趙卓義出去。

林蘭只覺得渾身發冷，如墜冰窖。秦家根深蒂固，豈是這麼容易對付？要不然皇上也不會一忍再忍，秦家狗急跳牆，絕地反擊，自是不可小覷，只是她沒想到事態會嚴重到如此地步，萬一明允有個什麼好歹，叫她該怎麼辦？一想到這裡，林蘭萬念俱灰，心就好像被人刺了一刀，鮮血淋漓的痛，痛得無法呼吸。

銀柳趕緊去倒了杯熱水遞給二少奶奶，勸慰道：「二少奶奶，您別急，二少爺向來機敏，定有法子脫離困境的，趙大哥肯定會把二少爺安全帶回來的。」

林蘭腦子裡一片空白，只一顆心揪得一陣一陣的疼。

趙卓義離開沒多久，將軍府的于管事帶了一隊人馬過來，說是奉將軍之命，前來保護李府的安危，並讓山兒少爺暫住李府，大夥兒不要出門。

這樣危急的時刻，林蘭也顧不上跟老東西置氣，讓趙卓義的手下把老于帶來的人安排下去，心裡更是擔憂，連老東西都這麼緊張，情況肯定超出預想的糟糕。

等待的時間極為漫長，如在油鍋上煎熬著，丁若妍過來陪著林蘭一起等，不住地安慰她，沒消息就是好消息。

這些自欺欺人的話，對林蘭起不了任何作用，林蘭只想著如果明允遭遇不測，她也不想活了，心裡萬分沮喪。

憨兒哪裡知道外面的天翻地覆，還咯咯笑著要二叔陪他玩。山兒看姊姊面色蒼白如紙，大家的神情都無比凝重，他雖不清楚發生了什麼，卻知道一定是非常嚴重的事情。

山兒噓聲道：「憨兒乖，咱不吵你姑姑啊！」

憨兒見二叔不跟他玩了，癟了癟嘴就要哭起來，周嬤嬤忙示意如意把憨兒抱走，免得吵到二少奶奶。

就這樣一直等啊等啊，等到了天黑，趙卓義終於回來了，李明允卻沒跟著回來。

林蘭看到只有趙卓義一人回來，心底失望，急切地問：「找到人了嗎？」

趙卓義黯然搖頭，「攻擊六部的叛軍已經被控制住了，但他們抓了好些大臣去，在下檢查了六部裡面的屍體，沒見到李大人的，只怕李大人也被他們抓了。」

丁若妍不解道：「他們抓大臣們做什麼？」

李明則嘆氣道：「還能做什麼？當人質唄！」

「這些叛賊，應該千刀萬剮！」丁若妍憤慨地說。

「那冬子呢？有沒見到冬子？」李明則又問。

趙卓義又是搖頭，他都沒敢告訴大家，六部裡面的狀況十分慘烈，多少人家都等不到自己的老爺回去了。

林蘭頹然跌坐在椅子上，沒找到明允的屍首，說明明允還活著，可是明允一旦落到秦家手裡，還不一樣只有死路一條嗎？

趙卓義看嫂子失魂落魄的模樣，心裡很是愧疚，他答應嫂子一定會把李大人帶回來，結果，現在連李大人在哪都不知道。

「嫂子，要不，我再去趟靖伯侯府打聽一下？」

林蘭無力地擺擺手，「罷了，靖伯侯眼下只怕自顧不暇，你去了也是白去。」

一屋子的人都一籌莫展，林蘭只得強打精神，吩咐趙卓義加強戒備，明允在外生死未卜，家裡可不能再出意外了。

趙卓義和李明則出去安排防衛事宜，丁若妍又安慰了林蘭幾句，也回去照顧承宣。林蘭回屋後就坐在炕上，憂心忡忡。

桂嫂怕二少奶奶餓了，讓雲英給二少奶奶送臘八粥去。

雲英端到門口，被如意攔了下來，「怎麼端臘八粥來了？」

雲英道：「是桂嫂讓送來的。」

如意壓著嗓子薄責道：「妳們真是糊塗了，昨兒個二少奶奶還說今兒個等二少爺回來一起喝臘八粥，現在二少爺下落不明，二少奶奶見了這東西，還不得傷心了？趕緊去換了別的來。」

雲英連聲諾諾：「多虧如意姊姊提醒，我這便去換了。」

如意又喚住她：「把粥端去西廂給山兒少爺吧！」

周嬤嬤和銀柳看二少奶奶愁容滿面，兩人也不知該如何安慰，只好默默地陪著。

如意送了小米粥進來，小心翼翼放在二少奶奶面前的炕几上，勸道：「二少奶奶好歹吃些東西，可別餓壞了身子。」

林蘭看了眼熱氣騰騰的紅棗米粥，軟爛黏滑，可她心裡慌得難受，一點食慾也提不起來，「先放著吧！」

如意遲疑道：「二少奶奶，粥涼了就不好吃了。」

「二少奶奶，多少吃一口，您這一日都沒吃什麼東西，現在二少爺不在，這一家子上上下下可都指望著您，您可千萬要保重身子才是。」周嬤嬤心疼地勸道。

林蘭嘆了口氣，拿起湯匙攪了攪米粥又放下，幽幽問道：「山兒和憨兒呢？」

如意回道：「山兒少爺在憨兒少爺屋裡，奴婢剛去看過，奶娘已經哄憨兒少爺睡下了，山兒少爺說看會兒書就安歇。」

林蘭心不在焉地點點頭，如意頓了頓又道：「山兒少爺讓奴婢轉告二少奶奶，山兒少爺說，當初他都能從四個強匪手中逃出來，二少爺比他聰明百倍，一定能平安回來的。」

林蘭不由得微哂，「他倒是會安慰人。」

周嬤嬤紅了眼眶，「山兒少爺是個有福之人，山兒少爺說的話肯定靈驗。」

銀柳道：「是啊，二少爺早就有防備，不會被他們弄得措手不及，二少爺定有自保的法子。」

林蘭苦笑道：「妳們不用安慰我了，且等著吧！」

林蘭勉強吃了兩口粥，讓周嬤嬤先去安歇。周嬤嬤已經上了年紀，禁不起熬夜。周嬤嬤退了下去，林蘭吩咐銀柳把葉大舅爺送的一串楠木佛珠找出來，她平時不念佛，可這會兒，除了求佛還真沒別的法子。雖是臨時抱佛腳，但求佛祖看在她一片誠心的分上，保佑明允平安無事，若是佛祖肯垂憐，她願意終身吃素來報答。

李明則等到一切事務安排好才回房，丁若妍已哄承宣睡下，見他回來，忙讓紅裳端來宵夜。

「咱們是不是再派人出去打聽打聽？」丁若妍在李明則對面坐下來。

李明則唉聲嘆氣地說：「上哪兒打聽？趙大哥說了，眼下外頭危險得很，又戒嚴了，這會兒在外面走動，一不小心被當成亂黨就麻煩了。」

「那咱們就這麼乾等著？」丁若妍滿心焦慮不安。

「等吧，還能有什麼法子？如今只能求佛祖保佑，祖宗保佑了。」李明則說到這，把碗一放，「我這就去祠堂禱告。」

李明則說走就走，丁若妍都沒喚住，紅裳來收拾碗筷，問道：「大少奶奶跟大少爺說了嗎？」

丁若妍悵然道：「怎麼說？我還沒開口，他就走了。」

紅裳遲疑道：「要不……奴婢回去看看？」

丁若妍忙道：「使不得，外頭在戒嚴，就算是趙卓義那樣身懷絕技的也不能隨意走動，妳一個丫頭就更不行了。」

「可是……」

「別可是了，現在便是回去看了，也無濟於事，咱又幫不上什麼忙，還是等明日，看看情形再說吧！」丁若妍搖頭道，雖然她很擔心娘家的情形，卻不能隨意叫人去冒險。

林蘭聽著鐘漏滴答，恨不得轉眼就天亮，似這般煎熬著，委實叫人難以承受。銀柳勸了她幾回都勸不動，只好陪坐著一直等到天明。

趙卓義又出去打探消息，沒多久，冬子回來了，滿身滿臉的血污來見二少奶奶。

林蘭看他這般狼狽模樣，腦子裡嗡嗡直響，心一直往下沉，聲音控制不住地虛飄著：「冬子，你……你這是從哪裡來？二少爺呢？」

冬子明顯是嚇壞了，垮著臉要哭不哭地說：「二少奶奶，小的差點就回不來了！」

周嬤嬤急道：「你倒是快說啊，二少奶奶都快急壞了！」

冬子拿袖子擦了把臉，驚魂未定地說：「昨日真是好險，二少爺讓小的先去通知戶部的幾位大人，讓他們趕緊撤出戶部，然後再回來知會二少奶奶，結果小的剛進戶部，叛軍就衝進來了，見人就砍，不一會兒，橫七豎八就躺了一地，多虧小的機靈，躺在死人堆裡，把他們的血抹在自己身上裝死，這才蒙混過關。後來巡城司的兵馬來了，又是好一陣廝殺，小的趁亂躲進了戶部的密室，聽外面沒動靜了，本想趕緊回府，可是一同躲在密室裡的大人們不讓小的出來，怕叛軍又殺回來，小的只好忍著，一直到天亮……」

眾人聽得心驚膽顫，林蘭只關心李明允的安危，追問道：「那二少爺呢？他在哪？」

冬子緩了口氣說：「二少爺在宮裡，二少爺讓小的轉告二少奶奶，這場變故不會持續太久，一切都在皇上的掌控之中，他在宮裡很安全，讓二少奶奶注意門戶，別出門，等事情了了，他就回來了。」

林蘭懸了一天一夜的心終於放了下來，還好是虛驚一場。

李明則喜道：「我就說二弟不會有事！」

周嬤嬤責備道：「冬子，你看你，耽誤了這麼久，大家都差點急壞了。」

林蘭長舒了一口氣，「嬤嬤，妳就別怪冬子了，冬子能逃過一劫也不容易。冬子，你趕緊去換身衣裳，吃點東西壓壓驚。」

過了個把時辰，趙卓義也回來了，帶回來一個好消息和一個壞消息，好消息是秦家為首的叛軍已經被控制住了，現在正在抓亂黨餘孽，壞消息是……丁家老爺也被抓了。

「什麼？岳丈大人被抓了？」李明則失聲道。

趙卓義說：「不止丁大人，但凡是太子黨的，恐怕都難逃此劫。」

李明則怔然跌坐在椅子上，喃喃著：「那可如何是好，若妍要是知道了，非急壞不可。」

林蘭勸道：「大哥先別慌，丁大人雖是太子一黨，但他充其量不過是擁護太子而已，這種謀逆之事定不會參與……」其實林蘭是想說，丁大人還沒那個分量能得到太子如此「重用」。

「況且太子一黨人數不少，皇上若是全都處置了，豈不傷及國之根本？待皇上查明，也只會嚴懲那些參與謀逆之人，不會牽連太廣。」說著林蘭扭頭問趙卓義：「眼下外頭情形如何？還在戒嚴嗎？」

趙卓義會意，道：「還在戒嚴，但情況比昨日好了許多，如果李大爺要去丁府，我可以陪李大爺去，應該沒什麼問題。」

林蘭點點頭，「現在最要緊的是問清楚丁大人到底參與到何種程度，有沒有做過犯大忌的事，咱們心裡也好有個數。有明允在，到時候應該能幫丁大人說上話的。」

李明則冷靜下來，起身道：「我這就去丁府。」

兩人走後，銀柳嘀咕道：「丁夫人這麼嫌棄大少爺，看不起大少爺，大少爺還這麼關心丁家的事，換作奴婢，才不管呢！」

林蘭瞪她，「妳知道什麼？大少爺著急，還不是為了大少奶奶？丁夫人再怎麼不好，也是大少奶奶的母親，要是丁家真有什麼不測，大少奶奶還不得愁死。」

銀柳悻悻地住了嘴。

張嫂來報，舅夫人來了。

姚金花拎了個大包袱，這一天一夜的，真是嚇都嚇死了。她正在街上買東西，突然就亂了起來，大家跟逃命似的，街上到處都亂哄哄，她趕緊躲回家，後來聽說是有人造反，死了很多人，她一夜沒敢出來，到早上聽說反賊已經拿下了，她才收拾了東西，跟做賊似的，溜到李府來。

「林蘭，我得在妳這避避風頭，這種世道，我可不敢一個人住了。」姚金花見面就嚷道。

林蘭皺了皺眉頭，這世道，老百姓才安全呢，不安全的是那些富人和當官的。不過，姚金花硬要過來，她也不好阻攔。

「事情來得突然，昨日我就想過去尋妳的，結果戒嚴了，出不了門。既然妳怕一個人住，那便過來吧，我讓姚嬤嬤給妳安排客房。」林蘭淡淡說道。

「不用特意麻煩了，我跟愍兒住就行了，我也好順便照顧愍兒。」姚金花說著客氣話，卻是毫不客氣地就要往愍兒的房裡去。

林蘭忙叫住她：「大嫂，妳還是讓愍兒一個人住吧，愍兒有乳娘丫鬟照顧。」

姚金花收回邁出去的腳，回過頭來，斜睨著林蘭，不悅地說：「妳什麼意思？愍兒可是我的兒子，我的兒子我自己照顧，哪用得著乳娘？再說了，乳娘能比親娘更疼愍兒，照顧得更周到嗎？」

林蘭笑著說：「嫂子別生氣，我這麼做也是為愍兒好。大戶人家的少爺斷了奶便是跟著乳娘的，就是怕親娘太過寵溺，把孩子養得嬌慣了。大哥說了，愍兒是林家的長孫，一定要好好教導、栽培，我也是按大哥的意思辦，嫂子就別為難我了，再說了，都在一個府裡，妳要看愍兒隨時過來就是。」

姚金花冷笑道：「我看妳是怕愍兒跟我親吧！」

林蘭笑容依舊，「嫂子說笑了，無論如何，愍兒都是妳的兒子，我怕什麼？只是愍兒好不容易適應了現在的生活……」

「他再適應，以後還是要跟我走的，我自己的兒子我自己會教養，不用別人插手！」姚金花不客氣地扭頭走人。

林蘭漸漸斂了笑容，銀柳小聲問道：「二少奶奶，怎麼辦？」

林蘭默了默，道：「由她去，妳跟如意說，讓她盯著點，別的不怕，莫讓她把愍兒帶走。」

看來這一段時日，每天都得跟姚金花照面了，林蘭悶悶地嘆了一氣。

李明則去了大半日才回來，覆了一臉的愁雲。丁若妍已經知道家裡出事了，正焦急等著。

「怎麼樣？」看到李明則的臉色，丁若妍就知道情形不會好，憂心地問。

李明則撫著丁若妍的手，不知該如何開口。

「你倒是說呀！」丁若妍急道。

李明則抿了抿唇，遲緩道：「岳丈和大舅都被抓了，現在丁府有官兵把守，若不是趙大哥找人疏通，我都不能進府。」

丁若妍臉色發白，顫著聲：「那……我爹到底要不要緊？我娘怎麼說？」

李明則扶她坐下，安慰道：「妳先別急，我已經問過岳母，岳丈並不曾參與謀逆，只是眼下在風頭上，急不來，等事態緩和下來，咱們再求二弟幫忙，應該沒什麼大礙，大不了被削職。」其實事情嚴重不嚴重，還不都是皇上一句話，只看皇上的心情而定。

丁若妍低低地哭泣起來：「其實弟妹早就提醒過我，讓爹遠著點太子一黨，我也跟我娘說過，可我娘……如今出了這樣的事，恐怕是難以善了了。」

「妳別盡往壞處想，弟妹說了，太子一眾人數不少，好些都是朝中的肱骨大臣，若都一一嚴懲，豈不是傷了國之根本？只要沒有涉及謀逆，皇上會酌情處置的。」李明則勸道。

丁若妍又哭了一會兒，哀嘆道：「太子是皇上自己親封的，太子就是未來的一國之君，支持太子又有什麼錯？」

李明則默然，未來之君，在沒有成為君之前，便是臣，若是以為登上了太子之位，便可十拿九穩坐上龍椅，這便是大錯特錯了。古往今來，多少太子被廢，甚至連命也不保，皇權之爭，向來是最殘酷的，父子相殘，手足相殘，還少嗎？還是二弟說的對，做一個純臣，只忠於龍椅上那人，才是為臣之道啊！

僅僅三日，京中風雨一場，許多事似在預料之中，卻又在意料之外。

秦家一夜顛覆，太子死於混亂，皇后被廢打入冷宮，京中太子一黨盡數被擒，弄得人心惶惶。第四日，宮中傳出皇上因為太子謀逆、太后薨逝而傷心過度，一病不起，由四皇子暫理朝政。第六日，又有聖旨傳出，立四皇子為太子。四皇子黨歡欣鼓舞，不遺餘力地羅織太子一黨的罪證，大有要斬草除根之意。想要求見皇上的大臣們都被攔在宮門之外，藉口是龍體有恙，不宜操勞國事。

這樣的變故，讓原本安下心來的林蘭又提心吊膽起來。四皇子上位本是意料之事，但皇上突然重病，不得不讓林蘭生疑，是皇上為掩人耳目、避人口舌所採取的手段，還是四皇子黃雀在後，除去太子，軟禁了皇上？事實如何，林蘭不得而知，若是前者，難道皇上就不怕養虎為患？一旦四皇子羽翼豐滿，放虎容易擒虎難。若是後者，李明允要如何應對？

林蘭派了人去靖伯侯府打聽消息，靖伯侯也一直未曾出宮，喬雲汐還擔心著呢！倒是陳子諭聽到一些風聲，卻也諱莫如深，只給了林蘭四字真言……靜觀其變。

靜觀其變談何容易？只要李明允一日未回，林蘭的心就一日不得安寧。

就在林蘭焦躁不安之時，馮氏來府裡，一是為接山兒回家，二是轉告林致遠的話，說他會護李明允周全，若有機會會安排她與李明允見面。

李明允需要他林致遠去維護周全，意味著什麼？林蘭不是傻子，看來被軟禁的不止是皇上，只怕還有那些忠臣與皇上的大臣，可見問題不是一般嚴重。

為了李明允，林蘭顧不得跟林致遠置氣，讓林致遠務必盡快安排她與李明允一見。

事變第十日上，林蘭在林致遠的安排下入宮。

只是沒想到，在見明允之前，林蘭先見到了四皇子。

四皇子，不，現在應該稱他為太子，他端坐在龍椅之上，那樣安然自在，那樣霸氣威嚴，彷彿他就是這把龍椅的主人。林蘭不敢造次，恭敬行禮，「臣妾見過太子殿下。」

太子微微一笑，開口道：「李夫人不必多禮，想當初，本宮率軍南征，李夫人慷慨贈藥，南征大捷，也有李夫人的一份功勞，李夫人大義，本宮欽佩。」

林蘭面容沉靜，語調平穩：「太子殿下謬讚了，南征大捷乃是殿下運籌帷幄，統兵有方之故，臣妾只是做了分內之事，當不得太子如此誇獎。」

太子笑道：「李夫人不必過謙，本宮已稟明聖上，將賜封妳為四品誥命，賜大義夫人名號。」

林蘭一驚，連忙跪下，「如此厚賜，臣妾惶恐，還請殿下收回成命。」太子不會無緣無故給她加封，有所與必有所求。

太子笑了笑，說：「本宮聽說李夫人是林將軍失散多年的女兒？」

林蘭默然片刻，應道：「是。」

「林將軍威震北疆，戰功赫赫，李夫人大義不讓鬚眉，果然是虎父無犬女，好，好得很！」太子頓了頓，語氣中略帶遺憾道：「前些日子，有些人自恃聖寵，狂傲無狀，行事乖張，危及我朝根本，事情如何，相信李夫人也有所耳聞，這次肅清反臣，李大人是功不可沒，李大人年輕有為，實乃我朝棟樑之才，本宮愛才惜才，求賢若渴，只是……如今聖上龍體有恙，本宮身為皇子，不得不為父分憂，而有些人反倒曲解了本宮的一片為國之心，叫本宮寒心。」

林蘭心思飛轉，太子所說的有些人，指的是明允吧？要不然，太子何須跟她費這些口舌？

「你們夫妻二人都是本宮欣賞之人，望你們不要叫本宮寒心才好！」太子意味深長地說道。

林蘭俯首行禮，「殿下，公道自在心人，日子久了，大家總會理解殿下一片赤誠之心。」

太子是如何上位的她不管，皇家的鬥爭向來殘酷，從來只有成王敗寇，李世民殺了兩位兄長，後世還不都稱他聖名之君？她在乎的只是明允的安危。

太子似乎很滿意她的回答，微微頷首，「若是李大人也能如妳所想，本宮就欣慰了。」

李明允的身分特殊，不僅是林致遠的女婿，還是文臣的表率，他的態度對他後續的計畫有深遠的影響，所以，太子肯費這些心力，希望能說服李明允擁護他。

「李大人這些日子為國事操勞過度，身體不適，故而本宮留他在宮中靜養，李夫人可以去看看他。李夫人醫術高明，想必李大人見到李夫人，很快就能痊癒了，本宮也可以放心。」太子一語雙關道。

「臣妾告退。」林蘭再次叩首，慢慢退了下去。

出了大殿，林蘭一身冷汗，在宮人的帶領下，林蘭終於見到李明允。

李明允的狀況比她想像中要好一些，只是消瘦了許多，顯得有些憔悴。

見到林蘭，李明允有些訝異，「妳怎麼來了？」

「是……父親安排的，剛才我還見到了太子殿下。」林蘭謹慎地看了看跟在身邊的宮人。

宮人默默施了一禮便退下，順便帶上了門。

林蘭拉著李明允往裡走，到裡面，才壓低了聲音問道：「到底怎麼回事？我在家裡都快急瘋了，只好請老東西幫忙進宮來見你一面。」

李明允低聲道：「太子見妳，都說了什麼？」

林蘭把適才太子的話復述了一遍，李明允冷笑道：「他倒是會為自己狡辯。」

林蘭急道：「你先別管他是不是狡辯，現在我只問你，這局勢，皇上可還能掌控否？」

李明允蹙緊了眉頭，神情似有些無奈，「沒想到四皇子如此狠辣，他在皇上面前一貫順從，皇上原本只想肅清秦家，再廢了太子，可四皇子擅作主張，把太子擊殺了。如今御林軍皆在太子掌控之下，皇上已被軟禁，我們這些大臣也多被他囚禁起來，對了，可有靖伯侯的消息？」

她果然猜對了，四皇子當真是黃雀在後，皇上一番盤算，終究是為他人做了嫁衣。

「我派人去過靖伯侯府，侯爺也一直沒有消息。」林蘭搖頭道。

李明允面色又凝重了幾分，嘆道：「看來侯爺的情況也好不到哪裡去。」

林蘭猶疑道：「明允，你跟我說句實話，你覺得皇上還有可能……」

李明允搖頭，「怕是難，若是侯爺沒事，他或許還能調動西山、北山大營勤王，如今連他也……那就真沒什麼指望了。」

「那你心裡又是怎麼想的？」林蘭追問。

李明允苦笑，「都說太子謀逆，其實真正謀逆之人是四皇子。其實他不用這般心急，皇上原本就屬意他，可現在我若是屈從，就是對皇上不忠，皇上對我信賴有加，我怎能……若是不屈從，只怕沒好果子吃，我自己無所謂，只怕會連累妳，連累李家……」

可不是嗎？太子口口聲聲說愛才惜才，但林蘭明白，太子是個殺伐果斷之人，要不然也做不出這種事。但凡不能為他所用之人，太子絕對不會心慈手軟，她更明白李明允的懊惱與糾結，本以為這次可以幫助皇上掃除秦家，穩固政權，不料滅了狼又引來虎，正所謂天算不如人算……其實林蘭很想說，那就做識時務的俊傑吧！然而明允的性子她最了解，若真如此，只怕這件事會成為他一生解不開的心結，會被他視為人生的一個污點。

林蘭抿著唇想了想，說：「我想辦法見一見皇上。」

李明允驚道：「妳可千萬別輕舉妄動，皇上如今被軟禁，誰都見不著。」

林蘭安慰道：「事在人為，我想，有個人也許會有辦法。」

「誰？妳是說林將軍？」李明允猜測道。

「這你就別管了，這些日子你且與太子應付著，周旋著，千萬別把話說死了，沒有了轉圜的餘地。」林蘭叮囑道。

李明允點點頭，「我一直沒有鬆口，也沒有拒絕，不然，也活不到今日。」

林蘭寬慰了些，「你明白就好，家裡的事，你不用擔心，我們都好好的。」

其實她知道就算她不來這一趟，李明允最後也會妥協，因為李明允放不下她，放不下家人，只是，她不想李明允背負良心的譴責，鬱鬱一生。

「李夫人，時辰到了。」太監在外面尖著嗓子喊道。

林蘭撲進明允懷裡，緊緊地抱著他，急切又不捨地說：「你一定要好好的！」

李明允抱住她，安撫地拍拍她的背，低聲說：「我還是不希望妳去冒險，為了妳，我什麼都願意做。」

林蘭伏在他的胸膛，聽著他沉穩有力的心跳，彷彿是這世間最動聽的聲音，她仰頭嫣然而笑，如冬雪中綻放的紅梅，清豔至極，目色溫柔，語聲輕柔地說：「我也是啊！為了你，我什麼都願意做！你放心，我會儘量小心的，不僅僅是為了你，還有侯爺，還有皇上！」

宮門口，林致遠不安地徘徊，直到林蘭安然出來，才眉頭一鬆，迎了上去，「見到了？」

林蘭面無表情地點頭，「見到了。」

林致遠又鬆了口氣，「聽說太子殿下召見了妳，急得我一身冷汗。」

林蘭不以為然地邊走邊說：「你有什麼好急的，我又不是那種不知分寸的人，我能應付。」

林致遠大步跟了上來，對林蘭的無所謂有些惱怒，壓低了嗓音薄責道：「妳知道什麼？太子殿下現在疑心重得很，一言不對，很可能會招來殺身之禍。」

林蘭頓住腳步，側目看他，嘴角含了一絲譏誚，「有你這個太子寵臣的父親，就算我所言有失，太子也會看在你的面上，不與我計較不是嗎？」

林致遠差點氣得仰倒，恨恨地咬牙，「走，找個地方說話！」

林蘭正好有事相求，便跟了去。

一路上，林蘭不斷看到官兵在抓人，心情十分沉重。太子為了鞏固政權，殺雞儆猴無可厚非，但是矯枉過正，殺伐過重，弄得風聲鶴唳、人人自危，就不是什麼好事了。

馬車一直駛入將軍府，林蘭跟著林致遠進了內書房。林致遠屏退了左右，書房裡再無他人，林致遠才道：「妳是否以為為父幫著太子是失了原則，是不忠之舉？」

林蘭沒有搭腔，但那不屑的神情已經做出了回答。

林致遠悶悶嘆氣，說道：「太子重視為父，不過是因為為父在軍中的威望，如今太子當政，大權在握，為父手中的兵馬皆在北疆，拿什麼與太子抗衡？為父若不這麼做，如何保全妳的明允，保全侯爺？若無為父從中周旋，那些一頭腦熱的武官們還不知會做出什麼駭人的舉動，蘭兒，大勢已去啊！」

是啊，大勢已去，四皇子為了今日步步為營，籌謀已久，說句不好聽的，即便他明日就要做皇帝，也沒有人可以阻擋了。他忍耐一時，不過是為了堵天下悠悠之口，而不管是明允還是侯爺，或是那些仍在糾結的大臣們，遲早都得屈從於這個現實。

「我想請你幫個忙。」林蘭抬眼道。

林致遠微一怔愣，「妳要做什麼？」

林蘭定定地看著他，「我想見皇上一面。」

林致遠臉色大變，失聲道：「妳不要命了嗎？皇上如今被軟禁在昭和殿，外頭侍衛重重把守，若沒有太子的手諭，便是連隻蒼蠅也休想飛進去！不行，這事絕對不行！」

林蘭上前一步，態度堅決，「皇上被幽禁，可總得有人進去伺候，送飯食的、請脈安診的，只要有心，總能想到辦法的，我一定要見一見皇上！」

面對女兒的執拗，林致遠氣得咬牙切齒又無可奈何，只好好言相勸：「蘭兒，妳見了皇上又能如何？難道妳以為事到如今，皇上還能有回天之力？現在巡城司兵馬、御林軍、西山北山大營皆在太子的掌控之中，更不用說太子還得到了諸多武將們的擁護，如今，不是文臣動動嘴皮子就能左右朝政的時候，誰手裡有兵權誰說了算，我勸妳還是趁早打消了這個念頭。」

林蘭道：「我知道大勢已去，我並不想做那扭轉乾坤之舉，我也沒那能力，想必皇上心裡也是清楚的，只是知道是一回事，不甘心又是另一回事，皇上可以不甘，或許他以為太子再大膽也不敢做殺父弒君之事，可他忽略了一點，巔峰的權力對一個野心勃勃的人來說具有多大的誘惑，這誘惑足以使人喪失本性。太子要殺父弒君，完全可以做到不留痕跡，一旦時機成熟，太子絕不會手軟，可在這之前，會有很多人因為想要做個忠臣而喪命，也許是明允，也許是侯爺……我想做的，只是告訴皇上這個事實。天意尚可轉，大勢不能違，如今只有皇上才能解這個死局，不管是為己還是為他人，皇上都該有所決斷才是。」頓了頓，林蘭苦笑道：「太子要封我為大義夫人，其實我從來就不是什麼大義之人，沒好處的事我不做，我只想和我的丈夫安安樂樂地過日子，如果明允因此有什麼不測，我絕不獨活。」

林致遠不可置信地看著決然的女兒，他一直知道這個女兒很有主見，卻不知她能把問題看得這麼透徹。只要皇上還堅持，就等於把那些忠臣與他的大臣們逼上了絕路，若是能守得雲開見月明倒也罷了，問題是，那根本就是癡心妄想。他也知道女兒和李明允感情深篤，卻不知已經深刻到生死相隨的地步，這傻丫頭啊……李明允那小子真是好福氣。

「罷罷罷，為父且看看能不能幫妳安排，此事得計畫周詳，萬分謹慎，為父絕不允許妳去冒險。」林致遠無奈地妥協。

馮氏聽說老爺帶了林蘭回來，忙放下手頭的事準備過去相見，走到一半又停下腳步。

「夫人……」末兒好奇，夫人怎麼不走了？

馮氏沉吟著搖頭，「還是回吧，他們父女倆好不容易能在一處說話，我去了反倒不好。」

林蘭出了將軍府，本欲前往靖伯侯府，想想又算了，此時風聲緊，為避免一些不必要的麻煩，還是遠著些的好。

馬車剛停下來，銀柳就迎了上來，替二少奶奶掀開車簾，扶她下車。

「二少奶奶，見到二少爺了嗎？」銀柳關切問道。

林蘭微微一笑，「還算順利吧。這麼大冷天，妳在屋裡等就是了，何必跑出來？」

銀柳輕咬著牙道：「在屋裡待著，還不如在外頭待著心裡舒坦。」

林蘭眉梢一挑，斜眼看銀柳，銀柳面上有不忿之色，便問道：「可是舅夫人又不安分了？」

銀柳忿忿道：「按說她是舅夫人，奴婢們理應好好伺候她，若是伺候得不好，受些責罵也是應該的，可是，沒得這樣作踐人。大家怕給二少奶奶添堵，都瞞著不說，只一味小心應承，誰知舅夫人越發厲害起來。二少奶奶是不知，她還每晚讓如意替她洗腳，旁的人都不遣，就遣如意，還有，打從舅夫人來後，憨兒少爺的乳娘就沒吃過一粒鹽花，舅夫人還每天逼她吃一點鹹味沒有的豬蹄。乳娘起先還忍著，今日實在是吃不下了，舅夫人扯了乳娘的頭髮就打，如意她們去勸，竟也挨了一巴掌，還說什麼都是一群沒用的廢物，妳們主子不會調教，那便她來調教之類的。今兒個中午，她要桂嫂給她燉雞，桂嫂說眼下是國喪，就是乳娘吃的豬腳都是偷偷摸摸弄進來的，可不敢給她做。舅夫人鬧起來，把廚房的鍋都給砸了……二少奶奶，別的都罷了，可舅夫人這樣不知分寸，豈不是給咱們李府招禍嗎？」

銀柳說了一通，見二少奶奶臉色陰沉下來，又覺得自己太多嘴了，暗暗自責，周嬤嬤都說先忍著，可她怎麼忍不住呢？二少奶奶為了二少爺的事已經夠心煩了，銀柳期期艾艾道：「二少奶奶，都是奴婢的錯，奴婢不該說這些給二少奶奶添堵的。」

林蘭冷哼一聲，「妳沒錯，無須自責，我的人還輪不到別人來使喚作踐！」

林蘭徑直往裡走，一肚子的火氣，這陣子她憂心李明允的事，姚金花只要不那麼過分，她也懶得計較，可現在聽說了這些，她是無論如何也忍不下的。

姚金花鬧了一場，桂嫂也沒鬆口給她燉雞，姚金花揚言遲早要桂嫂滾蛋，然後悻悻回房去。

桂嫂和雲英等人收拾一屋子的狼藉，雲英邊收拾邊氣憤地嘟噥：「也就二少奶奶不在府裡，她才敢這麼鬧，我就不明白，周嬤嬤為什麼不出來管管？」

桂嫂不以為然道：「管什麼？只管讓她鬧，鬧得越厲害，她就能早點滾蛋了。」

「可是……咱們都不告訴二少奶奶，二少奶奶怎麼會趕她走？她就在咱們這些下人面前耍威風，見了二少奶奶就老老實實的。」

桂嫂含了一絲譏誚道：「雞零狗碎的事妳一件一件去說，二少奶奶聽得疲了，也就無所謂了，況且二少奶奶能為了她打罵幾個下人就趕人？咱們就得這樣縱著她，這樣才能一股腦兒的算總帳。」

雲英恍然，心中的怨氣也消散了，笑道：「果然薑還是老的辣。」

桂嫂笑道：「小妮子，妳還嫩呢，學著點吧！周嬤嬤若連這點心計都沒有，葉老太太能讓她過來幫襯？哎，把那口碎了的大鍋拿到外頭去，要放在最顯眼的地方，還有那些碎瓷片，先別倒了，堆到門口去。」

林蘭回到落霞齋，徑直去到姚金花房中。姚金花正坐在炕上嗑瓜子，兩個小丫鬟在陪憨兒玩耍。

見到林蘭黑著臉走進來，姚金花心裡驀然發虛，訕訕笑道：「林蘭回來啦！快過來坐，這是新炒的葵花籽，香著呢，來嘗嘗……」

「小梅、小竹，妳們帶小少爺去別處玩耍。」林蘭面無表情地吩咐道。

小梅和小竹趕緊給憨兒少爺繫上斗篷，抱了出去。

「銀柳，去把這院子裡的下人都叫來。」

銀柳應聲便去。

姚金花看林蘭這架勢就知道肯定有人去告狀了，不覺有些膽怯，旋即她又鎮定了下來，她又沒做錯什麼，再說她終究是林蘭的嫂子，林蘭能拿她怎樣？

「妳這是要做什麼呢？」姚金花依舊磕著瓜子，不緊不慢地說著，心裡卻是七上八下。

林蘭不語，冷著臉走過去，在姚金花對面坐下。

不一會兒，銀柳把人都叫了來。

林蘭淡淡地掃了姚金花一眼，又把目光移到眾人身上，乳娘的頭髮已經梳理過了，整整齊齊的，只是眼睛還是紅腫；如意的皮膚細白，那左臉頰上的巴掌印十分刺眼，林蘭強忍住怒氣，緩緩說道：「嫂子，聽說嫂子埋怨我手底下的這些人不會做事，欠調教，如今我把人都叫來了，嫂子就幫忙調教調教，我也好學學嫂子的本事。」說罷，林蘭撫了撫裙裾上的細微皺褶，好整以暇，準備聽聽姚金花的高論。

姚金花愣了愣，一副愕然的神情，「妳這是哪裡聽來的閒話？我何時有過這等埋怨？」

林蘭輕微一嗤，叫如意：「如意，妳的臉是怎麼回事？」

如意低著頭出列，抬頭瞄了姚金花一眼，又低了下去，不說話。

「妳可別告訴我，是妳自己不小心撞到門柱子之類的。」林蘭淡淡道。

如意抿了抿唇，吞吞吐吐道：「是……是舅夫人……」

姚金花昂著下巴晃了晃腦袋，一副就是我做的你又能怎樣的神情，「沒錯，是我打的，誰叫她對主子不尊重來著？做奴才沒個奴才樣，還敢爬到主子頭上拉屎拉尿，還教訓不得了？」

如意猛然抬頭，眼中泛著淚光，「舅夫人這樣的指責，奴婢可不敢當。奴婢雖然低賤，卻也知身為一個奴婢該謹守的本分，欺主之事，奴婢斷然不敢，還請二少奶奶明鑒。」

「奴婢可以作證，如意姊姊沒有不尊重舅夫人來著，是舅夫人打乳娘，如意姊姊去勸了幾句，舅夫人就拿如意姊姊撒氣，而且不止如意姊姊挨了打，錦繡姊姊、小竹、小梅都被舅夫人打了，憨兒少爺都被嚇哭了……」雲英義憤填膺地說道。

「妳們這是聯合起來污蔑我！」姚金花反咬一口，氣得胸膛劇烈起伏，好像她才是最冤枉的那一個。

「奴婢才沒有，奴婢是實話實說。我們伺候二少奶奶這麼久，二少奶奶從來都沒動我們一根手指頭，舅夫人來了幾日，這院子裡的下人，除了周嬤嬤，誰沒被舅夫人打過？」雲英已經得了桂嫂的指點，這會兒子倒豆子似的控訴姚金花的惡行，「舅夫人還硬要廚房給她燉雞，桂嫂沒依著她，舅夫人就把廚房也砸了……」

姚金花強詞奪理道：「難道不應該砸嗎？廚房是做什麼的？不就是做吃的嗎？我不過是想她做道燉雞而已，她也要推三阻四的，這不明擺著不把我放在眼裡嗎？」

「回二少奶奶，老奴真不是故意要違拗舅夫人的意思，只是眼下是國喪，誰還敢大魚大肉地往家裡搬……」桂嫂解釋道。

「放屁！我只聽說過國喪期間，不准設宴不准娛樂，可沒聽說過連葷腥都不能沾的，妳少拿這種藉口來搪塞！」姚金花大聲駁斥道。

林蘭嗤地一笑，慢悠悠說道：「嫂子啊嫂子，妳讓我說妳什麼好呢？」

「我又沒錯，妳有什麼好說的？」姚金花沒好氣道。

林蘭微微點頭，朝眾人示意，「妳們且到門外候著。」

眾人行了一禮，魚貫而出，須臾，屋子裡只剩姑嫂二人。

林蘭瞅著姚金花，冷笑道：「這倒也是，嫂子在村裡時便常與人吵嘴，動手也不是一次兩次，便是與自己婆婆也敢撒潑，嫂子自然不會把下人們放在眼裡！嫂子是好魄力，稱得上澗西村第一潑婦的名號！」

姚金花把手裡的瓜子一扔，指著林蘭氣道：「誰是潑婦？妳說誰呢？」

林蘭冷瞥著姚金花攤到自己眼前的手指，臉色陡然沉了下來，喝道：「姚金花，把妳的手移開，信不信我折了它？」

姚金花虛張聲勢道：「妳敢？」手卻是縮了回去。

「妳說我敢不敢？姚金花，妳最好放明白點，以前我娘讓著妳，是不想家醜外揚，我讓著妳，那是看在哥的面子上，如今，妳以為哥還是妳手裡的軟麵團，由妳揉捏嗎？妳若是肯安分便罷了，若是再使妳那張揚跋扈的性子，妳信不信我哥第一個容不下妳！」林蘭冷聲呵斥道。

姚金花氣得罵道：「我就知道，妳一心挑撥妳哥休了我，我說林風怎麼變了，肯定是妳挑唆的，妳還想叫憨兒也遠著我，妳……妳才是最惡毒的女人！」

林蘭下巴一昂，目若寒星，冷聲道：「那是妳咎由自取！妳不順父母，是為逆德；苛待小姑，不把下人當人看，隨意打罵，是為缺德；妳貪慕虛榮，不識大體，是為無德！妳一個毫無品德可言，粗鄙不堪的女人，根本不配做林家的媳婦，不配做憨兒的母親。妳在我這，不過是客，都敢這般放肆，若是將來妳成了一家之主，還不得鬧出人命來？妳以為京城是澗西村，可以由著妳胡作非為？莫說眼下是非常時期，便是太平盛世，又有多少言官御史盯著，誰家若是傳出些不好的事，即可就能上達天聽，到時候，哥的前程毀了不說，弄不好命都保不齊……」

「妳……妳不要危言聳聽……」姚金花臉色發白顫聲道。

林蘭冷笑，「我危言聳聽？妳自己出去瞧瞧眼下外頭是什麼情形？有多少富貴簪纓之家，一夕之間敗落，淪為階下囚，也許就是因為昨兒個府裡多買了幾隻雞鴨，多進了些魚肉，到了言官嘴裡，這些就都成了要命的罪責。」

「妳這是在嚇唬我……」姚金花心慌道，外頭的情形她是有些知道的，可是，真的有林蘭說得那麼嚴重嗎？

「妳最好是把我的話當真，姚金花，妳若還想待在這裡，就給我安分點，若再讓我聽到些不好的事，妳即刻給我滾蛋！」林蘭說罷，起身冷冷瞥了姚金花一眼，隨即離去。

姚金花死死盯著林蘭的背影，恨得直咬牙，把一盤子葵花籽全掃到了地上。

林蘭出了門，周嬤嬤帶著一干人候在廊下。林蘭抬眼，沉聲道：「小少爺年紀不小了，是該斷奶了。從今兒個起，乳娘不必伺候了，小少爺要吃奶，便用牛乳替代。」

周嬤嬤應道：「是。」

「舅夫人這陣子情緒不佳，小少爺就暫時搬到東廂去，免得擾了舅夫人清靜。」林蘭說著看了看如意等人，說：「既然舅夫人嫌妳們伺候得不好，以後妳們也不必伺候舅夫人了，沒事少在舅夫人面前晃悠。周嬤嬤，去讓姚嬤嬤挑兩個會伺候人的過來，好好伺候舅夫人。」

林蘭刻意將「好好」兩字咬得重些，周嬤嬤會意，「老奴一定照二少奶奶的吩咐辦。」

姚金花在屋子裡聽見了，氣得就要出門來理論，沒想到一腳踩在自己掃在地上的葵花籽，滑了個四仰八叉，半天爬不起來。

雲英等人又是高興又有些失望，二少奶奶怎不趕舅夫人走呢？

林蘭吩咐完畢，舒了口氣，讓大家都散了。

銀柳跟著二少奶奶回屋，替二少奶奶解了披風，忍不住問道：「舅夫人若是再鬧該怎麼辦？」

林蘭移步坐到炕上，神情略顯疲憊，「銀柳，妳去給大家傳個話，舅夫人在這裡住不了多久，以後就面上維持著禮數便可，無須理會她。眼下是非常時期，讓她出去，我還怕她給我整出什麼么蛾子來，還是留她在這，有人盯著，我還能放心些。」

銀柳低低地應了聲：「奴婢知道了。」

林蘭吃了點熱粥，倚在炕上歇息，周嬤嬤來報：「姚嬤嬤已經挑了長興媳婦和榮生媳婦過去伺候舅夫人。」

林蘭微瞇了眼，唔了一聲。

周嬤嬤又道：「這兩位都是能幹的，力氣大，嘴皮子也厲害，老奴已經吩咐過了，她們曉得怎麼做。」

林蘭淡淡一笑，「叫她們要小心伺候，切不可違了規矩，讓人挑了錯處。」

周嬤嬤笑道：「二少奶奶放心，一定錯不了。」

「以後那邊的事，妳上點心，該怎麼辦就怎麼辦，也不用來回我，我的煩心事已經夠多了。」

林蘭懶懶道。

周嬤嬤遲疑地問：「二少爺……」

「二少爺沒事，派人去給大少爺傳個話，就這麼說便成。」

「是。」

「葉家這幾日可好？」

「大舅爺聽了二少奶奶的話，把鋪子都關了，府裡也是每日大門緊閉，謹慎得很。」

林蘭點點頭，「這我便放心了。」

「只是……」周嬤嬤欲言又止。

「只是什麼？」林蘭問。

周嬤嬤猶豫了一下，說：「今兒個早上大少奶奶悄悄回了趟丁府，張嫂說大少奶奶是哭著回來的，一雙眼睛腫得跟核桃似的，大少爺正勸著。」

林蘭默了默，說：「她娘家出了這檔子事，她心裡急也是正常，只是，有些事急不得，急也沒用，且等著吧。將來若有機會，我也要那丁夫人親自登門來求了大少爺再斟酌著辦。」

周嬤嬤附和道：「那是，丁夫人一向看不上大少爺，那話說得多難聽，也要叫她知道好歹。」

「銀柳，妳去藥房取些上好的阿膠送去微雨閣，讓大少奶奶好好保重身子。」林蘭吩咐道。

肆之章

侍伴君側難安枕

林致遠這一日被林蘭的要求攪得心緒不寧，飯也吃不下，就在書房裡發愁。馮氏命人熬了燕窩粥，親自端了去。

「老爺，您這幾日忙進忙出的，都瘦了一大圈，若再不吃東西，身體如何受得住？妾身讓廚房燉了燕窩粥來，老爺好歹吃一些。」馮氏溫言勸道。

林致遠不耐煩地擺擺手，「我哪有這麼嬌貴，我是不餓，餓了我自己會去找吃的。」

馮氏嘆了一口氣，幽幽道：「老爺哪是不餓，是被煩心事撐著了。」

林致遠的眉頭擰成了川字，嘖了一聲。

「老爺，今兒個您和林蘭談得如何？」雖然老爺沒怎麼跟她說朝廷上的事，但馮氏多少還是知道些，李明允如今還在宮中，林蘭定是急壞了，不然也不會到家中來。

林致遠嘆道：「今兒個我安排她進宮跟明允見了一面。」

馮氏心頭一緊，「如何？明允還不能出來嗎？」

「哪有這麼容易，明允和侯爺，兩人一文一武，都是皇上最器重信賴的人，多少雙眼睛都盯著他們倆，以他二人馬首是瞻，太子殿下是不會這麼輕易放了他們，除非他們擺明了立場。」林致遠愁苦道。

「這可真難了，明允深得皇上器重，對皇上忠心耿耿，這種事……真難為他了。」馮氏也不禁感嘆。

「蘭兒她想見皇上，可這皇上哪是這麼容易見的？昭和殿裡裡外外全是太子的人，太子又生性多疑，弄不好，可是要丟性命的。」林致遠悶悶地說。

「可是，依林蘭的性子，她若是動了這樣的心思，不讓她試一試，她是不會死心的。」

「就是因此，我才煩惱啊！今日她連明允若有不測，她絕不苟活的話都說出來了，妳說我能怎麼辦？」
馮氏猶豫道：「或許……還有別的法子。」
林致遠眼睛一亮，「什麼法子？」
馮氏笑道：「老爺先把粥喝了，妾身才說。」
林致遠瞪了她一眼，端起燕窩粥，三兩口吃了個乾淨，把碗一放，催促道：「現在妳可以說了吧？快說快說，我急得頭髮都快白了。」
馮氏溫言道：「老爺想瞞著太子，安排林蘭去見皇上，這幾乎是不可能的，但是，若是韓貴妃出面讓蘭兒去見，應該容易許多。」
林致遠一聽，洩氣道：「妳這不是廢話嗎？韓貴妃如何肯幫忙，太子是她的親生兒子，她必定是與太子共進退的。」
馮氏笑道：「若是妾身猜的不錯，林蘭要去見皇上，必是想說服皇上順應時勢，或是說些留得青山在不愁沒柴燒之類的。若是林蘭真能說服皇上，對太子而言，只有好處沒有壞處，韓貴妃未必不肯幫這個忙。眼下這個死局，韓貴妃比任何人都想解，皇上是她的夫君，太子是她的兒子，她一定不希望看到父子相殘，若真如此，就算太子登上了龍位，也要遭人詬病，在史書上留下罵名，可是，如今又有誰能去勸說皇上呢？韓貴妃不能，太子不能，那些忠臣們更不能，所以，林蘭去，也許還真管用。若是老爺信得過妾身，妾身明日就進宮一趟，權且試上一試。」
林致遠沉思良久，點頭道：「妳說的也有道理，那妳且試試，若是貴妃娘娘能應允是最好，若是貴妃娘娘不允，妳也別硬碰。」
「老爺放心，妾身知道分寸。」

林蘭是以韓貴妃欽點御醫的身分進入昭和殿的，只是這樣一來，她倒成了太子的說客似的。

距離上次見皇上，已經隔了大半年，皇上似乎一下子蒼老了十歲，偌大的昭和殿空蕩蕩的，光線昏暗，寂靜無聲，只有他一人孤獨地坐在鎏金雕龍的寶座上。寶座依舊，皇帝依然還是皇帝，然而他已經不再是名符其實的一國之君了，如今的他，與階下囚無異，只是這個囚籠比別人的富麗堂皇而已。

林蘭上前請安：「臣校尉太醫林蘭給皇上請安，皇上萬福晉安。」

皇上遲鈍地反應著，良久才開口，聲音沙啞，蒼白無力，「妳怎麼來了？」

林蘭慢慢抬眼，對上那雙渾濁的雙眸，還記得這雙眼睛曾經是那樣炯炯有神，只要目光微轉，便能叫所有人心驚膽顫，低頭臣服，如今，這樣的雙眼，如死灰一般的神色，透露出他的心境，無奈的絕望。

林蘭心頭顫動，生出無限感慨，皇上雖稱不上千古明君，但他為政勤勉，心地仁厚，稱他是仁君賢君也不為過，卻一時大意敗在了自己心愛的兒子手上，落到了這樣不堪的境地。一夕間從天堂到地獄，這樣的打擊，也難怪他如此頹廢。

「臣聽聞皇上龍體欠安，特求了貴妃娘娘來看看皇上。」林蘭直言以告。

皇上微微一笑，慢悠悠地說：「如今，也只有妳還敢來看朕。」

「想來看皇上的人很多，只是他們沒臣有本事，來不了。」林蘭半是開玩笑地說，也是在委婉地告訴皇上，他如今的處境關係到多少人的性命。

皇上苦笑，「朕知道妳有這本事，既然來了，有什麼話便說吧，想必他們不會讓妳待太久。」

林蘭起身往前幾步，又要跪下，皇上卻是伸出止住了她，「就這麼說吧，不必多禮了。」

「謝皇上。」林蘭恭謹垂首而立，說道：「其實要見皇上一面當真不容易，臣也是冒著掉腦袋的風險來這一趟，一是臣惦記著皇上的龍體安康，二來……有些事必須告訴皇上。如今外面大肆搜捕前太子一黨，牽扯人數之多無法想像，臣聽聞，京中所有監牢人滿為患，菜市口更是每天都有人在那掉腦袋，朝廷上下風聲鶴唳，人人自危，還有那些一心追隨皇上的大臣，現在的處境也是艱險萬分。」

皇上良久無語，那雙原本渾濁無神的眼眸因為憤怒漸漸變得犀利起來，咬牙道：「謀逆之子，竊國之賊，亡國之禍！」

「臣來此，是想聽聽皇上的意思。」林蘭坦白道。

皇上抬眼，緊緊盯著林蘭，目光中有猶疑。

林蘭俯首道：「不瞞皇上，臣前日剛見過臣的夫君李明允，自變故發生後，臣的夫君一直被幽禁於宮中，靖伯侯也多日下落不明，太子也曾召見過臣，太子要封臣為大義夫人，臣明白太子的意思，是要臣去說服臣的夫君，但臣更了解夫君的秉性，只要皇上依然堅持，臣的夫君就不會放棄，相信其他人也是這樣的心思。」

「所以妳就來說服朕？」皇上目色微寒。

林蘭不卑不亢道：「臣以為皇上才是問題的關鍵，何必捨本逐末？臣來此，確有私心。臣愛夫君勝過自己的性命，若臣的夫君真要為大義而捨命，臣必定生死相隨，只是臣心中有一點疑惑，為義捨身，成就小我，也算死得其所，然為了成就小我，棄國家安危於不顧，棄千萬百姓於不顧，這到底算義，還是不義？」

皇上眉頭一擰，神情肅穆。

林蘭繼續道：「自高祖登基，開創了我朝三百年基業，歷代君王勵精圖治，才有了如今的昌盛之世，如今太子為了穩固政權，排除異己，不惜血洗朝堂，朝臣們為了忠義，不惜捨生取義，或是以勤王的名義揭竿而起，皇上，您可曾想過，如今的情形，就好似前朝的歷史重演？」

林蘭曾聽李明允說過高祖是如何得來天下，就是因為前朝皇子篡位，各地藩王皆打著勤王之名興兵討伐。勤王不過是造反的理由，其實誰不是眼饞著那個龍位？舉國陷入戰亂，外族趁勢入侵，前朝亡，高祖從小小的節度使，不斷擴充兵力，歷經十餘年苦戰才統一了天下，這樣的教訓不可謂不深刻。

皇上心頭大震，面上露出了惶恐掙扎之色。

「其實，若還有一絲希望，臣都不會來說這樣一番話，想必皇上心裡比任何人都清楚，大勢已去，而太子走到這一步，也已經沒有回頭路，僵持不下的結果，就是兩敗俱傷，甚至歷史重演……」林蘭無奈地嘆了一口氣，「臣一介女流，沒有多大的理想和抱負，只希望能守著家人，安安樂樂地過日子，這也是平凡百姓的心聲。臣以為，皇上心中也有想要珍惜，想要保護的人……」

林蘭出了昭和殿，長長吐了口氣，該說的她都已經說了，她能做的只有這些。

「李夫人，妳好大的膽子！」一句威壓甚重的低喝傳來。

林蘭驚出一身冷汗，是太子。

「臣妾見過太子殿下，給太子殿下請安。」林蘭努力保持鎮定，上前跪下行禮。

太子面無表情，目光中隱含著殺意，冷聲道：「妳竟敢打擾皇上清靜！」

林蘭微笑道：「臣妾是奉貴妃懿旨給皇上看病。」

太子冷哼一聲，「貴妃懿旨？別以為本宮不知妳打的是什麼主意，林將軍可真是個好父親，竟為妳到貴妃面前說項！」

聽太子這麼說，林蘭反倒鎮定下來，看來太子早知道她想見皇上，卻沒有加以阻止，足可見太子是默許的，此刻故作威嚴，怕是想嚇她一嚇，便溫言道：「殿下以為臣妾為何而來？」

太子哼道：「不管妳是為何而來，都已犯了死罪。」

「殿下要臣妾的性命易如反掌，不過殿下剛賜封臣妾為大義夫人，轉眼又要殺了臣妾，這樣，似乎不太妥當，倒不如等過些日子，殿下先撤了臣妾的封號，再找個由頭要了臣妾的命……殿下以為如何？」

太子見林蘭一點沒有膽怯之意，還面帶微笑地幫他出主意，這份膽量，的確叫人折服，難怪她敢冒死來見皇上。

「油嘴滑舌！不過妳的建議倒是不錯，那妳就乖乖回家等死吧！」太子一甩衣袖大步離去。

太子輕飄飄一句話，可把林致遠嚇了個半死，趕緊跑去跟太子請罪，劈里啪啦說了一大通，結果太子又輕飄飄丟下一句：「這主意是李夫人自己出的，林將軍何不去問李夫人？」

林致遠愣了半晌，摸不清太子到底是個什麼意思，出了宮，打馬就往李府奔。

林蘭一回家就把周嬤嬤叫了去，說實話，這一番是不是做了無用功，她心裡挺沒譜的，先做好最壞的打算準沒錯。

「嬤嬤，這裡面是礦山的合約及十八間鋪面和兩座莊子的房地契，妳先收著，加上之前存放在葉家的財物，若是這次二少爺不能回來了，妳轉告大舅爺，這些東西就算物歸原主了。」林蘭拍拍一個紅漆雕芙蓉的匣子，叮囑周嬤嬤。

周嬤嬤聽得心驚膽顫，臉色倏然煞白，結巴著：「二……二少奶奶，這是何故？」

林蘭沒回答，又指著另一個匣子道：「這是老太太留下的東西和四十萬兩銀票，到時候就交給大少爺，請他保管，李家的事，由大少爺全權處理。」

周嬤嬤急得眼淚在眼眶裡打轉，二少奶奶怎麼跟交代遺言似的，難道二少爺當真回不來了？

「這裡是一百六十萬兩銀票，其中八十萬兩留給我哥，三十萬兩留給我兩位師兄，希望他們秉承師父的教誨，繼續行醫濟世。回春堂和東阿那邊的阿膠作坊我也分成三股，我哥四成，二師兄和五師兄各三成，以後師父跟前替我多敬敬孝就是了。再有二十萬兩，妳讓文山替我回一趟澗西村，用作村裡修橋鋪路，給孩子們辦學堂。剩下的三十萬兩，妳和銀柳一人五萬，玉容、文山和冬子各三萬，餘下的，這落霞齋裡人人有份，妳看著辦就是。還有這個，妳也收好了，到時候交給山兒少爺，算是我這個做姊姊的一點心意……」

周嬤嬤眼淚落下，噗通跪了下來，哭道：「二少奶奶，您這是怎麼了？好端端的，為什麼交代老奴這些？」

林蘭忙去攙她起來，「嬤嬤，妳快起來！」

周嬤嬤唏噓道：「二少奶奶，您給老奴一句實話，是不是二少爺回不來了？」

林蘭嘆息道：「這個……我也說不準，所以早做安排，免得事到臨頭倉促忙亂。妳也不用著急，咱們該做什麼做什麼，在一日就開開心心地過一日。」

「二少奶奶，老奴不是沒心沒肝的人，您都這樣交代了，叫老奴如何能不著急？如何還能開開心心過日子，老奴只求二少爺和二少奶奶平平安安……」周嬤嬤泣不成聲。

「嬤嬤，快別哭了，也許是我杞人憂天，我這不是以防萬一嗎？府裡妳資歷最長，辦事又穩重妥貼，我少不得先叮囑妳一聲。好了，別哭了，莫叫旁人看出來，鬧得大家心慌不安的。」林蘭安慰道。

好不容易哄了周嬤嬤去，林蘭疲累得只想好好睡一覺，外頭雲英卻報，說林大將軍來了，要見二少奶奶。

她還沒答話呢，就聽見姚金花興奮地說：「啊，是公爹來了，快，帶我去見見，哎……那個小竹，把憨兒少爺抱上！」

林蘭皺了皺眉，勉強打起精神，掀了門簾出去。

「嫂子，妳高興個什麼勁啊？沒聽見林大將軍要見的人是我嗎？小竹，外頭風大，別讓憨兒少爺吹了冷風，好好屋子裡待著。」林蘭大聲吩咐道。

正要抱憨兒出來的小竹，又把腳縮了回去，恭敬應道：「是，二少奶奶。」

姚金花氣得乾瞪眼，「林蘭，妳什麼意思？憑什麼不讓憨兒見他爺爺？」

林蘭瞥了她一眼，淡淡說道：「不憑什麼，在我這就得按我的規矩來。」

姚金花梗著脖子，插著腰，氣道：「誰稀罕妳家？我還不待了，我這就帶著憨兒離開，咱們各不相干！」

林蘭輕嗤一聲，「妳要走，沒人攔妳，但憨兒是大哥吩咐了放在我這，除了大哥，誰也別想把憨兒帶走。長興家的，舅夫人待會兒如要收拾東西，妳幫襯著點。」

林蘭說完拔腿走人，留下姚金花氣得面紅脖子粗，指著林蘭的背影數落道：「天底下哪有這麼惡毒的女人？憑啥事事攔著，妳以為妳是誰啊？啊？我姚金花會怕妳……」

周嬤嬤原本心情就極差，聽見姚金花出言不遜，刷的掀開簾子走出來，陰沉著臉，不客氣道：「是誰這麼不知天高地厚在這裡瞎嚷嚷？說別人的不是前，也不先摸摸自己的良心，好好想想自己今日的錦衣玉食都是誰給的，有本事自己掙去！」

「妳……」姚金花氣得語塞，自打上次林蘭訓話後，院子裡的丫頭婆子都不把她放在眼裡了，這還不說，那個長興媳婦和榮生媳婦比她還潑辣，別說指使她們，她們不給她臉色瞧就得念阿彌陀佛了，這個鬼地方，還真是待不下去了。可是，不待在這，她又能去哪？回自己的宅子，柴米油鹽都還得花自己的，況且，眼下的局勢，她也不敢一個人住啊！去將軍府就更不行了，林風要是知道，肯定會發火，罷了罷了，先在這裡把這個年蹭過了再說。

姚金花悻悻地瞪了周嬤嬤一眼，扭啊扭的回屋去了。

長興媳婦跟了進來，很不識趣地問了一句：「舅夫人是要收拾東西了嗎？其實也不必收拾，舅夫人來時帶的包袱都沒打開過，連您身上這身衣裳也是二少奶奶給您新做的，您提了包袱就可以走了。」

姚金花扭頭衝她吼道：「妳算個什麼東西，也敢對我無禮！」

長興媳婦不急也不惱，笑咪咪地說：「奴婢很清楚自己是什麼，不像有些人，弄不清自己是個什麼東西。」

「妳罵誰呢？啊？妳罵誰呢？這就是妳們府裡的規矩？」姚金花胖乎乎的手指就要點到長興媳婦額頭上。

長興媳婦把她的手輕鬆揮開，笑容依舊，「奴婢又沒做違了規矩的事，舅夫人生的是哪門子的氣呢？」

榮生媳婦走進來，說：「我剛在外頭聽了個笑話回來，說是張嫂收留了一隻野貓，餵了牠幾天飯食，牠就真當這是牠的家了，死賴著不走，每餐還非得吃魚，不給吃牠就鬧，把張嫂的臉都抓花了，張嫂惱得不行。我就說，這是張嫂太好心了，幹麼對一隻養不熟的畜生這麼好，直接打出去不就得了？」

長興媳婦笑道：「可不是？對這些不知好歹的畜生，還真不用客氣！」

姚金花氣得臉一陣青一陣白，別以為她聽不出來這兩個死奴才在指桑罵槐，可偏偏她還不能說什麼，姚金花抓狂地吼了一聲，隨手抓起一隻茶壺砸在了地上。

榮生媳婦嘖嘖惋惜道：「哎呀……這只可是上好的龍泉青瓷呢，值不少銀子的！」

長興媳婦無所謂道：「妳心疼什麼？反正按府裡的規矩，各房的東西若是有損毀，各房自己照價賠償就是。舅夫人，算上這一把茶壺，您已經砸碎了三樣東西了，不過也沒關係，舅夫人反正銀子多得很，就算全砸了也賠得起，回頭奴婢去庫房查問查問，看看這三樣東西價值幾何。」

姚金花當真要瘋了，三兩步衝進了臥室，抄起枕頭在床上亂砸一通。

林蘭來到前廳，林致遠正焦躁不安地在廳中走來走去。

「你過來做甚？」林蘭走進去，態度冷淡地問道。

林致遠已經習慣林蘭愛理不理的樣子，急道：「都大禍臨頭了，妳怎麼一點也不著急？」

林蘭施施然坐下，「有什麼好急的？難道你急，禍事就能免了？」

林致遠怒其不爭，數落道：「妳看妳，這副臭脾氣，妳對我這般也就算了，妳終究是我女兒，我也拿妳沒辦法，可妳……妳也算是個機靈的，怎麼就不知道跟太子求個饒，說說好話呢？或是把責任往我身上推也行，妳瞧瞧妳都說了些什麼啊？萬一太子真跟妳計較起來，妳讓我怎麼救妳？」

林致遠的著急不是裝的，關心不是假的，林蘭看在眼裡，尤其是聽到那句把責任往他身上推，不禁有些動容，便緩和語氣道：「你真不必著急，太子若是要治我的罪，今日還能讓我回家？況且早在馮氏去求見韓貴妃，太子就已經知道了我要去見皇上。太子當時未曾阻攔，便是默許……就算他要治我的罪，也必不是為這一條，現在就看皇上能不能想明白。」

看林蘭這般鎮定從容，林致遠也冷靜下來，想想林蘭這話也有道理，只是君心難測，誰知道太子會不會變卦。

「這萬一皇上想不通……」林致遠遲疑道。

林蘭神色凝重，「只要皇上沒有出面說傳位於太子，那些個對皇位覬覦已久的藩鎮親王們定要興兵造反，那就不止是我一人之禍，而是天下之禍了。」

林致遠怔愣片刻，不得不頹喪地坐下，「妳說的有理，要說造反，鎮南王就是頭一個。」

林蘭默了片刻，問：「可有寧興寧將軍的消息？」

「他此刻正在錦州剿滅忠勇侯的舊部，今兒個有戰報傳來，說是已經生擒了賊首。」

林蘭苦笑，「只怕他還不知朝廷都快易主了。」

「太子已經派了他的心腹過去善後，寧興身邊也有太子的人，若是寧興有異心，只怕難逃一劫。」林致遠愁苦道。

林蘭一驚，「那咱們得想辦法給寧興報個信才好，讓他早做防範。」

「這事我早就想到了，已經派了人前去，讓寧興不要輕舉妄動。」

林蘭這才鬆了口氣，又是重重嘆息，「所以，皇上這邊再沒有消息，天下真的要亂了。」

林致遠一拍胸脯，「亂就亂，大不了，我帶人殺出京城，咱們一家就到北地去。」

林蘭白了他一眼，「怎麼？你想去北地當土匪啊？別忘了突厥人可是恨你入骨，到時候，你腹背受敵，就等死吧！」

林致遠訕訕，「我也就隨口這麼一說。」

「隨口一說，你當你是平頭百姓還是什麼？眼下，便是老百姓也不敢說這些沒輕重的話，虧你還是定國大將軍，小心禍從口出。」林蘭數落道。

林致遠不以為然，「這又不是在外頭，在外頭，你爹我可是謹慎得很。」

「在這裡也不行，你不怕死，我還怕被你連累。你快回吧，我乏了。」林蘭下了逐客令。

林致遠好不容易來一趟，磨蹭著還想跟女兒多說會兒話，問道：「那個……聽說妳嫂子住這，妳跟她相處得還好？我聽說妳嫂子以前總是欺負妳，要不要爹去訓斥她幾句，讓她安分點？」

「以前沒爹沒娘的日子，多艱難也過來了，以後也用不著。」林蘭冷冷地回他，老東西，以為幫了她幾個忙，她就要感恩戴德了，就會認他做爹了，門都沒有。

「是爹欠了妳的，以後爹不會再讓人欺負妳，誰都不行。」林致遠自顧自說道。

林蘭心裡憋悶，他是聽不懂她的話，還是裝糊塗？一口一個爹的，臉皮真是有夠厚的。

「那個……能不能讓爹見見憨兒，好久沒見了，怪想的。」林致遠又腆著臉求道。

林蘭沒好氣地說：「那得問我哥，你快回吧，我真的乏了。」

林致遠無奈，只好起身告辭，少不得又叮囑一番要小心之類的話。

轉眼就是小年夜了，臨近年關，林蘭心裡越發著急，時間拖得越久，情勢就越不利。

周嬤嬤自打二少奶奶做了那番交代，每日裡都格外留神二少奶奶的神色，看二少奶奶終日眉頭緊鎖的，她的心就揪得生疼，真怕二少奶奶擔心的事成真。

雖是小年夜，可京城裡一點過節的氣氛都沒有，店鋪稀稀落落開了幾間，還都早早打了烊，街上也鮮少見採辦年貨的，冷冷清清，行走的人還沒巡邏的官兵多。朝廷政變外加國喪，舉國哀悼，誰還敢在這個時候開心過年？

年可以簡單地過，沒有大紅燈籠，沒有大魚大肉，沒有鮮亮的新衣，但姚嬤嬤還是帶著府裡的下人掃塵，除舊迎新，把府裡打掃得乾乾淨淨，煥然一新。晚上照例是祭灶儀式，由李明則主持，李承宣算是李家二房長孫，也由乳母抱著一旁觀禮。祭灶結束後，林蘭讓姚嬤嬤略備薄酒、幾個素菜，一家人坐在一起吃頓飯，就算是過小年了。

席間大家都儘量不提傷心事，可心裡不開心，面上也笑不出來，除了逗小承宣玩，大家都不知道該說什麼。一頓團圓飯，卻因人不圓，沒心情，早早地也就散了。

回到房裡，林蘭就坐在書房裡，一張張翻看李明允留下的墨寶。這些都是如意白日裡打掃書房的時候整理出來的，尤其是這些被李明允丟棄了的字，是她一張張撿回來的。回想起跟李明允還沒有成為真正的夫妻前的日子，她總想著怎麼多撈些銀子，以便合約滿後，能發一筆小財，開一間藥鋪，那時候，她最大的願望就是開藥鋪了，然後找個相貌過得去，性子溫和的平凡男人嫁了，沒想到，她和李明允會假戲真做，互生情愫，如今，她有了那麼多銀子，住著大宅子，穿著綾羅綢緞，上無惡婆婆刁難，下無刁蠻小姑刁難，總以為苦盡甘來，可以過上安逸的生活，卻不料好事多磨，她甚至都還沒來得及擁有她和明允的孩子……

林蘭心裡酸楚，眼睛發熱，如果還來得及，如果還有機會，她定不讓明允再涉足朝堂，寧可回豐安去，就在澗西村置一間別院，春日源東賞桃花，晚來溪邊去垂釣，夏日炎炎，紫藤架下來納涼，喝著桃花釀，聽他吟詩看他作畫，秋日登高冬日賞雪，過著神仙般的日子，逍遙自在，那才是她想要的生活啊！

「二少奶奶，夜深了，睡吧！」銀柳端來安神茶，小聲催促道。

「銀柳，等過了年，我讓人選個吉日，替妳和二師兄把婚事辦了。」林蘭收起李明允的字，悠悠說道。

銀柳赧然道：「二少奶奶，奴婢還想多陪陪您。」

林蘭笑道：「再耽擱下去，那就是我有違人和了，再說，就算妳不急，可有人著急，我可不想聽人念叨個不停。」

銀柳臉上的緋紅暈開來，像染了一層霞光在臉上，紅燭下格外明豔。

「二少奶奶，還是等二少爺回來了再說吧！」銀柳低了頭去點香片。二少奶奶平素不喜歡點香片，但是現在都得依賴著安神寧心的香才能勉強入睡。銀柳無聲嘆息，她已經打定了主意，如果二少爺回不來了，那她便終身不嫁，陪著二少奶奶。只是這話，此時她是萬萬不敢說的，生怕觸動二少奶奶的傷心處。

林蘭微微失神，明允什麼時候才能回來呢？也許是明天，也許是後天，若是年前回不來，怕是就回不來了吧？心又一陣陣抽搐起來。

第二天，天還沒亮，陳子諭跑來府上，說是昨兒個半夜裡，他家老太爺被召進宮裡去了。陳家老太爺是三朝閣老，已告老在家三年有餘，平日裡偶爾也會進宮去陪皇上說說話，但這般半夜宣旨叫進宮去，三年來還是頭一遭。

林蘭已經隱約猜到些什麼，卻不敢肯定，問道：「宮裡傳旨，可說了什麼事？」

「那倒沒說，不過，我估摸著許是事情要了結了，怕嫂子心急，先來給嫂子通個氣。」

林蘭深以為然，「那麻煩你再去打聽打聽，一有確切的消息就趕緊來告訴我一聲。」

「那是自然，我一得到消息，馬上就來告訴嫂子。」

送走陳子諭，林蘭也沒了睡意，眼巴巴地等到晌午，陳子諭派人來傳信，說是皇上今兒個上朝了，自稱年事已高，龍體抱恙，力有不逮，已經下旨傳位於太子。太子尊皇上為太上皇，奉在昭和殿頤養天年。

這些日子一直提著的心，終於可以放下，林蘭喜不自勝地吩咐道：「冬子，快，去告訴大少爺，二少爺不日就能回府了！周嬤嬤，趕緊讓廚房備些好吃的，二少爺喜歡的！」

冬子歡喜道：「奴才這就去，待會兒奴才和老許一起去宮門口等二少爺。」

「對，你把二少爺的披風帶上，小心路上風寒。」林蘭笑道。

周嬤嬤雙手合十，念了聲阿彌陀佛，高興得老淚縱橫，「這真是天大的好消息，老天保佑，二少爺終於平安了！」

林蘭一直等到申時都快過了，還沒見李明允回來，著急地問銀柳：「那鐘漏是不是壞了？怎麼走得這麼快？」

銀柳笑道：「二少奶奶，您剛埋怨鐘漏走得慢，這會兒又嫌它快了。」

林蘭嗔了她一眼，「就妳話多，還不快去門口瞧瞧二少爺回來沒？」

如意笑道：「二少奶奶，您忘了，雲英早在府門口候著了。」

說曹操曹操就到，就聽見雲英一路興奮地嚷著：「二少奶奶，來了，二少爺回來了……」

林蘭激動得霍然起身就要出去相迎，卻是不小心撞到了桌角，痛得倒抽冷氣。

「二少奶奶，您小心啊，磕著哪兒了？」銀柳見狀擔心地詢問。

林蘭咬了咬牙，「沒事，快扶我出去。」

還沒出門，夾棉軟簾就被掀開了，李明允大步走了進來，見林蘭正彎著腰在揉膝蓋，驚訝道：「這是怎麼了？」

銀柳道：「二少奶奶聽說二少爺回來了，走得急，磕到了。」

「怎麼這麼不小心呢？銀柳，快去拿藥酒。」李明允將林蘭攙到炕上。

「不用不用，銀柳，妳趕緊去廚房，讓桂嫂把酒菜做得了，趕緊擺飯，二少爺應該餓了。」林蘭吩咐道。

李明允薄責道：「瞧妳疼得臉都白了，一定磕得不輕，不把淤血搓出來怎麼行？銀柳，妳還愣著做什麼？快去拿藥酒。」

銀柳愣在那，不知道是該聽二少爺的話，還是二少奶奶的話。

如意笑道：「奴婢去廚房，銀柳，妳去取藥酒。」說完拉著銀柳退了下去。

李明允擔心林蘭的傷，伸手要去掀她的裙子，查看傷勢。

林蘭捉住他的手，「別管這個了，我真沒事……」說著眼淚就掉了下來。

「還說沒事，妳看妳，疼得都掉淚了。」李明允疼惜道。

林蘭驀然抱住他，把臉埋在他懷裡，甕聲甕氣地說：「我哪是疼的，我是高興！你都不知道我有多著急，都快急壞了……」

李明允擁著她安撫道：「沒事了，都過去了，妳看我這不是好好的嗎？」

「明允，這官咱別做了，這樣提心吊膽的，我都快得心臟病了，要是再來一回這種事，我肯定得瘋掉……」林蘭抽泣著。

「好好，這官咱不做，都聽妳的，行不行？乖，快讓我看看妳的傷勢。」李明允溫言哄道。

林蘭抬起頭，一雙淚眼不可思議地看著他，「你說真的？」

李明允溫柔地拭去她面上的淚痕，笑道：「我什麼時候騙妳來著？這陣子我也一直在想這事，回頭我再與妳細說。」

在宮裡他就聽老丈人說了，蘭兒當真去見皇上了，還被太子逮個正著，端的是萬分凶險，聽得他心驚肉跳，內疚不已。他幾番陷入困境，都是蘭兒冒著生命危險救他於水火，這叫他情何以堪？不能給蘭兒安穩幸福的生活，卻總叫她辛苦奔波，擔心受怕，他這個做丈夫的真是不稱職。他已經想通了，天下是趙家的天下，天下人才濟濟，少他一個李明允，山水照樣輪轉。什麼功名利祿，什麼男兒志向，都見鬼去吧，以後他就守著蘭兒，踏踏實實地過日子！

林蘭破涕為笑，忽而又蹙眉，「不行啊，這官你還得再做一陣子。」

李明允挑眉，不解道：「為何？」

林蘭拉著他坐下，說：「你想啊，新皇剛繼位，你就辭官，皇上心裡能高興嗎？還以為你是不滿他做皇帝呢！到時候隨便找個理由治你的罪怎麼辦？還有，嫂子的父親被抓了，還得你從中周旋方可，所以，這官你還是得做，等到風平浪靜了，你再辭官也不遲。」

李明允蹙著眉頭想了想，「妳說的不無道理，不瞞妳說，今日太子還暗示過我，要重用我，眼下辭官倒真不合適。」

如意取來藥酒，稟道：「大少爺來了，要見二少爺呢！」

李明允拍拍林蘭的手背說：「我去去就來，銀柳，妳先幫二少奶奶擦藥酒。」

李明則聽說二弟回來了，趕緊過來證實一下，見二弟安然無恙也就放心了。送走大哥，李明允正要回屋，看見姚金花從西廂走出來，笑容諂媚地跟他打招呼：「哎呀，妹夫啊……你可算回來了，叫嫂子好生擔心呢！」

李明允笑容淡淡，客氣而疏離，「有勞嫂子掛心了。」

「都是一家人，哪能不擔心？前些日子我還聽說妹夫可能回不來了，愁得我飯都吃不下了。」姚金花擺出一副關切的神情說道。

銀柳在屋裡聽見了，忍不住嘀咕：「真是噁心，這府裡頭，就數她和劉嫂養的豬最能吃，賣什麼乖啊……」

林蘭薄嗔道：「妳跟她一般見識做甚？又不是不知道她是什麼人！」

「我就是聽不慣她虛偽的言辭。」銀柳悻悻地說。

「聽不慣就別聽，好了，不用擦了，快去給二少爺準備熱水。」林蘭拉上棉襪，放下裙裾，吩咐道。

用過晚飯，李明允倚在燒得熱烘烘的炕上，感慨著：「也不知靖伯侯這會兒是什麼心情，今兒個出宮的時候，我見他神情鬱鬱。」

林蘭挨著他坐下，「要不要遣人去侯府瞧瞧？」

李明允搖搖頭，「不必了，明日我親自去一趟。侯爺的情形與我不同，我是文臣，太子對我無須防範，但侯爺手握重兵……原本太子與侯爺關係匪淺，經過這一事，太子對侯爺已生忌憚之心，怕是不會再重用侯爺。」

林蘭撫著他眉心的皺紋，溫言道：「靖伯侯府能屹立百年不倒，自有一套處事之法。這些年，侯爺深得聖心，算得上榮極一時，此番為報聖恩，得罪了太子，未免不是好事。太子生性多疑，就算靖伯侯一開始便擁戴他，只怕功高權重也會讓太子生出忌憚之心，還不如就此隱退，以求自保來的好。」

李明允訝異地看著林蘭，須臾，嘆道：「妳倒是看得透徹，我只是替侯爺惋惜，侯爺文武雙全，深謀遠慮，實是不可多得的將相之才。」

「好馬也須遇得到伯樂，才能一展千里駒的風采，將相之才也須遇得聖明之君，方能大展宏圖，其實，想通了也就好了。很多事，不是你想或你有能力便能成事，退一步方能海闊天空。」林蘭安慰道。

李明允微微一笑，「難怪妳能說服皇上，快說說，妳跟皇上都說了什麼？」

林蘭笑嗔道：「我可沒這麼大的本事能說動皇上，皇上他老人家高瞻遠矚，英明神武，哪用得著我去勸說？」

李明允捏她鼻子，笑道：「這會兒妳倒謙虛了，當初是誰甘冒掉腦袋的風險，硬是要見皇上的？還不快從實招來。」

林蘭笑著拍掉他的手，正了正神色道：「我真沒說什麼，不過是和皇上說道說道前朝的事。」

李明允瞅了她半晌，唇角牽出一絲苦澀的笑意，「皇上真乃聖明之君也，能做出這樣的決定，不容易呀！」

林蘭想到當日皇上一人獨坐在昭和殿中那孤寂蕭瑟的身影，心裡也很難過，希望太子殿下能善待他，讓他安享晚年。但林蘭也明白，皇上以後的日子不會好過，歷朝歷代中，被逼退位的太上皇，晚年多少淒涼，身邊沒一個可信之人，死在深宮之中都無人知曉。

「罷了，不說這些了，早些安寢吧！妳看妳，眼圈都黑了！」李明允憐愛地摸摸她消瘦的臉頰，暗暗發誓，等時機成熟，便帶她遠離這是非之地，再不讓她過這種擔心受怕的日子。

欽天監很快擇出吉日，正月初八新皇登基，年號永嘉，韓貴妃為太后，與太上皇一同居於昭和殿。新皇登基，大赦天下，不過前太子一黨的中心人物早在年前都已處理完畢，餘下的小魚小蝦由死罪改為囚禁，至於囚禁多久，那就要看新皇的心情了，所以，所謂大赦，前太子一黨根本沒撈到什麼便宜，倒是那些真正作奸犯科者撿了個大便宜。

最讓林蘭生氣的是，李敬賢居然也在大赦之列，而且新皇似有意對李明允施恩，還道他們父子情深，竟赦了李敬賢的罪，允許他回京。好不容易才趕走的渣啊，難道還要接回家當祖宗供起來？別說林蘭氣悶，李家的幾個子女似乎都很鬱悶。李明珠揚言，若是父親回來了，她就出家做姑子去，絕不跟這個沒有人性的爹同住一個屋簷下。對此，李明允的心態就平和得多，說李敬賢就算要回來，黔地偏遠，一去一回也是半年後的事情了，犯不著為半年後的事情傷腦筋。

六部因在那場變故中損失慘重，那些橫死的官員們，朝廷給其家屬發放了一筆不菲的撫恤金。死了的倒楣，活著的，但凡身世清白，不曾參與太子謀逆的官員們，個個得以升官，尤其像李明允這樣有才幹的，更是一步到位，直接升任戶部尚書，成為朝中最年輕的二品大員。為彰顯新皇恩德，李明允被封為戶部尚書，餘下的蘿蔔坑就從考取了進士或是庶起士且還在候缺的舉子裡面選拔，引得一大批正愁入仕無門的舉子們歡欣鼓舞，蠢蠢欲動。

李明允徵詢了李明則的意思，原本李明允是想給李明則謀個閒差來著，可他如今身居高位，那些心思玲瓏又一心想巴結他的人，豈肯放過這樣的好機會？所以，報上去是六品吏部文選清吏司的主事，等上頭批文下來，就變成了考功清吏司五品郎中。的的確確是個肥差，這樣也好，其實李明允深知李明則還是意在仕途，丁夫人那些言語對他的刺激還是挺大的，只是大哥不說而已。

靖伯侯自回府後不久，就傳出痹症發作，不能行走，新皇還親臨府邸探望過一回，也召了太醫去侯府替侯爺看病，然侯爺痹症嚴重，深怕耽誤兵部大事，故而上表，請求辭去兵書尚書一職，安心在家養病。

期間林蘭去探望過一回，侯爺抱著宇兒再後花園的池子邊賞魚，就見侯爺步履閒逸，毫無痹症之象。喬雲汐望著父子其樂融融，笑意溢滿眉眼，平寧而喜悅。林蘭放下心來，其實心裡有那麼點羨慕喬雲汐，這樣簡單而安逸的生活，才是一個女人最渴望的。

到了二月中，林風和寧興都回京了，因為平反賊有功，兩人都升了官，尤其是林風，有個定國大將軍的爹，封賞自是比旁人要厚重些，被任命為東城兵馬司指揮使。雖是六品官銜，卻是要職，想要往上升也更容易些。

這可把姚金花高興壞了，這陣子她算是想明白了，什麼認爹不認爹的，這樣的爹，你不認，他也還是你爹，照樣會為你盤算，好處照樣有，何不依從林風的意思？眼下，如何牢牢抓住林風的心才是最要緊的。

姚金花與憨兒終於回自己的宅子裡去了，憨兒在李府待了幾個月，林蘭很捨不得，就擔心憨兒跟著姚金花會學壞了，為此事，愁得很。馮氏卻把事做到了她前頭，姚金花剛入住新宅子，馮氏就送了兩個宮裡出來的教養嬤嬤過去，一個教姚金花規矩禮儀，一個教養憨兒品德習性。兩個教養嬤嬤每隔半個月就回將軍府向馮氏回報情況，直把姚金花壓制得大氣不敢喘一下。

按說李明允升任戶部尚書，公務比以前更繁忙，可他每天按時回家，以前回家總還帶一大堆文摺回來處理，現在回家，要麼帶些好吃的給林蘭，要麼帶些好玩的給小侄子承宣，總之，在家不言公務。

對此林蘭很納悶，晚上她坐在炕上看東阿那邊送來的帳冊。李明允沐浴過後，穿了身月白的中衣輕手輕腳走到她身後，「在看什麼，這麼入神？」

林蘭有些得意道：「東阿那邊的生意好得很，你猜猜，就這麼一個冬天，光山東一帶的銷量有多少？」

李明允笑道：「我又不懂這些，不過，看妳這得意的樣，定是賺了不少。」

「那是，我做的阿膠不敢說天下第一，但也絕對是極品。眼下光是山東一帶，一個冬天的銷量就達一萬多斤，按著一斤阿膠二十兩算，毛利就有二十萬兩銀子，除去四成成本，也有十二萬兩的純利。」林蘭掩不住的欣喜。

李明允咋舌，「有這麼多？」

「可不是？等將來生意做大了，日進斗金也不是不可能。」對此，林蘭很有信心。

李明允扶額作愁苦狀。

「你幹麼？不舒服？」林蘭關切道：「你看你，天還冷著呢，就穿這麼點衣裳，要麼趕緊上床去，要麼去披件袍子。」

李明允惆悵道：「我是在犯愁，妳說咱們又有礦山，又有鋪面莊子，現在加上妳的回春堂和阿膠作坊，這銀子多得，該怎麼花啊？」

林蘭笑嗔著捶了他一下，「你裝什麼裝啊？哪有人嫌銀子多的？有銀子還怕花不掉？咱們自己化不完，不能拿去做善事嗎？哎，跟你說正經的，我前兒個見了裴夫人，她說最近京郊來了好些流民，都是去歲遭了饑荒，又逢戰亂的，她有心聯合些官夫人，開粥鋪施粥，可是回應的人卻不多，裴老爺又素來清廉，家中餘銀也不多，我想把這事應承下來，銀子咱們多出點，湊一份。」

李明允去拿了件棉袍披上，邊說道：「施粥是善舉，行善積德是好事，就按妳說的辦，我沒意見。不過，最好多叫些人，可以少出銀子，又能得好名聲的事，大家都不會推辭。」

林蘭笑道：「知道，行事要低調嘛！我已經聯絡了芷箐和雲汐，讓她們也再去拉幾戶人家，這樣不就妥了？」

李明允捏了下她的鼻子，寵溺道：「嗯，這樣最好！對了，文山什麼時候回來？他老爹近來身體不太好。」

說到文山，林蘭有些歉疚，「二師兄已經去東阿了，那邊的事務交接一下，文山就能回來了。我本想讓五師兄過去的，五師兄人機靈，鬼點子也多，他去比較合適，只是……下個月要給他和銀柳辦婚事。」

李明允一手搭在炕几上，有一下沒一下地敲著，目含戲謔的之色，閒閒道：「那妳以後不是得叫銀柳師嫂了？」

林蘭嗔道：「我才不吃這種虧呢！再說，你不是教了我個兩全其美的法子嗎？等著吧，五師兄很快就成七師弟了。」

李明允哈哈一笑，「對了，妳給銀柳的嫁妝裡可得備上一份特別的禮物。」

林蘭眨著眼，「什麼啊？銀柳的嫁妝我都已經備好了，她可是我的第一個丫鬟，又是忠心耿耿的，我不會虧待她。」

李明允對她招招手，示意她附耳過去。

「這麼神祕？」林蘭好奇地探過身去。

李明允在她耳邊小聲道：「就那個，在船上時被妳扔掉的東西。」

林蘭怔了怔，不由得滿臉通紅，心裡想笑，終是撐不住，輕啐道：「你這人怎麼這麼壞啊？跟誰學的？」

李明允不以為然地說：「這叫禮尚往來，怎算使壞呢？」

林蘭眉眼彎彎地想了想，說：「也是，反正我是開藥鋪的，就給他們弄上七盒八盒的，外加牛鞭、虎鞭、鹿茸……七師弟成親，我這個做師姊的，哪能小氣呢？」說著，林蘭自己都笑得直不起腰來。

銀柳端了茶水來，聽見裡頭二少奶奶笑得歡，就問坐在外間繡花的錦繡：「二少奶奶和二少爺聊什麼呢？這般高興。」

錦繡意味深長地瞅著銀柳，「二少奶奶和二少爺好像在說給妳置辦嫁妝什麼的……」

銀柳臉上一熱，撇了撇嘴道：「妳肯定聽岔了！」

錦繡笑道：「那妳自個兒進去問問。」

銀柳訕訕，「這茶妳送進去吧！」這會兒她可是不敢進去的，還不得羞死人。

錦繡揶揄道：「二少奶奶傳的是妳，我進去幹麼呀？周嬤嬤說了，誰的事就誰做，不許偷懶，這會兒妳還沒成二少奶奶的師嫂呢！」

銀柳剜了她一眼，笑罵道：「妳個小蹄子，看我不撕了妳的嘴！」

錦繡故作害怕道：「哎喲……要當師嫂的人就是不一樣，這會兒就要撕了人的嘴，那以後可怎生了得！」

銀柳羞惱地把眼一瞪，壓著嗓子說道：「噓……妳小聲點，也不怕被人聽見了笑話！趕緊把茶送進去，別涼了，回頭送妳一盒碧雲齋的香粉成了吧！」

錦繡忍俊不禁，繼續敲詐：「外加一盒胭脂。」

銀柳嘖了聲：「妳還得寸進尺了，平日裡我怎沒看出來妳這小蹄子竟是這般貪得無厭啊！二少奶奶總共才賞了我這點東西，罷了罷了，都給妳，省得妳眼饞！」
錦繡這才放下手中的針線，接了茶盤子，笑嘻嘻地送茶水去。
玉容出嫁後，林蘭想著銀柳、如意等人都伺候得十分用心，暫時也不必添人手，但眼下銀柳即將出嫁，如意也快到年紀了，錦繡小些，亦是留不過三兩年，周嬤嬤更是年事已高，再叫她這般操勞，林蘭很過意不去。
林蘭是個念舊的，她雖知周嬤嬤挑來的人一定錯不了，但終究是陌生的，要磨合到如銀柳等人那般默契，又得費上好一陣時日，可落霞齋不得不進一批新丫頭了。
晨間，林蘭去看望丁若妍的時候提了這事，丁若妍深以為然，一邊收拾著小孩的衣裳說道：「落霞齋早該進人了，偌大的院子，算上廚娘、雜役，才九個人，這哪夠？莫說妳是李府二少奶奶，便是一般大戶人家的小姐，哪個身邊不是丫鬟婆子圍著的？以前府裡處境艱難也就勉強湊合了，如今妳可是戶部尚書的夫人，沒得這樣委屈自己。正好，如今府裡也缺人手，就叫姚嬤嬤一併把這事辦了，讓牙婆送些身世清白、機靈乖巧的小丫鬟來，妳先挑，剩下的就留在府裡做事。」
林蘭笑道：「要那些虛的派頭做甚？人多了不清靜，夠用就成了。」
丁若妍笑嗔道：「妳啊，只顧著自己清靜，也不體恤體恤下人！妳那院子裡的人，哪個不是拿一份的月例做兩個人的活計，外頭不知道的，還以為妳刻薄下人呢！」
林蘭睜大眼辯解：「哪有？像我這麼大方的主子算少有的！」
丁若妍噗哧笑道：「是是是，妳最大方，一個丫頭的陪嫁都快趕上小姐的了，我算是被妳連累了，我這的紅裳也指了人，我都在愁該給多少銀子添妝才好呢！」
「咱們又不曾苛待了她們，不過是盡自己的心意而已，有什麼好為難的？銀柳是嫁給我師兄，看在我師兄面上，我也不能小氣不是？」林蘭笑呵呵地說。

丁若妍笑了笑，林蘭素來大方，在銀子上從不計較，這兩年也不知添了多少體己來維持這個家，讓她好生慚愧。

「說到銀柳出嫁，我又想起明珠的事，我看她是打定了主意，要是公爹回來，她當真會去做姑子。雖說她以前行事魯莽，性子也驕縱了些，可如今她是徹徹底底改了性子，沉靜寡淡得跟庵裡的姑子也差不多了，哎……說起來，她也是可憐人。」丁若妍的聲音低了下去，神情惻然。

若說以前的李明珠，林蘭還真是厭惡，但誠如丁若妍說的，現在的李明珠的確有幾分可憐，就衝著李明珠要認渣爹不如去做姑子的決意，林蘭還是有點佩服她的。

「到底她也是咱們的小姑，咱們總不能眼睜睜看她遁入空門，從此青燈古佛不是？弟妹，妳主意多，能不能想個法子兩全？」丁若言懇求道。

林蘭估摸著，定是李明則心疼這個妹子，在丁若妍跟前說了不少好話。

「兩全之法，談何容易？明珠是決意不認這個爹了，但大哥和明允如今在朝為官，不能不顧著名聲，不讓公爹回來……」林蘭為難道。

「可不是嗎？若說恨，妳大哥心裡能不恨嗎？好好的一個家，差點就讓他給毀了！」丁若妍無奈地嘆息。

林蘭想了想，說：「不若幫明珠尋個可靠的夫家吧！」

丁若妍蹙眉道：「可是妳也知道明珠她……有誰會要一個不會生育的女子呢？即便咱們瞞著，把人嫁了過去，若是明珠一直無所出，只怕在夫家日子也不好過。」

「若是……找一個已經育有子女的，應該不會在子嗣的問題上計較吧？」林蘭沉吟道。

丁若妍怔了一下，眉頭鬆開又蹙起，「妳的意思是，讓明珠給人做繼室？我怕明珠心高氣傲，不會答應。」

「可唯有嫁給一個不計較子嗣之人，明珠才有出路啊！繼室又如何？只要夫君寵愛她，日子照樣舒坦，這才是長久之計。」林蘭這麼說的時候，不由得想到馮氏。馮氏也是繼室，可老東西多疼她，身邊連個妾室也沒有，這樣想著，心裡隱隱作痛，可憐的娘啊……也許明允說的是對的，老東西與娘只有夫妻之情，而非相愛。

「那好，這事咱們多留心著點，看看可有合適的人，明珠那，我會去勸說。」丁若妍想來想去也只有這個法子了。

「對了，我聽明允說，妳爹的事有轉機了。」林蘭轉了話題。

丁若妍面上又浮起笑容，點頭嗯了聲，「託了刑部的姜大人，儘量幫我爹摘乾淨了。說起來，姜大人也是賣二弟的面子，若無意外，我爹就能出來了。官復原職是不想了，只要人平安就好。」

丁家解禁後，丁夫人來過府裡幾回，林蘭也碰見過，對林蘭是客氣得不得了，不過想求明允幫幫她家老爺而已。林蘭特意交代李明允，這個忙要幫也行，讓丁夫人自己求李明則去。不趁此機會扳回顏面，不好好教訓教訓丁夫人這勢利眼，李明則一輩子別想抬起頭來，人家還道是應當應分的。

「那就好，嫂子也可以放寬心了。」林蘭笑道。

丁若妍微微一笑，把整理好的小孩的衣裳交給林蘭，說：「我聽說芷箐有了身孕，這些是我新做的，算上了妳的一份，改天咱們一道去陳府看看她。」丁若妍知道林蘭在女紅一事上欠缺，便自覺地幫她那份也一併做了。

林蘭瞅著那些小衣裳，笑道：「還是嫂子疼我！行，正好後日我要去給芷箐請脈，嫂子與我同去吧！」

從微雨閣出來，雲英在門口候著，說是大舅爺來了。

林蘭又移步前廳，見到林風，「哥，你這時候不是該在巡城司嗎？怎麼上這來了？」

林風道：「是老……是林將軍遣人來傳話，說是已經給娘請了誥命，明日皇上就會宣咱們入宮。本來他還要派人來知會妳，我攔住了，還是我自己親自過來一趟的好，妹子，妳說這事怎麼辦？」

林蘭悻悻道：「身後的哀榮不過是做給活人看的，他是想討好咱們，也為了讓他自己心安。」

林風很為難，「話是這麼說沒錯，可他沒給馮氏請誥命，只給咱娘請了誥命……妹子，我是覺得，咱們這樣僵持下去也不是個事。」

林蘭斜斜地瞅著他，「你動搖了？是不是姚金花整天在你耳旁嘮叨？」

林風忙擺手，「那個真沒有，金花現在隻字不敢提將軍府的事，我只是覺得，他這樣做也算是誠心誠意。」

林蘭默然，其實吧，老東西在明允危難時刻為她做的那些事、說的那些話，還是讓她有那麼一點點感激的。她有想過，什麼老死不相往來的話就不說了，以後若是見了面客氣些就罷了，但是讓她認下這個爹，喊他爹，那就實在太為難她了，她過不了心裡的這道坎啊！

「而且，據我所知，他已經在老家申明，與大姑斷絕姊弟關係，他還說，請封的聖旨下來後，要親自去一趟豐安縣，把娘的骨骸移到京城。妹子，妳說他都做到這分上，咱們再堅持，只怕外頭只會說咱們不是了。」林風觀察妹子的神色，小心翼翼地說道。

看來大哥的心已經倒向了老東西，林蘭幾不可聞地嘆了一口氣，說：「哥，你若是怕外頭說閒話，你若想認，你自去認便是，不過，我希望娘的牌位請過來後，由你接到自己府裡，這樣，過時過節的，我還能去你府上祭拜。」

「娘的牌位，我自然是要請回家的，只是，妳說我自去相認是什麼意思？我說過，這件事，咱們兄妹倆得一條心，妳不認，我也不認。」林風立馬表態，態度還很堅決。
但林蘭清楚，林風的心意已不堅決，這樣說，不過是怕她生氣罷了。
「哥，我知道你的難處，你在朝為官，要顧慮的事也多，不像我，一介女流，不怕人家說三道四。我是說真的，你想認便去認，不必管我。」林蘭認真說道。
林蘭越這麼說，林風越是不安，當初他可是信誓旦旦說要和妹子統一戰線的，如今他自去相認，讓他覺得自己像個背叛者。
「妹子，這事，妳再想想，不過明日若是皇上傳旨，妳去是不去？」
林蘭挑眉一笑，「給我娘的賜封，我如何能不去？自然是要去的。」這份身後哀榮，不管娘是否在乎，那也是娘應得的，她在乎。
林風鬆了口氣，「這便好，那明日我來約妳，咱們一同進宮。」
寅正，李明允準時回家，換了身青色便服，捧了一杯熱茶，看似悠閒愜意，可神色有些恍惚，看著林蘭幾度欲言又止。
林蘭瞧在眼裡，只作不知。不用想也知道明允想跟她說什麼，不過是在琢磨著如何開口罷了。而她，當真不想再提此事。
「明允，你看這小肚兜好看嗎？」林蘭顯擺著丁若妍幫她做的禮物。
李明允心不在焉地點點頭，「好看。」
「還有這小布衫，用的是最輕軟的絲綢，夏日裡穿上，清涼柔滑最合適不過了……」林蘭自言自語地說。
李明允終究是沒忍住，遲疑著開口：「林將軍給岳母請了四品誥命。」
隨著李明允話音一落，屋子裡有一瞬的寂靜。林蘭把攤開的小衣一件件疊回去，疊得十分認真，仔細抹平每一個褶皺，就像似要抹平心底那些煩愁。

李明允也不語，只是靜靜地看著她，疊完一件又一件。他知道她心裡有多糾結，但情況已經不允許她再猶豫了。

「我已經知道了。」林蘭低著頭淡淡地說，手中已無活可做，於是這個問題避無可避。

李明允起身挨著她坐下，執起她的手，指腹在她手心輕輕摩挲著，溫和道：「只當走個過場，大不了以後少來往。若真不行，妳就稱病，明日我替妳去。」

林蘭倚進他懷裡，靠著他堅實的胸膛，聽著那沉穩的心跳，心驀然踏實下來。她相信，就算天塌下來，他也會替她頂著。她突然想起那日他說的話……這世間有幾對夫妻是如妳我這般恩愛。是啊，她是多麼幸運，莽莽撞撞地敲開茅屋，就撞到了對的人，那麼，就釋然了吧，大不了以後少來往啊！

她笑了笑，「還是我自己去吧，那可是給我娘的敕封呢！」

翌日清晨，宮裡果然有旨宣她進宮，林蘭出府就看到林風在等她，面上洋溢著笑容，可見他心裡有多高興。

「走吧！」林蘭淡淡道。

林風笑呵呵地說：「走！」

父子三人跪謝天恩，由林致遠接過聖旨，林蘭跪在林致遠身後，看不見他的神情，只聽得那語聲因為激動有些顫抖哽咽。不知是在做戲，還是真情流露？想這真情，也不過是心裡懷著的一份歉疚而已，林蘭又忍不住心裡酸澀。

退出大殿，林致遠捧著明黃聖旨，嗟嘆道：「佩蓉，是我對不住妳，我知道妳不在乎這些，可我能為妳做的，只有這些了。」

林蘭別開眼，沒看這煽情的一幕，林風卻有些感動，還濕了眼眶。

林致遠仰頭眨了眨眼，似要把淚逼回去，須臾，平復了心緒，對林風說：「風兒，爹想過兩日就去一趟豐安，你是長子，便與爹一同去吧，巡城司那邊爹會去交代。」

林風哽咽道：「孩兒自然是要親自去接娘的。」

林致遠欣慰地點點頭，又看林蘭，體貼地說：「蘭兒，妳就不必去了，明允公務繁忙，家裡少不得妳辛苦操持。」

林蘭沒答話，遠遠看著屋簷下一對燕子在辛勤築窩。是的，娘不會在乎這些虛名，娘求的不過是一家人平安相守，可最終求到的還是只有一個虛名。罷了罷了，有總比沒有強，再說，這世上比娘更不幸的女子比比皆是。

晚上，將軍府設宴，一為慶賀沈氏得到敕封，二為一家團聚。這個，林蘭真不想去，她沒辦法去慶祝所謂的一家團聚，在她心裡，有娘的家才是她原本的家。

於是，李明允代表她，前去赴宴。

李明允回來後，說老丈人哭了好幾回。

林蘭腹誹：哭個屁，早幹麼去了？現在要你假惺惺地掉眼淚，給誰看啊？

這件事總算告一段落，林蘭開始專心準備銀柳和莫子言的婚事。當初玉容出嫁，正值李家遭難，所以，一應事宜都是大舅母幫著操辦的，如今，大舅母遠在豐安，這事只有林蘭自己辦，好在有周嬤嬤幫襯著，倒也順利。

三月十六，銀柳出嫁了。莫子遊說話算話，來迎娶之時就改口叫林蘭師姊，讓林蘭著實樂呵了一陣。想著晚上等莫子遊見了李明允送的那份特別的厚禮時會是什麼神情，更是心情大好。

這樣的好心情維持到晚上，林蘭坐在妝台前，習慣性地說：「銀柳，幫我把頭飾卸了吧！」

待見到銅鏡中走過來的人是如意，頓時覺得心裡空落落的。三年來，一直是銀柳服侍她卸妝梳洗，銀柳是她身邊最貼心的人，突然間就這麼離開了，當真是不習慣啊！

「二少奶奶，銀柳這會兒忙著做新娘子呢，可沒空來伺候二少奶奶了。」如意笑說著。

林蘭苦笑，「叫習慣了。」

「銀柳真是好福氣，莫掌櫃一定會好好待她的。」如意知道二少奶奶捨不得銀柳，雖然她和錦繡幾個也都盡心盡力服侍，可二少奶奶最看重的還是銀柳，有些事真的不能比。

那是，莫子遊對銀柳是有情的，想到銀柳和玉容都有了好歸宿，她這個做主子的應該高興才是。林蘭舒了口氣，調整了情緒，笑道：「妳不用羨慕，將來，我也會替妳尋一個好丈夫。」

如意漲紅了臉，「奴婢才不嫁呢！」

「嗯，當初玉容和銀柳都這麼說的，一轉眼，都巴不得趕緊嫁了。」林蘭揶揄道。

如意的臉更紅了，羞赧得直跺腳，「二少奶奶沒得這樣取笑奴婢！」

李明允沐浴過後出來，笑呵呵地問：「說什麼呢？看把如意急得。」

林蘭拖長了語聲道：「在說如意的好事呢！」

「什麼好事？」李明允心裡猜了個七七八八，卻故意追問。

如意的臉紅得都快滴出血來，把梳子一放，道：「奴婢去給二少爺沏茶。」說完便遁走了。

林蘭散著一頭青絲回過頭來，笑嗔道：「你瞧瞧，這丫頭越發大膽了，我滿心幫她盤算，她倒撂我的差事。」

李明允滿面春風，走過來，拿起梳子，「那就讓為夫來伺候妳。」

林蘭不喜歡用什麼頭油，嫌黏糊糊的難受，她的頭髮永遠是烏亮烏亮，又順又滑，如上好的絲緞，透著一股子淺淺淡淡的幽香。用淮陽木梳這麼輕輕一劃，便一梳到底。古人有畫眉之樂，而李明允最喜歡的便是梳理她的長髮，便是幫她梳一輩子，從青絲梳到白髮，他也不會厭倦。

「明允，我突然有個想法。」林蘭道。

「妳說。」

「你覺得文山和如意……合不合適？」如意是從小伺候李明允的，不論性情還是模樣都好。凡是她身邊的人，她總想給她們安排最好的出路，斷不能委屈了，適才說笑間，忽然就想到了文山。

李明允的手頓了頓，說道：「看著是挺合適，不過還是等文山回來，我試探試探他的意思。」

「那是，要情投意合的才好。」林蘭深以為然。

「咦？這丫頭不是說去沏茶嗎？怎的這會兒還不回來？」林蘭咕噥道。

李明允笑著放下梳子，「她那是藉茶遁了，哪裡還敢回來？不回來更好。」

「什麼叫不回來更好？」林蘭在鏡子裡剜他一眼。

下一刻，人便懸了空，被李明允打橫抱起。

林蘭急道：「你幹麼？待會兒如意進來看見了可不好！」

李明允篤定地笑道：「她才不會這麼不識趣。」他邊說著，徑直將她抱上了床。這陣子林蘭因為認爹的事心情不好，緊接著又忙銀柳的婚事，他都快憋壞了。

夫妻間相處久了，便會生出默契，林蘭自然知道李明允想做什麼，不覺耳根發熱。

一沾到床，李明允的身子就這麼壓了上來，將她的雙手扣在頭頂，細細地吻她的眉眼，呼吸逐漸粗重。

林蘭嚶嚀著：「先把燈熄了……」

他的嗓子被慾望充斥得有些沙啞，目光卻是極為溫柔，「蘭兒，讓我好好看看妳。」

他像是在解開一件極為珍愛的寶貝，輕輕的、柔柔的、慢慢的，直到凝脂如雪的肌膚展露在眼前，他的目光一滯，隨即變得灼熱，呢喃著：「蘭兒……妳真美……」

這樣的讚美，他說過無數次，帶著些許迷戀，深情如許的細說著，林蘭知道自己稱不上絕色，中上之姿而已，但她相信李明允的誇讚是發自內心的，這就叫情人眼裡出西施呢！

林蘭有些羞澀地半垂著眼瞼，低喃著：「明允，我冷……」

他微微一笑，拉過被子，將她和自己都裹了進去，用他滾燙的肌膚去溫暖她的微涼。

「一會兒就不冷了……」他低笑著。

當他的灼熱進入到她的體內，林蘭情發出滿足的嘆息，他頓時受到鼓舞，賣力地動作起來。

「蘭兒，這樣好嗎？舒服嗎……」

其實她的反應都在他眼底，他知道她也是歡愉的，只是，每每這樣問她，她都會羞紅了臉，越發面若春水、媚眼如絲。他喜歡看見這樣的她，她的美好只為他一人綻放。

努力克制著想要噴薄而出的慾望，直到她溫熱的花徑開始緊縮，他才全力動作，在最關鍵的時候，驀然離開她的身體，洩在了外面。

林蘭緊緊抱著他，就在快要承受不住這樣的歡愉時，他的突然撤離，叫她莫名空虛起來。她已經記不清多少次了，他都是這樣，好幾回她都暗示過他，她想給他生個孩子，可他還是如此。難道他不想要孩子了嗎？她記得以前他常說……蘭兒，給我生個孩子吧！那時她覺得自己還小，不是時候，可現在是時候了，他為何還要如此？

林蘭鬆開了手，他翻身下床，只披了件薄衫，先替她清理了身子，才去淨房。林蘭望著似乎還在晃動的帳子，心裡漸漸生出不安。

林蘭如期去為裴芷箐診脈，丁若妍一同前往。

「瞧妳，氣色多好，哪像我懷孕那時，什麼也吃不下，聞著味就作嘔，真是遭罪。」丁若妍看著面色紅潤，身形日漸豐腴的裴芷晴，羨慕不已。

裴芷箐撫著還未顯懷的肚子，自嘲道：「我這樣有什麼好的？肚子還沒大多少，倒長了一身肉。」想到昨晚陳子諭安慰她的話……這樣多好，顯得咱們多有夫妻相。呸，死胖子，鬼才要和他有夫妻相！

丁若妍忙道：「妳現在是雙身子，能吃能睡，孩子才能長得壯實。不像我家承宣，生下來跟個瘦貓似的，我瞧著他那小細胳膊小細腿的就心慌，生怕稍一用力就給弄折了。」

「嫂子說的對，妳現在是非常時期，一切都應以肚子裡的孩子為重。現在胖些怕什麼，等妳產後，我給妳擬一份食譜，妳按著安排飲食，再注意些，保准妳恢復如初。」林蘭笑吟吟地說。

「當真？」裴芷箐眼睛發亮，她可是為這事犯愁了好些日子，就怕瘦不下來了。

「我誆妳做甚？若是沒效果，回春堂的招牌任妳砸。」林蘭笑道。

裴芷箐誇張地鬆了口氣，「這我便安心了，我可全指望妳了。」

丁若妍笑嗔道：「妳啊，是身在福中不知福。若是天天吐黃水兒，妳又要叫苦連天了。」

裴芷箐訕訕道：「我聽說，沒什麼反應的，大多生女娃，林蘭，妳是大夫，有這說法嗎？」裴芷箐期待地看著林蘭。

林蘭遲疑著，其實就根據裴芷箐的脈相來看，生女孩的可能性較高。古人重男輕女思想嚴重，不知道裴芷箐是不是也有這樣的想法，便敷衍道：「這種說法可算不得數，妳看我家大嫂，懷孕的時候就跟妳一樣，能吃嗜睡，還不照樣生兒子。」

聽林蘭這麼說，裴芷箐舒開了眉頭，略帶羞澀地說：「其實，是男是女也無所謂，子諭說他都喜歡。」

「就是，咱們自己也是女兒家，沒道理還嫌棄女兒，不等於嫌棄自己了嗎？是兒是女，都是娘身上掉下的肉，理應一視同仁，再說了，妳又不是只生這一胎。」林蘭笑道。

丁若妍附和道：「不管是男是女，健健康康的才是要緊。我那會兒，孩子一生出來，我心裡第一個念頭就是孩子是否四肢齊全，有沒多個手指、少個腳趾什麼的，可擔心了。」

裴芷箐被教訓得連連點頭，「是啊，我和妳擔心的一樣，妳們聽說沒？那個魏家小姐年前生了個男孩，是個兔唇，這嘴唇從這一直裂到這。」裴芷箐比劃著，神情驚懼。

「妳說的魏家小姐，是不是那個魏紫萱？」丁若妍問道。

「可不就是她嗎？也怪可憐的，那孩子養了不到一個月就死了……」裴芷箐唏噓道。

「快別說這些嚇人的話，連聽都不該聽得，妳自己嚇唬自己便罷了，可別嚇到肚子裡的孩子！」林蘭忙告誡道。

裴芷箐趕緊噤聲。

林蘭又道：「只要妳好好將養，合理安排飲食，生活有規律，保持心情舒暢，孩子就不會有什麼問題，別再想這些有的沒的。」

裴芷箐連聲應諾：「妳是大夫，我都聽妳的還不成嗎？」

林蘭撇了撇嘴，「這才像話。」

三人又閒扯了幾句，話題就引到了林蘭身上。

「林蘭，妳成親也快三年了，妳家明允就算再忙，也不能耽誤了生孩子不是？趕緊生一個，若都是男娃，咱們就讓他們做兄弟，若都是女娃，就認作姊妹。最好是一男一女，那咱們就結成兒女親家，妳說多好啊！」裴芷箐玩笑道。

林蘭面上有些尷尬，她怎麼不想生？可是明允他……

丁若妍見林蘭窘了，便解圍道：「林蘭哪有妳這般好福氣？妳也知道我們家一直都不太順，煩心事就沒斷過，我又是個沒主意的，家裡事事都得林蘭操心……好在如今總算安穩下來，林蘭，妳是可以考慮生個孩子了。」丁若妍說著說著又回到生孩子的話題，也催促起林蘭來。

林蘭勉強笑道：「妳們啊，真是皇帝不急急死太監，我還想多安逸幾日呢！」

裴芷箐笑道：「妳啊，別以為妳家明允不急，他那是疼妳愛妳，才順著妳！得了，反正我家孩子這哥哥姊姊的可是當定了，妳只管慢慢來吧！」

從陳府出來，林蘭讓丁若妍先回去，承宣還在吃奶，丁若妍不能離家太久，林蘭自己又去拜訪喬雲汐。

雖說靖伯侯現在辭去了官職，稱病在家，但周家百年的底蘊在這，瘦死的駱駝比馬大，周家的勢力還是不可小覷的。誰敢斷言，周家就沒有東山再起之日？侯爺是個極有智慧和遠見的人。退一萬步，就算周家就此沉寂，林蘭更要多去走動走動。撇開與喬雲汐的友情不說，就憑周家幫過她和李明允那麼多，她也不能忘恩負義。

等林蘭回到李府，已快申時，再過半個時辰，李明允就要回家了，她決定今晚跟他好好談談。

一進院子就聽見笑語聲。

「銀柳姊姊，今兒個妳就留下來用了晚飯再回吧！」是錦繡的聲音。

「不行啊，我是回來看二少奶奶的，又不是來蹭飯的。」銀柳笑道。

「銀柳，妳這話可就生分了啊，這不跟妳自個家一樣嗎？什麼蹭飯不蹭飯的，我看妳是擔心妳家相公離了妳就沒飯吃才是真的！」桂嫂笑聲爽朗，打趣銀柳。

「桂嫂，您這張嘴還是這麼厲害，您就不能裝一回糊塗嗎？」銀柳也不鬧，笑呵呵地說。

「桂嫂說的還算客氣了，總好過說妳有了相公就忘了我這個二少奶奶強吧！」林蘭笑吟吟地走過來。

「啊……二少奶奶回來了。」錦繡忙屈膝行禮。

「可不是，妳家離這可不遠。」如意笑道。

銀柳迎上來，笑說：「二少奶奶這樣說，可是折煞奴婢了，奴婢巴不得天天回來伺候二少奶奶，要不，奴婢就撇了回春堂的瑣事，天天來這可好？」

林蘭點著她，對眾人說：「妳們瞧瞧，她這才嫁過去幾天，就學會反將我一軍了。」眾人哈哈大笑。

銀柳笑道：「就算二少奶奶借奴婢十個膽子，奴婢也不敢將二少奶奶的軍。奴婢知道二少奶奶忙，今兒個特意送回春堂的帳冊過來給二少奶奶過目的。」

林蘭挽了她的手往正廂房走，邊道：「如今妳可是我師弟的妻子了，還一口一個奴婢的，快快改了，我聽著怪不舒服。」

銀柳替二少奶奶掀了簾子，笑說：「奴婢已經習慣了，二少奶奶您要奴婢改口，奴婢還真改不過來。」

如意去沏茶，銀柳扶了二少奶奶坐下，拿出帳冊交給她，「子遊說，鋪子重新開張，生意一下就回來了，比預想的要好很多，先前備的藥材又短缺了。」

林蘭隨意翻了幾頁，笑嗔了如意一眼，「我說妳怎麼想起來看我了，原是來討銀子的。」

如意笑道：「藥鋪裡生意好，還不是喜事？奴婢可是來報喜的。」

自從回春堂重新開張，林蘭就把事務都交給莫子遊，讓他們夫妻倆打理，她只是偶爾過去看看，收收帳而已。

「跟藥商聯繫了嗎？」林蘭問。

「子遊已經聯繫好了，藥材不日就送來。」

「好，明日我就讓冬子把銀票送過去。」

說完了正事，銀柳欲言又止，這樣的神情林蘭太熟悉了，銀柳定是有為難事，難道是跟莫子遊鬧彆扭了？

林蘭拉了銀柳的說，溫言道：「銀柳，妳實話告訴我，我師弟對妳好不好？若是他敢欺負妳，我找他算帳去。」

銀柳忙道：「他對我很好，要說欺負，也只有我欺負他的份。」這話一出口，銀柳頓覺失言，急得臉都紅了，又忙著辯解：「我不是真的欺負他，我只是打個比方，打個比方……」

林蘭忍俊不禁，噗哧笑道：「這話可沒錯，子遊那傢伙，你不能太順著他，慣著他。」

銀柳羞澀地笑了笑，支吾道：「有件事，奴婢不知道該不該告訴二少奶奶。」

「什麼該不該的？有事妳說便是。」

銀柳遲疑地說：「奴婢覺著，這事不說不好，說了也不好，算了，奴婢且當一回多嘴的人，是關於舅夫人的。」

林蘭心頭一凜：「她又怎麼了？」

「奴婢是聽葉氏綢緞莊的夥計說的，說舅夫人前些日子在葉氏綢緞莊買了好些上好的綢緞，掌櫃知道她是您的大嫂，已經不賺她銀子了，給的都是成本價。舅夫人說身上沒帶銀子，讓他們晚些去她家取，結果，夥計上門要銀子，非但沒要到銀子，還被舅夫人奚落一頓，說什麼都是自家親戚，就這點銀子還趕著上門討要。掌櫃把這事告訴了葉家大舅爺，大舅爺礙著兩家的情面，就說算了，這事也就過了，誰知昨兒個舅夫人又上葉氏綢緞莊拿料子去了，專揀好的，拿的比上回還多。夥計氣不過，就讓她先把上次欠的銀子先給了，再把料子給她。舅夫人就火了，說什麼都是親戚，難道還會賴他銀子？就這麼把料子拿走了。二少奶奶，這事，葉家大舅爺是不會跟您說的，可舅夫人這副樣子，豈不是叫葉家難做？還丟了您的面子，奴婢實在是看不過眼。」銀柳憤憤地把事情經過原原本本告訴了二少奶奶。

有句話說的好，不怕神一樣的仇人，就怕豬一樣的親戚。姚金花就是一頭十足的蠢豬，敗家的娘們，闖禍的胚子。

林蘭氣得嗓子冒煙，姚金花是愛貪小便宜，可也不能這般沒臉沒皮，葉家的東西，妳姚金花憑什麼拿得這般應當應分，理直氣壯？也太把自己當回事了！

「二少奶奶，您說這事……可怎生才好？有一就有二，有二就有三……」銀柳瞧著二少奶娘臉都青了，小聲囁嚅道。

林蘭冷哼一聲，「真是狗改不了吃屎，銀柳，妳去告訴綢緞莊的掌櫃，以後舅夫人來拿料子，要多少給多少，全部記在帳上，等大舅爺從豐安回來，我自有安排，妳就說是我吩咐的。」

銀柳福了一禮，「奴婢記下了，那奴婢先回了。」

林蘭被姚金花的事弄得沒心情，歪在炕上意興闌珊。

李明允一回來就問：「二少奶奶呢？」

如意回說：「二少奶奶屋裡呢，心情似乎不好。」

「是不是出了什麼事？」李明允關切地問。

如意搖搖頭，「奴婢不知。」

李明允沉吟片刻，揮揮手，「妳先下去。」

聽見李明允進屋的聲音，林蘭也沒動一下。李明允輕聲走過去，俯下身摸摸她的額頭，笑說：「這是怎麼了？沒發燒啊！是哪個不開眼的，惹咱們二少奶奶不高興了？」

林蘭煩躁地拍掉他的手，李明允怔了怔，又堆起笑臉，開玩笑道：「那個不開眼的該不會是我吧？我今兒個沒回來晚啊！寅時一刻，我就下衙了，這不，比平日裡還早了一刻鐘呢！」

林蘭翻了個白眼，「誰怪你回來遲了？」

不是？李明允繼續反省，自從林蘭跟了他，苦吃了不少，沒過過幾天舒心日子，更別說帶她出去玩了。李明允腦子裡靈光乍現，摟了她哄道：「妳還記得咱們以前去過別院嗎？那山南有大片的桃林，這個時節桃花應該都開了，我也有很久沒休沐了，過兩天我向皇上討個賞，放我三天假，咱們去別院住幾日，如何？」

林蘭被他勾起了興趣，是啊，都好久沒出去玩了，春日正是踏青的好時節。

見她眉目漸舒，李明允知道自己找對了路子，再接再厲道：「咱們也不用帶多少人，就帶上桂嫂、如意和冬子，我明兒個就去找侯爺，讓他再幫咱們聯繫下他那朋友，把別院借咱們住幾天，我且拋開公務，妳撇開亂七八糟雞毛蒜皮的瑣事，去山上好好清靜幾日。」

林蘭忽地坐直了身子，瞅著李明允，嚴肅認真地說：「這可是你自己說的，不許耍賴。」

李明允笑道：「瞧妳說的，我什麼時候跟妳耍過賴？我是那樣的人嗎？妳是知道的，在我心裡，別的都不算回事，就數妳最重要，我能誆妳嗎？」

林蘭嗔了他一眼，眉目裡卻是含了甜蜜的笑意，「就屬你嘴甜。」

李明允無辜地說：「這哪是嘴甜？我說的可都是真心話，我是表裡如一……」

林蘭輕啐道：「得了得了，別賣乖了，這事就這麼說定，我就等著你帶我去別院了。」

李明允連忙保證：「為夫一言九鼎，保證說到做到。」

被他這麼一哄，林蘭心裡的不快煙消雲散。死姚金花，且再容她幾日，待大哥回來看她怎麼收拾她，至於孩子的問題，還是以後再說吧，說不定出遊一趟，什麼問題都解決了。

李明允說做就做，不等第二天，當晚就去了趟靖伯侯府，把別院借到手。原來那別院不是什麼不世高人的，根本就是侯爺自己的產業。

第二天，李明允就向皇上告假，皇上也體諒他這些個月來的辛苦，准了他三天假。

林蘭這邊也早早備齊了出遊的所需物品，只等出發的日子。

錦繡眼饞得不行，一味相求，林蘭只好答應把她也帶上，錦繡樂得差點跳起來。

伍之章　別院閒遊遇賊人

人間四月芳菲盡，山寺桃花始盛開。

這一次，李明允讓桂嫂等人按著老路先上山去整理別院，自己則帶林蘭從南邊上山，好一路欣賞桃林美景，

一早出發，李明允親自駕車，車行了將近兩個時辰，才到山腳下。抬起頭，遠遠的就望見那半山上一片粉紅，似鋪了一層落霞織錦在青山碧水間，如詩如畫。

「你看，這景色多像源東村……」林蘭指著山上那片粉紅，興奮不已。

李明允舉目遠眺，笑嘆道：「是有那麼幾分相似。還記得以前住在澗西村，每每去豐安縣，我就繞道源東，雖然要多走好幾里山路，但能玩賞桃林美景，也是值得的。」

林蘭微揚了下巴，笑看著他，「我也是，平日裡趕時間沒辦法，但是桃花盛開的時節，我寧可早起一個時辰，也要繞道源東去看桃花的。」

李明允笑了笑，有些疼惜地執了她的手。其實那時候他經常看到她天不亮就背著個藥簍漫山遍野的去採藥，看到她小小的身影攀爬在陡峭的山崖間，他就忍不住替她捏一把冷汗。她是個勤勞的姑娘，雖然日子過得辛苦，卻開朗樂觀，在村裡人緣極好，大家都很喜歡她。若非對她有一定的了解，他也不敢貿然和她簽了約。這樣想來，他原是早早就已經注意到她了，那麼她呢？可曾留意過他這個深居簡出的人？

「哎，想什麼呢？咱們快上山吧……」林蘭搖了搖他的手，催促道，她可是迫不及待了。

兩人手牽著手踏上山路。這一年來，林蘭是越來越懶，能多睡一會兒懶覺也好，果然安逸的少奶奶生活讓她墮落了，後果就是，她還沒到桃林就已經氣喘吁吁，額上也滲出細密的汗珠。反觀身邊的李明允，依然氣定神閒，一身青衫，迎風飄飄，俊逸如仙。李明允從北地回來後，每日都會早起鍛鍊，一套太極拳耍得像模像樣，身體比以前更結實健朗。林蘭暗暗慚愧，發誓回去後也要多加

練習，免得淪落成弱不禁風的林妹妹。

「蘭兒，歇會兒吧，瞧妳都出汗了。」李明允頓住腳步，拿出帕子，動作輕柔地拭去她額上的汗珠。

林蘭又一陣慚愧，上次爬山，她還笑話他來著，故意走得飛快，讓他在後面追得氣喘如牛。

林蘭莞爾一笑，故作輕鬆道：「我沒事，咱們快走，就到桃林了。」

李明允啞然失笑，忍不住刮她鼻子，愛逞強的丫頭。

十里桃花，遠看甚為壯觀，如粉色雲霞，近賞，則每樹每枝每朵各有風姿，處處皆是畫。那或旁逸斜出，或挺拔向上的枝椏，在空中糾纏，綻放著深淺不一的粉，在風中妖嬈，令人目不暇接，美不勝收。穿行在桃林中，連呼吸的空氣都格外清新香甜。

「明允，這兒真美啊！若是家裡的園子夠大，我一定要種上滿園的桃花，春來賞花，夏日摘果，秋日還能喝上桃花釀，多好！」林蘭深深吸了口香甜的空氣，恨不得把這滿山的桃花都搬回家去。

李明允摘下落在她髮間的一瓣粉紅，微笑道：「這有何難，等以後咱們回了豐安，就在源東村建一個莊園，且把滿山桃林當成自家的果園，如何？」

林蘭興奮得臉上都暈開一抹酡紅，似那滿眼的粉染上了雙腮，「當真嗎？」

李明允瞧著她面若桃花，烏亮的雙眸倒映著灼灼的粉，似凝了一束霞光在眼裡，流光瀲灩，竟有些癡了，「只要妳喜歡……」

這一幕好似那年，在一樹紅楓下，他也是這般目光溫柔如許，含了纏綿的情意對她說……那時楓葉紅得正好……

心裡翻湧著滾熱的甜蜜，林蘭輕輕倚進他懷裡，雙手環著他的腰身，臉頰貼著他心跳的地方，只想這樣抱著他，在這漫天的花海裡，靜靜相擁，閉目沉醉，一刻也不鬆開。

等兩人到別院已是飢腸轆轆，幸虧桂嫂已經做得了午飯，都是山裡的野味。這裡的管事知道他二人要來，早就備下了，有剛挖出來的竹筍，和醃肉一起燉了，鮮香又甜美。還有剛剪了的馬蘭頭拌豆腐，清新爽口，另有野兔……這一頓午飯，林蘭和李明允吃得特別香。

住的還是以前那間房，屋前芭蕉，屋後海棠，推窗是景，閉門幽靜，偶爾傳來幾聲鳥兒的鳴叫，更顯山中清幽。

走了這大半日，林蘭有些疲累，李明允便陪著她小憩一會兒。

他像是哄著小嬰兒，一手有節奏地輕拍著她的脊背，低著頭，溫柔地看著懷裡的人兒微闔著雙眼。那密密長長的睫毛捲翹著，微微顫動著，讓人忍不住想要親吻上去，卻又怕擾了她的清夢，只好將目光移開，卻又落在她櫻紅的唇上。她的唇嬌豔欲滴，像枝上剛剛綻出的花苞，喉結無聲滾動了一下，目光再往下移，入目是她細長的頸項，凝脂如雪的肌膚，領口微敞著，深陷的鎖骨和那若隱若現的溝壑……他的小腹驀然一緊，呼吸不由得急促起來。

按說他們成親也有三年了，即便算不上老夫老妻，也不該似毛頭小夥子一般，禁不起誘惑，可他的身體就是這樣輕易地被誘惑了，無比誠實地反應出心底的渴望。許是遠離了塵世喧囂，遠離了世俗紛擾，在這裡，唯有她，唯有滿心的情愛，所以，才特別動情吧？

李明允輕輕解開林蘭的衣帶，小心翼翼帶著點頑皮的心情，像在偷吃糖果的孩子，吻輕柔地落下，手悄悄撫上那如絲般柔滑的肌膚。

林蘭睡得迷迷糊糊，感覺到他的手在作怪，初時也不以為然，繼續自己的好夢，可是他似乎越發得寸進尺，在她身上到處點火，要喚醒她的慾望。

漸漸不穩的呼吸出賣了她。

他啞然一笑，低聲笑道：「醒了？」

林蘭嬌嗔著：「討厭，我又不是木頭！」

「妳是木頭才好，可以任我為所欲為。」

「呸，你才木頭！」林蘭惡狠狠地咬他的下巴，著力卻是輕柔的，反倒像是在挑逗。

他笑著捉了她的手按在他身下的腫脹，「木頭可不會有這種反應！」

她似被那灼熱的溫度和堅挺的硬度嚇到，想要抽回手，卻被他牢牢扣著，不由得羞紅了臉，很想問……你今兒個是不是吃春藥了，怎得變得這麼可怕？

她既然醒了，他也不必再克制，迅速褪了已經被他解了一半的衣裳，將頭埋在她胸前，肆意憐愛她的綿乳。見那豐盈處罩了粉粉的一層暈色，彷若桃瓣，忍不住低頭細細品嘗。

「明允，輕點……疼……」林蘭低聲央求著，嬌吟聲聲溢出。

他撫弄著，吮吸著，絲毫不為所動，恨不得將她吞進肚子裡，融為一體。

輕微的脹痛過後是陣陣難以言喻的酥麻，像一道道電流匯集在小腹處，身體裡像是虛空了一般，渴望著被充實被填滿。

「明允……明允……」她渴望著，這渴望卻說不出口，只好無助地一聲聲喚他的名字。

「我在，蘭兒……」他眼裡是會心的笑，他知道她也動情了，知道她在催促，可他就是不依她，惡作劇般的吊著她。

林蘭好生惱火，誰問他這個？她又不是傻了！他正在她身上為非作歹，她自然知道他在，這個傢伙越來越壞了，看誰壞得過誰。

林蘭伸手去摸他的乳尖，學他逗弄她的樣子，在那頂端摩挲著。聽見他倒抽一口氣，林蘭便推開他的身子，抬頭吻了上去。他會的，她就不會嗎？看誰耗得過誰。

他的呼吸越發急促粗重，不可思議地看著她，眼中似有兩簇火苗在跳動。他輕咬牙，沙啞著聲音道：「蘭兒，妳真是個小妖精！」

「嗯，你是大妖怪……」林蘭舔弄著他的乳尖，含糊不清地說。

明明是那樣激情如火，慾望如潮的時刻，偏生被她一句大妖怪給洩了氣。李明允忍俊不禁，一把扣住她作怪的雙手，扣於頭頂，身子重重壓了上去，故作凶惡地說：「好啊，現在大妖怪要吃了小妖精！」

林蘭媚眼如絲，笑看著他，「好啊，看誰吃了誰！」

他眸光驟然一斂，小丫頭還敢叫板？他騰出一手，分開她的腿，撫向那渴望的源頭，那裡意料中的濕潤，他輕笑道：「嘴硬！」

灼熱抵住那處柔軟，腰一沉，便盡根沒入花徑。瞬間被濕熱溫暖包圍的感覺，那樣緊致，那樣舒服，讓他輕抽一口氣。

雖然已經做好了充分的準備，不管是心裡還是身體，可今日的他格外堅硬，如烙鐵般強勢入侵，直抵花心，還是讓她有些難以承受，溢出嬌吟。

他深深看著她，手指輕撫著她微微張開的紅唇，身下慢慢動作著，緩緩退出，深深進入。

「蘭兒，喜不喜歡……」

林蘭艱難地回應：「我說不喜歡，你就撤嗎？」

他微微一笑，果真退了出來，停在了入口處。

林蘭氣急，嬌嗔道：「你壞死了！」

他笑道：「我這不是聽妳的話嗎？」

林蘭瞪著他，「該聽的你不聽，不該聽的你倒是聽了！」

他笑得更歡愉，「為夫愚鈍，還請夫人明示，為夫到底是進，還是退呀？」

林蘭弓起身子，主動迎向他，在他耳邊嬌嗔著威脅道：「你敢半途而廢，我就廢了它！」

李明允哈哈大笑，「夫人之意，為夫明白了。」說罷屈起她的雙腿，賣力地動作起來。

林蘭被他撞擊得恍若靈魂也出了竅，那淫靡的聲響、粗重的呼吸，還有她如貓兒似的嚶嚀，在靜室裡極為清晰，聽得人面紅耳赤。

也不知過了多久，身體裡像是驀然綻開了煙花，絢爛至極，整個人綿軟得如飛上了雲端。他的動作越來越快，林蘭驟然回神，雙腿緊緊環住他，不讓他撤離。

他似忍得極為辛苦，啞著嗓子道：「蘭兒，快放開，我忍不住了……」

「不放，就不放！」她抱得他更緊，用盡了全力。

終於他發作了出來，伏在她身上喘息著。良久，他抬眼，一手支起半個身子，有些擔心地說：「妳快去淨房吧！」

林蘭抿著嘴笑，「我不去。」

「這樣妳會懷孕的。」

「懷孕就生唄！」林蘭不以為然，又歪了頭看他，「怎麼？你不想要孩子嗎？」

他目光閃爍著，「不是不想，只是……」

「只是什麼？」林蘭追問。

他溫柔地撫著她依然泛著紅潮的面頰，溫和地說：「蘭兒，妳還小。」

林蘭輕笑道：「我都已經十八了，不小了。」

他舔了舔嘴唇，哄道：「咱們還年輕，孩子以後再生也不遲，乖，快起來。」

林蘭不悅地皺著眉頭：「李明允，你什麼意思？你是不是不想跟我生孩子？」

李明允哭笑不得，「妳怎麼會這麼想？」

林蘭突然覺得委屈，委屈得想哭，「那你讓我怎麼想？你讓別人怎麼想我？我們成親都快三年了，以前是你體諒我年紀小，可現在……不知道的還以為我不會生育呢！」

瞧林蘭那委屈的模樣，李明允一時不知該怎麼勸說才好。林蘭的心情他能理解，成親三年，還沒孩子，少不得有人說閒話，便是他那些同僚們，也時不時會來關心他的子嗣問題。那些削尖了腦袋想跟他攀關係的，更是旁敲側擊，只要他一鬆口，他相信，立時就有人送侍妾上門，好替他綿延子嗣。真是皇帝不急太監急，林蘭的壓力可想而知，可是……他當真是怕，都說女人生孩子等於鬼門關前走一遭，挺得過還好，挺不過，那隻腳就再也邁不回來。以前都只是聽說，也沒怎麼放在心上，可大嫂生承宣那會兒的痛苦與凶險他是親眼瞧見的，他就怕蘭兒遭罪，怕失去蘭兒。

「蘭兒，妳聽我說，我真沒那意思，我不是不想要孩子，真的是妳年紀還小。反正大哥已經有了承宣，咱們李家也不是緊著我來傳宗接代，等妳再大些，再過兩年，等妳到二十，咱再要孩子，好不好？別人愛說什麼，讓他們說去，嘴巴長在別人臉上，咱也管不著，日子是咱們自己過，關別人什麼事……」李明允好生哄勸。

林蘭一陣氣悶，猛地坐起來，衝他道：「李明允，現在的問題是我想要孩子，你明不明白？」

「我知道我知道，可是，蘭兒，生孩子很遭罪的。妳是大夫，醫術高明，別人生孩子多凶險，妳也能化險為夷，但是，等妳生孩子，誰來幫妳啊？那些個穩婆我是一點也信不過。」李明允邊說著，邊拿過衣裳替她披上，關心道：「快披上，這山上可不比山下，別受了涼……」

林蘭本想拒絕接受他的好意，驀然想起自己身無寸縷跟他在這爭執，顯得很滑稽，就沒把衣裳甩開。好吧，她相信他暫時不想要孩子的理由是因為在乎她，但這理由根本不能說服她。

她深深吸氣，儘量克制自己的情緒，鄭重地對他說：「明允，我知道你是心疼我，為我好，但我自己的身體我自己清楚，我可不是那些嬌生慣養的小姐，弱不禁風的花朵，更何況我是大夫，知道怎麼調理自己的身子，我不會有事的，我相信，我一定能平平安安地生下孩子。明允，我是真心想要個孩子，讓我再等兩年，我等不了，沒有孩子，我這心裡就不踏實。」

李明允哂笑道：「怎麼會不踏實呢？怕我因為沒孩子就不喜歡妳了？那是我自己要求晚些要孩子，又不是妳不肯要，妳就把心放回肚子裡，這輩子，我誰都可以不要，唯獨不會不要妳。」

林蘭氣悶無比，「李明允，你怎麼就不明白？我就是想要孩子，你那些擔心根本沒有必要，根本不能成為理由，你再說下去，我會覺得你根本就不愛我。」

李明允默然看著她，神情很是無奈。

這讓林蘭更生氣，一個女人巴巴地想給你生孩，這說明這個女人愛你，為了你願意做任何事，可他呢？推三阻四的，什麼態度？

「你不要孩子是吧？你要再等兩年是吧？好，那從今兒個開始，你別再碰我，從此咱們各過各的！」林蘭氣鼓鼓地說著，一把推開他，就要下床去。

李明允急忙拉住她，「蘭兒，妳別這樣，妳說要咱就要，讓我兩年不碰妳，那還不如拿把刀殺了我得了！要不然，我非得活活憋死不可！」

林蘭斜著眼瞪他，「你倒是會盤算，只想圖快活，不想負責任！李明允，我怎麼就沒發現原來你是這種人？」

李明允睜大了眼，她生氣，她罵他打他都沒關係，怎麼可以把他說成是那樣的人？好像他跟她歡好，只是圖快活似的，他不禁也有些動氣，「我……我是這種人嗎？我怎麼就不負責任了？我對妳怎麼樣，妳心裡不清楚嗎？蘭兒，妳要真這樣想，那我這份心意算是錯付了！」

林蘭只是一時氣話，口無遮攔，話說出口，她也覺得不妥，但李明允的指責又讓她氣昏了頭，尤其是那句錯付了心意，難道在他心裡，她是這樣蠻不講理的人嗎？自從和他在一起，她做什麼不是為了他？她何嘗不是全心全意待他？就為了一句氣話，他就把她的好全盤推翻，用這樣傷人的話來指責她？這就是他所謂的愛嗎？難道她想要個孩子也錯了嗎？

林蘭越想越生氣，越想越心灰意冷，索性破罐子破摔，衝他嚷道：「是，我就是這麼想的，怎樣？你就是不負責任，什麼為我好，都是屁話！你不想要孩子，你以為我有多稀罕你的孩子，李明允，你就是個混蛋！」

林蘭大力甩開他的手，胡亂披上衣衫，衝進了淨房，用力關上門，靠在門板上，眼淚刷的淌了下來，洶湧得如決了堤的河水，怎麼止也止不住。事情為什麼會變成這樣？她都已經把話說得這麼明白了，為什麼他就不能體諒她？孩子是愛的結晶，愛的昇華，是水到渠成的事情，為什麼到了他這就行不通了？

林蘭在裡面哭了很久，也不見李明允來哄她，越發傷心起來。這麼多年來，他們之間從未紅過臉、吵過架，多少風雨都挺過來了，她以為他們是情比金堅，誰知道，第一次吵架，竟然是為了孩子……這不是可笑，是悲哀。

等林蘭出來，屋子裡已不見了李明允。林蘭梳理整齊，只是雙眼紅腫一時難以消退，不由坐在妝台前又難過了一陣。

外頭，如意和桂嫂幾個已經著急好一會兒了，吃午飯的時候，二少爺和二少奶奶還有說有笑的，你幫我夾菜，我幫你盛湯，恩恩愛愛的，羨煞旁人，誰知一轉眼就變天了。二少爺陰沉著臉出去了，如意詢問一聲，二少爺也不答話，就這麼走了，屋子裡更是一點動靜也沒有，也不知道發生了什麼。

「如意姊，妳快進去瞧瞧吧！瞧瞧出了什麼事？」錦繡著急道。

「是啊，妳進去瞧瞧。」桂嫂用胳膊肘捅捅如意，朝她努嘴。

如意硬著頭皮，端了些茶點去敲門。

林蘭甕聲甕氣地說：「何事？」

「二少奶奶，奴婢給您送茶點，桂嫂剛做得的雪片糕。」

「我不想吃，妳們吃吧！」

如意為難地回頭瞧著桂嫂和錦繡，桂嫂示意她繼續。

如意點點頭，推門進去，笑著說：「二少奶奶，桂嫂這雪片糕做得可好了，香甜可口，柔軟細膩，妳嘗幾口。」

林蘭忙轉過身去，不想讓如意看見她紅腫的眼。

「先放著吧……」旋即，林蘭又問：「二少爺呢？」

如意笑道：「二少爺出去了，冬子跟著呢，說是去各處轉轉。」

出去轉轉？是不想見到她吧？他還生氣？他憑什麼生氣？這個自私的傢伙，就只想著自己，他以為就他有理，她就是胡攪蠻纏？是，她是說了過頭的話，可他的話就不傷人嗎？憑什麼就該她坐在這裡等他消氣。

林蘭刷的站起身來，「如意，我也出去走走，妳們不必跟著了。」

如意愣了一下，「二少奶奶，您要去哪？」

林蘭淡淡地說：「隨便走走。」舉步就往外走。

「二少奶奶，那讓奴婢跟著吧，也好有個照應。」如意忙跟了上去。

桂嫂和錦繡見二少奶奶出來了，眼睛紅紅的，顯然是哭過一場，越發覺得事情嚴重。這麼多年來，什麼時候見過二少爺和二少奶奶置氣，兩人一直好得跟蜜裡調油似的，這……這到底是怎麼了？

「妳們都不必跟著，我要一個人靜一靜。」林蘭態度堅決，如意只好無奈止步，三人焦急得手足無措。

「要是周嬤嬤在就好了，還能說得上話。」桂嫂憂心忡忡地說。

錦繡自告奮勇道：「我去悄悄跟著二少奶奶。」

桂嫂忙道：「正是正是，妳趕緊跟著，這山上的情況咱們也不清楚，萬一遇上什麼毒蛇、野豬……」桂嫂說著打了自己一巴掌，呸了兩聲，暗罵自己烏鴉嘴。

「有事的話就回來說一聲。」桂嫂繼續吩咐。

錦繡點頭，「我知道了。」

林蘭漫無目的在山道上走著，目光卻是有意無意在尋找李明允的身影，可是一路走來都沒瞧見。林蘭有些沮喪，看來他們心意不通，走的不是同一條路。

微涼的山風徐徐拂面，夾雜著青草的氣息和不知名的花香，心中的鬱悶也漸漸散了去。冷靜下來後，林蘭回想爭吵的經過，覺得自己也有不對，明允的出發點是好的，她不認同，卻也不能抹煞他的好意，他都已經妥協了。其實那樣略顯輕浮的話，平日裡也常說的，她都沒覺得不妥，反倒歡喜，只是這些話和這件事牽扯在一起，就覺得不舒服。對，就是他這種好像勉為其難的態度讓她生氣。她的要求合情合理，他就不該是這種態度，不該是這樣的反應。若不是她真生氣了，他還堅持呢！生氣真的不是一件好事情，動氣傷身不說，腦子也容易發昏，說話口無遮攔，可是誰吵架還說好話來著？他就不能讓著她，反倒跟她較真？

林蘭一路踢著小石頭，走著走著，不知不覺竟來到了桃林。想著來時興致盎然，此刻卻是心情鬱結。看著滿目的桃紅，絲毫沒了玩賞的興致。林蘭意興闌珊坐在一棵桃樹下的石頭上，托腮發呆。

李明允這會兒在哪呢？他還會回別院嗎？他回去見不到她，會來找她嗎？這樣想著就覺得自己很沒出息。不知是誰說的，夫妻間第一次吵架，一定要吵贏，若是頭一回就服軟，那以後就只有服軟的份了。所以，她堅決不回去，除非李明允來找她。如果天黑前，他還不來，那她就下山，讓他再也找不到她，誰讓他較真，讓他這麼討厭！

天色漸漸暗了下來，林中寂靜無聲，林蘭等得有些心焦，難道自己真的要摸黑下山嗎？摸黑下山，是沒什麼好怕的，以前她上山採藥也經常是摸著黑回家的，只是這樣走了，她和李明允之間的矛盾要怎麼解決？一走了之也不是辦法，可是就這麼回去，是不是太沒面子了？

不僅是林蘭心焦，遠遠跟著的錦繡更著急，這都什麼時候了，二少奶奶怎麼還不回去呢？她是一直躲下去，還是上去勸勸二少奶奶？要是天黑透了，她身上又沒帶火摺子，連路也看不見了，聽說這山上還有狼呢！這樣想著，錦繡只覺得脊背發寒，寒意從腳底直透後腦上，一雙眼睛害怕地左看右看。

李明允在山上轉了一圈，氣也早消得無影無蹤。出門後，他就後悔了。好不容易帶蘭兒出來玩一趟，本想開開心心過幾天兩人世界，誰知道第一天就鬧得不愉快。仔細想想，這事原是他不對，蘭兒想要孩子無可厚非，這說明蘭兒喜歡他、在意他，他的那點擔憂，跟她好好說不就成了嗎？蘭兒生氣了，他就該哄著，蘭兒從不是個不講理的人，可他偏拿了她的氣話去刺激她……

吵架時說的話能當真嗎？蘭兒對他是怎樣的心思，別人不清楚，他還能不清楚嗎？他可真是個豬腦袋啊！明知道她躲在淨房裡哭，他也不去安慰她，還氣得出門來，李明允啊李明允，你什麼時候心胸變得如此狹窄了呢？這樣自責著，後悔著，李明允就開始著急起來，加快了腳步，趕回別院。

身後跟著的冬子暗暗吐了口氣，這一路上二少爺都陰沉著臉不說話，他也不敢問，只好默默地跟著，還以為二少爺要把這大山轉個遍，可不得累死他，好在二少爺似乎想明白了，終於要回去了。

李明允回到別院，桂嫂和如意正在院門口急得團團轉，見二少爺回來，兩人忙迎上前去。

「二少爺，您可終於回來了！」桂嫂急道。

李明允神情略微尷尬，他這一走，蘭兒肯定擔心了。

「二少奶奶呢？」李明允問。

「二少爺，您走了沒多久，二少奶奶也走了，到現在還沒回來，眼看著天都要黑了，奴婢和桂嫂都急壞了……」如意忙道。

李明允聞言色變，急道：「二少奶奶出去了？有沒說上哪？妳們怎麼也不跟著？」

「二少奶奶不讓跟，不過錦繡偷偷跟著……」如意支吾著說。

李明允沉下臉來，斥責道：「妳們怎麼這麼不會辦事？就不知道來找我嗎？」

如意低垂著頭，委屈地嘟噥：「這山這麼大，奴婢們上哪找二少爺啊……」

桂嫂忙捅了捅如意，示意她不要說了。

李明允皺眉嘖了一聲，遂又想，這事也怨不得如意她們。

「二少爺，還是趕緊想辦法找人才是。二少奶奶出去的時候，眼睛紅紅的，老奴擔心啊……」桂嫂說道。

李明允舉目望著沉寂在暮色中的山巒，若不是桂嫂幾個在跟前，他真想狠狠敲自己的腦袋。蘭兒一定是傷心極了，可是，該上哪去找呢？錦繡這笨丫頭，就不知道跑回來報個信？

冬子道：「二少爺，要不，奴才這就下山去找此間的管事，讓他多帶幾個人去尋。」

李明允蹙眉沉吟道：「我先去一個地方，若是那裡找不到二少奶奶，你再去找管事。」說著疾步往南而去。

太陽都快整個沉下山去，錦繡實在等不下去了，顧不得二少奶奶會不會生氣，連忙現了身。

「二少奶奶，天快黑了，這裡風大，小心著涼，咱們還是回吧，二少爺該著急了。」

林蘭被驀然出聲的錦繡嚇一跳，詫異地看著她，「妳怎麼跟來了？」

錦繡哭喪著臉，哽咽道：「奴婢能不跟著嗎？萬一二少奶奶有個什麼閃失，奴婢……奴婢也活不成了……」

林蘭站起來，拂去衣裙上的雜草，撇了嘴道：「什麼活得成活不成的，我又不是三歲孩子，擔心什麼？」

「奴婢怎能不擔心？這天都黑了，萬一咱們遇上狼啊野豬啊，二少奶奶您就先跑，奴婢、奴婢替您攔著。」

明明怕得要死，偏偏說得大義凜然！林蘭被她這模樣逗笑了。

「妳以為妳是誰啊，還想攔野豬？真要遇上野豬啊狼啊，就妳這小身板，還不夠牠一口吞掉！得了，咱們回吧！」

林蘭也想通了，一生氣就跑掉，那是幼稚的做法，多沒勁。好不容易出來一趟，就算跟李明允置氣，要走的人也是他，她才不走，明日還要上山挖竹筍、摘野菜去。

錦繡見二少奶奶終於肯回了，破涕為笑，用力點頭。

兩人還沒出林子，就聽見李明允的呼喚遠遠傳來。

「蘭兒……蘭兒……」

「是二少爺，二少爺找咱們來了！不，是找二少奶奶來了……」錦繡喜道。

聽到這聲音，林蘭心裡寬慰了些，這傢伙還知道來找她。不過，她卻是頓住了腳步。

「錦繡，妳到前面去等二少爺，就說妳把人跟丟了。」

錦繡張大了嘴，愣愣的，「為什麼呀？奴婢要是這麼說，二少爺非殺了奴婢不可……」

林蘭輕啐道：「妳家二少爺是那種凶神惡煞嗎？只管按我說的做，妳且受點委屈，回頭我會補償妳。」

「那……二少奶奶您呢？」錦繡躊躇著問。

林蘭望著聲音傳來的方向，露出一抹若有若無的笑，「我繞道先回別院。」

心裡冷哼道：讓你氣我，我就急死你！

李明允心急如焚地找到桃林，卻見錦繡正像隻無頭蒼蠅在那瞎轉。

「錦繡，二少奶奶呢？」李明允心頭的大石總算落下，錦繡在這，蘭兒肯定也在這。

沒想到，錦繡苦著臉道：「二少爺，奴婢……奴婢把人跟丟了……」

李明允頓時頭皮發麻，剛放下的心又提到了嗓子眼，「什麼？什麼叫把人跟丟了？」

錦繡一邊抹著淚，怯怯地說道：「奴婢是跟著二少奶奶過來的，可是二少奶奶進了桃林就不見了蹤影，奴婢在這找了好久，嗓子都喊啞了，也沒見到二少奶奶……」

李明允為之氣結，憤怒地瞪著錦繡，真想將她狠狠臭罵一頓，跟個大活人都能跟丟？

錦繡見二少爺凶狠的眼神，恨不得將她生吞活剝似的，越發害怕起來，嗚嗚地哭道：「奴婢明明瞧見二少奶奶進了桃林的……」

錦繡這麼一哭，李明允教訓人的話也說不出口了。罷了罷了，眼下最要緊的是把蘭兒找到。李明允強忍住幾欲爆發的怒火，悻悻道：「妳還有臉哭？趕緊找人啊！妳往東，我往西，半個時辰後，回到這裡會合！」

「是！」錦繡趕緊擦了淚水，慌裡慌張地要去找二少奶奶，卻和二少爺撞在了一處。

李明允臭著臉教訓道：「說了妳往東，哪邊是東妳都搞不清嗎？」

錦繡連連諾諾，原是她跑錯了方向。錦繡走了幾步，回過頭看二少爺，二少爺早已經跑進了林子，焦急地連連呼喊二少奶奶的名字。錦繡皺了皺鼻子，心說：二少奶奶，您這是故意要整二少爺的吧？看二少爺急得火燒眉毛似的，這林子這麼大，沒一兩個時辰都轉不出來！哎，可憐的二少爺，誰讓您惹二少奶奶生氣呢？奴婢已經答應了二少奶奶，只好對不起您了！

林蘭恢復了好心情，優哉游哉地回到了別院。

桂嫂等人正站在院門口翹首以待，見二少奶奶回來了，桂嫂如釋重負，喜迎上前，「謝天謝地，二少奶奶，您總算是回來了，您要再不回來，冬子就要下山去找幫手來尋人了！」

林蘭抱歉地笑了笑，「讓妳們擔心了，我只是貪看山中景色，一時忘了時辰。」

冬子湊了上來，笑嘻嘻地問：「二少奶奶可見著二少爺了？」

林蘭故作奇怪道：「你不是跟著二少爺嗎？怎的來問我？」

「呃……二少爺回來，聽說您出去了，就忙不迭找您去了……」冬子支吾道。

林蘭淡淡地說：「我沒瞧見他。桂嫂，我餓了，晚飯做好了嗎？」

桂嫂一拍腦門，「哎喲……老奴光顧著惦記二少奶奶，這晚飯都忘做了！二少奶奶，您稍等片刻，老奴這就去做！」說完連忙跑去廚房。

「如意，扶我回屋，我累了。」

如意應聲上前，扶了二少奶奶往裡走，留下冬子在那撓頭，這是怎麼回事？難不成他還得去找二少爺？可二少爺也沒說上哪，讓他怎麼找？冬子愣了片刻，咬咬牙，朝二少爺離去的方向尋去。

林蘭洗了把臉，如意端來點心讓她先墊墊肚子。林蘭邊喝茶，邊吃點心，邊吩咐道：「妳去把西邊的屋子收拾一下，今晚二少爺睡那邊。」

如意愣愣的，「啊？」

「啊什麼？快去！」林蘭催促道。這一次，李明允若是不能深刻地意識到自己的錯誤，並拿出十足的誠意來道歉，她絕不原諒他。

如意遲鈍地哦了一聲，磨磨蹭蹭去收拾二少爺的東西。看來，二少奶奶這次是氣大了，二少爺，您自求多福吧！

天徹底黑了下來，李明允在桃林裡尋了個遍，喉嚨都喊破了，還是沒找到林蘭。蘭兒到底上哪去了？李明允望著黑漆漆的夜色，又是擔心又是懊悔，腦子裡全是不好的念頭，萬一蘭兒賭氣下山了，這烏漆抹黑的，要是不小心扭了腳，摔一跤，說不定這會兒她正躲在哪裡哭……李明允越想就越自責，然而卻是一籌莫展，只好寄期望於錦繡那邊有收穫。

錦繡根本沒走遠，二少奶奶都回去了，她還費什麼勁啊？她找了個地方坐下來休息，等時辰到了，才耷拉著腦袋回到路口。

等了好一會兒，李明允和她一樣垂頭喪氣地出了林子，一看只有她一人在那，李明允的臉就更臭了。錦繡心有不忍，小心翼翼地說：「二少爺，奴婢沒找著二少奶奶，說不定二少奶奶已經回去了，要不，咱們先回去瞧瞧？」

李明允又是灰心又是疲累，倚在一棵樹幹上，腦子裡一片茫然。依蘭兒說一不二的性子，她既然出來了，哪會自己回去？八成是下山去了。

李明允勉強打起精神說：「錦繡，妳先回去給冬子傳個話，讓他速速下山去找管事，讓管事帶一部分人上山找，再派人回李府瞧瞧二少奶奶是不是回府了。」

「那您呢？」錦繡問。

李明允望著山下，咬牙道：「我順著這條山路去找。」

不找回蘭兒，他也別想安生了。

錦繡急了，又不能直說二少奶奶已經回去了，這可怎麼辦才好。錦繡靈機一動，弱弱道：「可是……可是這黑燈瞎火的，奴婢都不認得回去的路了。」

李明允極度無語，此時此景，真可謂叫天天不應，叫地地不靈，他逞一時之氣，結果懲罰的卻是他自己。

「二少爺，二少爺……您在哪呢？」山道上傳來冬子的呼聲。

錦繡喜道：「冬子哥，我們在這呢！」

冬子氣喘吁吁地跑了過來，「二少爺，您叫奴才好找！」

李明允黑著臉道：「你怎麼也來了？」

怎麼來了？要是他不來，還不知二少爺要在這裡瞎折騰到什麼時候！

冬子上氣不接下氣地說：「二少爺，趕緊回吧，二少奶奶已經回別院了。」

林蘭吃過晚飯，讓如意去門口看著，若是二少爺回來了，速速來稟。

看來錦繡配合得還是相當成功的，到這會兒李明允都還沒回來，估摸著還在桃林裡瞎轉悠吧？活該累死他！痛快之餘，又不禁擔心，春暖花開時節，也正是毒蛇出沒的時候，萬一他被毒蛇咬傷了……

就在林蘭差點忍不住要出去尋人之時，外頭如意來回：「二少爺回來了。」

林蘭忙去把門上了閂，熄了燈，上床睡覺。

「蘭兒……蘭兒……」李明允很快就來敲門，林蘭蒙著頭，不理他。

李明允推了推門，發現門被閂上了，只好又敲門道：「蘭兒，開開門，讓我進去看看妳！蘭兒，妳沒事吧？蘭兒……」

如意等人同情地看著被關在門外的二少爺。

李明允本想說些好聽話哄林蘭開門，驀然想起身後還杵著幾個下人，便扭頭道：「你們都忙去吧，這裡不用伺候了。」

如意指著西廂房，弱弱地說：「二少爺，二少奶奶讓奴婢把西邊的屋子收拾好了，說您今晚就住那……」

李明允羞惱道：「誰讓妳們收拾的？二少奶奶住哪，本少爺自然住哪，都散去，都散去……」

桂嫂悄悄拉了拉如意，笑呵呵地對二少爺說：「二少爺，那您再勸勸二少奶奶，晚飯老奴給您熱著呢，待會兒讓冬子送來。」

四人趕緊退下，出了院子，卻躲在門邊偷聽。

「蘭兒，還在生我的氣啊？別生氣了，今兒個的事，是我不對，我給妳賠禮道歉，我保證以後再不惹妳生氣，成不？快把門開開，下人們都瞧著呢，多尷尬啊……」李明允好言相求。

林蘭翻了個身，把自己蒙得更緊了。別以為他說幾句好話就能了事，他有脾氣，她的脾氣也不小，她自問沒有一點對不起他的地方，這樣全心全意待他，為了他，跟老巫婆鬥，跟渣爹鬥，跟太后鬥，跟秦家鬥，為了他，風裡雨裡，她從未有過半句怨言，因為她愛他，因為她以為他對她也是一樣的心意，如今，卻為了一個完全不是她的錯的事，為了一句氣話，就丟下她，讓她一個人傷心哭泣，這種男人，不教訓成嗎？

「蘭兒，快開開門吧！我現在是又冷又餓又累，我已經知錯了，妳就給我一次改過的機會好不好？總不能因為我錯一次，妳就判我死刑是不是？再說了，夫妻哪有隔夜仇啊！蘭兒，開門吧！」李明允低聲下氣地央求著。

門外，偷聽的冬子感嘆道：「二少爺這回是真慘了！」
「可不是？我還沒見過二少奶奶生這麼大的氣。」如意附和著說。
「我看二少爺再說好話也是白搭，二少奶奶不會這麼輕易原諒二少爺的。」錦繡篤定地說。
桂嫂嘆氣，「也不知二少爺是怎麼得罪二少奶奶了，哎，來的時候大家多高興，這事弄得……好了，你們也別在這瞧熱鬧了，冬子、錦繡，你們倆趕緊去備水，看二少爺這一身泥巴……」
冬子還趴在那看，桂嫂去扯他耳朵，「快點幹活去！」
冬子痛得倒抽一口冷氣，「鬆手鬆手，疼……」
桂嫂鬆了手，瞪了他一眼。
冬子捂著耳朵狡辯道：「我這是關心二少爺，二少爺多可憐……」
李明允好話說盡，口乾舌燥，裡面還是一點動靜也沒有，不由得洩氣，怏怏道：「蘭兒，妳真打算不理我了嗎？」
還是沒動靜，李明允只好自己給自己找臺階下，「那妳先歇會兒，我去吃點東西，待會兒再過來看妳。」
終於耳根清靜了！林蘭掀開被子，長長吐了口氣，糾結著，待會兒他若再來敲門，這門開是不開？開了，豈不是太便宜他？不，不能心軟，要不然他就不長記性！
拿定了主意，林蘭鬆開眉頭，安安心心地睡覺。
李明允用過晚飯，洗過澡，把如意叫來問話。
「如意，二少奶奶回來時心情如何？」
如意想了想，回道：「二少奶奶回來的時候精神還不錯，晚飯還吃了一碗竹筍雞絲麵。」
精神不錯，能吃……李明允分析著，卻是越發頭痛，蘭兒表現得越不在乎，就說明她越生氣，糟糕，看來蘭兒是打定主意不理他了！

「二少爺，您和二少奶奶到底怎麼了？奴婢們想勸，又不知道二少奶奶為何生氣，也無從勸說。」如意斗膽問道。

李明允鬱鬱地嘆氣，擺了擺手，「這事一時半會兒也說不清楚，總之是我不好，罷了，妳先下去吧！」

如意走了兩步又折回來，遲疑著問：「二少爺，您待會兒還要去找二少奶奶嗎？」

李明允勉強一笑，不置可否的神情。

如意默了默說：「二少爺，二少奶奶在氣頭上，肯定不會見您的，您得想想別的法子。」別的法子？什麼法子？他好話都說了幾大車了，蘭兒都置若罔聞。

「二少爺，您這麼聰明，還能想不出法子嗎？奴婢覺得，二少奶奶心裡最在乎二少爺了。」如意說道。

李明允蹙眉想了想，驀然有了主意，笑咪咪地打量著如意。

如意被二少爺看得心裡發毛，「二少爺……」

李明允笑道：「如意，要是二少奶奶不生氣了，本少爺一定重重獎賞妳。」

「啊？」如意只覺得莫名其妙，「可是奴婢沒有辦法讓二少奶奶不生氣啊？」

李明允笑道：「妳已經給本少爺出了主意。」

李明允對如意招招手，示意她附耳過來，在她耳邊小聲嘀咕了一陣，如意連連點頭，笑道：「奴婢曉得了。」

林蘭說是睡了，卻是翻來覆去睡不著，她一再告訴自己不要在意那個傢伙，可就是管不住自己的心，這傢伙怎麼吃個飯要這麼久？

咚咚咚，有人敲門。

林蘭不禁抿嘴偷笑。

「二少奶奶，二少奶奶……」是如意的聲音，好像挺著急的。

林蘭心想，莫不是他讓如意來叫門的吧？便裝死不答話。

「二少奶奶，不好了，剛才二少爺暈倒了！」如意急道：「奴婢們都嚇壞了！」

林蘭忽地坐了起來，暈倒？騙人吧？他壯得跟牛似的，會說暈就暈？大男人還裝林黛玉？

如意哭著道：「二少奶奶，您快去瞧瞧吧！二少爺回來的時候就滿頭是血，錦繡說二少爺是著急找二少奶奶，沒留神腳底下，就從山坡上滾下去，摔破了腦袋！奴婢已經幫二少爺包紮過了，可是剛才二少爺突然就暈了過去，二少奶奶，您快去看看吧，二少爺怕是摔壞了腦子了……」

這番話說得真切，加上如意急得哽咽的聲音，由不得林蘭不信。黑漆漆的走山路，本來就不安全，加上他心裡著急，不摔跤才怪呢！從山坡上滾下去，可別腦震盪了。

林蘭連忙下床要去開門，屋子裡黑漆漆的，她不慎撞了桌子又絆了椅子，也顧不得疼，衝到門前，拔了門閂，打開門，急問道：「二少爺在哪？」

可是，門外站著的分明是李明允，也不是如意說的那樣頭破血流的淒慘摸樣，而是一派神清氣爽，正笑吟吟地看著她。

林蘭頓時反應過來，她上當了。該死的如意，竟然騙她。林蘭想要把門關上，李明允快她一步，一隻腳已經踏了進來。

「你出去，這裡不是你待的地方，回你自己的房間去！」林蘭氣道。就說不該這麼心軟，這下好了，她為他擔心，為他著急，他該得意了吧？

李明允腆著臉笑說：「這就是我的房間，我回我自己的房間。」說著，兩隻腳都踏了進來。

林蘭想關門關不上，想趕人趕不走，索性把門一摔，說：「你不走，我走！」

下一刻，卻被人緊緊抱住，「蘭兒，別生氣了，都是我不好，我給妳賠罪了。」

李明允抱著她往裡面去，腳一撥，把門關上，夫妻倆關起門來什麼都好說。

林蘭奮力掙扎，「你走遠點，我再也不想看到你！」

「蘭兒，別這樣，我錯了，我改還不成嗎？以後妳說什麼就是什麼，我都依著妳，再不惹妳生氣。這世上最關心我，對我最好的，除了我娘，就是妳了。我千不該萬不該，不該胡言亂語，是我渾，我不該跟妳置氣。其實我一出門就後悔了，真的，後悔得不行，知道妳不見了，我都嚇得魂飛魄散了。我在桃林尋了個遍，要不是冬子來報信，我都準備下山去找妳了，要是不能把妳找回來，我這輩子都不會原諒我自己。如意也沒有騙你，我是真的摔了一跤，翻了十幾個跟斗，幸好被一棵樹擋住，要不然就掉懸崖下面去了，妳看這裡，還有這裡……」李明允拉起袖子給她看上面的血痕瘀青。

「蘭兒，我是真的怕失去妳，大嫂難產，我嚇壞了，我就想，要是妳生產也遇到這樣的情況，我不知道我能不能承受得住！蘭兒，怪只怪我太在乎妳，我只想跟妳天長地久……」

林蘭看著他手臂上的傷痕，想像著當時的驚險，一陣陣的害怕，如果李明允真有什麼不測，那她永遠也不會原諒自己。都是她不好，只管自己的心情，沒想過他摸黑漫山遍野尋她有多危險。林蘭自責不已，不禁落淚。

「蘭兒，別哭，妳一哭，我又不知該如何是好了。」李明允疼惜地去擦她不斷滾落的淚珠，慌得六神無主。

林蘭輕輕推開他，低聲說：「我去取藥箱，我記得我帶了藥箱的。」

取來藥箱，林蘭仔細為李明允上藥，好在都是些皮外傷，過些日子就好了。

「以後小心點，不管什麼情況，都得把自己的安危放在第一位，就算是為了那些關心你的人，你也該好好保重自己。」林蘭低頭說道。

李明允笑道：「知道了，我這不是心裡著急嗎？」

「再著急也不能不顧自個兒。」林蘭抬眼，嚴肅地說。

「是是，下次一定注意。」李明允連忙保證，蘭兒不生氣了，他再摔幾個跟斗也是值得。

「今晚你還是去西廂睡吧！」林蘭收拾著藥箱，淡淡地說。

「為什麼啊？蘭兒，妳還不原諒我嗎？我那麼說真不是有心的……」李明允急道。

林蘭默了默，說：「你還嫌我說得不好，也不想想你自己的話有多傷人，什麼叫錯付了？說這種話簡直就是沒心沒肺。我知道你不是有心的，要不然，這會兒你能坐在這裡？不過就算你是無心的，再有下回，我定不饒你。」

李明允忙不迭打哈哈：「是是，是我不對！」

「至於你的擔心，我再次告訴你，那完全沒有必要。你實話告訴我，你除了這個理由，還有別的理由嗎？」林蘭用審視的目光盯著他。

李明允一本正經地搖頭，「我發誓，絕對沒有別的想法，真的。」

林蘭深深吸氣，「那好，你去睡吧，我也乏了。」

李明允苦著臉道：「當真要趕我走嗎？」

林蘭瞪他，「你看你塗了一身藥，不得熏死我？」

李明允抬起胳膊聞了聞，是一股子難聞的藥味。

他的目光轉了轉，指著臨窗的三圍屏風羅漢榻道：「那我今晚睡榻好了。」

林蘭只好由著他去。

看二少爺在裡頭歇下了，桂嫂等人終於鬆了口氣，世上沒有哪對夫妻不吵架的，小吵怡情，可鬧大了就不好了。

李明允的確是累了，躺下不一會兒就睡著了。林蘭也很疲倦，卻怎麼也睡不著，倒不是心裡還有氣，也說不上為什麼，腦子裡控制不住地胡思亂想。今天鬧了這麼一場，真是難過死了，可夫妻倆生活在一起，抬頭不見低頭見，免不了磕磕絆絆，牙齒還有咬著舌頭的時候呢！她和李明允會不會也如其他夫妻一樣，淪落到相看相厭的地步呢？

忽然聽得外頭有窸窣聲，林蘭還以為是如意起夜又或者是風吹海棠的聲音，可是聽著又不像，便豎起了耳朵，應該不會是什麼野獸闖進來了吧？山裡有野貓的。

這樣提著心聽了一會兒，突然聞到一股奇異的香味，林蘭心中警鈴大作，忙拿了帕子捂住口鼻，輕手輕腳下床去搖醒李明允，壓低了嗓音：「明允，快醒醒，好像有情況！」

李明允睡得迷迷糊糊，半眯了眼，正要開口詢問，林蘭卻伸手捂住了他的嘴，極小聲道：「有人往咱屋裡灌迷香。」

李明允一驚，頓時睡意全無，睜大著眼看著林蘭，也豎著耳朵聽動靜。不一會兒，只見外頭竄起一道紅光，緊接著有濃煙漫了進來。

兩人眼中皆是駭然之色，這是有人故意縱火。

「快起來！」林蘭扔了衣裳給他，邊觀察火勢。門口、窗外皆是火光，這些人分明是要置他們於死地。

李明允胡亂穿上衣服，四下裡察看該從哪兒逃生好。林蘭已經從床上抱了棉被攤在地上，到淨房去提了一通水出來，全部倒在棉被上，又遞給李明允一塊浸濕了的棉帕，讓他捂著口鼻，示意他披上濕棉被，去開房門。

房門卻是被人從外面上了鎖，李明允飛起一腳，砰的把門踹開，又把林蘭裹被棉被裡，兩人衝過火牆，跑到了院子裡。

院子裡已沒了人影，看來放火的人已經跑掉了。

「快，去找如意她們！」林蘭一脫險就想到如意幾人，因著今晚有風，房子又都是木結構的，火舌一下就席捲了整個正廂房，燒得劈啪作響。這樣大的火勢，這樣大的動靜，桂嫂等人不可能一點反應也沒有，唯一的可能就是，他們也都被迷香迷暈了。

「我去叫冬子，妳去找如意她們。」李明允和林蘭分頭行事。

這會兒，兩人都不敢大聲呼喊，萬一那些歹人還在外頭，見大火燒不死他們，衝進來殺人怎麼辦？他們身邊又沒個會武功的高手。

不一會兒，李明允把冬子背了出來，他從院子裡那口大水缸裡舀了一瓢冷水，朝冬子頭上臉上潑了過去。

冬子打了個激靈，清醒過來，見自己不在床上而是在院子裡，再看眼前猛烈的火光，嚇得忙爬了起來，「二少爺，這……這是怎麼回事？」

李明允冷聲道：「回頭再說，趕緊去把如意她們背出來。」

林蘭已經把如意扶了出來，「明允，你們快點，錦繡和桂嫂還在裡面！」

看這火勢，過不了多久，整個院子都會燒起來。

晨曦初透時分，林蘭等人站在別院前的空地上，看著已經被燒為灰燼的院子，心情無比沉重。到底是什麼人要置他們於死地？

此間的管事半夜裡得了信，帶了人匆匆趕來，見此情景也是大驚失色。是誰這麼大膽，居然放火燒了侯爺的別院，幸虧李大人夫婦沒事，要不然，他沒法跟侯爺交差啊！

「李大人，小的已經派人去通知侯爺，先安排人護送大人和夫人下山。」管事作揖道。

李明允面沉如水，一雙星目更是如凝寒冰。若非蘭兒警醒，這會兒大家都已葬身火海，燒為灰燼。要害他之人，手段如此狠毒，若不能把此人揪出來，他寢食難安。

「明允，咱們還是先下山吧，這裡就交給管事來處理。」林蘭扯了扯李明允的袖子，這裡太不安全了，還是先離開這個是非之地再做計較。

因為是半夜逃生，大家身上都只穿了中衣，又是水，又是煙灰的，狼狽不堪。李明允點點頭，眾人的安全要緊。

一行人下了山，在山下的莊子裡換了身乾淨的衣裳，管事派了馬車，將他們送回李府。

到了李府門口，李明允扶林蘭下車，說：「妳先回去歇息，我去趟侯府。」

林蘭點點頭，「那你自己小心點，有了消息便來告訴我一聲。」

李明允扶著她的肩膀，「放心吧，那些宵小之徒也只敢趁咱們落單的時候下手，在城裡，他們還沒這個膽子，我會盡快回來。」

丁若妍聞訊趕來，詫異道：「你們不是要去山上住幾天嗎？怎麼今兒個就回來了？」

錦繡道：「大少奶奶，昨兒個夜裡有人放火燒了別院，我們差點就被燒死了。」

丁若妍驚得花容失色，忙拉了林蘭上下察看，「怎麼會發生這麼可怕的事情？弟妹，妳和二弟沒傷著吧？」

林蘭給了她一個安心的微笑，「大嫂，我們沒事，只是可惜了侯爺的別院，多雅致的一個去處，就這樣給毀了。」

丁若妍拍拍胸口，鬆了口氣，「人沒事就好，光聽著都腿軟了，對了，怎說是有人放火？賊人抓到了嗎？」

林蘭搖頭，「人還沒抓到，明允現在去查了。」

丁若妍又緊張起來，「這也太可怕了，是誰跟你們有這種深仇大恨，非得置人於死地不可？這人要是不抓住，這……這還能安生嗎？」

是啊，誰跟她或是明允有這種深仇大恨呢？先是灌迷香，然後縱火，這次能逃過一劫，真是老天保佑。

李明允一直到天黑才回來，說人抓住了，共兩人，是秦家餘孽，早在他們出城時就盯上了。他們一直在山上等到入夜了才動手。多虧管事機靈，山上一起火，他就派人盯著下山的各條道，把人逮了個正著。

林蘭憂心忡忡地問：「這次是把人逮著了，但萬一還有秦家的餘孽呢？」

李明允安撫道：「據這兩人交代，他們一共還有十三個弟兄潛伏在京中，準備刺殺幾名朝中大員，這件事京都府尹已經上報朝廷了，朝廷一定會大力搜捕。在餘眾未落網之前，咱們自己小心點就好，他們還不敢這樣明目張膽。」

「我在這家中倒是不怕，倒是你，出門最好多帶些人手，那些可都是亡命之徒。」林蘭擔心道：「要不，跟寧興說一聲，讓他把趙卓義調過來護衛你一陣子？」

李明允想了想，若不依著林蘭，只怕她會整日提心吊膽，便說：「我這就讓冬子去找寧興。」

好好的一個休假，被一場大火攪黃了，林蘭也顧不上鬱悶，只求這些賊人早些被捉住。

皇上對此事十分重視，京都府衙和巡城司全體出動，大肆搜捕亂黨餘孽，一時間似乎又回到了年前那段令人惶恐不安的日子。好在沒過多久，十三名亂黨一一落網，此事總算告一段落。

時間過得飛快，一晃眼，端午節快到了，離京一年多的文山也回來了。

「文山，這趟你辛苦了。」林蘭笑咪咪地打量著文山，人瘦了些，精神頭卻是很好，依然是恭順謙和的態度，但是怎麼看就覺得跟以前不一樣了。對，就是氣度，小跟班文山，經過一年多的歷練，目光沉靜了，舉止從容了，儼然有了主事者的風範，林蘭甚感欣慰。

文山憨笑道：「二少奶奶交代的事，小的不敢不盡心辦好，不然也沒臉回來見二少奶奶。」

「你做得很好，好得出乎我的意料。」林蘭由衷地稱讚。

「小的哪裡懂什麼生意，都是吳掌櫃提點的，小的就跑跑腿、打打雜。」文山謙虛地說。

「你就別謙虛了，便是我自己去，也不一定能把東阿的生意做得那麼成功。文山，看來，你的確是塊做生意的料子，以後，你就是文掌櫃了。」林蘭笑道。這也是真心話，再好的生意也要靠人做，老吳那點本事她是知道的，謹守本分絕對沒問題，但開作坊、收購驢皮、聯絡地方、開拓銷路絕非易事，這些大多是文山的功勞。

「啊？」文山愣愣地反應著。

林蘭笑道：「李家這麼多生意，正缺人手，我身邊能幹的又信得過的也就只有這麼幾個，回春堂我已經交給我五師兄去打理，本來，我是想把山東那邊的生意交給你，可你爹年事已高，身體也不是很好，所以，城郊的兩座莊子，你先接手管起來吧！」

文山一聽不用去山東，暗暗鬆了口氣，作揖道：「多謝二少奶奶體恤，小的一定不辜負二少奶奶的期望。」

「好了，你爹一直盼著你回來呢，待會兒你去回春堂拿些上好的老山參去看看你爹吧，我已經跟銀柳打過招呼了。」林蘭笑著說。

文山再次作揖道謝，退了下去。

林蘭若有所思地看著在一旁伺候的如意，抿了口茶，漫不經心地問：「如意，妳覺得文山這人如何？」

如意沒往別處想，說：「文山哥？他很好啊，能幹又忠心。」

「還有呢？」林蘭追問。

「還有……孝順，人又和氣，奴婢也說不上來了。」如意訕訕道。

林蘭笑看著她，「那妳覺得這樣的男人可靠嗎？我是指，做夫君的話。」

如意有些明白二少奶奶的意思了，不由得漲紅了臉，羞澀地嘟噥著：「這奴婢如何曉得……」

林蘭會心地笑了笑，「文山年紀也不小了，為著山東那邊的生意，已經耽誤了他，他爹娘都著急了，我得好好幫他尋一門親事才好。」

如意不作聲了，許是自己會錯了意，二少奶奶根本沒那意思。其實以前她從沒有過這個念頭，剛才二少奶奶那樣問，這個念頭突然就閃了出來，一旦動了心思，就有些患得患失起來。如今，文山哥都已經是管事了，二少爺和二少奶奶又器重他，應該會幫他找一個配得上他的人吧？她又算得了什麼呢？

雲英來報，說明珠小姐送了幾個香囊過來。

「拿進來吧！」林蘭說，李明珠送東西給她，這可還是頭一遭。

雲英端了個紅漆雕蓮葉的托盤進來，上面放著兩個香囊，一個是藕荷色的，繡了花開並蒂的圖樣，一個是青色的，繡了喜鵲登枝。繡工精細，可見是費了一番功夫的。

「她怎麼想起送香囊給我了？」林蘭取了藕荷色的香囊嗅了嗅，有淡淡的艾草香味。

「聽明珠小姐身邊的小荷說，明珠小姐給家中每個人都做了一個香囊，裡頭裝了艾草，掛在身上可以驅蚊辟邪。」雲英笑道。

林蘭點點頭，「她倒是有心了。」說著又聞了聞香囊，突然覺得胃裡一陣翻滾，忍不住作嘔。

一旁的如意忙替她揉背順氣，關切道：「二少奶奶，您哪裡不舒服？」

林蘭乾嘔了一陣，只吐出幾口清水，可心口越發悶了起來，好像胃裡面有什麼東西頂著，一直頂到嗓子眼，卡在那兒，難受得緊。

雲英道：「莫不是吃壞了東西？」

「怎麼可能？二少奶奶早上就吃了一碗薏米粥。」如意道。

林蘭喘了口氣，心口還是堵得難受，無力地擺擺手，「沒事，可能是聞不慣這艾葉的氣味。」

如意道：「雲英，還不快把香囊拿下去。」

雲英忙收了香囊端走。

如意去倒來一杯溫水，「二少奶奶，喝口水吧，會舒服些。是不是這幾日累了？要不要請個大夫來瞧瞧？」前些天，承宣小少爺生病發燒，二少奶奶陪著大少奶奶兩天沒合眼。

林蘭喝了口水，稍微舒服一點，笑道：「看什麼大夫，我自個兒不就是大夫嗎？沒事，我歇歇就好了。」

林蘭午飯也沒吃，一點胃口都沒有，神情懨懨地躺了一日，直到李明允下衙。

聽說林蘭不舒服，李明允官服都來不及換就先來看她。

摸摸她的額頭，沒發燒，心裡稍安，他只擔心林蘭被小侄子承宣的風寒傳染了。

「蘭兒，妳覺得怎樣？還難受嗎？」李明允柔聲問道。

「沒事，就是覺得有點累，躺了一日已好多了。」林蘭坐起來，李明允忙拿軟枕給她墊上。

「可是我聽雲英說妳吐了。」李明允還是不放心。

「哦，那是聞了明珠送來的香囊，不知怎的，就覺得噁心。」林蘭懶懶地說。

李明允皺了皺眉頭，小心翼翼地詢問：「蘭兒，妳是不是有了？」

林蘭怔了一下，仔細回想，似乎從別院回來後，她的月信就沒來過，算起來，都過了十多天了。有這可能嗎？那之後，她和明允好像都沒怎麼在一起。

林蘭連忙給自己搭脈，李明允緊張地看著她，「怎樣？」

過了好一會兒，林蘭有些茫然地看著李明允，「我可能真的有了。」

這下輪到李明允愣住，半晌他霍然起身，神色慌張，「我去請子遊來替妳瞧瞧。」一想，莫子遊的醫術還不如蘭兒呢，又說：「我還是去請華大夫，他的醫術比較可靠。」

說著，李明允拔腿就往外走，林蘭急著喚他：「明允，你還穿著官服呢！」

李明允卻是走遠了。

林蘭莫名的心緒不寧，她敢斷定自己是真的有了，居然這麼快，應該就是山上那一次懷上的。可是，他這種反應，到底是喜歡，還是不喜歡呀？

華文柏還在太醫院忙著，聽說李明允找他，把手頭的活交給徒弟便出來相見。

李明允正翹首以待，見華文柏出來，上前拉了人就走，「文柏兄，你趕緊跟我去一趟。」

看他心急，華文柏也緊張起來，「出了什麼事？誰、誰病了？不是有二少奶奶嗎？」

「哎呀，你去就知道了。」李明允只顧拉著他走。

「不會是二少奶奶病了吧？」華文柏這樣猜測著，當真急了起來。

李明允閃爍其詞：「差、差不多吧！」

華文柏忙道：「你稍等一會兒，我去交代些事情，馬上跟你走。」

一路上，華文柏追問林蘭的病症：「二少奶奶哪裡不舒服？有什麼症狀？什麼時候開始的？」

連林蘭自己都束手無策了，這病肯定不輕。

李明允支吾著：「是……是今天的事，蘭兒她……」李明允猶豫了半晌，才說：「她吐了。」

呃？華文柏怔怔地瞅著李明允。李明允神色慌張，很心虛的樣子。華文柏吐了口氣，悶聲笑了起來。

「你笑什麼？蘭兒她……她臉色很差，而且還吐了。」李明允很嚴肅地說。

華文柏的肩膀抖得更厲害了，好一會兒才忍住笑意，「行，我去看看，保證你的蘭兒沒事。」

「你能保證？你能確定她會沒事？那十個月以後呢？你也能保證她順利生產嗎？」李明允忐忑地問，隨即又道：「我也不能確定這是不是真的，所以請你去瞧瞧。」

華文柏拍拍他的肩膀，笑道：「李大人，這是好事，你真的不用這般緊張。」

李明允默然：好事是好事，可這才剛懷上，蘭兒就難受成那樣，還得難受十個月，還得過生產那道坎，他能不擔心緊張嗎？

林蘭見過丁若妍孕吐，看人家連黃膽汁都吐出來了，她還很理性地勸人家，就算再不想吃也得吃一點，要不然，肚子裡的孩子沒營養。現在她才知道自己是站著說話不腰疼，別說吃了，她現在連聽到說「吃」這個字都噁心。周嬤嬤端來魚湯，還沒進門，她就已經聞到味，開始作嘔，堅決不讓周嬤嬤把魚湯端進來。周嬤嬤只好又去弄了清淡的米粥，她勉強吃了一口，又開始吐。

林蘭叫苦連天，早上剛有反應，就反應得這般強烈，這九個月該怎麼熬啊……

「二少奶奶，您這樣可不行，總得吃點什麼？要不，您想想，想吃什麼，老奴叫桂嫂去做。」周嬤嬤一邊幫她揉背順氣，一邊關切道。

林蘭吐得渾身乏力，兩眼發花，無力地擺擺手，虛弱地說：「周嬤嬤，我求求妳了，千萬別提吃食，不然我又要吐了。」說著又趴在痰盂上吐得昏天暗地。

周嬤嬤心焦啊！二少奶奶有了身孕是天大的喜事，可是反應這樣大，什麼都吃不下，身體如何吃得消？哎……都還沒來得及高興就愁上了，本想再勸幾句，見二少奶奶吐得實在可憐，只好忍了，還是等二少爺回來，讓二少爺來勸勸。

「二少奶奶，大少奶奶有孕的時候，您不是給大少奶奶開了止吐的藥嗎？大少奶奶吃藥就好多了，您也趕緊給自個兒開一副，奴婢這就去抓藥熬了。」如意心疼地說。

「對對，咱也吃上一劑，說不定就好了。」周嬤嬤附和著，自己怎麼就沒想到呢？還是如意這丫頭機靈。

想到那難聞的藥味，林蘭又開始作嘔，天哪，懷孕怎麼這麼辛苦啊？難怪丁若妍說羨慕芷箐能吃能睡，現在想想，那當真是天大的福氣。

「二少爺回來了……」新來的丫頭杜鵑在外頭傳報。

林蘭揮揮手，示意如意把痰盂拿走，明允肯定是請了大夫來，不是莫子遊就是華文柏，她可不想讓他們看到她捧著痰盂大吐的糗樣。

「文柏兄請稍等。」李明允對華文柏拱了拱手。

華文柏會意，點點頭。

李明允進門來，見林蘭已經起來了，歪在東邊的炕頭上，眼睛通紅，臉色卻是慘白，心狠狠地揪了起來。他疾步上前，坐在林蘭的旁邊，關切道：「這是怎麼了？臉色越發難看了。」

周嬤嬤快快地說：「二少奶奶吃什麼吐什麼，臉色能不差嗎？」

林蘭緩了口氣說：「你別聽周嬤嬤的，這是正常反應，過幾天就好了。你去了這大半個時辰，把誰請來了？」

「哦，文柏兄就在門外，讓他給妳瞧瞧。」李明允抬手，幫她把凌亂的髮絲捋到耳後，「我這就叫他進來。」

林蘭無奈地笑了笑，「讓他進來吧，不讓他確診，你就不安心。」

李明允卻是笑不出來，去請了華文柏進來。

華文柏給林蘭搭脈，瞇著眼半晌不語，李明允瞧著就心急。

「文柏兄，怎麼樣？」

華文柏這才抽手，起身對李明允和林蘭拱手，笑呵呵地說：「在下向兩位道喜了。」

「這麼說，真的有了？」李明允恍如夢中人一般囈語著。

華文柏看了林蘭一眼，笑道：「從脈象上看，二少奶奶應該有一個多月的身孕了。」

林蘭不好意思道：「他就是信不過我的醫術，非得請你來把把關。」又對李明允說：「這下，你該信了吧？」

李明允要笑不笑的，神情甚是古怪，「是是，我不是不信，就是多個人瞧瞧，心裡踏實。」

周嬤嬤插了句：「華太醫，我家少奶奶反應厲害，您看您是不是開個方子，緩解一下？」

華文柏點頭道：「懷孕初期有反應是正常，我先給妳開一劑緩解的方子，若是反應實在厲害，再吃藥。」

「是是，文柏兄這邊請。」李明允陪著華文柏去書房，一路問道：「文柏兄，你看蘭兒她……真的不要緊嗎？這藥管用嗎？有孕的人要注意什麼？我又該怎麼配合……」

周嬤嬤看二少爺緊張的模樣，不由笑道：「二少爺真是關心少奶奶，終於要當爹了，老奴看他高興得都不知該怎辦才好了。」

林蘭微微一笑，她可沒看出李明允有高興的樣子，也不知他到底是怎麼想的。

「周嬤嬤，扶我去床上躺著，心口堵得慌。」

兩人在書房裡嘀咕了好一陣，李明允才送華文柏出去。回來的時候，如意說：「奴婢伺候二少爺更衣吧。錦繡已經把飯擺到西廂房去了，二少爺換了衣裳就去用飯。」

「為什麼不在這裡？」李明允訝異道。

如意說：「二少奶奶聞不得吃食的味道，一聞就吐，所以，二少爺只好將就些了。」

李明允又是一陣心疼，把藥方交給如意，「讓冬子趕緊去回春堂把藥抓回來，今晚就煎了給二少奶奶服下。」

如意正要走，李明允又叫住她：「二少奶奶有孕的事，明兒個再告訴大少奶奶吧！」

李明允換了身便衣，先去看過林蘭，見她無精打采地躺著，疼惜道：「很難受嗎？我已經讓冬子去抓藥了，文柏兄說吃了藥會好過些，文柏兄還說，他會定期過來替妳診脈。」

林蘭靜靜地望著他，輕聲道：「明允，我有了孩子，你不開心嗎？」

李明允笑道：「怎麼會呢？我自然是開心的。」

「可你的樣子一點也不開心！」林蘭嘟了嘴道。

「哪有啊？我是心裡開心。看妳這樣難過，我還樂得合不攏嘴，那我也太不會體貼人了，不是嗎？」李明允溫言道。

林蘭默然，她倒寧可看到他樂不可支的傻樣。

「妳別胡思亂想，我只是擔心妳，怕妳遭罪。」李明允溫柔地摸了摸她的臉頰。

「好了，你快去吃飯吧，都這個點了，該餓壞了。」林蘭推著他催促道。

林蘭很懷疑所謂的可以緩解孕吐的藥是不是人的心理作用，為什麼對她一點都沒效？她還是老樣子，吃什麼吐什麼，一連好幾日，都是吐的比吃的多，她不由得擔心，這樣下去，肚子裡的孩子都要被她餓死了。吃不下還是其一，懷孕後鼻子變得比狗還靈，誰吃過什麼，只要一近她的身，都能聞出來，害得大家進她的屋子前都得先漱漱口，一點香味都聞不得。端午時節，家家戶戶都插了艾草，就她屋子裡沒插，香囊什麼的更是全部清了出去，連李明允浴過後身上那股子淡淡的皂角香味也聞不了。

吃不下東西，人就沒精神，整日懨懨昏睡，到了夜裡又清醒得很，肚子餓得慌，覺得能吃下一頭牛，可當真勞師動眾弄了吃食來，聞著看著就飽了。如此這般，她自己折騰得夠嗆，連帶李明允也沒睡上一個飽覺，眼圈都黑了。林蘭摸著肚子又擔心，這孩子這麼會折騰人，生出來會不會是個調皮鬼。

林蘭勸他乾脆睡到西廂去，免得被她打擾。她是白天可以睡，他還得一早起來上早朝，戶部又有那麼多事，精神不濟可不行。可李明允不答應，說什麼孩子是兩個人的，不能讓她一個人受苦。這話說得林蘭心裡暖暖的，既然說不動他，林蘭只好自己調節身體，白天儘量不睡，做些事情分散注意力。

自打林蘭有孕後，丁若妍每日都過來看她，有時候李明珠也來。李明珠已經跟大嫂要了承宣的小衣做樣，說要給孩子做衣裳。

看李明珠這樣熱情，林蘭不禁心酸。李明珠知道自己已經沒有了做母親的資格，對孩子喜歡得不行，不管是山兒、憨兒還是宣兒，她都心疼得緊。

這日，丁若妍一人來了，林蘭正吐過，歪在床上休息。

「我說咱們妯娌怎麼就這麼像，我看妳比我那時反應還厲害。」丁若妍坐在圓凳上感慨。

「是啊，也不知道這日子什麼時候是個頭。」林蘭愁苦著，這還不到兩個月，她都已經瘦了好幾斤了，瘦得她都不敢照鏡子了。

「我是過了四個月才好些，這女人懷孕就是遭罪。」丁若妍嘆道。

林蘭笑道：「也不盡然，妳看芷箐，她就好好的，珠圓玉潤，紅光滿面。」

「這種福氣當真羨慕不來，要是每次懷孕都這樣，我可是不敢再生了，想想都怕。」丁若妍也笑道。

能生的人才會把這事當玩笑說，那些想生卻不能生的聽了，不知會難過成什麼樣，林蘭不禁又想到李明珠。

「大嫂，明珠的事，有著落了嗎？算算日子，公爹就快回來了。」林蘭問道。

丁若妍笑道：「我今兒個來就是找妳商量這事的。」

林蘭打起精神來，「快說說。」

「那日妳一說，我便託了媒婆留意著，倒是有那麼幾個人選，可是妳大哥聽了都不滿意，不是嫌男方年紀大了，就是嫌人家有妾室，昨兒個我回了趟娘家，閒談間說起我遠房一個表親，在江西做個小小縣令，今年二十七，原配五年前病逝，膝下只一個兒子。家人幫他說了好幾家女子，他都不中意，就怕繼室苛待了孩子，這不，因著連續三年評了優績，他家人託到我這，希望妳大哥給他安排一個好去處。這人我兒時見過，雖稱不上玉樹臨風、俊逸瀟灑，卻是個眉清目秀的，我想著，他多半是怕繼室有了自己的孩子才苛待了原配留下的孩子。明珠不會生育，又這般喜歡孩子，他定會滿意的，最要緊的是，他原配去了後，他都不曾納妾，連通房丫頭都沒有，應該是個潔身自好的男子，弟妹，妳覺得如何？」丁若妍問道。

林蘭尋思著說：「若真如妳所言，那他對他原配感情非一般深厚。」

「再深厚又如何？日子總是要過的，從來只聽說女人守寡，何時聽說過男人為妻子守節？明珠嫁過去，兩人相處著，日子久了，對原配的感情慢慢的也就淡了。」丁若妍道。

不得不承認丁若妍說的有道理，這世上有幾個癡情男人，再深的感情也敵不過時間的消磨。

「嗯，這人的品行應該錯不了，跟妳娘家又是親戚，更何況，如今是他求著咱們李家，明珠有兩位哥哥罩著，他也不敢苛待了明珠。那妳先問問那邊的意思，若是那邊有意，倒是可以考慮考慮。」林蘭道。

「我正是這個意思，我娘說，他也是這兩年才鬆口要續弦，咱就說，明珠嫁過去就不生育了，他一定動心。」丁若妍篤定地說。

「對了，俞姨娘的事……」林蘭又想起自己曾經給俞蓮的承諾。當時應得爽快，可這事真要辦起來卻不容易，主要是俞蓮的身分，前戶部大人的妾室，這對象不好找啊！太差的她也不好意思，好的又看不上俞蓮，就一直拖到了現在。雖說當初是讓大伯父和三叔父做主給了俞蓮休書，當時誰也沒想到渣爹還能回來，等渣爹回來，他要是認為這事做不得數，那俞蓮就慘了，一輩子陪著個太監？那不等於守活寡嗎？這事也得趕緊辦了才好。

丁若妍道：「俞姨娘的事，若不是妳挑剔，早就辦妥了。我私底下也探過她的意思，她知道自己的身分，不會挑三揀四，能尋個老實可靠的過日子就好了。說句大逆不道的話，再怎麼樣，也總比跟著……跟著咱公爹強不是？」

林蘭苦笑道：「我總覺得她可憐，一心想給她找個好的，看來這事是不能拖了。妳也幫忙留意一下，盡快把這事了了，我估摸著再有兩月公爹就該回來了。」

晚上，林蘭跟李明允說起這兩件事，李明允倒是看重丁家那位親戚的品行。雖說人家對原配還有感情，這正說明此人專情，專情的男子就算不能全心關愛明珠，也必不會委屈了明珠。就明珠如今的情形，這倒不失為一樁好姻緣了。至於俞蓮的事比較難辦些，想在京城裡找不太可能，誰敢娶前戶部尚書的妾室啊？

「或者我讓我大舅爺留意留意，大舅爺生意做得大，認識的人多。」李明允喝著白開水說道。自從林蘭懷孕，他連最愛的碧螺春都不喝了，就怕茶葉的氣味也熏著了她，只要進了這屋，一律喝白開水。

「也只能這樣了，但是這事得趕緊辦，不然就來不及了，那我可就失信於人了。」林蘭道。

李明允笑道：「遵命，我會盡快處理此事。對了，有樣東西妳看一下。」李明允起身去書房取來一份文書。

「這是什麼？」林蘭打開來看，見是一份房契，地段就在荷花里，靖伯侯府附近。

「這是……」

「這事本來早該與妳商量，可是妳這陣子不舒服，我就做主給辦了。這宅子還是侯爺介紹的，原是楊閣老的宅邸，太子一案，他受牽連，皇上念他年事已高就沒有深究，命他告老還鄉，這宅子就空了出來。我已經去看過了，裡面雖說不上華麗，卻是極清幽雅致，尤其是後院有個十餘畝的荷花池，環境甚是優美，妳看了也一定會喜歡，也不用怎麼修繕，稍微歸置一下就可以入住了。」李明允笑著說。

林蘭遲疑道：「你的意思是……咱們搬出去？」

李明允眉梢微揚，「難道妳還想跟我爹同住一個屋簷下？」

微雨閣裡，丁若妍心不在焉地陪承宣玩，李明則在一旁看文摺。

「二弟他們過些日子就搬走了，明珠的親事也定下了，一個個都走了，我想著，這心裡就空落落的，難受。」丁若妍唉聲嘆氣，末了，又嘀咕了一句：「若不是公爹要回來，他們也不會搬走。」

李明則合上文摺，過來抱承宣，邊哄孩子邊說：「他們都能走，我這個做大哥的卻是哪也去不成，總不能叫人家說李家的兒子都嫌棄自己的爹。就算爹有再多的不是，也是爹，一個孝字重如山啊！」

丁若妍躊躇著說：「難道公爹就非得回來嗎？或者你可以安排公爹去老家？」

丁若妍打心眼裡不喜歡公爹回來，雖然是皇上親口赦免了公爹的罪，但不等於能將發生過的事情一筆抹煞。有這樣一個爹在家中，對明則的前程也是不利。

李明則愁苦道：「這得看爹的意思，他若不想回去，我們還能硬逼著他回去？」以他對父親的了解，父親是不會願意會老家的。父親好面子，除非是告老還鄉榮歸故里，似這般落魄而回，打死他都不會回去。

「那……能不能在天津或是別的地方給公爹安排一處住所？咱們多請些下人照顧他，再定期去看望他？」丁若妍不死心，又建議道。

李明則忖了忖，說：「還是等爹回來再說吧！」

丁若妍悻悻住了嘴，心裡無比煩悶。

「對了，妹子的好日子定了嗎？」李明則轉移話題。

「正在談。你已經幫宋彥安排了淮州鹽課轉運司一職，不久就要上任，宋家也想早點把婚事辦了，讓明珠一道去淮州。」丁若妍漫不經心地說。

李明則點點頭，「那宋彥，我和二弟都見過了，是個端方君子，妹子跟著他，應該不會受委屈。怎麼說，也比去做姑子強。妹子的終身大事有了著落，我也安心了。」

「妹子的嫁妝我和弟妹商議了一下，咱們出一份，二弟出一份，再在老太太留下的財物裡勻出一份，什麼房子田地就不考慮了，都打成首飾，折成銀票，讓她帶去淮州。到了那邊，她想置房還是置地都方便。」

「妳考慮的極是，宋彥此去淮州，至少也得待上三年，三年後再看吧。我和二弟若還在這個位置上，總有辦法讓他入京任職，到時候一家人也好有個照應。」李明則欣慰道，又親親李承宣的小臉笑道：「宣兒，你說是不是？」

丁若妍悵然，「能這樣是最好不過。別人家都是人丁興旺，熱熱鬧鬧，和和美美的，就咱們家，越發冷清了。」

李明則知道丁若妍是捨不得林蘭離開，笑著勸慰道：「妳別看人家家裡熱熱鬧鬧，和和美美，那都是表象，誰家沒點鬧心事，私底下，還不知道怎麼糟心呢！倒是妳和弟妹，才是真的和睦。他們雖說要搬出去，可荷花里離這也不遠，坐馬車不過一頓飯的功夫就到了，妳若想她，去看她也是方便的。」

「那怎麼能一樣，感覺就不一樣。住在一個屋簷下，就算不是日日相見，也總是在一個門裡，心裡就踏實。」丁若妍反駁道。

「妳也不是不知，父親對二弟做的那些事，二弟也是沒辦法，眼不見為淨罷了。」

丁若妍幽幽嘆氣，無可辯駁，別說李明允想走，她又何嘗不想離開，都是沒辦法罷了。

陸之章

渣爹歸來話離分

喬雲汐知道李明允和林蘭要搬過去，高興極了，熱心地包攬了大小事務，泥瓦匠、木匠、花匠都是她請的。馮氏身兼繼母和林蘭好友的雙重身分，自然不會錯過這個重修舊好的機會，更是每日都去喬雲汐那，兩人有商有量地歸置林蘭的新宅子，這樣一來，倒便宜李明允，他只需隔三差五過去瞅兩眼就成。

周嬤嬤拿了一份名冊來給二少奶奶過目。

「這些是給新宅子那邊安排的人手，大少奶奶撥了府裡幾個老人過去，老奴又去牙婆那買了十二個丫頭和六個小廝，將軍府撥過來八個護院，加上咱們這落霞齋的人，總共有四十二人。人手倒是夠了，只是這大管家還沒著落，二少奶奶，您看……現有的人選裡誰比較合適？若是都不合適，老奴再去外頭請一個。」

林蘭看著名冊問：「這些新買的丫鬟小廝妳都瞧過了？」

「瞧過了，都是身世清白的，手腳也勤快，已經簽了死契，他們也不敢懈怠。」

林蘭滿意地點點頭，「這就好，至於大管家的人選，我心裡倒是覺得有一個人特別合適。」

周嬤嬤揣測著：「二少奶奶是說……福安？」

林蘭笑道：「看來妳也覺得這人合適，沒錯，就是福安。以前我讓他幫著打理回春堂，就看他做事一絲不苟，謹慎小心，內外事宜處理得無不妥貼，是個會辦事的。他又是葉家的家生子，是玉容的丈夫，沒有比他更合適的人選了。回頭妳去問問，看他是什麼意思。若是他點頭了，就一家子一起過來，玉容還能幫忙打理內院。嬤嬤，妳年紀也不小了，按說早該榮養，可我身邊也沒個能接妳班的，讓妳操勞到如今，我心裡實在過意不去。妳且帶玉容一段時日，到時候妳要想回豐安或是留在京城都隨妳，妳幫了我和二少爺這麼多，在我心裡，是把妳當自己親人看待的。」

周嬤嬤動容道：「二少奶奶的心意，老奴如何不知？老奴更是感激不盡。老奴伺候了葉老太太大半輩子，按說是該回去陪陪老太太，可老奴還是放心不下您和二少奶奶，若是二少奶奶不嫌棄老奴年老無用，老奴還想在二少奶奶身邊再伺候幾年，等小少爺長大些，老奴再回豐安。」

說實話，一直以來，林蘭最信得過的就是周嬤嬤、桂嫂、銀柳和玉容，尤其是周嬤嬤，有她在，林蘭心裡就踏實，就好比是主心骨，定海神針，周嬤嬤若是真走了，她還真捨不得。

「這樣也好，只是又要讓您老操心了。」

「老奴再累，心裡也是高興的。」周嬤嬤笑道。

林蘭瞧著名冊上桂嫂的名字，思忖道：「嬤嬤，桂嫂的丈夫和孩子現在都在豐安嗎？」

「是啊，桂嫂她丈夫如今在老太爺手下做管事，她大兒子和二兒子在二老爺手下做事。」

林蘭想著，桂嫂離開親人都三年多了，她比不得周嬤嬤，周嬤嬤是無兒無女，身無牽掛。本來要是她和明允一直待在京城的話，就把桂嫂的家人都接過來，但是明允說，時機合適就辭官，所以，這事就一直拿不定主意。

「嬤嬤，妳私底下探探桂嫂的意思，她若想回豐安與親人團聚，就讓她回吧！」

「是，回頭老奴問問她的意思。」周嬤嬤應下，默了默，又說：「這個月，舅夫人一共來借了三回銀子，總共五百兩，是二少爺答應的。」

林蘭蹙眉，「她還真能花，知道作何用途嗎？」

「老奴私底下打探了一番，舅夫人最近似乎迷上了賭彩。」周嬤嬤低聲道。

林蘭悶悶地哼了一聲，「她就是扶不上牆的爛泥！」

她懷孕後，姚金花統共來看過她三回，敢情回回都是打著來看她的名義，上門來討銀子的？

「還不止這些，舅夫人把從葉氏綢緞莊拿的料子轉手賣了，所得的銀子也拿去賭了，綢緞莊裡到現在一共欠下七百六十八兩銀子。」

林蘭心口堵得慌，示意周嬤嬤倒杯水來。

對她而言，一千多兩不是什麼大數目，但大哥每月只有區區一百多兩的俸祿，哪裡禁得起姚金花這般揮霍？

林蘭喝了口水，吐了一口氣，說：「這事咱們只裝作不知道，她要借多少，妳就給多少。」算算日子，大哥也快回來了，姚金花的瀟灑日子也快到頭了。

周嬤嬤會意，「老奴省得了。」

「憨兒的情況如何？」林蘭最擔心的還是憨兒，憨兒有這樣的娘，真是倒了十八輩子的楣。

「憨兒少爺有馮夫人派去的教養嬤嬤帶著，二少奶奶放心。」

放心？她能放心嗎？有這樣的娘，還不如沒有呢！林蘭極度無語。

喬遷的吉日已經選好了，就在六月初六。本想等李明珠的喜事辦了再搬的，可是六月裡也就三個好日子適宜歸屋，且都在李明珠的喜事之前。到了六月，天氣漸漸炎熱，熱得林蘭整日煩躁不安，夜不能寐，李明允說新宅子那邊要比這落霞齋涼爽許多，乾脆就早點搬過去了。

周嬤嬤帶著人，把這邊值錢的東西陸續搬了過去，如意也去過新宅子了，回來興奮地說：「新宅子歸置得好漂亮，尤其是那個荷花池，池裡的荷花都開了，二少爺選的那聞香居，開了窗子就能看見荷花池，別提多美了。」

被如意這麼一說，林蘭都有些急切起來，巴不得趕緊搬過去住。

六月初二，林風終於從澗西村回來了。按著林蘭的意思，把母親的牌位請到了自己府上。自從懷孕後，林蘭就沒出過門，但接牌位這樣的大事，只要她還有一口氣在，就得去。

李明允這日特意告了假，陪林蘭一道去迎接沈氏的牌位。

沈氏重新下葬，墓地就選在城南郊外，背倚青山，綠水環繞，是處極佳的風水寶地。林致遠在那買了幾畝地，修了個氣派的墳墓，將沈氏安葬在裡頭。

墓地是好的，墳頭也修得氣派，可是林蘭看到娘還是一個人孤零零躺在那，就忍不住心酸。

李明允安慰她：「總算是離得近些了，以後妳若是想娘了，來看看也方便許多。」

是啊，也就只有這點好處了。

林致遠和林風這趟回老家，經過兩個月的相處，父子感情增進了許多，現在就是林蘭對他依舊不理不睬。

「蘭兒，別難過了，妳娘在地下有知，看到妳和風兒如今都過得好，她也會欣慰了。妳現在是雙身子，還是以自己的身子為重。」林致遠也來安慰林蘭。

林蘭送了個白眼給他，跟李明允換了個位置，好離他遠一點。

林致遠討了個沒趣，怏怏地走開。馮淑敏同情地看著老爺。

墓門封上後，眾人在墳前磕了三個頭，姚金花還假惺惺地掉了幾滴淚，乾嚎了幾聲，林蘭見了就生氣。你他媽的還好意思哭，要不是妳這個潑婦，說不定這會兒娘還在呢！

李明允瞧她臉色不對，湊到她耳邊小聲道：「自己身子要緊，別為那些不值得的人生氣。」

林蘭這才勉強嚥下這口氣，然後林風抱著牌位，林蘭持香，一行人往林風的府邸而去。

忙了一整日，林蘭深感疲累，不懷孕都不知道，自己原來也有這般嬌氣的時候，還是肚子裡的孩子太嬌氣了？

李明允怕她累著了，就先告辭回府。

林蘭回家就躺下了，腰酸得不行。李明允很擔心，要去請華文柏過來瞧瞧，人家都說前三個月裡最是危險。林蘭攔著不讓，李明允只好依她，讓她側著身子，替她按摩。

「這樣可舒服些？」李明允一邊按摩一邊問。

「嗯，好些了。」林蘭有氣無力地應著。

「那我多按一會兒，妳閉上眼睛睡吧！」

「睡不著，我一閉眼就想起我娘。她跟了我爹，沒享過一日福，盡受苦了。」林蘭淒然道。

「生死有命，富貴在天，逝者已逝，妳也不要太傷心了。」李明允好言相勸。

林蘭憤憤地握拳說：「都是姚金花這個潑婦害的，三番四次把我娘氣吐血，我哥就是個軟蛋，只會兩面說好話，一點血性也沒有，但凡他那時能拿出如今一星半點的血性來，姚金花也不敢那樣囂張！」

李明允無奈道：「都是過去的事了，就別想了。人在做，天在看，妳嫂子不知悔改，遲早會得報應的。」

林蘭忽然想起姚金花借錢的事，扭頭問李明允：「姚金花跟你借錢，你怎麼那麼爽快啊？五百兩銀子，抵得上你兩個月的月例了。」

李明允哂笑道：「妳現在才想起來問我？她再不好，總是妳嫂子，就算看在大舅子的面子上，我也不能不給不是？她若是借了銀子去辦正事，我得給吧！若是拿了銀子去幹不好的事，我更得給不是？」

林蘭看他笑得詭異，挑眉道：「你是不是知道些什麼？」

李明允不置可否，「有個詞叫捧殺，聽說過吧？」

林蘭嗔了他一眼，「就知道你這人腹裡黑。」

李明允無辜道：「明明是人家自作孽不可活，怎成了我腹裡黑？妳嫂子去賭彩，賠了個精光，我若不借銀子給她，她走投無路，非得把主意打到大舅子那些屬下身上去。哎，我可是聽說了，人家送禮上門，她照單全收，還跟人哭窮，這不是明擺著跟人要銀子嗎？這樣下去，遲早得出事。」

林蘭皺了眉道：「可不能等到事情出來再收拾，我哥的名聲若是被她毀了就來不及了，我這會兒又懷著身孕，不然我早收拾她了。」

李明允不以為然道：「要收拾她，哪裡用得著費什麼心思？回頭我先讓人透些口風給大舅子，再讓賭坊裡的人趁大舅子在家上門去討債，妳哥若是還有些腦子，就該明白，這個女人是留不得了。」

「可不是嗎？留來留去，遲早留出禍害，我只怕我哥一時心軟。你是不知道，姚金花對付我哥還是有一套的。」林蘭擔心道。

李明允想了想，道：「這事妳別管了，交給我去辦就成。」

李明允要出手，林蘭自然放心。

將軍府裡。

馮氏看老爺離家兩個月，人都瘦了一大圈，不免心疼，讓人熬了參湯給老爺補身子。

「老爺這趟辛苦了，好在事情都辦妥了，心裡也能安慰些。」

林致遠感慨道：「這次去澗西村，看到沈氏以前住的屋子，是整個澗西村最破敗的，聽村長說起她們母子那幾年的情形，我這心裡，難過啊！」

馮氏也嘆道：「姊姊是怪可憐的，陰錯陽差，就這般天人永隔了。我聽林蘭說過，澗西村民風淳樸，她們一家多虧了大家照顧，才在那安定下來。」

「哎，我越想就越自責，當初我若是沒有受重傷，也許，她們母子就不至於……」

「老爺，你就不要太自責了，天災人禍的，你也不想這樣的。」馮氏安撫道。

「要是蘭兒也能這樣想就好了，對了，蘭兒有了身孕，幾個月了？身子可還好？我看她瘦得像皮包骨了。」林致遠關切詢問。

馮氏笑道：「還沒出三個月，反應厲害著呢！吃不下也睡不著，差點沒把李明允急壞了！你現在看到她還算好些了，我上回去看她，那才叫一個可憐，話說不上三句就吐，我懷山兒那會兒，反應也挺大，都沒她這般厲害。」

「這樣怎麼行？沒請太醫去瞧瞧嗎？」林致遠一雙濃眉擰了起來。

「怎麼沒瞧？太醫院院使華太醫定期去給她診脈，方子也開了幾個，只是不見效。林蘭倒是樂觀，說吐啊吐的就習慣了，反正還沒見過哪個懷孕的餓死的。」馮氏苦笑道。

林致遠嘆了口氣，「看來是我這小外孫太調皮了，在娘肚子裡就這麼折騰，妳有空就多去看看她。」

馮氏笑道：「這還用老爺吩咐？」

◆　◆　◆

福安那邊毫不猶豫地答應了，林蘭讓李明允跟葉大舅爺打了個招呼，把他們一家要了過來。

喬遷新居那天，沒有大張旗鼓，東西早就搬過去了，現在只需人過去就行。到了吉時，還在門口放了幾串炮仗。

外賓是一個沒請，有些聽到風聲的想來道賀，都被李明允一一拒絕，說內子正懷著身孕，不宜太過喧鬧，所以，喬遷宴只擺了六桌，都是自家人。

席間，大家有說有笑，就姚金花一人悶聲不響，心事重重，林蘭心知東窗事發了。

前日，葉氏綢緞莊的掌櫃去找林風，把姚金花這幾個月賒的帳給他過目，林風當晚垂頭喪氣地找她借錢。大哥沒說原由，她也不問。

這還只是第一步，到時候賭彩的事、姚金花跟林風的下屬索要銀子的事一一揭露出來，林風就算是個泥人也要爆發了吧？

「林蘭，妳能搬過來真是太好了。我本來說，在後院開個門，兩家就如一家了，卻被侯爺說了一通。」喬雲汐笑道。

「那敢情好，往來也可方便些，要不然，前門進前門出的，走走還得一炷香的時間。」

喬雲汐樂了，跟馮氏說：「妳瞧，我就說林蘭一定贊同的。」

馮氏酸酸地說道：「妳就知足吧，我想過來湊熱鬧，還得花上小半個時辰呢！」

裴芷箐悻悻地說：「妳們都知足吧，這兒就我離得最遠，我還懷著身孕呢，誰可憐我啊？」

丁若妍舉起酒杯，溫言道：「今兒個是弟妹喬遷大喜，我就不倒苦水了，都是一家人，可以不住在一起，感情卻不能因此而生分了，以後多走動走動。」

林蘭端起水杯，微笑道：「那是自然，妳若是在家悶了就過來住幾日，等我身子好些，也會常回去看妳的。今兒個我就以茶代酒，以後大家常來常往，我這裡隨時歡迎各位。」

眾人紛紛舉起酒杯，只姚金花還在那愣神，馮氏淡淡了睇了她一眼，「金花，妳怎麼不喝，大家都舉杯了。」

姚金花這才慌忙舉杯。

因著林蘭和裴芷箐都還有著身子，眾人心意到了也就散了，來日方長嘛！

林蘭打開南窗，望著夜色中的荷塘，月光如水銀傾瀉，映得十畝方塘波光粼粼，似有無數顆鑽石閃閃發亮。微風中有淡淡的荷香，林蘭深深呼吸，這兒真的好美。

說來也奇怪，自從懷孕後，她就聞不得半點香味，可聞著這若有若無的荷香，卻沒有半點不適，反倒神清氣爽。

一雙臂膀輕輕環住了她，林蘭倚進他的胸膛，「客人們都走了？」

李明允的下巴蹭著她的鬢髮，柔聲答道：「都走了，還喜歡這裡嗎？」

林蘭點頭微笑，「很喜歡，尤其是這荷塘。」

「當初我也是看中這點，想著妳一定也喜歡。現在起風了，要不然就帶妳去園子裡轉轉。」

「這裡已經是我的家了，以後有的是時間轉。」

「是啊，以後這就是咱們的家了，妳就是此間的女主人，再沒有人來打擾咱們。」李明允語聲柔和得就像窗外徐徐的風。

這日，李明允剛下衙，林風在外頭等著他，臉色很難看。

「妹夫，你有空嗎？」

「大哥有事？」李明允挑眉問他。

「我想跟你說件事。」

「那……去我家吧！」李明允趕著回去看林蘭。

林風神色猶豫，「能不能找個地方坐坐，不要去家裡了。」妹子正懷著身孕，他不想那些煩心事擾了妹子的清靜。

李明允躊躇片刻，吩咐冬子：「你先回去跟二少奶奶說一聲，我今兒個有點事，晚些回去，晚飯就不用等我了。」

冬子領命先走了，李明允和林風去溢香居找了個雅座，點了些酒菜。

「大哥有什麼事便說吧！」

林風先給李明允倒了杯酒，又給自己滿上，端起酒杯仰頭一飲而盡，然後重重地嘆了口氣，說：「這件事，我心裡猶豫很久了。你嫂子的缺點我一直都清楚，當初她對我娘不敬，氣得我娘幾番吐血，病情加劇，當時我就有過休妻的念頭，可她說我要是敢休她，她就一頭撞死在我面前……她動不動就拿死威脅我，以前是，現在還要拉上憨兒。」

李明允從他手裡拿過酒壺，給他滿上，緩緩說：「其實，總把死字掛嘴邊的人最怕死。」

林風似乎有些觸動，「你不知道她發起瘋來，什麼事都做得出。」

「大哥，說句不好聽的，嫂子敢這麼張狂，多半是你自己慣的。疼愛妻子是我們做丈夫的本分，但也要看這個女人值不值得你疼，能不能慣。」李明允認真說道。

林風點點頭，懊惱地說：「是這個理兒，只是我醒悟得晚了，她已被我慣壞，改不了了。」

李明允明知故問：「是不是嫂子又做了不應該的事？」

林風鬱悶地喝了一杯酒，眼中慍色越濃，咬牙切齒道：「再這樣下去，我遲早毀在她手裡。先前她厚著臉皮去葉家賒料子，我姑且忍了，想著把銀子還上，再警告她一番，這事也就過去了，誰知道昨兒個賭坊的人又找上門來，原來她去賭彩輸了三千多兩銀子，原來她是拿了葉家的料子換了銀子去賭彩，她還大言不慚地說，她去賭彩還不是為了這個家嗎？」

李明允一副恍然的神情，「我說呢，大嫂這兩個月總是來借銀子，我還以為她有什難處，問她她又不說。」

林風臉黑了一半，擰了眉頭，「她跟你借了？」

李明允點點頭，勸道：「還欠人家多少銀子？回頭我讓人把銀子給你送過去。家醜不外揚，把這個空缺補上，讓大嫂以後莫要再去賭便是。」

林風重重一哼，「若只是如此，我也不至於這樣鬧心了。今兒個我上峰將我叫去訓了一頓，說我才上任幾天就跟手下的人要銀子，念我是初犯，暫不計較，若有下回，定上報朝廷。我真沒想到她膽子大到如此地步，不要臉到如此地步。她不要臉，我還要，叫我以後怎麼面對同僚？怎麼做人？」

「這樣啊……的確是很不好辦……」李明允憐憫地看著林風。

「最關鍵的是，她還死不認錯，不以為然說，哪個當官的不撈銀子，三年清知府都還能撈上十萬雪花銀，就跟他們要這麼點銀子有什麼了不起的？你聽聽，她這叫人話嗎？當時我就氣得給了她一巴掌。」林風黑沉著臉氣憤不已。

李明允喝了口酒，沉吟道：「大哥，我說句實在話，江山易改本性難移，就嫂子那性子，若還在澗西村，大不了也就跟鄰居吵吵嘴、打打架，闖不出什麼大禍，但擱在京城，如今你又是這樣的身分，遲早是要闖出大禍來的。你上峰還算跟老丈人有交情，所以這次沒追究責任，要是換了別人，不必等下次，這次就能發落了你。別忘了，當今聖上可是最恨貪腐二字，這其中的厲害，你可得掂量清楚了。」

林風猛灌了兩杯酒，酒杯往桌上重重一放，「這女人是留不得了！」

李明允慢吞吞地說：「都說寧拆十座廟不毀一門親，哎，但凡大嫂能稍微收斂些，我也不會勸你休妻。禍起蕭牆，有這樣的妻房，你這輩子就別想省心了。」

「休，這次非休了她不可！」林風態度堅決。

李明允安慰地拍拍他肩膀，說：「你既然看透了，想明白了，就不能再猶豫，而且你要休妻也不能直截了當去跟姚金花說，不如先把憨兒送到老丈人家去，免得她拿了憨兒來要脅，然後由老丈人出面比較好。她在你面前肆無忌憚慣了，只有找個她敬畏的人來鎮她。」

拿定了主意，下定了決心，林風第二天一早就命教養嬤嬤悄悄把憨兒送去了將軍府。彼時，姚金花還在睡懶覺。昨天林風狠狠罵她一頓，還給了她一巴掌，氣得出門去。起先她還忐忑，生怕林風氣大了要休了她。她都想好了，只要林風開這個口，她立馬抱了憨兒離開，結果到很晚林風才一身酒氣回來，也沒再提她索要銀子的事，倒頭就睡了。姚金花又安下心來，林風還是不敢對她怎麼樣的。

姚金花睡到日上三竿才起來，問丫鬟：「小少爺起了嗎？」

丫鬟回說：「老爺已經命教養嬤嬤把小少爺送到將軍府去了，說是將軍大人想孫子了。」

姚金花手中的梳子啪的掉在了地上，忽然有一種強烈的不祥預感。林風何時不送，偏偏是今兒個把憨兒送去將軍府，他會不會是在打什麼主意？

「夫人，您怎麼了？」丫鬟撿起梳子，不安地看著姚金花。

姚金花心亂如麻，不住地安慰自己，一定是自己心虛疑神疑鬼，也許只是碰巧而已。

姚金花心神不定地等了一日，都已經日落西山了，也不見林風回來。姚金花坐不住了，就動身趕往將軍府，準備把憨兒接回來。

姚金花到了將軍府，就直接被請去了前廳，公爹和年輕的婆婆端然上座，神情嚴肅。姚金花心裡直打鼓，看這陣仗很是不妙，難道是林風跟公爹告狀了？還是教養嬤嬤那張大嘴巴惹的事？

姚金花腆著笑臉做出賢慧媳婦的模樣給二老行了個禮，「公爹、婆母，我……我是來接憨兒的，這孩子淘得很。」

林致遠神色鄙夷地看著姚金花，冷哼了一聲：「憨兒哪比得上妳這個娘！」

姚金花心頭一震，公爹都知道了？姚金花的本事就是能屈能伸，該服軟的時候絕對不含糊。她立劇跪下，懊悔地說：「媳婦一時糊塗，媳婦已經知道錯了，還請公爹莫要生氣，媳婦下回一定改。」

林致遠冷聲道：「妳不是說去賭也是為這個家嗎？妳不是說三年清知府十萬雪花銀嗎？敢情是還嫌人家給的少了？」

姚金花一味點頭認錯，「是媳婦糊塗了。」

「糊塗？我看妳一點也不糊塗，算盤打得多精啊！」馮氏不客氣地說：「妳就那麼缺銀子嗎？宅子是林蘭送的，下人是我撥的，置辦家什的銀子我們也給了，妳再算算，妳到京城後，從我們家、從林蘭那要了多少銀子去。林風又不是沒俸祿，妳還缺什麼啊？妳還好意思上葉家拿料子去換銀子，妳是窮瘋了還是掉錢眼裡了？還賭彩！會去賭彩的都是些什麼人妳不知道嗎？都是些地痞流氓、混混、下三濫，虧妳還好意思大言不慚地是為了這個家，林家的臉都被妳丟盡了！」

馮氏早就知道姚金花不是個好東西，沒想到她會爛成這副德性，今兒個林風來說的時候，她和老爺的肺都氣炸了。

姚金花冷汗涔涔，一句也不敢分辯。

「妳自己不要臉也就罷了，妳知不知道妳差點斷送了妳相公的前程？若不是人家看在妳公爹的面子上，這會兒妳相公就該下大獄了！姚金花啊姚金花，天底下有妳這樣做媳婦的嗎？」馮氏越說越生氣。

「是是，媳婦知道錯了，媳婦一定改！」姚金花忙不迭認錯。

「狗改得了吃屎嗎？」林致遠重重哼道：「妳這種媳婦，我們林家可是不敢要了，要不然總有一天被抄家滅門，怎麼死的都不知道！」

姚金花大驚，忙跪行了幾步上前，可憐兮兮地說：「公爹息怒，媳婦真的知道錯了，媳婦一定改！從今往後，媳婦一定安分守己，本分做人，相夫教子，再也不做這種糊塗事了，還請公爹再給媳婦一次機會……」

「妳已經氣死了沈氏，難道還要再給妳一次機會把我也氣死嗎？」林致遠想到沈氏的早逝有很大的一部分原因是姚金花造成的，就恨得直咬牙。

姚金花連忙磕頭，「媳婦不敢，媳婦不敢……」

「妳還有什麼不敢的？妳自己好好想想，七出之條，妳犯了幾條？除了無所出之外，妳條條犯遍，也就是林風好脾氣，心地善良，才忍妳到如今，換作旁人，就算不休了妳，也早把妳打死了！」馮氏冷冷地道。

「不用跟她說這麼多廢話，今兒個我做主，這個媳婦我休定了！」林致遠恨絕地說。

姚金花委頓於地，不可置信地看著公爹，半晌才哭嚷道：「公爹啊，媳婦就算是有再多的不是，可媳婦對林風是一片真心啊！憨兒還這麼小，不能沒有親娘啊！公爹，要不是當初為了勸林風認下您這個爹，林風也不至於跟媳婦生了嫌隙，媳婦也不至於做出這麼多錯事，公爹，您不能過河拆橋啊……」

林致遠氣得差點倒仰，她自己不知檢點，反倒成了他過河拆橋，難怪沈氏會吐血，這會兒連他都氣血翻騰了。

「姚金花，依妳的意思，妳厚著臉皮去葉家賒料子是妳公爹叫妳去的？妳去賭彩也是妳公爹叫妳去的？妳跟林風的下屬索要財物也是妳公爹指使的？我說妳這人可真有意思，真叫人開眼界啊！」馮氏氣罵道。

姚金花一愣，弱弱道：「媳婦，媳婦不是這意思……」

「那妳是什麼意思？好好的日子妳不過，一味地瞎折騰，妳怨得了誰啊？」

「休了休了，早休早清靜！這種人要不得，留不得！」林致遠氣得吹鬍子瞪眼。

姚金花見今兒個是過不去這道坎了，索性一屁股賴在地上，放聲大哭起來：「你們不就是嫌我出身低嗎？就想把我休了好給林風再找個門當戶對的嗎？你們嫌貧愛富，你們忘恩負義，也不想想當初林風他有什麼？窮得叮噹響，十里八村的有誰肯嫁他，要不是我，他這會兒還打著光棍，還待在那個窮山溝裡，哪還有今日啊？我不管，要休我，除非我死！」

林致遠幾乎暴跳起來，馮氏按住他，勸道：「老爺，為這種人氣壞了身子不值得。」

馮氏站起來，走到姚金花面前，居高臨下地說：「姚金花，妳既然話說當初，我便撇開妳來京後犯下的樁樁件件錯事，就說前事。妳以為妳嫁林風是委屈了，下嫁了，要我說，林風就算打一輩子光棍也比娶妳強。妳進門後，好吃懶做，上不敬婆母，下不悌小姑，整天鬧得家裡雞飛狗跳，這些澗西村的全村老少都可以作證，妳抵賴不得。光憑這一點，妳不孝無德，便足夠休了妳，任妳上哪討說法，妳都站不住一個理字。你動不動就要尋死覓活，說句不好聽的，妳這種人死了便死了，沒人會稀罕。如果妳想尋死，要上吊，我送繩，要抹脖子我送刀，要吃砒霜，我這就叫人去買，妳想怎麼死，我都依妳。」

這一番狠話，震得姚金花瞠目結舌，沒了主意。

「妳這套在我這沒用，妳也別指望林風還會心疼妳。林風是個好人，但泥人也有三分性，我也不怕告訴妳，休妳，不僅是我們的意思，也是林風的意思。妳若是還想動什麼歪腦子，妳且掂量掂量這是什麼地方，老爺是什麼人，當真逼我們起了狠心，要捏死妳不比捏死一隻螞蟻費多少力。」馮氏面無表情地說道。

姚金花不傻，她要狠耍賴，也只能是在林風面前耍耍，跟馮氏、跟公爹，她拿什麼跟人鬥？姚金花哭喪著臉說：「我要見林風，我要見憨兒，妳讓林風出來見我，要休了我，那也得林風親自跟我說。」

馮氏從袖袋裡掏出一封休書拿在手上，冷冷地看著姚金花，「妳就不用心存妄想了，休書，林風已經寫好，他是不會再見妳的，我也不會讓妳再見憨兒。按我的意思，妳這種人趕出門就行了，但林風念在妳為林家生下了憨兒，畢竟夫妻一場，也不想把事情做絕了。這裡還有兩千兩的銀票，妳若不去賭，足夠妳下半輩子生活了。我會安排人把妳送回娘家，現在，兩條路妳自己選，是拿了休書和銀票，還是繼續鬧，妳要鬧的話，我這就叫官府來人把妳帶走，下半輩子妳就在大牢裡過吧，妳且想好了。」

姚金花這下當真是絕望了，林風已經絕情到連見她一面都不願意，她還能有什麼指望？可是她不甘心啊！

「你……你們憑什麼抓我去坐牢？」姚金花怯怯地問。

馮氏冷笑道：「姚金花啊姚金花，妳的腦子不是挺好使的嗎？這種小事，交代一聲就夠了，還需要理由嗎？」

一句輕描淡寫的話，徹底擊敗了姚金花。她就像垂死掙扎的困獸，她說：「要休了我也行，但憨兒是我生的，把憨兒還給我。」

「老于，去，把官差叫來，這個不識好歹的東西，早早拿了去省事！」林致遠大聲吩咐道。

老于大聲應了就要走。

姚金花一骨碌從地上爬起來，一把搶過馮氏手裡的休書和銀票，說：「我走！我算是看明白了，你們就是想以權勢壓人，我是鬥不過你們，但我瞧不起你們！」

馮氏氣笑了，「被妳瞧得起，我們惶恐不安呢！」旋即沉下臉，吩咐道：「老于，即刻派人送她回豐安。」

「我自己會走，不需要你們假惺惺！還有，我要見我兒子一面！」姚金花挺胸說道。

「妳已經不是林家的媳婦，憨兒跟妳已經沒有關係了。」馮氏冷眼以對。

姚金花氣道：「你們活生生拆散我們夫妻，活生生拆散我們母子，難道連最後一面也不讓見嗎？難道妳自己就沒有兒子？小心遭報應！」

馮氏心平氣和地看著姚金花，一字一頓道：「我送妳一句話，妳記好了，天作孽猶可活，自作孽不可活。老于，送客！」

姚金花狠狠瞪著馮氏，老于帶了幾個家丁進來，對姚金花說：「大嬸，請吧！」

姚金花咬牙，大聲喊道：「林風，你是個縮頭烏龜，你是個王八蛋，你沒有好下場的……」

老于連推帶拉地把姚金花請了出去。

出了將軍府，馬車已經候著了，姚金花憤憤地甩開捉著她手臂的家丁，「我自己會走，我要先回家！」

老于說：「大嬸，妳的家在豐安，這裡已經沒有妳的家了。」

姚金花氣結，林風，你狠啊，做得這麼絕，我不會放過你的！

「那我總得回去收拾東西吧？」姚金花怒道。

「妳的東西都已經收拾好了，就在車上，請吧！」老于連眼皮都不翻一下，淡淡說道。

林風抱著憨兒走出將軍府，看著遠去的馬車，無聲嘆息：金花，一路走好！

◆　◆　◆

昨兒個李明允回來說了林風想休妻的事，林蘭就一直擔心著，不過李明允給大哥出了主意，把這事交給老東西和馮氏去辦，應該會順利很多吧？姚金花其實不過是隻紙老虎，真碰上強硬的對手，她就沒戲了。第二天晚上，林風來了。

「金花回豐安了。」林風看起來並不高興。

林蘭和李明允對望一眼，說：「這件事，大哥做的對，我就是不說而已，其實我早就想勸大哥休了她。她若是真心待你，為你考慮，為憨兒考慮，也不會做出這些沒臉沒皮沒分寸的事情，這種無品無德的女人是留不得的。」

李明允說：「蘭兒說的對，姚金花那樣的女人不值得留戀。」

林風點點頭，「我知道，我只是可憐憨兒，沒了娘親。」

「這也是憨兒的命，不過，依我說，憨兒有這樣的娘親還不如沒有。你放心，憨兒是林家的長孫，有這麼多人疼他、愛護他，他會很好的。將來大哥再找一個人品好、性子溫柔的妻子，一家人和和美美地過日子，多好。」林蘭道。

林風的眉頭舒展了些，「父親說，憨兒就先放他那兒，由他來照顧。」

林蘭撇了撇嘴，「這樣也好，我若不是身子不方便，就把憨兒接過來了。」

林蘭突然想起一事，「哥，你確定姚金花回豐安了嗎？她會不會又來鬧？」其實姚金花就算要鬧，也鬧不出什麼花樣了，只是堵心罷了。

林風說：「父親派了人，將她直接送回豐安，應該是不會再回來了。」

林蘭放下心來，「那就好。」

六月二十二，是李明珠出閣的好日子。因為林蘭有身孕，前期的籌備事宜都是丁若妍在操勞，出閣這日，她這個做嫂嫂的是一定要去的。

李明珠穿了一身大紅嫁衣，喜娘給她開了臉，一切準備就緒，就等吉時一到，男方前來迎娶。

李明珠很緊張，手心裡一直冒汗。

丁若妍笑著安慰她：「不要怕，妳大哥和二哥都已經見過宋彥，是個誠實可靠的。妳嫁過去便跟去淮州，無須侍奉公婆，妳只須待他的孩子好，宋彥就一定會對妳好。」

林蘭也道：「妳大嫂說的是，妳無須顧慮太多，好好過日子就成，我相信妳一定會幸福的。」

李明珠咬了咬嘴唇，似乎下了很大的決心才說：「大嫂、二嫂，謝謝妳們，以前我的那些不是，妳們都忘了吧，只當是我年紀小不懂事，往後我會和他好好過日子的，不讓妳們操心，我……」李明珠說著，眼睛紅了起來。

林蘭笑道：「都是過去的事了，我早忘了，妳還提它做甚？」

李明珠這樣高傲的人，能開口道歉說明她是真的悔悟了。知錯能改善莫大焉，不像姚金花，死不悔改，才落了如此下場。

「是啊，今天是妳的好日子，可不許哭鼻子，瞧妳，這妝都花了，小荷，快幫小姐補妝。」丁若妍附和道。

外面喜樂大作，鑼鼓喧天。

喜娘眉開眼笑來催：「吉時到了，新娘子該上花轎了。」

眾人簇擁著新娘子出門，林蘭看到新郎宋彥，眉清目朗，身姿挺拔，端的是好模樣，再看他言行舉止穩重，氣度儒雅，這才相信李明允所言不虛。

送走了李明珠，林蘭和丁若妍坐下來說話，丁若妍長長舒一口氣，「總算可以鬆口氣了。」

林蘭抱歉道：「讓大嫂一人忙碌，我真是過意不去。」

丁若妍嗔她一眼，「有什麼過意不去的？老太太走的那會兒，我不也懷著宣兒，都妳一個人操勞，那會兒的事才叫一個煩心呢！」

林蘭笑笑，丁若妍的為人有一點是極好的，就是很知情知意，別人對她的好，她都記在心上，從不做不知好歹的事，性子又溫柔，也不小家子氣。當初李明允幫著李明則，林蘭心裡還有過怨言，現在想想，幸虧當初沒有多嘴，要不然，只怕丁若妍和李明則也不會有今日這般恩愛，說不定早就散了，她也就沒有這麼好的妯娌了，所以，人有時候還是要寬容一點。

「我現在倒是在愁俞姨娘的事，噯，弟妹，葉家大舅那邊可有消息了？」丁若妍問道。

林蘭搖搖頭，「沒這麼容易，倉促把俞姨娘打發出去，萬一她將來日子不好過，妳我也是於心不安。」

「可是，沒多少時間了呀！」丁若妍不免著急。

林蘭道：「這事我想過了，要不就先安排俞姨娘住到外面去。公爹回來，咱們只說俞姨娘已經另嫁，跟一個富商走了，公爹還能管咱們要人？他要要人，便讓他找大伯父和三叔父要去。」

丁若妍想了想，道：「也只能這麼辦了。」

世間的事，有時候就是那麼巧，這邊剛辦完喜事，葉家就派人來找李明允，說是阮家要休妻。大舅母又不在京裡，葉大舅爺只能找明允去商量。

「馨兒實在是太不懂事了，也難怪阮家要休妻，可是馨兒再不好，終歸是我的骨肉，我總不能看著她淪為棄婦，那馨兒這輩子就完了。」葉德懷長吁短嘆，頭疼不已。

李明允撩了撩茶盞又放下，雖說當初大舅父跟阮家結親是有那麼點為家族生意打算的意思，但阮家那位公子也不是配不上葉馨兒。若是葉馨兒能安下心來跟人家好好過，豈會落到這種地步？

「表妹自己怎麼說？」李明允問。

葉德懷恨鐵不成鋼地咬牙，「這個孽障，她哪裡知道事情輕重？阮家已是鐵了心要休她。」

李明允無聲嘆息，若是這樣，那就沒辦法挽回了，即便勸住了阮家這一回，也無濟於事。

「舅父，恕甥兒直言，為今之計，只有看看能否和離。」李明允直言道。被休與和離還是有不同的，女子被休，那是最丟臉的事，意味著錯全在女方，而和離總好聽一些，有各打五十大板的意思。兩害之下取其輕，這也是沒有辦法的辦法。

葉德懷怔了半晌，嘆道：「看來也只能如此了，大不了我再多花些銀子。」

葉阮兩家幾度談判，葉家最終以不要回陪嫁，另外再補償阮家八千兩銀子，讓兩人和離。

林蘭知道後，唏噓感嘆，葉馨兒可算是賠錢貨了，也虧得葉家有錢，花錢買面子。

「哎，我跟你說，以後你少去大舅家。」林蘭警告道。葉馨兒這麼做，就是因為放不下她的明允表哥，如今回了娘家，難保她不動歪腦筋，林蘭得先把警鐘敲了，防患於未然。

李明允摸著她的肚子笑說：「妳啊，就少為這些沒必要的事操心，我心裡有數。」

林蘭瞪他，「你是有數，可人家不一定有數。她反正都那樣了，破罐子破摔，誰能擋得住啊？讓你少去，你少去就是了！」

李明允好脾氣道：「是是，妳說的話我都當成聖旨行不行？」

「你少敷衍我，這事你可得上心，萬一你被她賴上，我這會兒可沒精神來救你，到時候你哭都來不及。」林蘭認真道。葉馨兒當初的手段她可是看得真切，像她這樣大膽又豁得出去的女子可真不多見。

李明允的確有些不以為然，他對葉馨兒半點心思都沒有，但是林蘭這麼緊張，他就順著林蘭的意思。

「嗯，我知道了，一定會注意。」

得到了李明允的保證，林蘭這才安定些。

「蘭兒，妳這肚子大了好多，我看大嫂三個多月的時候都看不出來。」李明允摸著林蘭的肚子，忍不住擔心，要是孩子太大，將來生產的時候會不會太辛苦？

林蘭笑道：「每個人的情況都不同，有些人大得快，有些人大得慢。你也別看有些人肚子大，結果生下的孩子像小貓似的。」

「那我倒寧可孩子小一點，等他出來了，咱們再好好養，免得妳太辛苦。」

「那怎麼行？孩子在娘胎裡長得壯實，身子底子才會好，先天不足的話，後天很難補的。」林蘭反駁道。

「那宣兒生下來不也那麼小一點，妳瞧他現在多胖乎，那小手、小腿，一節一節的，跟嫩藕似的，下巴都好幾層了。」

「那你怎不說宣兒老是傷風鬧熱的，那都是身體底子薄的緣故。」林蘭不禁失笑，李明允就是巴不得孩子越小越好，她要是告訴他，肚子裡懷的是雙胞胎，估計這幾個月他都別想安穩了。

她給自己把過脈，華文柏也確定了，只是瞞著李明允罷了。不過這肚子也確實是太大了，林蘭有些擔心到時候肚子成了西瓜皮。

李明允怏怏道：「妳是大夫，我說不過妳，我只希望咱們孩子不要太折騰妳就行。」

林蘭笑道：「才不會呢，咱們的孩子一定是最乖的。」

李明允心說，乖個頭，自打這小傢伙跑到蘭兒肚子裡，蘭兒就吃也吃不好，睡也睡不好，這都三個多月了，反應還是這麼大，這也叫乖？小傢伙，你要再不老實點，等你出來，小心爹揍你屁股。

七月，盛夏的午後，湛藍的天空中沒有一絲雲彩，只有一顆耀眼的火球懸掛著，傲然俯視著快被被烤焦了的大地。空氣彷彿凝滯了，樹上的葉子無力地耷拉著，一動也不動。

通往京城的官道上，一輛馬車緩緩前行。

「車夫，能不能快點？這天也太熱了。」一人掀開簾子不耐煩地催促車夫，身上褐色的布衣早已經被汗濕透，花白的鬢角不時滴下汗珠。

車夫不以為然道：「你覺得熱，我就不覺得熱嗎？我還在太陽底下曬著呢！這馬兒走不快，我有什麼辦法？」

車裡的人鬱鬱地放下簾子，拿了把紙扇用力搧風，真是虎落平陽被犬欺，這大半年來，他算是看透了人情冷暖，以前他風光時，誰不是對他低頭哈腰，如今連個車夫也不把他放在眼裡了。罷了罷了，且再忍耐忍耐，等回到京城就好了。

他做夢也沒想到，他離京後，京城會發生如此驚天巨變。太子死於非命，皇上傳位四皇子，更想不到當初他反對的四皇子登基後會下旨赦了他，他還以為此生永無回京之日了。他離開黔地的時候，知府大人送了他一程，他浸淫官場多年，哪裡會不明白，知府大人是看李明允的面子跟他套近乎，因為李明允如今已是戶部尚書了。

想到當日他被流放時，明允和明則來送他，明允是一句話都不願跟他說，明允應該是很恨他的吧？但再恨也總是父子，明允還是想著他的，要不然也不會向皇上求情。這樣想著，李敬賢欣慰地嘆了口氣。

他很清楚，他想重回官場已是不可能了，別的不說，就他這副殘疾之身，還能有什麼作為？連身為一個男人最起碼的能力都沒有了。

馬車慢悠悠地進了城門，李敬賢又有些失望，明則和明允沒來接他，前日他歇在廊坊，已經讓人早一步送信過來，難道他們沒收到信？這些拿錢不辦事的混蛋！

京城繁華如舊，只是那宮牆之內天顏已換。老百姓其實從不關心誰當皇帝，他們關心的只是自己的財米油鹽，以及能不能過上好日子。

馬車從南到北，穿過大半個京城，終於在李府門前停下。

車夫說：「到地了，趕緊付錢，我還得趕路呢！」

李敬賢身上已沒有多少銀子了，不夠付車錢，便說：「你稍等片刻，我這就讓人去取銀子。」

車夫不耐煩地說：「你快點啊！」

李敬賢佝僂著身子去敲門。

「誰啊？」看門的老張探出頭來，見一個頭髮花白、一身粗布衣裳的老頭站在門口。

李敬賢眯著眼瞅老張，想了一下，問道：「你是老張？」

老張也覺得這人眼熟，想了想，有些不確定地問：「您是……老爺？」

李敬賢忙點頭笑道：「是啊，老張，我是老爺，李老爺。」

老張忙打開大門向老爺作揖：「老爺，真的是您啊！大少爺說您這兩日就會回來，老爺快裡邊請，朱四，還不快去稟了大少奶奶，老爺回來了！」

一個年輕的小廝應聲就往裡跑。

李敬賢納悶地問：「大少爺不在府裡？二少爺呢？」

老張回說：「大少爺如今在吏部任職，忙得很，每天不到戌時都下不了衙。二少爺已經搬走，不在這住了。」

「搬走了？搬哪去了？」李敬賢很是意外。

「荷花里，上個月剛搬過去，如今二少爺是戶部尚書了，總得有自己的官邸才像樣不是？」老張笑呵呵地說。

車夫又催促：「哎，我說你快點行不行？耽誤我的時間。」

李敬賢有些窘迫道：「老張，你去把車錢付了。」

老張衝那車夫罵道：「你急什麼急？還能少了你的不成？等著，這就給你拿銀子去。」

丁若妍正歪在床上陪兒子睡午覺，聽到下人來報，老爺回來了。她連忙起身，命人先把老爺安置到寧和堂，再去向大少爺、二少爺報信，自己則趕緊去梳洗更衣。

李敬賢一路到寧和堂，家裡還是舊時模樣，只是這府裡的下人好多都不認得了。

老張跟在後面解釋說：「當年李府被抄家，很多下人都走了，府裡的老人沒剩幾個，大多是後來進的。」

李敬賢點點頭，又問：「老太太身體可還安好？」

老張怔了怔，說：「老太太早就過世了，去年六月裡走的。」

李敬賢愣住，無法相信這個事實。母親去年就走了，為什麼沒有人告訴他？

丁若妍正要去寧和堂見公爹，下人卻回說，老爺去了朝暉堂，正在老太太的牌位前哭。

丁若妍想想，頓住了腳步，說：「讓老張勸著老爺點，別傷心過度了。」又叫來朱四：「快去催催大少爺，讓他趕緊回來。」

李敬賢這人雖然貪婪虛偽，為了功名利祿不擇手段，但對母親還是很孝順的。想到母親離世一年多，而他這個做兒子的非但沒能給老人送終，連哭都沒能及時哭上一哭，越想越傷心內疚，跪在老太太的牌位前，幾乎哭昏過去。

好一通發洩後，李敬賢才止住悲聲，問老張老太太去世時的情形，後事又是如何料理的。

老張一一作答，還不忘把大老爺做的那些事也說給老爺聽。

李敬賢怒道：「他也不想想，他有今日，李氏一族能有今日，都是沾了誰的光！本老爺出事，他不聞不問，撇得乾淨，他還好意思來怪我？還好意思來為難幾個晚輩？真不是個東西！」

「可不是？若非二少奶奶厲害，三老爺明理，還不知如何收場呢！」老張鄙夷地說。

李敬賢又忍不住氣得拍桌子。

李明則得了訊，忙向部裡告假趕回家來。

李明允也得了消息，略微遲疑後，讓人去回話，就說他這會兒脫不開身，晚些再過去。

他最知父親的脾性，他若是慌忙趕了去見，父親會以為時過境遷，他已經不計較了，又會頤指氣使起來。

林蘭睡了一覺，起來喝了碗酸梅湯，就在歪在榻上聽玉容說事。

「桂嫂回去的盤纏奴婢都準備好了，給葉老太爺、葉老太太的禮物也備好了，後日葉家有商隊要回豐安，桂嫂跟他們一道回去。」

林蘭點點頭，「妳讓桂嫂晚些過來一趟，我有事叮囑她。」

回不回去這個問題，桂嫂猶豫了很久，捨不下這邊，但又想念家裡人，後來說，她回去看看再回來。這陣子，她把自己的手藝都教給了新來的廚娘方嬸，就怕二少爺和二少奶奶吃慣了她做的飯菜，換個人做會吃不慣。

「是，奴婢待會兒就去找桂嫂，還有一事，就是當初那魏家兄長今兒個來找福安，打聽回春堂收學徒的事。」玉容道。

林蘭有些慚愧，事情一多，她還真是忘了，便道：「妳讓福安給他捎個話，這陣子事忙，等秋收過後，回春堂會收學徒的，我既然答應了他，便一定兌現。」

玉容笑道：「收學徒也是好事呢！我聽銀柳說，回春堂的生意越發紅火了，就眼下這幾個人手忙不過來，這收了學徒，既能教他們岐黃之術，又能給鋪子裡增添人手，一舉兩得。」

林蘭笑道：「這生意太好也麻煩，如今京城裡看病的，不是去德仁堂就是回春堂，連抓藥也是如此，別家藥鋪生意清淡得都快開不下去了，只好降價來招攬生意。只是這藥價一降，利潤少了，有些藥鋪就以次充好，吃虧的終究還是老百姓。」

玉容不懂這些生意經，聽著就怪複雜的，擔心道：「那……有法子解決嗎？」

林蘭諱莫如深地笑了笑，法子自然是有，適者生存，弱肉強食是自然法則，商場競爭也不例外，誰叫你沒本事呢？那就只好乖乖讓人吃了，這可是回春堂進一步擴大經營的好機會。

如意進來稟報，說冬子回來傳話，李老爺已經回京了，二少爺今兒個下衙要先去趟李府再回來，讓二少奶奶不用等他。

林蘭眉頭輕蹙，李渣爹終於是回來了。

「知道了，讓冬子轉告二少爺，別回來太晚。」林蘭淡淡地說。

李明允比往日慢了半個時辰才下衙，去了李府。

下人說，老爺和大少爺在寧和堂敘話，都說了一個多時辰了。

李明允輕哼一聲，真有那麼多話說？

李敬賢已經換了一身輕薄的綢衣，修剪了鬍子，看起來精神了許多。他坐在書房裡，一邊喝著龍井茶，一邊聽李明則說這兩年京城裡、府裡發生的事。

「這兩年，你和明允都不容易，是為父連累了你們。」李敬賢一臉慚愧地說。雖然有些事讓他很生氣，比如劉姨娘跑了，比如俞姨娘改嫁了，又比如老太太去世，明則都不讓他知道，還比如，明允知道他要回來就搬走了……但他心裡清楚，如今的他，不再是以前那個身居高位，一個眼神就能震懾兩個兒子的威嚴父親了，他只是個無用的老頭，他後半輩子還得倚仗兩個兒子，所以，他不得不放低了姿態。

「都是過去的事了。」李明則淡淡地說。

跟李明則說了這麼久，李敬賢清楚地感覺到他跟以前不一樣了，再不是唯唯諾諾，而是淡漠的尊敬，這讓李敬賢很是憂心。

外頭下人稟報說二少爺來了，李敬賢下意識站了起來，這是他多年來養成的一個習慣，相當於職業病，見到上位者時的自然反應。

李明允緩步走了進來，向李敬賢拱手行禮，「兒子給父親請安。」

淡淡的神情、淡淡的語氣，被這樣漠視，李敬賢心裡很不是滋味，但他面上一點沒有表露出來，而是激動地上前，一雙渾濁的老眼飽含熱淚，將兒子望了又望，顫著聲道：「好好，我兒有出息，也算是子承父業了！」頗有老懷欣慰的意思。

李明允心裡鄙夷，我這是承了你的基業嗎？

李明則終於等到李明允過來，暗鬆了口氣，忙說：「二弟來了，先陪父親說會兒話吧，我去讓人安排酒菜，今晚咱們父子三人好好聚聚。」說著，抱拳一禮，退了下去。

李明允知道大哥是藉口開溜，安排酒菜這種事，哪裡需要他親自去？

李明允讓父親坐下，這才問道：「父親這兩年在黔地過得可還好？」

李敬賢抹了把老淚，「往事不提也罷，好在一切都過去了。」

「那父親以後又什麼打算？」李明允開門見山地問。

李敬賢遲疑著，這話似乎該由他來問，你們心裡有什麼打算？

「還能有什麼打算呢？為父已經老了，只想安安生生度過餘下的日子。」李敬賢悵然道。

李明允看著父親，父親的確是老了很多，頭髮花白，面頰消瘦，膚色晦暗，身形佝僂，實在讓人無法相信他就是兩年前威儀赫赫、風姿儒雅的戶部尚書。可見，他這兩年過得不好，這是他應得的懲罰，可惜的是，懲罰的時間太短了。

「那父親是打算在京城長住了？」李明允端了杯茶在手，漫不經心地撩著茶蓋。

李敬賢怔了怔，我不住這，能住哪？這裡是我家啊！

李敬賢苦笑道：「還能去哪？」

李明允慢吞吞地說道：「當初祖母去世的時候，我們念著父親在黔地已經艱難，就沒敢把這噩耗告訴父親，免得父親太過悲痛。聽蘭兒說，祖母臨終之時，還惦記著父親……」

李敬賢神色悲戚，「是我不孝，沒能給老太太送終。」

李明允點點頭，的確是不孝啊！

「前不久，兒子收到三叔父的信，三叔父的情況似乎不太好。」

李敬賢揣摩著李明允話裡的意思，這是想讓他回老家去？

「三叔父在信中感嘆，只怕今生是等不到兄弟團聚，我已經回了信，說父親獲赦，不久就能回京城，到時候父親一定會回去看他。父親素以賢孝著稱，也最看重手足情誼，兒子這樣回信，父親應該不會見怪吧？」李明允說罷，靜靜地看著父親。

李敬賢嘴角抽搐了幾下，明允果然是想趕他走，只得乾笑兩聲，「那是自然，說起來，為父與你三叔父也十多年未見了，他自幼身體弱，為父一直很擔憂。只是，為父還是擔心你和你大哥。」

李敬賢的臉色越來越難看，就算明允再恨他，再不待見他，也不用這麼急著趕他走吧？

李明允把父親的反應看在眼底，又道：「按說父親剛回來，我和大哥是該好好在父親面前盡盡孝，但是兒子如今位高權重，大哥也是身居要職，多少雙眼睛盯著，都眼紅不已。父親當年一力支持前太子殿下，難免樹了不少勁敵，此次有幸遇到新皇登基大赦，才得以回京，只是難保有些人心意難平，若是又重翻舊帳，只怕對父親、對咱們李家都不利，所以，兒子以為，父親還是盡早回鄉的好，說出去，父親是回去為老太太守孝，又可以避免有心人算計，此舉乃兩全之策，父親以為如何？」

李敬賢沉默，明允已經把話說得這麼明白了，他還能不依嗎？當年他自己做過什麼他自己心裡清楚，只是查出他貪腐一百多萬兩銀子，已算是幸運了，要不然，判個斬立決也是輕的，的確是該防著有人跟他秋後算帳。

李明允又道：「當初老太太留下的產業，一共分成了三份，因著我們不在老家，屬於咱們的那一份就由大伯父和三叔父打理。父親若是回去了，便可把產業收回。小時候，我去過老家，是個山清水秀的好地方，閒時垂釣，蒔花弄草，倒也怡然自得，是個養老的好去處。」

「咱們父子是想到一塊兒去了，為父一路上也是這麼打算的，只要見到你們都好好的，為父就可以放心了。」李敬賢知道留下已是不可能，看李明則的態度，只怕他們兄弟倆早就謀劃好了，他要是死皮賴臉留下，日子也不會好過，還不如回老家。雖然是有些沒臉，但自己有一個當尚書的兒子，還有一個在吏部擔任要職的兒子，誰敢輕慢了他？而且，回鄉也不是一無所有，所以，李敬賢不得不識趣一回。想想又有些悲哀，當年兒子都該聽他的意思，如今，反過來，該他識趣，該他還就了。

見父親答應了，李明允微微一笑，「父親一路車馬勞頓，且好好休養幾日，待兒子都安排妥當了，再派人送父親回鄉。」

這件事就這麼定下了。李明允早就想好了，哪能讓父親待在京裡安樂，他還得做孝子賢孫模樣，這樣的父親實在是讓人難以忍受。再說了，韓氏不也在老家嗎？父親回去，只怕兩人還有得糾纏，這也正是他所期望的。

李明允應付地陪李敬賢吃了一頓晚飯，就趕回家去。

林蘭正歪在床上給肚子裡的孩子講故事。

講啥呢？孔融讓梨。她得教育孩子從小要友愛兄弟，要謙讓要有禮貌，末了，又撫著肚子說：「所以，你們在裡面要好好相處，不可以打架，不然遭罪的就是你們的娘我了。」

「說什麼呢？誰跟誰打架？」李明允笑呵呵地走了進來。

林蘭忙解釋道：「我在給孩子講故事呢，教他從小要懂禮貌，不能隨便跟人打架。」

「謙讓有禮好是好，但也不能太懦弱了。兒子，爹教你，人家欺負你一次，你可以原諒，但人家要是老欺負你，你就給我好好教訓他，爹給你撐腰！」李明允走過來摸摸林蘭的肚子說。

林蘭嗔了他一眼，「有你這麼教孩子的嗎？小心孩子以後成了小霸王，到時候你就盡忙著替他收拾爛攤子好了！」

李明允挑眉笑道：「咱們的孩子最明理了，我這是在教他做人的道理，一味忍讓可不是辦法，該強硬的時候就得強硬。」

林蘭承認李明允說的對，其實她也是那種恩怨分明的人，只是現在跟孩子說這些，他聽得懂？別越聽越糊塗了，於是蹙眉道：「你還跟我理論上了？」

李明允賠笑道：「小生不敢！」

林蘭推了他一把，「少貧嘴，快去把衣裳換了，洗個澡，我都能聞到你身上的汗味了。」

李明允這才起身去沐浴更衣。

如意送來酸梅湯，林蘭也給李明允也弄一碗。

李明允不怎麼愛吃酸的東西，但林蘭懷孕後似乎特別愛吃酸的，府裡除了酸梅湯，就沒有別的甜品。林蘭聞不了別的味，所以，他也只能喝這個。都說酸兒辣女，也不知道準是不準。其實他有幾回很想問問華文柏，蘭兒肚子裡懷的到底是男還是女。沒別的意思，是男是女他都喜歡，只要是蘭兒生的他都喜歡，他不過是好奇罷了，相當好奇。李明允一邊喝一邊看著林蘭的肚子笑，這裡面的小傢伙，到底是閨女，還是兒子呢？

「笑什麼呢？有什麼好事讓你樂成這樣，說來聽聽。」林蘭有些困惑，難不成渣爹回來了，明允還高興？

李明允笑道：「我是看著自己的孩子高興。」

林蘭笑嗔了他一眼，「說正經的，你去見父親都說了什麼？他還好嗎？」

李明允喝完最後一口，放下湯碗，嘆道：「妳若是見著他，只怕認不得了。老了，老多了。」

林蘭淡笑，那是自然。不能再過養尊處優的日子，一下子從高位淪落到被流放的囚徒，而且還是在那種清苦之地，受著心理和身體的雙重折磨，能不老嗎？

「今兒個我跟他把話挑明了，他待在京裡對誰都不好，我讓他回老家去。」

林蘭驚訝，「他答應？」

李明允眉梢略微揚起，「他能不答應？」父親的弱點他一清二楚，今日說動他的理由，最關鍵的一點便是有人翻他老底。父親當初到底貪沒了多少銀子，做了多少錯事，他全知道，父親心虛著呢！

「你們沒吵起來吧？」林蘭有些擔心，若是明允用逼的，傳出去總是不好。

「哪能呢？我是那麼沒分寸的人嗎？父親是自己答應回去的，回去給老太太守孝，又賺一個賢名，他何樂而不為？」李明允面含譏誚地說。

李明允走後，李敬賢抱孫子玩了一會兒，丁若妍說要給孩子洗澡，抱了孩子就離去。

連孫子都不讓他多抱一會兒，李敬賢甚感悲涼。

李明則也道：「父親一路勞頓，早些安歇吧！」

「明則啊，今日你二弟建議為父回鄉養老，你……意下如何？」李敬賢期待地看著大兒子。

李明則偷瞄了父親一眼，二弟竟然沒和他通個氣？這個問題須謹慎回答，他不是二弟，父親虧欠二弟太多，二弟說話可以直來直去，但他……其實他也有痛恨父親的理由，只是他從小就對父親敬畏，心裡有陰影，出格的言語還是說不出口。

李明則好好斟酌了片刻，說：「父親也有多年未曾回鄉了，葉落歸根，父親若是要回去，兒子定會為父親打點好那邊的事宜，讓父親能安享晚年。」

李敬賢失望地看著李明則，明則到底是在官場上歷練過了，說話也圓滑起來，話裡沒有一個字說讓他回去，但句句都明確表達了他的意思。

李敬賢嘆了口氣，「為父年紀大了，總想著子女能承歡膝下，但為父也知道，為父待在京城對你和明允的仕途多有不利，也罷，為父就回去吧。你祖母在世的時候，為父未能盡到為人子的孝道，回去陪陪她老人家也好。」

李明則沉默不語，算是默認了父親的話。父親在京城，的確是有諸多不便。這世上沒有不透風的牆，父親被母親下的那一刀，已經有不少人知曉，雖然大家不敢在他和二弟面前說三道四，但背地裡議論總是難免，他和二弟多少會有些尷尬，畢竟這是很不名譽的事。

林蘭之前藉口有孕身體不適，都沒去見李渣爹，等李渣爹定下日期就要回鄉了，她才過去請安，省得被人嚼舌根。

李敬賢已經聽說林蘭是林致遠失散多年的女兒，這個當初他看不上眼的媳婦，一躍成了將門千金，李敬賢對她的態度也來了一百八十度的轉變，噓寒問暖，還一再叮囑李明允要好生照顧林蘭，端的是個慈愛的公爹啊！

李敬賢只在京中待了十來日，就由李明則安排回鄉去了。李明允為了讓父親走得安心，準備了好些禮物讓他帶回去，算是給他充門面。

送走了李敬賢，大家都鬆了口氣，丁若妍最是開心，也有心情來看林蘭了。

「我瞧妳這肚子又大了一圈，我記得我懷宣兒的時候，五個月都還看不太出來。」丁若妍瞅著林蘭的肚子，很是羨慕，「依我看，妳這肚子裡懷的一定是個大胖小子，對吧？妳自己會診脈，應該早就知道了吧？」

林蘭笑道：「是男是女不都一樣嗎？我還希望是個女兒呢！女兒多好，娘的貼心小棉襖！」

丁若妍笑道：「說的也是，宣兒才八個多月，就已經調皮得不行了，我都犯愁。」

「他要是不調皮了，妳才要愁呢！只要孩子健健康康，比什麼都重要。」林蘭笑說。

丁若妍嘆道：「自己做了娘，才知道做娘的辛苦，宣兒一不舒服，我這心揪得，恨不得代他難受，偏生代替不了，這滋味只有自己知道。」

林蘭笑笑，這就是所謂的父母心吧！兩人沒聊多久，丁若妍記掛著兒子，就先回去了。

林蘭想著裴芷箐快要生了，讓玉容去藥房取個幾斤阿膠送過去，產後補血是最好不過的，又讓玉容給華文鳶送了張帖子過去，請她過府一趟。

華文鳶收到帖子就來了，笑說：「妳不請我來，我也正要來找妳。」

林蘭叫人給華文鳶看座上茶，方才道：「商會決定什麼時候開？」

「後天，所以，我想問問妳的打算。」華文鳶道。

德仁堂是京城百年老字號，華家是藥商協會的頭，在京城醫藥界有著舉足輕重的地位，華家的態度對商會的決議很重要。林蘭早就想好了，那些藥商們這次多是衝著她回春堂來的，畢竟回春堂起步晚，卻勢頭凶猛，大家心裡難免會對回春堂產生抵觸情緒。林蘭有心把那些開不下去的藥鋪吃過來，用現代的話說，就是兼併，企業重組，但要是沒有華家的支持，只怕會引起公憤。

「目前京城醫藥界的形勢，妳我都清楚，德仁堂是地位穩固，屹立不搖，而我回春堂雖是後起之秀，也算在京中站穩了腳跟，老百姓信任咱們，還不是因為仁信二字？咱們規規矩矩做生意，憑良心辦事，按說是不必理會那些人，這商場如戰場，從來都是有本事的吃肉，沒本事的喝湯，怪誰呢？可是，想想他們混碗飯吃也不容易。」林蘭說道。

華文鳶點頭，「是這個理，可是這陣子好些藥商找上門來，倒不敢說我德仁堂什麼，對你們回春堂卻是頗有微詞。」

華文鳶用頗有微詞這個詞已經算是含蓄了，林蘭可以想像得到他們的言辭有多激烈，且有拉攏德仁堂對付回春堂的意思。

林蘭笑道：「這些年，咱們兩家一直都是共進退，有利一起圖，有銀子一起賺，如今，有個大好的時機擺在面前，我也不好意思一人把好處全占了。」

華文鳶畢竟也是商人，商人圖利天經地義，聽林蘭這麼一說，頓時感興趣道：「願聞其詳。」

「有兩件好事，一件我已經跟妳兄長提過。」林蘭道。

華文鳶道：「是開善堂？」

林蘭點點頭，「沒錯，我想以咱們兩家的名義，聯手在京城開一家善堂，專門為那些窮得看不起病的老百姓義診，所有的藥材一律打對折。這件事，朝廷肯定是支持的，德仁堂和回春堂在老百姓心目中的地位也會更加穩固，當然，錢是賺不了了，還得貼補。」

華文鳶笑說：「大哥是十分贊成的，我也覺得可行。咱們為醫者，行醫濟世，救蒼生於疾苦，是行善積德的好事。貼些銀子不要緊，只要不是個無底洞，虧得太厲害就好。」

華文鳶比華文柏有生意頭腦，華文柏說好，大體是本性使然，但她說好，是看到了開善堂背後隱藏的好處。開藥鋪開醫館，最重要的就是口碑，口碑就是銀子，回春堂之所以短短三年便能與德仁堂比肩，靠的就是口碑，林蘭是極善於為自己造勢的人。也幸虧德仁堂沒有錯過每一次的機會，要不然，恐怕現在就是回春堂一家獨大了。這樣的好事，德仁堂自然不能落下。

「現在就要說第二件事了，那些開不下去的藥商，只埋怨咱們搶了他們的生意，也不反省反省，自己的鋪子為什麼會開不下去。他們用放低藥價來競爭，不僅亂了市場，更有甚者，為牟利以次充好。人家生病已是悲苦，再若吃了假藥，沒效果的藥，這銀子花下去，病還不見好，豈不是雪上加霜？這種現象若再持續下去，那可真要亂了。」

這點華文鳶也是認同，對目前的情況很是擔憂，「那妳的意思是？」

林蘭笑了笑，說道：「我的意思是，把那些開不下去的藥鋪都合併過來，以回春堂或是德仁堂的名義重新掛牌，算是咱們的分店。咱們和原藥鋪的掌櫃四六分成，藥材由咱們統一把關，藥價和診金也與咱們一致，大夫也要經過一定的考核，杜絕庸醫，這樣既可以規範市場，咱們有利可圖，他們也有銀子賺，一舉多得。」

華文鳶越聽，眼睛越明亮，林蘭這腦筋就是比別人靈光，這種法子都能想得出來。若是真的能成，這其中的利益相當可觀，不，是非常可觀。

「妳這法子好是好，可是，那些藥商的鋪子也都經營了好多年了，一下子叫他們捨棄自己的招牌掛咱們的名號，還得拿出四成的利潤跟咱們分，他們會同意嗎？」華文鳶馬上就想到這件事的難為之處。換作是她，讓她捨棄德仁堂這個百年老字號，她也是捨不得的，族裡的長輩肯定會跟她拚命。

林蘭微微一笑，慢吞吞地說：「事在人為，以你們德仁堂的號召力，加上回春堂的實力，要成事，並不難。」

「哦？我可是一點頭緒也沒有，不知妳有何高見？」華文鳶虛心請教。

「後日商會，我會讓我五師兄莫子遊前去，到時候妳只須把這個意思轉達，最早簽約的，第一年一九分成，第二年二八，第三年三七，以後就都按三七分成。咱們也不要多，就先簽三家，往後再簽約的，一律按四六分成。只要有腦子的，自然知道這是個難得的好機會，無須咱們去個個遊說，就看誰能喝上這第一口水。」林蘭笑得諱莫如深。

華文鳶低眉思索，林蘭這招真是夠絕的，這樣一來，藥商哪裡還能團結一氣，怕是個個都暗中盤算能從中謀取多少利潤了。

「好，我回去和族中長老們商議，盡快給妳回覆。」華文鳶抬眼，眼底已是堅定之意。

林蘭笑道：「那就辛苦妳了，若是你們德仁堂沒有意見，那咱們兩件事齊頭並進，善堂的鋪面我已經找好了，是我自家的鋪子，就在東直門。」

「行，我明日就給妳答覆。」這下華文鳶答得乾脆。

商會結束後，莫子遊就來彙報情況了。

「那些藥商叫囂得厲害，說咱們這樣做分明是想霸占他們的藥鋪，還說要去官府告咱們！」

林蘭嗤笑道：「告？他們拿什麼去告？這種事，你情我願，又沒人拿刀子逼他們！咱們這是在給他們提供一條生財之道，若是那些個投機的奸商，我還不樂意跟他們合作呢！叫就讓他們去叫，會叫的狗不咬人，你等著瞧好了，過不了多久，他們就會求著咱們去『霸占』他們的藥鋪了。」

「我只怕德仁堂頂不住壓力，今天看那華小姐和華家的長老臉色都很難看。」莫子遊擔心道，萬一華家變了卦，回春堂可就成了眾矢之的了。

「喝頭一口水是需要點勇氣和決斷的，華家那邊應該能頂一陣子，我估摸著不超過三天，就有人會找上門來。朝廷對咱們要開善堂的事大為讚賞，皇上已經答應到時候會欽賜匾額，以示褒獎，你抓緊把善堂的事辦妥了，爭取這個月就開張。」林蘭道。

莫子遊說：「善堂的事好辦，藥櫃現成的就有，搬進去就成了，我再去招幾個夥計。大夫的話，咱們回春堂這邊撥幾個過去，讓德仁堂也派幾個大夫先頂著。我盤算著，有個三五日就能開起來。」

林蘭滿意地點點頭，「這就好，你若是忙不過來，我讓福安過去幫你。他在藥鋪待過，也算有經驗，跟你配合得也不錯，反正我這府裡也沒什麼要忙的。」

莫子遊嘿嘿笑道：「我正想開口要人呢，師姊倒是先想到了。」

林蘭開玩笑道：「我還不是怕銀柳埋怨。」

說到銀柳，莫子遊臉上難得露出靦腆，說：「對了，還有件事要向師姊稟報，這陣子，有好些人來問咱們鋪子裡有沒有東阿阿膠出售，咱們這批阿膠都屯了好些日子了，是不是？」

「不急，再等幾日，等這件事先成了再說。」林蘭有她的考量，現在這當口，華林兩家的合作最重要。京城的阿膠原本都是德仁堂的，若是她的東阿阿膠進入京城市場，勢必給德仁堂的生意造成一定的衝擊。若是有心人趁機做文章，挑撥華林兩家的關係，只怕影響不小，所以，還是再等等，再說，阿膠的銷售旺季還沒到。

莫子遊得了示項就先回回春堂了，沒多久華文鳶來了。

「林大夫，我看這事有點懸，妳沒看到今兒個那場面，有幾家老字號激動得都拍桌子了。」

林蘭淡淡一笑，慢慢說道：「一開始有抵觸情緒是難免的，等他們回去琢磨琢磨，就會轉過彎來了。說到底都是為了賺錢，再說了，咱們又沒逼他們。」

華文鳶蹙眉道：「話是這麼說沒錯，但他們就是轉不過彎來怎麼辦？今天有人提出把京城的生意分為東南西北四個區域，你們回春堂占北，我們德仁堂居東，西和南的生意我們不能插手。那些藥商們分明是早就商量好的，一致贊成，只妳我兩家不曾表態。我是擔心，他們若真聯起手來對付咱們，非但兼併之事要黃，咱們兩家的生意也要大大受影響。」

林蘭聽了直笑，「他們也算是老藥商了，怎麼還這般天真？就算劃了地域又如何？他們能管得住老百姓的腿？老百姓愛上哪上哪，連皇上都管不了，豈是他們自己說說就能作數的？」

華文鳶嘆了口氣，「我倒是能頂得住，可族裡的長老有些動搖了，說什麼大家都不容易。」

「妳且回去告訴妳家長輩，那些藥商提出的方案完全沒有可行性，這得問老百姓答不答應。從古至今，我還沒聽說過看病還得分區域的。至於兼併一事，更不必著急，咱們還是照常開門做生意，該急的是他們。妳且等著吧，這會兒肯定有人在動心思了。」

聽林蘭說得這般篤定，華文鳶的心定了下來。兩人商量了下善堂的事，決定五日後開張。

忙了一下午，林蘭有些疲累，自打懷孕後，這腰就總是發酸，酸得難受，周嬤嬤就幫她揉。

「這小少爺在娘肚子裡就聽這些生意經，以後啊，肯定是做生意的料。」周嬤嬤笑咪咪地說，忽而又覺得自己說的不對，趕緊改口：「但凡會做生意的，腦子都活泛，書也讀得好。」

林蘭輕笑道：「妳怎麼就知道是個小少爺？」

周嬤嬤笑道：「老奴看二少奶奶的肚子尖尖的，定是男胎。二少奶奶自己心裡一定有數，老奴說的不錯吧？」

林蘭笑而不語，當初她為喬雲汐和丁若妍把脈都很準，說是男胎果然就生兒子，所以，周嬤嬤老是來探她的口風。其實，她也有給自己診過，說來奇怪，這脈象時而像男胎，時而又像女胎，沒法確定。

「是男是女都不要緊，二少爺說了，他都喜歡。」林蘭敷衍道。

周嬤嬤乾笑了兩聲，「說的也是，頭一個生女娃，第二個肯定是男娃。」

林蘭無語，這老人家就是喜歡男孩子，沒辦法啊，封建思想！

柒之章　表妹頻纏賭不忍

李明允下了衙，剛出衙門口，就看見葉家的一個小廝名叫常勝的在等他。見他出來，常勝就迎了上來，作揖道：「表少爺，我家老爺請您過府一趟。」

李明允挑了挑眉，「何事？」

常勝說：「這個奴才不清楚，老爺說是有要緊事。」

李明允思忖著問：「平日裡不都是阿財來傳話的嗎？今日怎麼讓你來了？」

常勝道：「阿財他娘病了，今兒個不在府裡，老爺就讓奴才來了。」

李明允看常勝神色無異常，便點點頭，跟冬子說：「那就去一趟吧！」

馬車到了葉府，常勝領著李明允去老爺書房，「二少爺稍候片刻，奴才這就去請老爺。」

李明允喝了一盞茶，葉德懷還沒來，冬子說：「要不，奴才去瞧瞧？」

李明允淡淡道：「不用，且再等等，若還不來，咱們就走。」

話剛說完，就聽見腳步聲。李明允抬頭望去，來的竟是葉馨兒，不由得蹙眉。

「表妹怎麼來了？舅父呢？」

葉馨兒半嗔半笑，「難道表哥見到我不高興嗎？」

李明允正色道：「若是舅父不在，那我先告辭了。」

葉馨兒卻是攔住了去路，溫言道：「表哥莫急，我爹是有事找表哥，只是剛才突然有點急事，出去了，說了讓表哥稍等片刻，他很快就回。我是怕表哥等急了，故而過來轉告一聲。」

李明允半信半疑，就算葉馨兒說的是真話，但這會兒孤男寡女共處一室，總是不好，便道：「那我再等等，表妹有事就先去忙吧！」

葉馨兒施施然走過來，給李明允斟茶，笑容溫婉，語聲溫柔：「我哪有什麼事可忙，天天就是待在家裡繡繡花什麼的。表哥難得過來，我總得好好招待表哥。」說著，將茶盞遞到李明允手上。

冬子翻了個白眼，心中鄙夷，表小姐那點心思全寫在臉上了，她也不去照照鏡子，自己這副模樣多下賤。以前就想勾引少爺，如今都成了棄婦了，還想勾引少爺，真是不知廉恥。

李明允被動地接了茶，葉馨兒還沒有走開的意思，站得離他極近。

李明允皺了皺眉，故意道：「表妹用了什麼香？怪刺鼻的。」

葉馨兒笑容一僵，這是她精心挑選的一味香水，叫凝香露，價值不菲。今兒個來見表哥，她特意灑了一些在身上，沒想到被表哥嫌棄。

葉馨兒窘迫地後退幾步，尷尬地笑道：「表哥的鼻子可真靈，我自己都聞不到呢！」

李明允笑道：「妳表嫂從不用香，我就是喜歡乾乾淨淨清清爽爽的，所以，對香特別敏感。」

冬子抿了嘴偷笑，還是二少爺狠，一句話就讓表小姐知難而退了。不過，冬子還是低估了表小姐臉皮的厚度。

葉馨兒媚眼如絲，含情脈脈地瞅著表哥，「表哥怕是身上沾了香，回去被表嫂質問吧？」

李明允笑而不語，不置可否。

葉馨兒又道：「聽說表嫂已經有四個月身孕了，我本該前去探望道喜的，只是，給我表外甥的禮物還沒準備好呢！等過些日子，我一定前去探望表嫂。」

「表妹不必這般客氣，妳表嫂身體不適，需要靜養。」李明允委婉地拒絕了她，蘭兒不喜葉馨兒，自然不希望葉馨兒去。

葉馨兒蹙起了眉頭，委屈地說：「表哥是嫌棄我是個棄婦，怕把不祥帶給表嫂嗎？」

李明允笑道：「表妹多心了。」

葉馨兒嘆了口氣，幽怨地說：「既然表哥不喜歡我去，那我便不去了。靈韻，妳帶冬子去把我準備好的禮物拿來。」

冬子愕然地看看表小姐，又看看少爺，表小姐這是想把他打發走啊！

李明允哪裡不知葉馨兒的心思，倘若這屋子裡當真只剩下他和她，誰知道她會做出什麼驚人的事情來，當即道：「看來舅父一時是回不來了，冬子，咱們走吧！」說罷起身對葉馨兒拱手，說：「還請表妹轉告舅父，等他回來我再過來。」

葉馨兒急道：「表哥再坐會兒嘛，好歹讓靈韻先把禮物取來！你既不喜歡我去，但那禮物，那些小衣都是我一針一線做的，表哥不會連這點面子都不給我吧？」

李明允已經完全可以肯定，今天是表妹誆了他來。上回蘭兒告誡他，他還沒當一回事，看來還是女人比較了解女人，他太低估表妹執著的心意了。既然看穿了，若還順著表妹的意思走，那麼，再落入圈套就只能說自己活該了。

李明允微微一笑，「既然是表妹的一番心意……冬子，你就跟表小姐去取禮物，正好我找管家有點事，待會兒你到府門口等我。」李明允不再給葉馨兒說話的機會，拱手道：「表妹，我先告辭了。」說完抬腿就走。

沒想到葉馨兒比他更快，攔住了李明允的去路，眼神透著無比的哀怨，幾乎要哭了，「表哥，你就真的這麼討厭我嗎？視我為洪水猛獸，避之不及！以前你不是這樣的，你明明知道我當初拒婚是為了你，如今與阮家三郎和離也是為了你，這輩子我就只想和你在一起！我沒有要求你娶我為妻，也不奢望你心裡有我，只要能待在你身邊，時時能看到你，我就心滿意足了！表哥，我就這麼一點卑微的念想，難道你就不能可憐可憐我嗎？你就真的這麼狠心絕情，看我痛苦一輩子嗎？」

冬子驚恐地看著表小姐，她還真是什麼都敢說啊！這也太……太不知羞恥了！

李明允面色陰沉得可怕，他冷冷地看著葉馨兒，說：「表妹，情愛二字，講的是你情我願，若是每個對我有心的人，我都要去憐憫，只怕也輪不到表妹妳。表妹也別說都是為了我才走到今日的地步的話，這樣沉重的心意，我承受不起。其實妳一直都是為妳自己，為妳自己，妳可以不顧父母的顏面，可以不顧家族的利益，可以不顧我的為難。當然，為自己也不是什麼錯，錯就錯在妳執著著不該執著的東西，今天，妳說的話我只當沒聽見，表妹，好自為之吧！」

葉馨兒本以為自己這樣低聲下氣，楚楚可憐地哀求，就算表哥不心動，也會心軟，沒想到表哥會這樣狠絕，完全不給她機會，不留一點餘地。一時間，羞憤、惱怒、傷心、絕望，所有情緒席捲而來，衝垮了她僅存的一點理智。錯過了這一次，她就再也沒有機會了。

葉馨兒向李明允撲過去，什麼名譽、尊嚴都不管了，她只想牢牢抓住眼前這個人，這個她心心念念了這麼多年的人，得不到，她寧可去死。

李明允沒想到葉馨兒會這樣猛撲過來，因為離得近，他幾乎沒有反應的時間。眼看著葉馨兒就要撲到他身上，突然橫地裡竄出一個人，擋在了他前面。

「表小姐，您別激動，我們二少爺這麼說也是為您好……」冬子攔著葉馨兒，也不管冒犯不冒犯，二少爺的名譽要緊，便抱住了表小姐往一旁擠，好給少爺逃跑的機會。

李明允尋了空檔，連忙出門去。

「放開我，你這個死奴才，竟敢冒犯我……」葉馨兒被冬子牢牢抱住，眼看著表哥離去，她簡直快氣死了。

「表小姐，您不要激動，您冷靜點，冷靜點……」冬子連抱帶推地把葉馨兒按在了椅子上，然後拔腿就跑。

主僕倆逃出門去，身後傳來一陣乒乓聲，估計葉大舅爺書房裡那幾件古董花瓶不保了。

兩人腳步一刻不停，一路上葉府的下人跟他打招呼，李明允也不理會。出了葉府，李明允就跳上馬車，冬子也跟了上來，催促車夫速速駕車。

「二少爺，剛才真是太險了，嚇得小的一身冷汗！」冬子驚魂未定地喘著氣，抹了把虛汗說道。他這輩子都沒有像今日這般大膽過，居然抱了表小姐。

李明允何嘗不是一身冷汗，剛才若是真被葉馨兒纏上，她再那麼一嚷嚷，那他便是渾身是嘴也說不清了。

「二少爺，這事您可得跟大舅爺好好說道說道，要不然，以後咱們哪裡還敢來葉家？」冬子憤憤地說。

李明允嘆了口氣說：「回頭你讓人找大舅爺問問，就說今日讓常勝找我來有什麼事。別的就不必多言了，大舅爺是個明白人。」

「那豈不是太便宜她了？」冬子猶自不忿，今兒個二少爺的名譽差點就毀在表小姐手裡了，不給表小姐一個深刻的教訓，她就不長記性。

李明允苦笑，這又不是什麼好聽的事？葉馨兒不管不顧，最後丟的還不是葉家的顏面，還有大舅父的顏面？大舅父得多尷尬啊！

「冬子，今日你表現得很好，回去本少爺重重有賞，不過，這件事還是不要讓二少奶奶知道了，她如今正懷著身孕，動不得氣。」李明允先給冬子提個醒，免得他說漏了嘴，多一事不如少一事。

冬子撇了撇嘴，嘀咕道：「這是小的應該做的，再說又不是擋刀子，就算是擋刀子，小的也不會眨一下眼皮。」

李明允笑了笑，吃一塹長一智，這往後他可真得小心點了。

林蘭今兒個左等右等，李明允還是沒回來。往日李明允有事耽擱時，都會讓冬子先回來稟報一聲，說個去向，好讓她安心的。

「二少爺怕是忙公務，忘了時辰，要不，派個人去戶部瞧瞧？」如意寬慰道。

林蘭擺擺手，懶懶地說：「不用了，妳家二少爺天天準時回家，上哪都得跟家裡報備，已經有不少人背後說閒話了，我若再派人去尋他，不得更招非議？」

如意笑道：「那是二少爺關心二少奶奶，二少奶奶記掛二少爺，也是關心二少爺，關別人什麼事？這嘴長在別人臉上，他們要說，總能找到由頭說的。」

林蘭睨了她一眼，「妳這丫頭，倒會安慰人的。」

如意笑道：「奴婢是實話實說罷了。」

正說著，玉容帶了個人進來，是裴芷箐身邊的丫頭若兒。

林蘭一見若兒，忙讓如意扶她起來，急道：「是不是妳家少奶奶要生了？」

若兒行了一禮，笑道：「回二少奶奶，是我家少爺讓奴婢前來報信。我家少奶奶今兒個早上開始陣痛，申時一刻，順利產下千金。」

林蘭吐了口氣，拍拍心口道：「這就好這就好，這幾日我正惦記著，算算日子也該生了，可是母女平安？」

「母女平安。小小姐長得跟少奶奶像一個模子刻出來似的，我家少爺歡喜得不得了。」

林蘭忙吩咐玉容：「趕緊把我準備好的賀禮送去，還有，派人去給大少奶奶報個信。」

若兒說：「已經有人去報信了，二少奶奶這，是我家少爺親自吩咐奴婢來的。」

林蘭點點頭，道：「妳回去轉告妳家少爺和少奶奶，就說我和李大人明日過府道喜。」

若兒又福身，替自家主子道了謝。

若兒走後，林蘭雙手合十，心裡默念：謝天謝地，看來芷箐沒遭什麼罪！

錦繡來問：「二少奶奶，是不是先擺飯？」

如意看看時辰，都已經戌時三刻了，可不能餓著二少奶奶，便道：「二少奶奶，還是先擺飯吧！二少爺也不知什麼時候回來，等二少爺回來，再讓廚房把飯菜熱一熱。」

林蘭摸摸肚子，的確是有些餓了，這陣子反應已經不是那麼激烈，漸漸有了食慾，而且很快就餓，到底是肚子裡有兩個小傢伙，一個人三張嘴的，於是，林蘭點點頭。

如意讓錦繡趕緊擺飯，晚飯照常擺在西次間。林蘭剛端起碗筷，李明允就回來了，還沒等林蘭數落他，就聽見外頭如意說：「二少爺才回呀，二少奶奶都擔心壞了。」

李明允皺著眉頭嘆氣，「今兒個部裡事情特別多，一忙就忘了時辰，直到肚子叫了，才知道已經這麼晚了。我先去換身衣裳，妳去伺候少奶奶，我稍候就來。」

李明允急著去換衣裳，今兒個葉馨兒用了那麼重的香，他可不敢保證自己身上沒沾染香氣。林蘭鼻子又很靈，若不先把衣裳換了，他可不敢近她的身。

如意懷疑地看著二少爺，因為她聞到了二少爺身上有種特別的香味。這香味她知道，是最近京城裡很流行的凝香露，上回明珠小姐出嫁，來了幾位夫人小姐，她曾聞過，還聽她們炫耀過。

而且二少爺以往回來，總要先去看看二少奶奶才去換衣裳的，今日是直接就去了淨房，如意心裡就更狐疑，準備出去找冬子問問。

李明允在淨房待了好一會兒，衣裳從裡到外都換了，還洗了臉，淨了手，確定自己身上乾淨了，才出來。

等他出來的時候，林蘭已經吃好了飯，坐在那裡等他。

「你幹麼呢？在裡頭待這麼久？」林蘭一瞬也不瞬地盯著李明允。

李明允坐下來，端起飯碗，夾了菜就開吃，邊道：「餓死我了，這個冬子也不知要提醒我，真是個蠢奴才！」

林蘭看他像餓死鬼投胎的樣子，就覺得不對勁。李明允從來都是優雅從容的，即便真的餓了三天，他也不會這樣狼吞虎嚥。不對，這裡頭肯定有問題！

「你慢點，別噎著了。」林蘭很溫柔地說。

李明允幾口飯下肚，就不那麼急切了，笑咪咪地看著林蘭，又看她圓圓的肚子，問：「今天孩子可還乖？沒折騰妳吧？」

林蘭笑得溫婉，「孩子比你乖多了。」

李明允訕然，蘭兒這是在責備他無故晚歸呢！

他無辜地說：「我哪有？」

林蘭也不多說，只道：「你慢慢吃，我得去園子裡走幾圈。」說著下了炕，錦繡忙來扶她。

「妳等我一會兒，我馬上就好。」李明允忙扒拉著碗裡的飯。

林蘭笑道：「吃飯要細嚼慢嚥，這樣有助於消化。」

林蘭出門，就看見如意拿著李明允剛換下來的衣裳放在鼻子底下怔怔出神。林蘭不由得皺眉，有一種很特別很不爽的感覺，就像當初知道白蕙瞞著她給李明允做衣裳那樣，難道如意對明允也起了那種心思？

錦繡沒心沒肺，沒頭沒腦，見如意這副模樣就叫了起來：「如意，妳幹麼呢？」

如意正專注地在想事情，冷不防被錦繡一嚷，嚇了一跳，回頭一看，是二少奶奶出來了。

如意覺得事情有點嚴重，捧了衣服走過來，還小心翼翼地往屋子裡看了一眼，把衣裳遞給二少奶奶，小聲說：「二少奶奶，妳聞聞。」

林蘭狐疑地看著如意凝重的神色，拿了衣裳輕輕一嗅，呃？是香水的味道，還挺濃烈的，難怪明允一回來就進了淨房半天不出來。

「二少奶奶……」如意在等二少奶奶示下。

林蘭默了片刻，低聲道：「拿去洗了吧！」

「是。」

「等等，妳待會兒去問問車夫。」

如意應聲，捧了衣裳離去。

林蘭又吩咐錦繡：「去把冬子叫來，我在花園的涼亭等著。」

冬子聽說二少奶奶找他，就知道壞事，好在他和二少爺已經套好了說辭。

「冬子，今兒個二少爺什麼時辰下衙的？」林蘭倚在涼亭的圍欄上，一邊往池子裡撒魚食，一邊漫不經心地問道。

「回二少奶奶，二少爺今日事忙，戌時一刻才下衙的，下了衙就趕緊回府了。」冬子故作鎮定地回道。

「是嗎？沒去別處？」林蘭自顧自撒著魚食，看池子裡的鯉魚紛紛游了過來爭食。

冬子鄭重道：「沒有。」

「那二少爺身上的香水味哪來的？」林蘭撒完了魚食，抽出帕子擦擦手，這才坐下來，笑吟吟地看著冬子。

冬子心頭一凜，露餡兒了？

「沒、沒有啊？怎麼會有香水味呢？二少爺一直待在衙署裡……」冬子硬著頭皮回道。

林蘭朝他招招手，「你走近些。」

冬子忐忑起來，二少爺都沒近表小姐的身就沾上了香水味，他還跟表小姐「親密接觸」了，豈不是更……冬子的腳怎麼也不敢向前邁。

林蘭看冬子眼神閃爍，越發確定冬子在說謊。他既然不敢走過來，那林蘭只好走過去了。她繞著冬子走了一圈，笑道：「冬子，你身上的香水味也好濃喔！」

冬子臉色刷白，噗通跪地，哭喪著臉道：「二少奶奶，是小的糊塗，小的今日閒來無事，就跟戶部侍郎朱大人的小廝去了……去了不該去的地方，都是小的的錯，小的不潔身自愛，給二少爺和二少奶奶丟臉了，還請二少奶奶念在小的初犯，饒了小的這一回，千萬別告訴二少爺，要不然二少爺斷不會輕饒了小的……」

林蘭一怔，琢磨著冬子的話有幾分可信度。說起來冬子今年也有十八了，青春少年對異性有些好奇，蠢蠢欲動，去尋個花問個柳的也沒什麼大不了，而且，冬子跟府裡的丫頭們都很談得來，只是，她還是不相信冬子會做這種事。

「冬子，我再給你一次機會，如果你不說實話，讓我查出來，可別怪我翻臉不認人。」林蘭口氣硬冷了些。

冬子嚇得一哆嗦，二少奶奶極少用這樣嚴厲的口吻對下人說話，可見二少奶奶是動真格的，這事能瞞得過去嗎？其實，這事又不是二少爺的錯，怪只怪表小姐賊心不死，不知羞恥，可是……二少爺一再吩咐不要多事，冬子咬了咬牙，狠下心道：「小的絕無半句虛言，小的知錯認錯，還請二少奶奶寬恕小的這一回。」

林蘭知道冬子對李明允忠心不二，若冬子打定了主意幫主子扯謊，她是沒辦法問出什麼來。正僵持不下，如意來了，見冬子跪在地上，便走到二少奶奶身邊，附耳說了幾句。

冬子豎著耳朵也沒聽清如意說了些什麼，心裡直打鼓。只見二少奶奶微微一笑，施施然坐了下來，就這麼笑著瞅著他，瞅得他心裡直發毛。

「冬子，你對二少爺果然是忠心耿耿，看來你眼裡就只有二少爺一個主子了。」林蘭不鹹不淡地說。

冬子連忙磕頭，「小的絕對不敢對二少奶奶不敬不忠。」

林蘭撫著肚子，緩緩道：「車夫已經交代了，其實二少爺早就下了衙，去了葉家，這樣，你還要幫著隱瞞嗎？」

如意還真有辦法，到老馬那一唬，就把真想給唬出來了。明允去了葉家本不是什麼大事，但是他衣服上的香水味，以及他欲蓋彌彰的種種表現，就說明這趟葉家之行不簡單。因為葉家有個讓她頭痛的人，葉馨兒。

冬子心頭一震，老馬這個混帳，不是說好了不許說出去的嗎？他怎麼什麼都招了？罷了罷了，看來是瞞不過去了。

「二少奶奶，您別誤會，二少爺的確是申正就下了衙，本來是要回府的，葉家的常勝來找二少爺，說是大舅老爺找二少爺有要事，二少爺就去了葉家。沒想到大舅老爺根本不在府裡，是表小姐讓常勝誆了二少爺去的。表小姐把二少爺堵在房裡，跟二少爺說了很多不該說的話，二少爺已經很嚴肅地告誡她了，可是表小姐不聽，還想……還想……小的只好攔著表小姐，讓二少爺脫身。小的對天發誓，二少爺沒有做半點對不起二少奶奶的事，也沒有說半句不應該說的話，二少爺是擔心二少奶奶知道了，徒增煩擾，這才讓小的瞞著二少奶奶的。」冬子把事情的原委全部說了出來。

如意氣哼道：「表小姐也太不像話了，哪有正經人家的小姐會做這種不知廉恥的事？」

「就是，二少爺也氣壞了，二少爺還吩咐奴才去給大舅老爺提個醒。」冬子也憤慨地說。

知道真相後，林蘭反倒冷靜下來了，對冬子說：「冬子，你忠心護主沒錯，但你別忘了，我和你一樣，都是為了二少爺好。」

冬子連連點頭，「是是！」

「有些事，二少爺是不方便出面的，但我可以，所以，以後再有什麼事，都不許瞞著我。」
「是是！」
林蘭道：「你先下去吧，別讓二少爺知道我找過你。」
冬子鬆了口氣，二少奶奶的意思是這件事她不追究了。
冬子走後，如意道：「二少奶奶，咱們可不能由著表小姐胡來，這次是沒出事，萬一下次真出了事如何是好？」
林蘭嗤地一笑，「她這種低劣的伎倆也只使得一次，妳以為二少爺還會再上她的當嗎？不過，這個人留著總是禍患，且讓二少爺自己去處理，再看看葉家那邊的反應再說。」
如意很是鄙夷地說：「真是人不要臉，鬼見了都愁。」
看如意義憤填膺的模樣，想到自己剛才還誤會了她，林蘭覺得有些慚愧。
林蘭正要回去，李明允尋了來。
「我就知道妳上這來了，都起風了，趕緊回吧，別受了風。」李明允笑著踏進涼亭。
林蘭道：「有風才涼快呢！今年這天氣也太悶熱了，都快八月半了，還跟盛夏似的！」
李明允過來攙扶她，「秋老虎發威不可小覷啊！」
「對了，你明天休沐嗎？」林蘭問。
「是啊，不過衙裡還有好些事沒處理，估計明早還得去一下。」李明允攬著林蘭，小心翼翼地下臺階。
「那你早點回來，我們一起去趟陳府。」
「是不是陳夫人要生了？」
林蘭笑道：「不是要生了，而是已經生了。今兒個若兒來報喜，說芷箐生了個大胖千金，母女平安。我已經讓若兒回話，說咱們明日一道去道喜。」

李明允聞言大喜，「果真？那是一定要去的，我明日去衙署交代一下便趕回來。這下子諭這小子該得意了，將來咱們的孩子還得叫他家的閨女一聲姊。」

「這有什麼好得意的，他還不是得叫你老大？」

兩人有說有笑地回了房。

如意暗暗鬆了口氣，一開始她還以為二少爺外頭有女人了，幸好不是，二少爺和二少奶奶這樣恩愛多好啊！她不由得又想起二少奶奶前陣子問她文山的事，這些日子又沒信了，也不知二少奶奶是如何打算的，會不會是文山看不上她？畢竟文山如今好歹也是一大管事了，她也知道二少奶奶做事從不勉強人的，文山若是不喜歡她，二少奶奶自然不會再提此事，哎，銀柳和玉容都有了好歸宿，她呢？她的歸宿在哪？想到這，如意不禁有些失落。

翌日，李明允早早去了衙署，丁若妍差人來問林蘭什麼時候去陳府，想和林蘭結伴去道賀。林蘭不知道李明允什麼時候能回來，索性約好了下午一同去。

葉德懷是第二天才知道葉馨兒昨日幹的好事，李明允差人來問昨日找他何事，葉德懷把常勝叫來一問，就什麼都知道了。葉德懷氣得差點倒仰。沒想到女兒還不死心，做出這等讓人不齒的事，這叫他的老臉往哪擱？葉德懷當即就要請家法，就算打死女兒也不能叫她再丟人現眼。

葉馨兒面對震怒的父親，毫無懼色，只是一臉悲戚，「父親，您就打死女兒算了，女兒這樣活著，生不如死！」

葉德懷氣罵道：「妳個不知廉恥的混帳東西，還敢說什麼生不如死？難道妳看不出來妳表哥對妳根本無心，他若是有那麼一點心思，為父早就替妳做主了！」

葉馨兒哭道：「表哥以前不是這樣的，肯定是表嫂之故，她就是一個妒婦！」

「呸，妳少在這裡自作多情、執迷不悟，妳不害臊，為父都替妳害臊！」葉德懷氣得臉都綠了，拿起家法又狠抽了幾下。

葉馨兒不躲也不哭，只咬著下唇，眼淚吧嗒吧嗒往下掉，淒然道：「是女兒不知廉恥，一切都是女兒的錯，可若非父親和母親當年一句戲言，女兒也不會起了這份心思。」

葉德懷愣住，當年明允回豐安的時候，他是跟王氏說過，把馨兒許給明允。他的確很喜歡明允，可憐明允沒了娘，那個無情無義的老爹又靠不住，只是當年明允還要守孝，馨兒年紀也還小，就想著等明允三年孝期滿了後再提此事，沒想到明允把林蘭帶了回來，這事只好作罷。

「父親，女兒也不想這樣的，可是女兒忘不了他，管不住自己的心！女兒不敢勞動了父親，女兒這便自行了斷，讓父親省心，女兒也可以解脫了！」葉馨兒哭著爬起來就往柱子上撞。

葉德懷氣歸氣，可是看女兒當真尋死，卻是慌了，「快攔住她！攔住她……」

管家眼疾手快，拉了小姐一把，可葉馨兒還是撞到了柱子上，頓時血流如注，昏死過去。

一屋子的人亂作一團，請大夫的請大夫，拿藥的拿藥，葉德懷懊惱得連連跺腳，直嘆：「冤孽啊冤孽……」

李明允從陳府回來，就知道了葉家發生的事，他也是驚詫，沒想到葉馨兒如此決絕，不禁茫然了。倘若葉馨兒當真為他而死，他於心何安？畢竟是表兄妹一場，沒有男女之情，總還有一份親情。

林蘭本來不想管這事，可是看到李明允心事重重的，就打聽了一下，看來葉馨兒尋死對明允的衝擊很大呀！這樣癡情的女子，倘若迷戀的不是她的丈夫，林蘭或許會同情她，可人家戀的偏偏是她的丈夫，就算她同情心再氾濫，也不可能把自己的丈夫讓出去與人分享，她的思想境界還沒這麼高，林蘭覺得事情有些棘手。

林蘭還在想對策，想著是不是去找葉馨兒談談，沒料到葉大舅爺先找她了。

坐在客廳裡，林蘭看葉德懷面有愧色，難以啟齒的神情，便猜到了七八分，而且他也知道今日明允要上朝，不在家，明擺著就是來找她，怕是大舅爺心疼自己的女兒，要跟她提非分的要求了。

林蘭滿心腹誹，卻只好打肚裡官司，且看大舅爺怎麼跟她開這個口。

「舅父，外甥媳婦昨兒個還跟明允提起，說明兒個給您老送中秋禮去呢！我們沒去看您，您倒來看外甥媳婦了，叫我好生過意不去！」林蘭隻字不提葉馨兒的事，只當作什麼也不知道。

葉德懷心裡苦澀，面上訕訕道：「外甥媳婦如今是雙身子的人，一切以身體為重，那些虛禮就免了吧！」

林蘭心說，您也知道我如今懷著身孕，還上門來給我添堵？

「舅父是心疼外甥媳婦，可外甥媳婦卻不能不知禮數。」林蘭笑道。

茶喝了四五杯，林蘭根本就沒問葉馨兒的事，葉德懷找不到合適的時機開口，心裡憋悶。他很清楚，這事只能是林蘭點頭才行，跟明允說都沒用。這輩子他沒少求人，為了生意上的事，什麼阿諛奉承、低聲下氣的話，他都可以說得情真意切，理直氣壯，唯獨這件事，當真讓他難以啟齒。可是馨兒撞柱子後，藥也不喝，飯也不吃，一心求死，他又豈能眼睜睜看著女兒這樣折磨自己，糟糕的是王氏又不在，只好自己出馬，豁出這張老臉求上一求。

「林蘭啊，妳說舅父對妳如何？」葉德懷咬了咬牙，問道。

林蘭怔了怔，笑說：「舅父何故有此一問？」

葉德懷硬著頭皮道：「林蘭啊，舅父是遇上難題了，真不知該怎麼辦才好。」

林蘭裝糊塗，關切地問：「是生意上的事嗎？」

葉德懷看著林蘭，心一橫，道：「是馨兒的事。」

「表妹她怎麼了？」林蘭繼續裝，心卻一直往下沉，大舅爺還是開口了。

「妳表妹她……哎，她的心思妳也知道，我是上輩子沒修好，生出了這樣的孽障，可她終究是我的親骨肉，我總不能眼睜睜看著她去死吧……」葉德懷悵然道。

林蘭默然，大舅爺愛女之心她能理解，但是誰來理解她的心情？

「林蘭，舅父一直將妳和明允視為自己的兒女，舅父知道你們倆好不容易才有今日，實在是馨兒她不爭氣，自甘下賤，林蘭，妳就看在舅父的面子，給馨兒一條活路吧！」葉德懷為難道。

林蘭吃驚道：「舅父何出此言，馨兒表妹的生死怎麼跟我扯上關係了？」

葉德懷知道林蘭不是個簡單的女人，他敢打賭，打從他進這個門，林蘭就知道他的來意，索性敞開了說：「其實在妳沒進門前，老太爺、老太太和我都有意讓馨兒嫁給明允，馨兒也是早就知道長輩們的心思，可是後來明允把妳帶回家，我們也就打消了這個念頭，但馨兒已然對明允動了情。當初她死活不肯嫁去阮家，是我硬逼著她嫁……我以為她嫁了人，也就死了心，沒想到……哎，馨兒也是可憐，她說，只要能讓她待在明允身邊，哪怕是做小也願意。既然她自己甘願如此，我也無話可說，林蘭，妳就讓明允收了馨兒吧！」

林蘭身子一陣一陣發冷，換作別人來說這番話，她當場就翻臉，可是對大舅爺，她不能，大舅爺對明允有恩，對她也是真心相待，可正是因為這樣，林蘭就特別心寒。

「舅父，外甥媳婦一直感念舅父的恩德，在外甥媳婦心中，舅父是最值得敬重的長輩，是最豁達開明的長輩，外甥媳婦也能理解舅父的心情，可憐天下父母心，但凡還有別的辦法，舅父都不會來跟外甥媳婦開這個口……」林蘭說道。

葉德懷連連點頭，很欣慰林蘭能理解他。

「可是，舅父的請求，外甥媳婦卻是不能答應。也許馨兒表妹是當真這麼想的，只要待在明允身邊，為妾為婢都無所謂，但是，知女莫若父，舅父應該了解馨兒表妹的脾性，這只是她眼下求之不得時所想，一旦她真的進了門，她能無所求嗎？當初阮家三公子不過是寵幸了一個婢女，馨兒表妹就將那婢女杖斃於阮家三公子面前，阮家三公子出去喝花酒，她還帶人到花樓去鬧，舅父，人都是得寸進尺的……」林蘭靜靜說道。

葉德懷嘴角抽搐了幾下，說：「那是馨兒故意要這麼鬧，目的就是想讓阮家休了她，她心裡始終放不下明允。」

林蘭輕嗤一聲，道：「好，就算她這麼做是為了明允，舅父，馨兒表妹為了明允能做到這分上，這份情誼，已經不是叫人感動，而是害怕。我和明允兩情相悅，早就許諾此生唯有彼此，馨兒表妹橫插一足，叫我和明允如何自處？她進門後，明允若是一直冷待她，她能甘心嗎？她能不爭嗎？可明允若是待她好了，她會不會想要的更多？舅父也許會說，賢慧的妻子不應該嫉妒，要有容人的雅量，我林蘭卻偏偏是沒有的。說句不好聽的話，臥榻之側豈容他人安睡？葉家外祖母，下至大舅母、二舅母，誰不是如此？舅父，我可以明確告訴您，馨兒表妹進門之日，就是我林蘭離開之時。」

林蘭態度堅決，這種事絕對沒有商量的餘地。她不是開玩笑的，李明允若是要納葉馨兒為妾，她馬上就休書一封，帶著所有家產走人，毫不客氣。

葉德懷來時就有心理準備，但林蘭的直言還是讓他倍感訝異，林蘭甚至搬出了老太太，搬出了王氏和戚氏，他若責備林蘭，就等於把自己的老母親、自己妻子、弟媳也一併責備了。葉德懷頭疼不已，這要怎麼說才好呢？

「林蘭，妳說的舅父都能理解，舅父知道妳很為難，但馨兒如今一心求死，我這個做爹的束手無策啊！」葉德懷只好以退為進。

林蘭輕笑道：「表妹以命相搏，孤注一擲，賭的就是舅父您的不忍。」

「這萬一她是來真的呢？」

「我只問舅父，若是哪家女子看上明允都來這一招，我是不是都得讓她們進門？」林蘭目光平靜地看著大舅。

「可馨兒是明允的表妹，豈是旁的女子可比？就算無愛，親情總是在的。」葉德懷的聲音不由得拔高了些。

林蘭無語了，大舅爺一心維護自己的女兒，已經全然不顧她的感受。

「我就這麼一雙兒女，為了他們，我豁出這張老臉來求妳，林蘭，也請妳體諒體諒舅父的難處，只要妳點頭，舅父一定會好好約束馨兒，不讓她惹是生非。將來她若有拈酸吃醋、不尊重妳的言行，舅父絕不護短，妳要怎麼處置都行，只請妳看在舅父的面子上，看在葉家的面子上，應允了吧！」葉德懷口氣又軟了下來。

林蘭默然良久，大舅爺已經把話說到這個分上，她還能說什麼？

半晌，林蘭才道：「我還是那句話，如果舅父執意如此，明允也有這個意思，那麼，我走。」

「林蘭，舅父一直認為妳是個通情達理的女子，這件事，妳再好好想想吧，明日舅父再來。」談判不歡而散，葉德懷悻悻離去。他實在想不明白，馨兒不過是求個妾室之位，又沒有要求與她平起平坐，男人三妻四妾，不是很正常嗎？更何況是明允這樣優秀的男子？林蘭的肚量實在太小了。

葉德懷走後，林蘭叫來周嬤嬤，讓她去葉家打聽一下葉馨兒的情況。

開玩笑，她才不會把自己的丈夫拱手讓人，拿死來威脅她，她才不吃這一套，說句不好聽的，妳葉馨兒死不死的，跟她有什麼關係？這個妒婦她當定了，管你們說什麼。

周嬤嬤還不知道葉德懷來此的目的，但她清楚葉馨兒為何尋短見。

「依老奴看，表小姐這是自知做了見不得人的事，怕老爺責怪，故而做出此舉。」林蘭冷笑，「她的目的可不止這些，她還想以此威脅舅父妥協，讓她進這個門。」

周嬤嬤驚訝，「是大舅爺說的？」

「不然，妳以為舅父找我所為何來？」林蘭心中直冒火，若不是懷著身孕，不宜動怒，她這會兒就去葉家好好教訓教訓葉馨兒。

周嬤嬤氣道：「葉家可從來沒出過給人做妾的小姐，老太太最恨男子納妾，當年老太爺被一個狐狸精迷上了，非要把人弄進門，差點弄得家破人亡，老太太為此幾年都不理老太爺。」

林蘭眼睛一亮，「有這事？我還是頭一遭聽說。」

周嬤嬤嘆了口氣道：「這事老太太都不讓人提，所以，知情的，也就府裡幾位老人，大老爺也是知道的。」

「那，方便說嗎？」林蘭小心問道。這可算是葉家的祕辛，她不會強迫周嬤嬤說，但這件事，可能對她有幫助。

周嬤嬤猶豫了片刻，說：「也不是不可以說，老太太不讓人提，只是怕聽了鬧心罷了。當年，老太太已經生下大老爺和二老爺，肚子裡又懷上了，那時候，葉家的生意還沒做大，但在當地也算是富甲一方。老太太懷著身孕，要照顧兩個孩子，還要侍奉婆母，打理家事，很是辛苦，也就沒什麼精力去管老太爺。彼時，老太爺的姨母新寡，帶了一雙女兒投奔葉家。那大女兒瞧著葉家富裕，老太爺模樣又俊，便動了心思，幾番言語挑逗，老太爺的魂就被勾走了，定要納她為妾。老太太心裡苦啊，鬧了幾回，但老太爺已然鬼迷了心竅，加上有母親撐腰，就不顧老太太反對，硬是把人抬了姨娘。從此禍事不斷，先是大老爺好端端差點掉水裡淹死，二老爺房裡半夜爬進了毒蛇，老太太懷孕七個月，早產下一個男嬰，那男嬰生下來，身上到處都是青斑，沒活過三日就死了。老太太起了疑心，開始暗查，後來才曉得都是那姨娘搞的鬼，拿到證據後，老太太不顧婆母反對，毅然將人送交官府。證據確鑿，那姨娘自知逃不過，在獄中上了吊，老太爺方知自己千方百計弄進來的人竟是一條毒蛇，心裡也很是愧疚，發誓再也不納妾。」

林蘭聽得心驚肉跳，好歹毒的女人，她分明是想除掉葉老太太和孩子，一人獨霸老太爺。

「老太太三年都不跟老太爺說一句話，直到後來有了三小姐，夫妻關係才稍有緩和，所以，老太太也特別疼愛三小姐，可惜……三小姐……」周嬤嬤想到三小姐，又是一陣戚然。

林蘭心裡已經有了主意，「嬤嬤，妳說，老太太若是知道葉馨兒尋死覓活地要嫁二少爺，她會怎麼想？」

「老太太肯定不會答應的。老太太早就有言在先，葉家的男子終身不得納妾，除非妻室七年無所出，葉家的女兒也不得與人為妾。」

林蘭笑了，「嬤嬤，多虧了妳這番話，要不然，我還真是為難了。這樣，妳也不用去葉家打聽了，我這就修書一封，把事情原委告知老太太，請老太太來定奪。」

周嬤嬤忙道：「對啊，咱把事情告訴老太太，看大老爺還敢不敢提納妾之事，大老爺是糊塗了啊！二少奶奶如今還懷著身孕，他也好意思來開這個口。這件事老奴親自去辦，正好老奴也想回去看看老太太。」

周嬤嬤對葉馨兒很有意見，認為葉馨兒這種人心術不正，若是進了這個門，怕是家無寧日了。

林蘭說寫就寫，洋洋灑灑寫了滿滿三張紙，先是彙報明允事業上的成就，再是報喜，說了她懷有雙生子的事，以及她認爹的事。雖然林蘭對這個爹不怎麼待見，但關鍵時刻還是可以用上一用的，末了才輕描淡寫地說了葉馨兒勾引明允事敗，故而尋死，大舅爺來求她讓葉馨兒進門。

周嬤嬤去收拾行李，晚上李明允回家時，她已經出發了。

晚飯後，李明允照例陪林蘭去後園子散步。

「明允，你還是抽空去看看表妹吧，怎麼說，她也是為了你才……」林蘭試探道。

李明允苦笑，「我去了又能如何？還是不去的好。」

「那你就不管她的死活了？我可是聽說，表妹藥也不喝，飯也不吃，一心求死。」

李明允蹙了蹙眉頭，「也不知她怎就鬼迷了心竅，她一心求死，我能有什麼辦法？難道當真要我遂了她的心願？那我也不如死了算了。」

林蘭噗哧笑道：「娶她還能讓你生不如死了？」

李明允鄭重了神色，深深望著林蘭說：「我早就發過誓，此生就與妳白頭相守。我的心不大，只能容下一個女人，妳已經把我的心占滿了，再容不下別人。」

林蘭聞言，甚感安慰，相愛容易相守難，動情容易專情難，李明允的確是個好丈夫。

「可是，咱們也不能眼睜睜瞧著表妹去死啊，怎麼辦呢？」林蘭想聽聽李明允的想法。如果她撒手不管，明允會如何解決此事？

李明允默然，緩緩踱步，這個問題他已經想了整整兩天，怎麼才能讓葉馨兒斷了對他的念想？那日在書房，他已經把話說得夠清楚明白了，還能再說什麼？給她兩耳光讓她清醒清醒？犯不上，哎……實在是有些無措啊！

「或者，你就納了她，就當養個閒人在家中。」林蘭故意說道。

李明允猛然駐足，回頭沉聲道：「不行，絕對不行！妳又不是不知道表妹的為人，她是那種肯安分守己的人嗎？妳可別心軟，到時候引狼入室！」

林蘭心中的那點鬱結徹底消除了，看來明允心裡什麼都明白。這就好，她還真怕明允心軟。

「可是，今日舅父上門來找我了……」林蘭諾諾道。

李明允臉色一暗，「找妳做甚？」
「舅父說，表妹自甘為妾。」
「荒唐，荒唐至極！」李明允怒道：「舅父真是糊塗了，他這一妥協，表妹只會鬧得更凶！」
「舅父也是愛女心切，可憐天下父母心，我挺同情他的。今日他上門來求我，他自己也是為難得很。」林蘭小聲道。
「看來，這事是拖不得了，我這便去葉家，跟舅父把話說清楚，要我納表妹為妾，是萬萬不能的。」李明允說著就往回走，他真是氣壞了，蘭兒最容不下的就是妾，最介意的就是這種事，如今蘭兒還懷著身孕呢，萬一要是氣出個好歹，葉馨兒十條命也賠不了。
林蘭連忙拉住他，「明允，你別衝動，你聽我說，這件事斷然拒絕不行，萬一葉馨兒來真的，她死了，雖然說她是咎由自取，但你我心裡也是不安，舅父就更別說了，他會因此而痛恨咱們，舅父這麼疼你，這麼幫你，說句良心話，若沒有舅父，你我也就沒有今日。」
「那妳說該怎麼辦？」李明允煩躁無比。
「先拖著，就說我如今懷著身孕，不宜談此事，等我把孩子生下再說。這樣，葉馨兒就會以為還有希望，舅父也不好苦苦相逼。我已經讓周嬤嬤帶了信回豐安，請示老太太。」

◆◆◆

葉德懷一夜無眠，想想今天還得去李家就煩悶到不行，連給人做妾人家都不願意收，他葉德懷活了大半輩子還沒有這樣窩囊過。人若自賤別人必輕賤之，葉德懷心裡清楚，就算林蘭和明允勉為其難答應了，馨兒過去日子也不會好過，哎，這可真是一招損人又損己的臭棋，偏偏馨兒就認死理，怎麼勸都不聽。

葉德懷叫來靈韻，問小姐喝藥了沒。

靈韻搖搖頭，說，小姐什麼都不肯吃。

葉德懷鬱鬱地嘆了一口氣，擺擺手讓靈韻退下，又吩咐管家給他備車。還沒出門，冬子就來了，傳李明允的話，說昨日林蘭差點動了胎氣，請他暫且莫提此事，一切等林蘭生產後再商議。

葉德懷低頭想了想，轉身去了女兒的繡樓。

葉馨兒此時正偷偷吃著靈韻塞給她的饅頭，當日撞柱子是情非得已，要不然父親豈能饒過她？絕食拒喝藥也是做給父親看的，沒想到父親當真心軟了，還為了她去找林蘭。這讓葉馨兒欣喜萬分，想著表哥一向敬重父親，父親出馬，此事必然能成。雖然父親昨日怏怏而回，但葉馨兒還是充滿了信心。哎……早知道這招管用，當年父親逼她嫁去阮家時就該使了。

「老爺來了。」樓下傳來丫鬟的通傳。

葉馨兒忙把剩下的半個饅頭塞進了被窩裡，抹乾淨了嘴巴，小聲問靈韻：「這樣可看得出我吃過東西？」

靈韻搖搖頭。

葉馨兒躺下繼續裝死。

葉德懷上樓來，看著病床上的女兒，面色蒼白，氣若游絲，床邊高几上的米粥和藥原封不動，又是心疼又是無奈。

「馨兒，妳表哥讓人來傳話了。」葉德懷在床邊坐下。

葉馨兒強忍住脫口詢問的衝動，慢慢睜開眼，有氣無力地喚了聲：「父親……」

「妳表哥說，妳表嫂眼下正懷著身孕，妳的事且等妳表嫂生產了之後再議。」葉德懷說道。

葉馨兒眼中亮起一抹光彩，表哥沒有一口回絕，還說以後再議，這是不是意味著表哥心裡已經有納了她的打算？

「妳也知道妳表嫂性子要強，與妳表哥又是那般情深意篤，她心裡不願意也是人之常情，更何況她如今懷著身孕，動不得氣，傷不得神，妳表哥也不得不顧忌著。妳就聽妳表哥的，好好將養身子，等妳表嫂生產之後，為父再跟他提此事。」葉德懷好言相勸。

葉馨兒心裡暗暗磨牙，該死的林蘭，現在妳肚子裡有貨，我奈何妳不得，我忍。這麼多年都忍下來了，也不差這幾個月，到時候，妳休想再阻攔我和表哥在一起。

「父親……」葉馨兒期期艾艾地說：「都是女兒不好，讓父親難堪了，只是，這是女兒此生唯一所願。」

「好了，為父知道，妳且安心養病吧。為父既然答應妳，就一定會為妳做主。」葉德懷安慰著，心裡卻是打著別的算盤，這事緩一緩也好，說不定幾個月後，馨兒又改變了主意也不一定。

林蘭等了一日，葉大舅爺也沒登門，可見緩兵之計見效了，現在只希望周嬤嬤能早點趕回來，希望葉老太太能為她做主。

馮氏每個月總要來這麼三五趟，不管林蘭對她是什麼態度，她總是笑臉相迎，熱忱以待，久而久之，林蘭對她的態度也有所好轉。馮氏備受鼓舞，加上老爺總催著她來，她來得越發勤快了。

「我瞧妳今兒個氣色不是很好，是不是身體不適？」馮氏關心地問。

林蘭苦笑，打從葉馨兒撞柱子之後，她這幾天都沒睡好，氣色能好嗎？

「也沒什麼，就是覺得身子越發沉了，有些累。」林蘭漫不經心地說。

馮氏瞧著林蘭的肚子，蹙了眉頭道：「這也大得太快了些，才五個多月，看起來倒像是有七八個月了。」

林蘭摸摸肚子，昨兒個她瞧自己肚子上已出現一道妊娠紋了，不知道到九個月會成什麼樣子。

「華大夫說孩子很好。」林蘭微笑道。

馮氏點點頭，「孩子好就好，我只是擔心這孩子太大了，妳又是頭一胎，會很辛苦。」

林蘭瞥了眼馮氏提來的一堆補品笑道：「所以，妳以後別再拎這些東西來了，再補下去，孩子不得更大？」

馮氏也笑，「這些可都是老爺讓我拿來的，妳留著，等產後補養身子也好。」

林蘭微哂，老東西對她的確是關心。

「山兒最近可好？」林蘭轉了話題。

「山兒好著呢！本來老爺還想讓他習武，山兒說，他要跟他姊夫一樣考狀元，還說是妳的意思，妳猜怎麼著？老爺就再也沒逼過他習武，以前我可是費了好多口舌都沒用，老爺啊，最聽妳的！」

林蘭莞爾，「做自己喜歡的事才有勁頭，山兒聰明伶俐，只要肯下苦功，做學問一定能成。」

「山兒刻苦著呢！如今是他自己要讀書，都不用我督促，先生也誇他進步很快！」馮氏說到兒子，眼睛就閃閃發亮，掩不住的自豪。

「山兒是個懂事的孩子，沒白疼他。」林蘭聽了也很高興。

「對了，今兒個來，還有一件要事想和妳商量。」馮氏猶豫著道。

林蘭笑了笑，「妳說？」

「馬上就是中秋節了，妳父親想讓妳和林風都回去過節。」

林蘭面露難色，沉吟著說：「可是，明允他大哥已經邀我們去他那過節了。」

馮氏急道：「可是妳父親可能過完節就要去福建任職了，這一去，也不知哪天才能回來。」

林蘭怔了怔，有這事？

「林蘭，妳父親真的很希望你們能回去過節，一家人好好聚一聚，再下次就不知道是什麼時候了。」馮氏懇切道。

林蘭不禁猶豫起來，去，還是不去呢？去了，豈不等於原諒他了？可是不去的話，老東西若真去了福建任職，怕是沒個三五年回不來……

「容我跟明允商議商議，畢竟已經答應了他大哥。」林蘭委婉地說。

「你們可得來，山兒早就盼著過中秋了，他寫了好多字，說是要給妳看呢！妳若不去，他該多失望！」馮氏打出親情牌，林蘭喜歡山兒，山兒在她心裡還是有點分量的。

林蘭想著山兒那張可愛的包子臉、期盼的眼神，心裡動搖了一下，點頭道：「我儘量吧！」

馮氏見事情八九能成，高興道：「那我可等妳的好消息了。」

晚上，林蘭問李明允，林致遠是不是要去福建了？

李明允支吾了一下，說：「可能吧。近年來福建一帶倭寇猖獗，原閩浙總督治理多年收效甚微，皇上是有意讓林將軍接任閩浙總督一職。」

林蘭聽到倭寇二字就憤怒，這些倭人最是無恥，從古到今，屢屢侵犯我朝，最最可恨的是，這些倭人從不承認自己的卑鄙行為，林蘭巴不得林致遠去了閩浙，一舉蕩平了那方彈丸之地，看他們還能囂張到幾時。

「咦？這事妳怎麼知道了？林夫人來過了？」李明允問道。

林蘭點頭，「是啊，又拿來一大堆補品，家裡都快擺不下了，也不想想我自己就是開藥鋪的，他們花這冤枉錢做甚？」

李明允笑道：「擺不下就拿到回春堂去唄！」

林蘭瞪了他一眼，「說這話也不怕人笑話，難道咱們還缺這點銀子了？」

李明允哈哈笑道：「開玩笑而已，妳也當真？」

林蘭嗔道：「跟你說正經的，馮氏今天來的目的是想叫我們去她家過中秋，我糾結著呢！你說是去，還是不去？」

李明允斂了笑容，認真地想了想，說：「妳糾結就說明妳是想去的，只是還跨不過心裡那道坎，覺得要是去了，就等於原諒了妳爹，就對不起妳娘，對不對？」

林蘭撇了撇嘴，李明允總能一眼就看透她的心思。

「蘭兒，其實，有句話我早就想問妳，如果妳娘還在的話，妳娘會不會原諒妳爹？」

這個問題，林蘭從未想過，一直以來，她都是從她自己的立場來看待這個問題，李明允這麼一問，她突然覺得很茫然，原本堅定的立場變得搖搖欲墜，娘會不會原諒他？也許娘會很生氣很傷心，但娘還是會原諒他的吧？畢竟娘深愛著這個男人，畢竟娘是這個時代的人，女子從一而終，視丈夫為天，就算丈夫做了錯事，妻子也得忍氣吞聲。

看林蘭神色黯然，李明允握了她的手，緩緩道：「妳心裡已經有答案了不是嗎？畢竟妳爹不是故意犯錯，妳娘再生氣也會原諒他的，況且妳爹是真心想彌補對你們的虧欠，他已經很努力在彌補了。蘭兒，聽我一句勸，有些事太過於執著，對己對人都沒有好處，他是妳爹是不可更改的事實。」

「可是……我心裡就是嚥不下這口氣。」林蘭悻悻道。

「妳看，妳心裡存了這個疙瘩，想起來就難受，多不好。要我說，妳根本無須這般糾結，不就是去過個中秋節嗎？去就去唄！禮節而已，又不代表什麼，只有心裡看淡了，妳才能真正解開這個心結。」李明允好言勸道。

林蘭恍惚著，是啊，她幹麼要這麼糾結，越是這樣，說明她對這個爹越是在意，何必呢？

◆◆◆

林蘭要去將軍府過節，丁若妍夫妻倆乾脆去丁家過節。丁老爺被釋放後，賦閒在家，此生重返仕途已是無望，如今丁家可全指望著李明則，希望他能拉大舅子一把。丁夫人以前把李明則看得比狗屎還臭，現在是將李明則奉為上賓，都不知該如何奉承才好。想當初李家二少奶奶就譏諷過她，三十年河東，三十年河西，莫欺少年不得志。那時，她哪裡會想到一朝風雲突變，乾坤反轉，而且報應來得這麼快。

林致遠怕林蘭臨時又變卦，讓林風帶了山兒一道去接林蘭。

「二姊，妳慢點走，咱們不急。」林山很懂事地牽著林蘭的手，瞅瞅她的大肚子，這裡面可是他的小侄兒或是小侄女呢，一定要小心才行。

林風和李明允看山兒一副小大人的模樣，皆是忍俊不禁。

林風故意開玩笑道：「三弟，你是不急，父親可是著急著呢！」

山兒撇了撇嘴，說：「父親好歹是個大將軍，這點耐心都沒有，怎麼帶兵上陣殺敵？二姊，咱就慢慢走，父親如今的脾氣是越來越急躁了，說風就是雨的，這樣可不好。上回我娘回家說聽妳咳嗽了幾聲，父親馬上就派人去弄了好些治咳嗽的藥，非得讓我娘馬上送來。我娘說妳懷著身孕，哪能隨便吃藥，就沒送來，這可苦了我了，前陣子我不小心咳了幾聲，父親把那些藥統統灌我肚子裡去了，到現在沒吃完。」末了，山兒甚是苦惱地學著大人的模樣嘆了口氣，一臉的無奈。

林蘭又好氣又好笑，「你爹也真是胡鬧，這藥又不是米飯，說吃就吃，別沒病也吃出病來。」

山兒深有同感地附和：「就是，我也這麼說的。」

林風哈哈笑道：「妹子，妳聽山兒誇大其詞，父親不過是給他吃了幾瓶枇杷膏而已，三弟吃得津津有味呢，三弟，是吧？」

山兒皺著小眉頭說：「大哥，您真是個老實人，我若不那麼說，還不知父親要塞什麼藥給我吃呢！要不，您幫個忙，待會兒晚宴的時候咳上那麼幾聲，好讓父親把剩下的藥都給您？」

林風哭笑不得，他這個弟弟人小鬼大，跟林蘭一樣刁鑽機靈。明明都是父親的血脈，怎就他生這般老實口拙呢？

林蘭驚訝道：「你爹到底弄了多少藥回來？」

山兒眼皮翻了翻，「也不是很多啦！十來瓶枇杷膏、十來瓶雪梨膏，治各種病因引起的傷寒方子開了七個，每個方子抓了二十一帖藥，反正家裡那張大桌子是放不下了。」

林蘭和李明允面面相覷，老東西這是要開藥鋪還是幹麼？難怪每次馮氏來都帶一大包補品，老東西喜歡搞批發啊！

李明允笑了笑，溫言對山兒說：「那是你爹心疼你二姊呢！」

山兒點點頭說：「父親是關心則亂，二姊家就是開藥鋪的，二姊自己就是大夫，他還送藥，若他這藥是到回春堂去買的還說得過去，肥水不流外人田，可他又不好意思去回春堂買藥，盡便宜了別人。」

林蘭忍著笑，刮了山兒一個鼻子，嗔道：「你哪來這麼多牢騷？快走吧！」

林蘭不由得加快了腳步，山兒一番牢騷，卻叫林蘭心裡莫名柔軟起來。老東西帶兵打仗是有幾分本事，在官場上也不缺圓滑世故，但在有些方面，真的是有些蠢笨，可就是這樣的蠢笨，卻更能突顯他的心意，其實他對幾個子女都是極疼愛的。

李明允忙上前虛扶著林蘭，林蘭加快腳步，是不是表示她心中又釋懷了一分呢？

四人還未到花廳，就看見林致遠在那翹首。

見他們來了，他臉上的笑紋頓時加深了幾分，快步迎上來，「慢點慢點，小心臺階。」

山兒笑嘻嘻地跑上前去，拉著父親的手邀功：「爹，山兒把二姊請來了，爹答應山兒的事可一定要做到喔！」

林致遠憐愛地摸摸山兒的腦袋瓜，笑道：「爹什麼時候騙過你來著？快幫爹扶你二姊進屋，可別讓風吹著了。」

老東西話裡句句透著對她的關愛，林蘭扶著李明允的手不自覺緊了緊。

李明允上前向岳父行了一禮，林蘭也要屈膝行禮，林致遠卻是一把扶住了她，「使不得使不得，妳現在可是雙身子，小心別閃了腰！」這樣說著，林致遠高興得都有些手足無措了。林蘭能來，他就已經歡喜不盡，現在還要跟他行禮，這是不是意味著他們的父女關係能更進一步了呢？

王嬤嬤一旁笑咪咪地說：「老爺知道二小姐和姑爺今兒個要來，早就念叨上了，這裡裡外外的都不知轉了多少趟，就盼著二小姐和姑爺呢！」

林致遠老臉一紅，薄斥道：「還不去稟報夫人，人都到齊了！」

王嬤嬤笑道：「老奴這就去。」

林蘭等人剛坐下，馮氏就抱了憨兒過來，額上微有些薄汗，笑說：「憨兒越發沉了，我抱著他不過是去廚房走了一趟，都有些喘了。」

林風要去抱兒子，憨兒卻張開手臂嘴裡喊著：「爺爺抱，爺爺抱……」

林致遠很是得意地把憨兒抱了過去，笑道：「好，爺爺抱，憨兒最乖了，跟爺爺香一個。」

憨兒聽話地噘了小嘴，在林致遠臉上親了一口，也不嫌爺爺的鬍子扎人，羨慕得林風直瞪眼，

「這小兔崽子，怎不跟你爹親啊？我可是你親爹！」

憨兒很無辜地睜著大眼睛看著林風。

馮氏笑道：「憨兒還小，小孩子都是這樣，誰跟他玩得多、抱得多，就跟誰親。你天天在外頭忙，憨兒難得見你幾回，自然會有些生疏，過會兒熟悉了就好了。」

林蘭也道：「哥，你若是羨慕了，那就早點再成個家，到時候憨兒就能天天跟你親了。」

馮氏附和：「這可是正理，林蘭，妳勸勸妳哥，我早就說給他物色媳婦，他一直推三阻四的，他這樣一個人住在外頭，身邊也沒個可心的人照顧著，我和老爺心裡都不踏實。」

林風窘迫得乾咳了兩聲，一旁的山兒馬上嚷起來：「大哥，你是不是傷風了？」

大家想到林山之前拜託林風的事，都忍不住大笑起來。

唯獨林致遠和馮氏不知道他們在笑什麼，莫名的你看看我，我看看你。

一頓中秋宴，倒是其樂融融，林風本想勸妹夫多喝幾杯，李明允怕自己一身酒氣熏到林蘭，不肯多喝，林致遠便替他解圍，說林風若是把明允灌醉了，到時候誰照顧你妹子之類的，林風只好作罷。

晚宴後，是拜月。

在花園的空地上，設了香案，擺了月餅、瓜果之類的。

林致遠拜過月神，又祭沈氏，以示追思，淒然道：「佩蓉啊，今日是中秋佳節，我和風兒、蘭兒終於是團聚了，妳在天有靈，一定要保佑蘭兒能順利產下麟兒，母子平安，也請妳放心，我會好好照顧他們，不讓他們再受苦，受委屈……」

馮氏也恭恭敬敬地點了三炷香拜了三拜，以示對沈氏的尊敬。

見此情景，林蘭不免傷懷，抬頭望月，月色皎皎，灑下一地銀輝，清冷如霜。

娘，放心吧，我和哥哥一定會過得很好！

李明允默默地握住林蘭的手，抬頭望著月亮，面上的神情專注而鄭重，彷彿在說：岳母大人，放心吧，我一定會好好照顧蘭兒！

從將軍府回來，一路上林蘭都倚在李明允懷裡，沉默地不知在想些什麼。

李明允摸著她的肚子，關切道：「是不是累了？」

林蘭搖搖頭，幽幽地說：「他是不是真的要去閩浙啊？」

李明允笑了笑，「妳是希望他去呢？還是不希望他去？」

林蘭默了默，道：「我只是覺得他這一走，又只剩馮氏和山兒了。馮氏也怪可憐的，成親多年，他們夫妻在一起的日子屈指可數。」

李明允沒有直接回答她的話，蘭兒有這種想法，說明她的心思已經慢慢在改變了，有些事，自己體會要比旁人道破的好，於是他柔聲道：「我去哪都會帶上妳的。」

回到荷花里，玉容說，靖伯侯夫人送來了月餅和時興的果子，靖伯侯還說如果二少爺方便，想請他過去喝幾杯淡茶。

靖伯侯相邀，李明允自然不能推辭，林蘭讓李明允把從將軍府帶回來的玫瑰餡餅、白果月餅拿去給宇兒嘗嘗。

李明允走後，玉容才說：「葉家的表小姐也讓人送來了禮物。」

林蘭微微蹙眉，「是什麼？」

「月餅啊。說是表小姐親自做的，還有一個平安符，是送給二少奶奶的，另有一個扇套是送給二少爺的。」

林蘭默然，誰要她的平安符，她少來煩擾就是最大的平安了，還送什麼扇套，當真以為明允會要她了？這麼迫不及待地獻殷勤！林蘭冷哼一聲：「都拿去扔了！」

中秋一過，天氣漸漸轉涼，可馮氏給林風物色媳婦的熱情卻是日益高漲，只要聽說哪家女子合適，就跑來與林蘭商量。

林蘭自然也很上心，大哥的婚姻已經失敗過一次，這一次無論如何也要找個人品好、性情溫柔，又識大體的嫂子才好。

兩人有了這共同的話題，感情不覺又親近幾分。

這日，馮氏、喬雲汐都在林蘭屋裡說話。

馮氏又興致勃勃說起了安西鎮撫司劉大人家的千金：「前日，劉大人回京，老爺帶了我一道去了他府上，為的就是讓我去見見這位劉小姐。」

「是她啊！我聽聞這位劉小姐一身好武藝，相貌是沒得挑的，只是性子冷淡，眼光又高，而且她揚言她夫婿必須強過她，有不少男子想去試試，結果都敗下陣來。那劉大人又是極疼愛這個女兒，事事順著她，因此，這位劉小姐年過十九還沒出閣。」喬雲汐道。

「可不是？起初我也覺得不合適，女人家還是溫柔婉約的好，要不然，夫妻倆一鬥嘴就真刀真槍地幹上，那還了得？可我家老爺有此意，我也只好去看看。」馮氏笑道。

林蘭察言觀色，看馮氏的神情似乎對這位劉小姐很滿意，不免好奇，是什麼事讓馮氏對這位劉小姐改觀了？

「那妳瞧過後覺得如何？」林蘭問。

馮氏笑道：「妳有所不知，劉小姐是劉大人的原配所出，劉夫人早年病逝，劉大人又娶了續弦，納了兩房妾室。那續弦的劉夫人生有一子，兩房妾室也各有一子，前日裡，劉夫人陪我在園子裡逛，就看見幾位小少爺在那爭執不下，還動起手來。劉夫人不問青紅皂白劈頭就訓斥兩位庶出的少爺，連帶著兩位姨娘也吃掛落。那嫡出的少爺就越發得意起來，一味指控兩位弟弟的劣行，劉夫人當即就要請家法……」馮氏說著喝了口茶。

喬雲汐急切道：「後來怎樣了？」

馮氏悠然地啜了兩口，繼續道：「還能怎樣，這嫡庶有別，尊卑有分，兩位庶出的少爺只能忍氣吞聲，誰知這時劉小姐來了，制止了劉夫人，問明了原由。原是嫡出的少爺尋釁滋事，兩位庶出的少爺委實氣不過，回了一句嘴，這才打起來。劉小姐就對劉夫人說，阿敏是妳的兒子，妳維護自己的兒子原也無可厚非，但妳莫忘了，阿威、阿武也是父親的血脈，妳身為嫡母就算一碗水端不平，也得講個理字。今日之事，顯然是阿敏錯在先，不能友愛兄弟，還一味欺負，但阿威、阿武跟哥哥動手也是不對，就算要處罰，也得三人一併處罰才是公正。」

「這話說得有理，只是她這樣說，劉夫人豈不是下不了台？」林蘭道。

「劉夫人又能如何？這劉小姐說話做事向來如此，幫理不幫親，劉夫人對她也莫可奈何，只能免了兩位庶子的罰，可劉小姐卻是不肯，說既然做錯了事就都該罰，縱之就是害之，便做主每人打了二十下手心，罰抄家規十遍。」

喬雲汐若有所思地說：「這劉小姐好魄力，是個能主事的人。」

「我也是這麼想，林蘭啊，我是覺得，這劉小姐為人正直，她必不會因為憨兒非她所出就苛待了憨兒。那些個看似溫柔賢慧的女子，若是自私起來，誰知道會生出什麼歹毒的心腸？倒不如選這種，性子爽快，為人正直的，即便不能視憨兒為己出，也不會做出什麼過分的事，妳覺得呢？」馮氏說著看向林蘭，問她的意思。

林蘭沉吟道：「妳的考慮也有道理，大哥這人，別看他威儀，其實性子溫吞，做事總是猶豫不決，劉小姐快人快語倒是能與大哥互補。妳且再留心打聽打聽，若真覺得不錯，我去與大哥說說。」

喬雲汐也道：「劉小姐的品行倒是信得過的，只是她的擇婿要求……妳大哥可強得過她？我聽我家侯爺說過，若這劉小姐是男兒身，必定是我朝一員猛將。」

馮氏笑道：「那就得看林風的本事了。」

正說著，如意端了個紅漆托盤進來，托盤上蓋了方紅帕子。

如意向二少奶奶和兩位夫人行了一禮，說：「這是表小姐送來的東西。」

林蘭很是厭惡地皺眉。

馮氏也不悅道：「這位表小姐可真是有心，我難得來幾回，就見她送了幾回禮，又是點心又是鞋襪，這是要做什麼呢？」

喬雲汐冷笑道：「這世上可沒有無事獻殷勤的人！」

礙著馮氏和喬雲汐都在，林蘭便說：「把東西拿下去吧！」

馮氏卻是喚住如意：「她今兒個又送了什麼？拿來我瞧瞧。」

如意把托盤捧到馮氏面前，馮氏揭了紅帕子一看，是套男子的衣裳，可不是做給李明允的？

馮氏當即氣道：「林蘭，妳也不能太好商量了，這人越發沒臉沒皮起來，她當自己是繡坊裡的繡娘，還是明允的妻子？這鞋襪衣裳也是她能做的？真真是不要臉皮了！」

葉馨兒與阮家三郎和離的事，她也有耳聞，葉馨兒在阮家的那些舉動早就傳遍了京城，如此悍婦妒婦，想不出名都難，如今這個不要臉的還賴上李明允了，這叫她怎麼能不動氣？

喬雲汐也道：「妳怎不將東西還回去？收下做甚？改明兒個她就得把自己打包送過來了。」

林蘭苦笑，自打中秋節，葉馨兒送了頭一份禮來，她就隔三差五送東西過來，而且一次比一次出格，扇套、香囊什麼的已經不足以表達她那份執著而熱情的心意，估計下回就該給明允送褻衣來了。

「算了，她愛送就讓她送，愛送什麼都由她去，我現在是沒心情，也沒這個精力去管她，等以後再說吧！」林蘭無奈地說，在葉老太太的決定沒出來前，她就先忍著，省得葉馨兒再尋死覓活的，更不省心。

「話可不能這麼說，這種人蹬鼻子上臉的，妳退一步她就進一步，妳若是不好意思，我去找葉家大舅爺說去，再不行，就把這事告訴老爺，看老爺怎麼收拾她。」馮氏義憤填膺地說道。

林蘭忙道：「千萬別，我自己的事我自己會處理，再說明允心裡有數，她也只能耍耍這些花招，若是撕破了臉，反倒不好辦了。」林蘭沒告訴馮氏她們葉馨兒尋死的事，畢竟還得顧著大舅爺的面子、葉家的面子，要是讓老東西知道了，老東西肯定暴跳起來去葉家理論。

馮氏不明就裡，很氣不過，說：「撕破臉就撕破臉，有什麼不好辦的？我還沒見過這麼恬不知恥的女人！」

喬雲汐琢磨著林蘭不是那麼容易被欺負的人，既然林蘭隱忍不發，定是有苦衷，或是心裡已經有了主意，更何況，李明允對林蘭的情誼，她是瞧得真真切切，不是別的女子耍點小把戲就會上當的，便勸馮氏：「妳還是讓林蘭自己拿主意吧，總歸是親戚，況且葉家大舅爺在京城口碑甚好，沒得為了一個不爭氣的女兒壞了名聲。」

馮氏依然氣不過，對林蘭說：「妳若解決不了這個麻煩就告訴我，我是什麼都不怕的，妳父親也一定會為妳撐腰。」

林蘭感激地笑了笑，「知道了，妳就放心吧，我是那麼好欺負的嗎？這事，我自己能解決，妳還是快些幫憨兒找個娘的好。」

馮氏和喬雲汐走後，林蘭讓如意把葉馨兒送來的衣裳賞給府裡的下人，看誰穿著合適就給誰。

那些鞋子襪子，她也是一併都賞給下人穿了。

葉府裡，葉馨兒問靈韻：「東西二少奶奶都收下了嗎？」

靈韻道：「奴婢未曾見到二少奶奶，說是正跟靖伯侯夫人她們在說話，奴婢就把東西交給如意了。」

葉馨兒唇角漾出一抹冷笑，她就知道靈韻是見不到林蘭的，她也知道林蘭肯定不會把這些東西交給表哥。沒關係，她還會送，時常送，她就是要讓林蘭動氣，最好氣死。

葉馨兒不動聲色地說：「妳讓喬大娘趕緊把表少爺的褻衣做好了，後日再送去李府。」

靈韻心裡實在憋悶，大小姐當真是走火入魔了，這樣做有什麼意思呢？二少奶奶還能把東西都交給表少爺不成？就算給了表少爺，表少爺也不會穿的，只會讓二少奶奶更加討厭大小姐。將來大小姐過門去，兩人更難相處。

靈韻哪裡知道葉馨兒的心思，葉馨兒壓根兒就沒想跟林蘭好好相處。

葉馨兒的一舉一動，都有人告訴葉德懷。葉德懷每每聽說了，只能長吁短嘆，罷了罷了，只要馨兒不再鬧，就隨她去。葉德懷已經給王氏去了信，讓她盡快回京，這個女兒他是管不了了。

豐安縣葉家大宅。

王氏還沒收到老爺的信，周嬤嬤就風塵僕僕地回來了。

主僕倆一別多年，都甚是想念。在葉老太太心裡，周嬤嬤可不是一般的下人，那是她最貼心的僕婦，最信得過的人，在感情上，堪比姊妹。

周嬤嬤突然回豐安，葉老太太不用想也知道，定是京裡出事了。

一番敘舊後，葉老太太就問：「明允到底遇上了什麼麻煩？還讓妳回來找我。」

周嬤嬤感嘆著，把二少奶奶寫的信交給葉老太太。

錦繡拎了個包袱氣鼓鼓地走進院子，掀了簾子要進屋又停住腳步，思忖了一下，把包袱放在外頭的地上，方才進屋去。

◆ ◆ ◆

林蘭的腳開始浮腫了，走路不方便，所以大多時候是歪在炕上。此時，林蘭正閉目養神，如意坐在一旁做針線活。錦繡站在十錦槅子旁，朝如意招手，如意看了看林蘭，放下針線，輕手輕腳地走了過去，小聲道：「什麼事？」

錦繡把如意拉到屋外，撿起包袱塞到如意手裡，壓著嗓子一臉憤懣地說：「妳自己看！」

如意打開包袱一看，是一套月白色的褻衣，頓時變了臉色，低聲問道：「又是那位送的？」

錦繡撇嘴道：「除了她還有誰？妳說她這是想做什麼？存心氣咱們二少奶奶是不是？」錦繡一時惱起來，說話也大聲了。

如意怕二少奶奶聽見了，忙道：「妳小聲點！」

如意把包袱塞回到錦繡手裡，說：「還是按老規矩辦，以後甭管她送來什麼，都不要拿進這個院子裡來了，二少奶奶如今身子越發沉重，可動不得氣。」

錦繡點頭，義憤填膺道：「我看二少奶奶身上的浮腫，八成就是被她給氣出來的！」

如意催促道：「好了，快別囉嗦了，趕緊把東西拿走。」

錦繡提了包袱出院子，正巧碰上玉容，錦繡又把東西給玉容看，玉容看了，把包袱一裹，說：「交給我吧，我拿去賞給倒夜香的邱老二去。」

錦繡掩嘴笑道：「對，她做的東西，也就配給倒夜香的人穿。對了，玉容姊，二少爺不會真的納她為妾吧？」

玉容冷笑道：「那是她癡心妄想，二少爺才看不上她！」

錦繡道：「可咱們也不能由著她這般沒臉沒皮，傳出去，外頭的人還道二少爺真的對她有意思，說不定她真的會這麼幹啊！」

玉容面色凝重起來，道：「虧得妳提醒，這事我得去給二少爺提個醒。」

李明允回府，剛進二門，就見玉容迎了上來，「二少爺……」

李明允微微頷首就往裡走。

「二少爺請留步，奴婢有事相告。」

「何事？」李明允回頭問道。

玉容福了一禮，方道：「今兒個表小姐又讓人送東西給二少爺了。」

李明允不禁皺眉，說：「都扔了便是。」

玉容回道：「已經處理了，沒敢讓二少奶奶瞧見。奴婢是想給二少爺提個醒，如今表小姐連褻衣都送了，能送的東西都送遍了，奴婢怕她又想什麼新花樣出來。二少爺，您可得防著點。」

李明允陰鬱著臉，良久才點點頭，默默地走了。

林蘭歪在炕上，腳下墊著軟墊子，這樣才有助於血液流通。如意用熱毛巾為她捂腳，林蘭看著自己的腳丫子，原本秀氣的腳，如今腫得跟熊掌似的，一按一個坑，要多難看有多難看。林蘭很擔心，現在才六個月，就已經腫成這樣，等到生產時，怕是整個人都要腫成肥豬了。

「蘭兒……」李明允進屋來。

「回來啦！」林蘭忙換上笑臉，要是讓明允看到她愁眉苦臉，他一定緊張得又要去請大夫。

如意起身向二少爺行禮。

李明允擺擺手，「妳先下去吧，我來給二少奶奶捂腳。」

「二少爺，這如何使得？」

「有什麼使不得的，妳二少奶奶懷的可是本少爺的孩子，本少爺可不能讓妳二少奶奶一個人辛苦。」李明允不由分說拿走了如意手裡的棉帕，吩咐她再去提些熱水來。

如意看了眼二少奶奶，只好下去提水。

李明允小心翼翼按揉著林蘭的腳，看林蘭這樣辛苦，很是心疼。

「這浮腫什麼時候能消退呀？腫成這樣，一定很難受吧？依我說，還是請文柏兄來看看。」

林蘭笑道：「沒事，不過是肚子裡的孩子壓迫到下肢的靜脈，血液回流受阻才這樣的，等孩子生下來自然就消退了。」

「那還得好幾個月呢，要是越來越嚴重了怎麼辦？」李明允擔心道。

林蘭開玩笑道：「我若走不動了，你抱我便是，不過，我怕你這會兒都快抱不動我了。」

李明允嘴角一揚，「那就試試？」說著就要去抱林蘭。林蘭忙推開他，笑嗔道：「別別，若是害得您老閃了腰，那可就罪過了！」

她這樣說，李明允更要證明自己的實力了。自從林蘭懷孕，他還真沒抱過她，記憶中的林蘭身輕如燕，他不費吹灰之力就能將她抱起來，所以不免有些托大了。第一次用力，只將林蘭微微抬起，李明允神情一窘，使出大力氣才將她抱起來，不由感嘆道：「竟沉了這麼多。」

林蘭笑道：「沒閃著您老的腰吧？」

李明允直了直腰板，「哪能啊？就這麼小看妳相公我？信不信我能抱著妳繞荷花池走兩圈？」

林蘭抿了嘴笑，「快別逞能了，明兒個胳膊疼腿疼的，我可彎不下腰給你按摩。」

李明允低頭看著林蘭大得出奇的肚子，就算大嫂要生那會兒也沒她六個月大呀！李明允小心翼翼地將林蘭放下，坐在她身邊，撫摸她的肚子。裡頭的小東西似乎感應到他的撫摸，動了一下，林蘭的肚子一邊就鼓了出來。

「他動了！蘭兒，孩子在動呢！」李明允每次摸到孩子在動，都很興奮，這種感覺實在是太奇妙了，那裡頭是他的血脈，是他和蘭兒共同孕育的新生命。因為有了他的存在，他和蘭兒之間便有了某種再也割不斷的聯繫，真正融為了一體。

「他現在可調皮了，估計這會兒在裡面打拳呢！」林蘭也笑，眸中漾著母性的溫柔與發自內心的喜悅。

李明允趴在林蘭的肚子上側耳細聽，那肚子的一處又鼓了起來，碰到了李明允的臉。

李明允笑了起來，「小傢伙，你這是要打老子呢！」

林蘭笑道：「他知道爹來了，跟你打招呼啊！」

李明允索性趴在肚子上跟孩子說話：「小寶貝，你要乖乖的，別老在你娘肚子裡胡鬧，你娘懷著你很辛苦的知道嗎？你乖乖的，爹就疼你，你要是不乖，等你出來，爹可是要打你小屁屁……」

正說打字呢，那小拳頭又頂了起來，一拳頂在了李明允的嘴巴上。

李明允啞然失笑，「好你個搗蛋鬼，還敢打老子了，信不信我進來揍你？」

林蘭笑得喘不上氣，「你進去揍他，怎麼揍啊，難道你還能鑽我肚子裡去？」

李明允笑眼咪咪地看著林蘭，「我自然有辦法。」

林蘭沒會過意來，笑嗔道：「你當你是孫猴子啊，能七十二變？」

李明允正要附耳過去說悄悄話，如意提熱水進來了，李明允忙坐好，裝模作樣幫林蘭捂腳。

晚上，林蘭先沐浴了，躺在床上看書。李明允浴後出來，把床頭的油燈拿走，「別看了，這麼昏暗的燈光，小心傷了眼睛。」

林蘭怏怏地合上書本，嘟了嘴道：「你自己平時不也這麼看書的嗎？」

李明允道：「那不一樣，妳現在是孕婦。」

林蘭撇了撇嘴，「我只聽說坐月子的時候不能在昏暗的光線下看書，再說了，我這是在培養孩子愛看書的好習慣。」

李明允把油燈放到臨窗的炕几上，煞有介事地說：「那也不行，要看妳白天看。」

林蘭鬱鬱道：「白天我一看書就犯睏，一到晚上反而有精神了，現在還早呢，我睡不著，難道你要我睜著兩眼數羊兒嗎？」

李明允本來是要看會兒書再上床睡覺的，這是他的習慣，不過林蘭這麼一說，他把書扔回到炕几上，笑咪咪地走了過來，說：「既然妳睡不著，那……不如我們找點事做。」

林蘭看他笑得詭異，那瀲灩的眸光中盡是曖昧意味，頓時明白他說的做事是指什麼，不覺羞紅了臉。其實懷孕的女人，有時候在那方面的慾望會更強烈。她自己是大夫，知道三個月的危險期過後做那種事，只要不是太激烈就沒關係，她也暗示過李明允，可是李明允一直很緊張，不敢碰她，好幾次都讓她很鬱悶，今兒個他怎麼就想通了？

林蘭怔愣的當口，李明允已經上了床，將她摟在懷裡，一手伸進裡衣，輕輕撫摸她的肚子。林蘭不安地扭了扭身子，李明允低頭吻著她的耳朵，在她耳邊輕道：「我問過文柏兄了，他說可以的……」

林蘭頓時漲紅了臉，羞憤道：「喂……你怎麼這種事也去問他，我也是大夫耶，幹麼我說的話你就不信？」

真是被他氣死了，自從她懷了身孕，他就再也不信她的話，什麼都得問過華文柏才安心。別的事就算了，連這種事他也去問，林蘭簡直想挖個地洞鑽下去。

李明允笑道：「別惱別惱，人家是大夫，問問有啥關係？我也不是不信妳的話，求個安心嘛！」嘴上哄著，手已經攀上了她的豐盈，輕輕揉捏著。

「蘭兒，這裡大了好多呢！」李明允輕咬著她的耳朵，低啞著嗓子，含糊不清地說道。

林蘭被他逗弄得渾身沒力氣，軟得像灘水，不禁嚶嚀出聲：「你輕點啊……」

「我會很小心的，我就進去看看我兒子。」李明允小心翼翼讓她轉過身去，從身後緩緩進入。

林蘭又是好氣又是好笑，這叫什麼話？進去看兒子？真虧他想得出來！

◆　◆　◆

李明允還是把玉容的提醒放在了心上，這日特意早早下衙去了趟葉氏綢緞鋪找大舅爺，讓大舅爺轉告葉馨兒，不要再送東西給他，莫要再節外生枝。

葉德懷也只有氣惱自己的女兒不爭氣，回去狠狠訓了女兒一頓。

說葉馨兒走火入魔還真是沒冤枉她，她腦子裡第一個反應就是林蘭攛掇的，是林蘭容不下她。葉馨兒恨得直咬牙，好，妳林蘭不讓我送東西給表哥，那我就送到表哥所在的戶部去。

於是，葉馨兒開始讓人送午餐給李明允，還特意讓人說明了是表妹送的。

別看戶部的官員們個個正經八百的模樣，八卦精神絕對不比女人弱，一聽說李尚書的表妹送午餐給李尚書，大家頓時跟打了雞血似的，猜測紛紛，看李尚書的眼神都曖昧起來。

也怪不得他們有這等反應，實在是這位風流倜儻、才華橫溢的李大人可以挖掘的新聞太少了，尤其是情事上，滿朝文武誰不知李大人用情專一，專一到懼內的程度，所以，這個新發現實在是太振奮人心了，終於驗證了天底下沒有不偷腥的貓這句話。純潔的李大人原來是悶騷，原來跟他們這些人沒什麼兩樣。

面對迅猛傳播的流言，李明允甚是火大，葉馨兒簡直是瘋了。為了顧全大舅爺的顏面，他和林蘭已是一忍再忍，可葉馨兒卻是得寸進尺，變本加厲，如今她更是有心製造輿論，這給他的名譽造成極大的影響，更是對林蘭的傷害。李明允覺得這事不能再聽之任之，放任不管。清者自清這種話只是自我欺騙和安慰，一句謊話說上十遍也就成真了。

還沒等李明允採取行動，林致遠怒氣沖沖地找上門來，劈頭蓋臉就是一頓訓斥。

「明允，你跟你那個表妹是怎麼回事？你是不是趁蘭兒有孕在身，做了對不起蘭兒的事？你當初是怎麼答應我的？啊？」

林致遠今天聽人在議論朝中某位大臣的豔聞，他還饒有興致地去湊和了幾句，後來發現大家的神情不對。有位武將把他拉到一旁偷偷告訴他，他們議論的人就是他女婿，林致遠差點氣得倒仰。事情擱在別人身上他能當笑話聽，可是李明允是蘭兒的相公，這能不叫他生氣嗎？他立時撇下所有公務，心急火燎外加怒火沖天地趕來質問。

李明允只覺腦門都抽搐了，這流言傳播得也太快了。他把人都遣了出去，親自倒了杯茶給老丈人，請老丈人寬寬心，聽他細說原委。

不說還好，這一說，林致遠又氣大了，一巴掌把茶几都拍癱了。

「原來那個賤人已經糾纏了你這麼久，原來蘭兒一直在受委屈！好啊，李明允，你是不是覺得被一個賤人愛慕著心裡很受用啊？啊？什麼暫且忍耐？我看你分明就是推脫之詞！你是什麼人？什麼大風大浪沒見過，什麼刁鑽無恥的人沒見過？你若真有心處理這件事，會讓事情演變到今日的地步嗎？」林致遠瞪著虎目，咄咄逼人地訓斥道。

李明允被罵得狗血噴頭，連連作揖告罪：「是是，這件事是小婿處理不當，實在是大舅爺對小婿和蘭兒有恩情，扯不下這張臉！」

「我呸！大舅爺幫外甥，這是天經地義，有什麼恩情不恩情的？你扯不下這張臉，就乾脆把這張臉丟了不要了是不是？我告訴你，你今日若不拿個章程出來，我來解決，我可不管那是不是你大舅爺，是不是你表妹，我只管我自己的女兒！我女兒在你家受委屈就是不行！」林致遠態度堅決，想欺負他的蘭兒，他還沒死呢，門都沒有！

李明允忙道：「小婿一定盡快解決此事，還請岳丈大人息怒。」

林致遠大手一揮，「息不了了！走，你這就與我一起去葉家，我倒要好好問問你的大舅爺，你們葉家還有沒有家教，他若是管不了那個小賤人，我替他管！」說著，林致遠上前拉了李明允的手就往外走。

李明允暗暗叫苦，這位老丈人就是個火爆脾氣，真要是上葉家去，估計會把葉家給拆了。

「岳丈大人，您且聽我說，您這樣氣沖沖地找上門去，事情鬧大了反而不好……」

林致遠回頭瞪他，粗聲粗氣道：「有什麼好不好的？已經是人盡皆知了，還有比這更糟的嗎？難道你是心疼你的表妹？」

李明允大汗，忙辯解道：「岳丈大人，小婿絕無此心，小婿對蘭兒絕對是一片真心！」

「那你還有甚好顧慮的？走，去葉家！」林致遠拉著李明允就要走。

李明允拗不過岳丈，只好道：「就依岳丈大人所言，只是，這裡是戶部，人多嘴雜，還請岳丈大人先到外頭稍等片刻，小婿交代一下公務，即刻就跟您走。」

林致遠雖是怒火中燒，但還存了幾分理智，想著李明允說的也有道理，便重重一哼，「那你快一點，別給我耍花招！」

李明允送走這尊怒佛，忙叫來冬子，讓他趕緊去將軍府把馮氏請去葉家。這件事，馮氏是知道的，請她來轉圜一下，免得事情鬧得不可收拾。

馮氏得了訊，頓時精神抖擻。好啊，她早就想教訓那個賤人了，是林蘭攔著不讓，今日既然老爺知道了，正好，她這口氣已經憋了很久了，這就去會會那個不要臉的丫頭。

莫說馮氏精神抖擻，冬子也一樣暗暗高興，反正這件事總要解決的，二少爺和二少奶奶顧著面子，想要息事寧人，可人家不領這個情，做得越來越出格，現在，二少奶奶的娘家出面，那是再好不過了。

葉德懷正在鋪子裡盤帳，府裡下人飛奔來報，說林大將軍和二少爺到府裡了，看情形不太對勁，請老爺趕緊回去。葉德懷驚得帳本都掉到地上，糟了，聽說那個林大將軍脾氣火爆，惱起來，遇神殺神，遇佛殺佛，這次定是為林蘭出頭來了。葉德懷顧不得交代一聲，連忙往家裡趕。

此時，葉馨兒正在繡樓裡急得團團轉，初聞表哥來了，她還一陣激動，再聽說林大將軍也來了，點名要見她，她就開始犯怵了，沒想到林蘭竟將她老子搬來對付她。

「靈韻，快去看看老爺回來沒？」葉馨兒急著催促道。

靈韻諾諾地下樓去，心裡腹誹，大小姐原來也就這點膽量，一聽說表少奶奶的娘家來人就嚇得臉都白了，早知今日，何必當初呢？表少奶奶是妳能隨便欺負的嗎？她實在是想不通，大小姐怎麼就能那麼自以為是，憑什麼大小姐就認為表少爺該娶的人是她？

林致遠耐著性子等了一會兒，見葉家大舅爺和那個小賤人遲遲不來，就嚷開了：「人都死絕了嗎？叫本官坐在這裡乾等！再不出來，別怪本官拆了這屋子！」

林致遠是什麼人，那是身經百戰的將軍，就是凶殘的突厥人見了他都要膽寒，他這一瞪眼、一怒吼，直把葉家的下人嚇得腿軟，一個個都低著頭不敢出聲。

李明允如坐針氈，他最不願意用這種方式來解決問題，沒想到到最後，還是要以這種方式來面對。罷了罷了，這樣也好，讓大舅爺知難而退，只是，這樣一來，大舅爺怕是對蘭兒要有成見了。

蘭兒對大舅爺是敬愛有加，要不然也不會一忍再忍。

葉德懷坐馬車匆忙往回趕，下車的時候，一時心急，差點從車上摔下來，幸虧車夫扶得快。在門口等候的管家快步迎上前來，「老爺，您可回來了，那林大將軍好大的氣派，嚇得奴才們都不敢在裡面伺候了！」

葉德懷穩住腳步，問：「大小姐呢？」

管家回道：「大小姐沒敢出來。」

葉德懷點點頭，整了整衣襟，大步往裡走。

葉德懷進了客廳就笑呵呵地拱手道：「不知林將軍到訪，在下有失遠迎，失禮了失禮了。」有道是伸手不打笑臉人，這件事畢竟是葉家問心有愧，葉德懷先以禮待人。

林致遠雖是個粗人，但也是粗中有細，雖然他很想把那個賤人砍了，很想把葉家大舅罵個狗血淋頭，但他還是要顧忌李明允的感受，能和平解決最好，解決不了再動粗也不遲，於是，他耐著性子起身還了一禮，不鹹不淡道：「本將軍是無事不登三寶殿，今日前來是有一事要問問親家。」

葉德懷依然笑容可掬，請林將軍坐下，方才道：「將軍有何事要問，只管道明。」

林致遠也就不客氣了，說：「我聽說親家想把女兒許給明允為妾，可有這事？」

葉德懷笑著說：「確有此事。實不相瞞，小女與明允早就情投意合，若不是明允自己做主娶了林蘭，我們葉家是有心成全這樁好事的，如今，小女不過是要求個側室之位，應該不算過分吧？」

李明允瞠目結舌，他什麼時候跟葉馨兒情投意合了？大舅爺再想維護自己的女兒，也不能瞎編胡謅啊？這不是害他嗎？

對於葉家大舅爺的解釋，林致遠才不相信，李明允的眼光不至於差到這麼離譜，那個小賤人自作多情倒是真的。

林致遠似笑非笑道：「葉家大舅，你我都是做父親的人，護犢子嘛，人之常情，不過我相信明允不是那種見異思遷、始亂終棄又不負責任的男子，他若當真與你閨女情投意合，我想也就沒我家蘭兒什麼事了，明允，你說是不是？」

這可是原則性的問題，李明允不敢有半點含糊，當即鄭重表態：「我李明允此生只愛過一個女子，就是林蘭。」這話，李明允說來問心無愧，曾經他以為他愛過丁若妍，但和林蘭在一起以後，他才明白什麼才是真愛，對丁若妍，只能說是欣賞，是好感，是最初的懵懂。

葉德懷面上肌肉抽搐，神情極為尷尬，他沒想到李明允一點情面也不留。

林致遠滿意地朝李明允點點頭，含了一抹譏誚道：「看來是葉家大舅誤會了，或者是你閨女自己臆測而已。既然現在明允都說清楚了，葉家大舅是不是還要固執己見呢？俗話說的好，強扭的瓜不甜啊！」

葉德懷臉色難看到極點，道理他都懂，事實他也知。說實話，他這輩子做的事，從沒這般理不直氣不壯過，可是，他又能如何？畢竟馨兒是他的親生閨女，馨兒已經為了明允毀了一生，如今就剩這麼點卑微的念想，他忍心拒絕嗎？

「親家，過去的是是非非，不提也罷，也說不清楚了，馨兒如今是個什麼情形，想必你也知道一二，她只求個妾室之位，不會危及林蘭的地位，難道這樣也不行？你我都是有兒有女的人，易地而處，我想你也會不忍。」葉德懷愴然道。

「親家這話說得可不厚道，你家閨女明知明允和林蘭夫妻恩愛，偏要橫插一足，明知林蘭懷著身孕，還三天兩頭送這送那給明允。香囊荷包什麼也就勉強忍了，如今倒好，變本加厲的送什麼褻衣，人還沒過去呢，就已經開始示威了。今日，更是把飯菜送到戶部去了，如此大張旗鼓，你倒是說說，你家閨女安的是什麼心？但凡還有點腦子的都能看清了吧？這已經不是危不危及地位的問題，而是存心要氣死人了，我家林蘭就是心軟啊，心善啊，總說大舅爺是她和明允的恩人，不想撕破臉，不想鬧得太僵，可這孩子有多委屈，親家，你知道嗎？你只心疼自己的閨女，怎不想想別人也是爹生父母養的，你的閨女受不得委屈，就叫別人去受委屈？說句親家不愛聽的話，你閨女受委屈那是她咎由自取，這世上哪有十全十美的事，又有哪一個人一輩子要什麼就能得到什麼的？難道親家就沒教過你閨女，不該要的東西哪怕再喜歡也是要不得的？做人貴在有自知之明，否則那就是自不量力，到頭來害人害己。」馮氏款款走了進來，一番話，言語溫和，卻是句句如針如刀，扎中葉德懷的要害。

「林蘭和明允向來敬重你這位大舅，說你是個極明白事理之人，我今兒個卻要說，親家這回卻是做了件糊塗事，護犢子也要分個是非黑白是不是？」

葉德懷原本也覺得自己理虧，但是馮氏的言辭太過刻薄，讓他羞惱起來，不由冷哼道：「難道說，我讓明允納馨兒為妾還是害他們了？這世上，多少男子不是三妻四妾？尋常事而已，林蘭若真是大度之人，又何必介懷？」

馮氏氣笑起來，「親家要這麼說，那我倒要問問親家，當初只因阮家三郎看上了個奴婢，你家閨女就將人棒殺，親家當時怎不勸勸你閨女要大度，要有容人的雅量？要不然，你家閨女也不會落得個被人休棄不是？」

葉德懷霎時臉都黑了，胸中氣血翻騰，差點噴出一口血來。

林致遠朝馮氏投來讚許鼓勵的一瞥，暗暗叫好。還是夫人說話乾淨俐落，對於不識好歹的人，就該這麼對付。

李明允則是暗暗叫苦，他讓冬子把馮氏請來，原本是指望馮氏能來轉圜一下，結果馮氏出言比老丈人還狠厲，句句戳中大舅父的痛處，這可如何是好？

葉馨兒其實早就來了，一直躲在屏風後偷聽，林將軍說的話還算委婉，但是這個馮氏，對她和父親極盡侮辱之能事，眼看著父親被她說得回不上話來，葉馨兒忍耐不住，從屏風後轉了出來。

「林夫人，如果我聽到的傳言沒有錯的話，那麼，妳既知沈氏的存在，若真那麼有骨氣，那麼大度，那麼有自知之明，就該自請下堂！真不明白妳怎麼還有臉面站在這裡以林夫人的身分說話？」葉馨兒的臉因為憤怒而漲紅，聲音因為憤怒而顫抖，這個死婆娘，什麼東西嘛！

林致遠終於見到這個小賤人了，終於見識到什麼叫做人至賤無敵，當即就想發火，馮氏卻是按住了他的肩膀，轉而笑咪咪地對葉馨兒說：「我當然有臉站在這裡說話，至於為什麼，我沒必要向妳解釋，因為妳不配。」

好啊，她正愁小賤人不出來，如今小賤人自個兒跳出來了，那她還客氣什麼？

「妳知不知道自己已經臭名遠揚，還想賴著明允，還大言不慚地說什麼只有這點卑微的念想！妳既知明允對妳無情，還一味糾纏不休，是為無有羞恥之心；妳既知林蘭有孕，還一而再，再而三地去氣她，是為用心險惡，歹毒非常。試問，妳這種無恥惡毒的女人，誰敢要妳？別說是做妾，就是做個婢女，人家也要嫌棄三分！葉馨兒，有句話說的好，人必自辱而後人辱之，妳的所作所為，叫葉家蒙羞，叫天下所有女人都為妳感到羞恥！」馮氏毫不客氣地說道。

葉德懷一拍桌子，大聲喝道：「夠了，我的閨女，還輪不到別人來說教！」

林致遠也刷的站起來，回應道：「你的閨女若是不去破壞別人的家庭，誰願意來說教？」

葉德懷爭鋒相對道：「這是我們葉家的事！」

林致遠怒目相對，毫不示弱道：「但林蘭是我的閨女，有本事，你讓明允休了林蘭！」

李明允一個頭兩個大，忙起身攔在兩人中間，向兩人作揖道：「岳丈大人、舅父，你們且都消消氣，聽我說一句。」

葉德懷和林致遠互相瞪了一眼，齊齊別過頭去，重重一哼。

李明允看著始作俑者的葉馨兒，嘆息道：「表妹，該說的話，我都已經跟妳說明了。」

不等李明允把話說完，葉馨兒就淚汪汪地瞅著他，戚戚然道：「表哥，我到底哪點比不上林蘭？你就當真這樣嫌棄我嗎？今日我只要你一句真心話，如果……如果你真的不願意納我為妾，那我絕不再糾纏你，反正已經生無可戀！」

葉德懷聽到「生無可戀」四個字就心驚肉跳，急道：「馨兒，妳莫要再做傻事！」

葉馨兒掩面嚶嚶啜泣，模樣十分可憐。

馮氏鄙夷地翻了個白眼，葉馨兒除了這招，就沒有新鮮一點的花樣了？但凡總把死字掛在嘴邊的人，多半都是怕死的。

李明允看了眼擔憂的大舅爺，深深嘆氣，「表妹，也許在妳眼裡蘭兒有很多地方不如妳，但她在我心裡，是完美無缺，獨一無二的，我這樣說，妳應該明白了吧？所以，我是不會納妳為妾的，就算蘭兒點頭，我也不會，因為，我的心裡已經容不下別人了。」

「好，說的好！」一個蒼老卻不失威嚴的聲音響起。

眾人尋聲望去，只見周嬤嬤和王氏扶著葉老太太緩緩走進來。

葉德懷大驚，忙上前跪地行禮，「母親如何來了？兒子竟然不知，未能遠迎，實在是不孝！」

李明允也忙搶步上前，向老太太行禮，「外祖母，甥兒不孝，讓外祖母受累了。」

葉老太太扶起李明允，欣慰地看著外甥，一別數年，李明允已經褪去了青澀，終於長大成人了，有擔當，有氣魄，好，好，好得很啊！

葉老太太瞥都不瞥兒子一眼，徑直走到上座，站定後，對林致遠夫妻二人說：「親家請坐。」

林致遠夫婦對葉德懷心有怨懟，但對葉家老太太還是給予了應有的尊重，兩人都平復了心情，坐了下來。

葉德懷埋怨地看著王氏，老太太來京，她都不事先知會一聲，真是的，弄得他這般措手不及。王氏避開老爺的目光，心裡發虛，她哪是不知會，而是老太太不允許。

葉馨兒有種不好的感覺，祖母這次突然前來，怕是為了她的事來的。祖母一向嚴厲，說一不二，是葉家的權威，若是祖母不幫著她，那她是沒指望了。葉馨兒又期期艾艾地去看母親，母親卻給了她一記狠厲的瞪眼，這叫葉馨兒越發惶然。

葉老太太坐定後，點了葉德懷的名：「老大，你是看我老婆子年紀大了，管不了你了，還是覺得自己翅膀硬了，可以對我的話陽奉陰違了？」

老太太的話讓葉德懷大汗，是老太太聽見了他們剛才的對話，還是老太太特意為此事趕來京城？葉德懷心裡惴惴不安，連忙上前兩步又跪下，低著頭惶恐道：「兒子不敢！」

葉老太太沉著臉問道：「那你倒是說說，葉家家訓第三條是什麼。」

葉德懷完全可以肯定老太太的來意了，頓時脊背生涼，額上冒汗，沮喪地說：「葉家家訓第三條，葉家男子一律不得納妾，除非妻室七年無所出；葉家女子一律不得與人為妾，否則逐出葉氏，永遠不得再踏入葉家之門。」

葉老太太目光沉靜地看向林致遠夫妻，說：「親家，我葉家出了不守家訓的不肖之徒，讓你們見笑了。林蘭是我親自相中的外甥媳婦，自從她嫁給明允，一直恪守婦道，盡心盡力輔佐丈夫，如今更是懷了雙生子。老身對這個外甥媳婦十分滿意，今日就算是皇帝的女兒要嫁給明允，只要老身還有一口氣在，我就絕不會答應。」

馮氏忙道：「有老太太這句話，我們就放心了。」

葉老太太道：「這件事，老身自會給你們一個交代，老身還有家務要處理，改日再請親家和親家母來敘話。」

馮氏明白，畢竟家醜不好外揚，葉老太太已經拿出了態度，擺明了立場，她們是不便再留下看人處理家事，便拉了老爺起身告辭。

李明允此刻腦子裡盡是老太太說的雙生子一事，老太太不會信口胡謅，定是蘭兒告訴她的。難怪蘭兒的肚子這麼大，原來是懷了雙生子，可為什麼蘭兒不告訴他？文柏兄也沒有說。他恨不得馬上回家問清楚，可外祖母卻說：「明允，你留下。」

林致遠夫妻走後，葉老太太凌厲的目光就落到了葉馨兒臉上。葉老太太在葉家的威信遠比葉老太爺更大，葉家從上至下，沒有一個人敢反駁老太太的意思。葉馨兒不怕父母，但對這位威嚴的祖母卻是極害怕的。被祖母這樣瞪著，她心裡發虛，兩腿發軟，不由自主就跪了下去。

葉老太太此時已不似剛看到林蘭來信時那般震怒，如果當時葉馨兒就在她跟前，她都不知道自己會怎麼處置葉馨兒。經過這一路的深思，她已經冷靜了許多。所謂養不教，父之過，但追根究底，是她的過錯，因為德懷夫妻早年都在外地做生意，馨兒從小就跟在她身邊，也因為馨兒的樣貌脾性跟自己的女兒，明允早逝的母親有幾分相似。她思念女兒，故而對馨兒就特別疼愛些，以至於寵得她無法無天，連這樣丟人的事也做得出來。

「馨兒，祖母算是白疼妳一場了。」葉老太太痛心道。

「祖母……」葉馨兒期期艾艾地喚了一聲。

「妳覺得自己樣樣都比林蘭強，心裡不服氣，覺得妳表哥就該休了林蘭娶妳才是正理。馨兒，祖母當真是想不明白，妳這種自以為是的想法從何而來？退一萬步，就算林蘭真的什麼都不如妳，那也是妳表哥自己喜歡，跟妳有什麼關係？憑什麼妳喜歡表哥，妳表哥就非得喜歡妳？一個正經的女子，就算心裡有這些想法就會覺得羞恥，妳還大言不慚地到處宣揚，還敢拿死來要脅妳父親，要脅妳表哥……」葉老太太氣悶道。

葉馨兒淚眼婆娑，心裡卻是懷恨，「是不是林蘭背地告我的狀，我就知道她最是陰險歹毒！」

「住口！妳說人家陰險歹毒，妳也不瞧自己都做了什麼？妳真以為林蘭是怕了妳？論手段論計謀，就妳這點心思花樣，給人提鞋都不配！人家是念著葉家的好，是不想明允左右為難才忍了，妳還在這裡大放厥詞，馨兒，妳真叫祖母失望！」葉老太太氣道。

葉馨兒哭道：「難道，孫女喜歡一個人有錯嗎？」

葉老太太沉聲道：「喜歡一個人沒錯，但是喜歡一個妳不該喜歡的人，還付諸行動用卑劣的手段去爭去搶就是錯！」又狠下心道：「妳與阮家三郎的事，祖母就不追究了，今日祖母給妳三條路妳自己選，一是從此斷了非分之想跟祖母回豐安，祖母為妳另尋親事；二是祖母為妳尋一處清靜的庵堂妳去做姑子；第三條，妳若真的生無可戀，要死要活，那妳就去死，要上吊還是吃砒霜，祖母替妳備好。我們葉家寧可沒妳這個孫女，也不能讓妳丟了葉家的臉面！」

葉馨兒瞬間臉色刷白，委頓於地，不可置信地看著決絕的祖母。祖母向來最疼愛她的，祖母怎能為了一個外人就這樣嚴責於她？

葉德懷和王氏心疼女兒，可老太太發威，誰敢說話？兩人只能在心裡乾著急。

葉老太太目光轉向心不在焉的李明允，說：「明允，外祖母今日說的話，你也聽見了，你回去告訴蘭兒，她的事，我為她做主，叫她好生養胎，外祖母明日過去看她。」

李明允這才回過神來，起身拱手行禮，恭敬回道：「多謝外祖母成全甥兒和蘭兒。」

終之章　攜手白頭踏紅塵

林蘭一點兒也不知今日葉家發生了這麼多事，喬雲汐送來一籃新鮮的柳丁，她正吃得津津有味。在這個年代，沒有大棚種植，也沒有空運，一年四季，能吃到時令水果就很不錯了。

如意來報，說林夫人來了。林蘭還以為馮氏又來商議給大哥物色媳婦的事，忙讓人把馮氏請進來，又叫錦繡再去切幾個柳丁讓馮氏也嘗嘗鮮。

馮氏瞧林蘭氣色不錯，就有些猶豫該不該告訴林蘭老爺和她去葉家的事。想來想去，還是告知的好，葉老太太來了，問題應該很快就能解決，也好讓林蘭高興高興。

馮氏坐定後，林蘭笑問：「是不是劉府小姐的事有眉目了？」

馮氏笑道：「還在打聽呢，今兒個我來，是有別的事。」

林蘭把切好的柳丁用她自做的牙籤插好，遞到馮氏手裡，笑著問：「好事還是壞事啊？」

馮氏道：「算是好事吧，今兒個我和妳父親去了趟葉家。」

林蘭怔了一下，「妳告訴他了？」

馮氏道：「哪有，妳不讓說我就一直沒說，是妳父親自個兒在外頭聽到別人議論此事，氣大了，拖了明允就上葉家替妳討公道去了。冬子來知會我，我怕他那個火爆脾氣跟人家吵起來，就趕緊過去瞧瞧。」

馮氏撒了個小謊，她去葉家可不是怕老爺跟人吵起來，葉家若是蠻不講理，她才不會勸老爺。

林蘭頓時緊張起來，「那結果如何？」

馮氏想到葉家大舅爺和那個小賤人說的那些話就生氣，忿忿道：「妳還說葉家大舅爺是個明白人，我看他純粹是個老糊塗，護犢子也不是這麼個護法，什麼叫己所不欲勿施於人，這麼淺顯的道理都不明白，還說什麼明白人？還有那個小賤人，當真是賤不可忍，若不是葉家老太太來了，我都已經想好了怎麼整治這個小賤人！」

林蘭又是一驚，「葉老太太來京了？」

「是啊，我們正爭吵不休，葉老太太就來了。她一來就把場面給鎮住了，妳是沒瞧見葉家大舅爺那副忐忑惶恐的模樣，立刻就偃旗息鼓了。」馮氏抿嘴笑道。

林蘭鬆了一口氣，看來她這條路是走對了，只是沒想到葉老太太會為了她的事，親自跑一趟京城。這麼遠的路，真是難為她老人家了，林蘭覺得很過意不去。

「後來呢？」

「葉老太太說，妳這個外甥媳婦是她親自相中的，她對妳很滿意，還說就算皇帝的女兒要嫁給明允，只要她還有一口氣在，就絕對不會答應。林蘭啊，我看這位葉老太太才是真正的明白人，有風骨，值得尊敬，她讓我和妳父親放心，再後來，我就不知道了，人家要處理家務，我和妳父親也不好意思留在那裡看，所以就告辭了。」馮氏又道：「不過，葉老太太讓明允留下了，等明允回來，妳可以問問他。」

葉老太太的話，讓林蘭很感動，其實她和葉老太太相處的時間並不長，葉老太太能這般維護她，多半是愛護明允，愛屋及烏，再就是老太太生性耿直，見不得這種齷齪的事。不管如何，老太太的一片維護之心，她還是很感激的。

「對了，林蘭，原來妳懷了雙生子？要不是葉老太太說起，我都不知道。這麼大的喜事，妳居然瞞著我！」馮氏薄嗔道。

「啊？」林蘭愣住，「那……你們都知道了？」

馮氏瞧她的反應，又好氣又好笑，「難道我們不該知道嗎？」

「不，不是，我本來也不打算瞞著的，可妳也知道明允他一直都很緊張，我若告訴他我懷的是雙生子，只怕他連覺不能睡了。」林蘭訕然道。

馮氏搖頭笑嘆，「林蘭，我真是羨慕妳，咱們做女人的，最渴望的就是得到丈夫完整的愛，明允對妳是真好得沒話說，都疼到心窩子裡去了。」

林蘭笑了笑，「我對他也很好啊！」

馮氏笑著剜了她一眼，「妳就得意吧！好了，我得先回去了，妳父親聽說妳懷了雙生子，他趕緊回去倒騰禮物去了，說什麼沒想到啊，所以所有禮物都只備了一份，可不能委屈了另一個，我看他高興得都快瘋魔了。」

◆　◆　◆

李明允匆忙趕回家，直奔內院，下人們跟他打招呼，他也沒空理會。

「蘭兒……」李明允進屋就找林蘭。

「我在這呢！」林蘭坐在西次間的炕上，跟如意學打纓絡，反正閒得無聊，看如意編得挺有意思的，幾根絲線就能變化出各種花樣，這個應該掌握了方法就可以打出來，不像繡花，需要技術。

李明允見林蘭挺著個肚子還在做針線活，當場就急了，「妳怎麼還做這些，累著了可怎生是好？」不由分說一把搶走了林蘭打了一半的纓絡，丟回到簍子裡。

「噯，你小心點啊，那可是我好不容易打起來了，弄壞了怎麼辦？」林蘭心疼地看著已經散開來了的纓絡，嚷了起來。

李明允不理會她的抗議，回頭對如意說：「妳先下去，我跟二少奶奶有話說。」

如意趕緊收拾了東西退下。

林蘭就知道他會有這樣的反應，那臉色臭得，眉頭皺得，就像天要塌下來似的。

李明允目光在炕上掃了掃，抄過一個軟枕放在林蘭身後，讓她靠著，這才在她身邊坐下，盯著她的肚子，半晌才開口：「這裡面有兩個孩子？」

林蘭老實地點點頭，「兩個。」

他目光一緊，「妳確定？」

林蘭又點點頭，「三個月的時候就知道了。」

李明允抿了抿嘴唇，伸手摸了摸林蘭的肚子，又站起來來來回回地走，走走又停下來看看林蘭的肚子，接著繼續走。

林蘭看他手足無措的樣子，失笑道：「你能不能坐下來？走來走去，晃得我頭暈。」

李明允又趕緊坐下來，一副大難臨頭、苦大仇深的樣子，「蘭兒，這可如何是好？」

林蘭嗔了他一眼，「你愁什麼呀？換作別人，知道妻子懷了雙生子，高興得都要去放鞭炮了，就你，苦哈哈地皺著一張臉。」

「生一個孩子都已經很危險了，一次生兩個，豈不是更危險？我才不在乎什麼雙生子不雙生子，我只求我的妻子平安。」

他不敢想像，如果林蘭難產了，他該怎麼辦？

他的神情那樣惶恐無助，看得林蘭心裡軟軟的，便握了他的手放在自己肚子上，柔聲道：「明允，你不要怕，我不會有事的，我和孩子都會平平安安的，我向你保證。」

李明允的確很無助，這種事他想幫忙也幫不上，他慢慢地俯下身去，臉貼在林蘭肚子上，他也很期待這兩個孩子，期待一家四口其樂融融，可是，真的會沒事嗎？自從林蘭壞了身孕，他就特別留意這方面的消息，聽到哪位同僚添了丁，母子平安，他就覺得自己的蘭兒也多了一份安全，若是聽到了不好的消息，他就愁得幾天都睡不好覺，閉上眼就夢見林蘭痛苦的呻吟，身下全是血。這些他都不敢告訴林蘭，怕她會擔心。有時候他真的覺得有沒有孩子都無所謂，這話更不敢告訴林蘭，林蘭會跟他翻臉。以前總覺得兒女情長這種事不會發生在自己身上，覺得那樣很沒出息，現在他卻成了最沒出息的一個。

林蘭輕輕撫著他的頭髮，低柔地說：「明允，我知道你是心疼我，我的心和你是一樣的，你是我這輩子最重要的人，我會為你好好地活著，和你一起看著我們的孩子長大，娶妻生子，和你一起到白髮蒼蒼，明允，這是我的承諾。」

李明允動容地抬起頭，眼眶突然就濕潤起來，和林蘭在一起這麼久，她從未說過這樣動情的話語，雖然他一直都知道她的心，但知道是一回事，親耳聽到又是另一回事。

「蘭兒，妳一定要說話算話！」李明允捧著林蘭的臉，認真得像個跟家長討要承諾的孩子。

林蘭忍不住在他唇上啄了一口，笑道：「當然！別忘了，我自己就是大夫，不是江湖騙子！」

李明允被她逗笑起來，憐愛地捏她因為懷孕而發胖的臉蛋。

「不許捏了，都被你捏腫了。」林蘭笑著拍掉他的手。

「腫了才好看，胖乎乎的，肉肉的，捏著舒服。」李明允笑道。

林蘭撲過去捏他，「你喜歡腫的是吧？那我就幫幫你！」

兩人嬉鬧起來，李明允怕傷到林蘭的肚子，不敢太用力躲閃，被她捏著臉頰晃來晃去，連忙求饒：「好了好了，我投降，我認輸……」

林蘭這才放過他，倚在他懷裡，緩了緩氣息，問道：「外祖母來京了？」

李明允怔了一下，就猜到定是馮氏來過了，便把外祖母讓他轉告的話，以及對葉馨兒的發落一併說了。

林蘭聽得解氣，說：「葉馨兒就是吃定你們心軟，才敢這麼肆無忌憚，碰到像老太太這樣強硬的，她就沒轍了！你看著好了，葉馨兒一不會出家，二不捨得死，她肯定會跟老太太回豐安！」

「她這性子不改改，以後還有苦頭吃。」

「那是一定的，我看外祖母也不用為她另找婆家了，沒得去禍害別人，除非跟那家有仇。」

李明允笑道：「忍了這麼久，終於無須再忍了。」

林蘭不以為意地撇了撇嘴，「我根本沒把她當一回事，就算外祖母不出面，要收拾她也是容易的事。」說著斜睨著李明允，笑得諱莫如深，「誰也別想覬覦我的丈夫，你是我的，我一個人的！」

李明允笑道：「那咱們的孩子沒份了？」

林蘭瞪他，「孩子是兩碼事。」

雖然葉老太太說了明日來看她，但是林蘭想著老人家特意為了她的事大老遠跑一趟，她這個做晚輩的，於情於理都該先去拜見老人家，所以，吃過晚飯，就讓李明允陪著去了葉府。

到了葉府，林蘭才知道，葉大舅爺被罰跪祠堂，到現在還沒放出來，葉馨兒也被禁足了。王氏見到林蘭的時候，神情尷尬，眼神複雜。林蘭懶得去琢磨王氏的心情，估計是有愧也有埋怨吧？

葉老太太聽說林蘭和李明允來了，連忙讓人把兩人請到她屋子裡。

看到林蘭挺著大肚子，行動不方便，還要向她行禮，葉老太太忙制止她，心疼地埋怨道：「妳是有身孕的人，就不講這些虛禮了，明允，還不快扶妳媳婦過來坐下。」

李明允笑呵呵地扶著林蘭坐到炕頭，然後退兩步，拱手作揖，「蘭兒不方便行禮，甥兒替她向外祖母請安。」

葉老太太笑道：「行了行了，就你禮數多，周嬤嬤，還不趕緊看茶。」

周嬤嬤樂呵呵地應聲吩咐下人上茶。

葉老太太看著林蘭的肚子，甚是欣慰，笑嘆道：「蘭兒啊，當年我就想，說不定妳真會成了我的甥媳婦，結果，還真成了！」

林蘭回想起自己逼著老太太跟她簽了份協議，不由得面上發窘，赧然道：「當年蘭兒年紀小不懂事，讓老太太笑話了。」

葉老太太哈哈笑道：「還真別說，若不是妳非要我這個老婆子立字據，我還不會看好妳，妳是個聰明又知分寸的孩子，很好！」

李明允並不知道字據一事，茫然道：「什麼字據？」

葉老太太和林蘭相視一笑，前者帶了幾分頑皮的口吻說：「這是咱倆的祕密，不告訴他。」

李明允愕然，外祖母一向不苟言笑，今兒個這是怎麼了？轉性了？

林蘭心裡更窘了。

葉老太太又拉著林蘭的手，問了些飲食起居之類的問題，林蘭一一回答了，葉老太太才鬆了口氣道：「聽周嬤嬤說妳害喜害得厲害，我還擔心著，現在聽妳這麼一說，我就放心了，不過，妳還是要謹慎些，畢竟懷著雙生子，跟尋常孕婦不同。這次我過來，給妳帶來豐安最有名的穩婆，她是有過接生雙生子的經驗，妳自己又是大夫，有什麼要注意的妳再教教她，到時候也能助妳一臂之力。」

李明允最高興聽到這個了，不等林蘭開口，他就起身道謝：「還是外祖母想得周到，甥兒正為這事發愁呢！」

葉老太太笑嗔道：「我就你這麼一個外甥，不替你想，還替誰想？」

李明允訕訕笑著，心裡很是感激。

葉老太太又回過頭來跟林蘭說話：「孩子，這次的事委屈妳了。」

林蘭不好意思道：「讓外祖母受累，甥媳婦心裡實在過意不去。」

「這是哪的話，妳有事能想到外祖母，外祖母心裡高興。就算沒這檔子破事，外祖母也是要過來看看你們，看看我的甥孫兒的。」葉老太太笑道，頓了頓又說：「事情我都已經解決了，過兩天就把人帶回去。」

林蘭愕然道：「外祖母這麼快就要走嗎？」

葉老太太笑道：「外祖母好不容易來一趟，總得等我的甥孫兒出世，抱上一抱才甘心。」

周嬤嬤補充道：「老太太是讓人先把表小姐送回豐安，老太太還要再留幾個月，過些日子，老太爺也要過來的。」

林蘭和李明允異口同聲道：「真的？那太好了……」

趁著葉老太太高興，林蘭給李明允使了個眼色，李明允會意道：「外祖母，您看，這事都已經解決了，是不是該讓大舅父起來了？」

林蘭也道：「大舅父也是心疼表妹，可憐天下父母心，外祖母就看在您的甥孫兒的分上，讓大舅父起來吧！」

葉老太太原本就沒打算罰得太重，自己的兒子自己清楚，德懷不過是一時糊塗，被馨兒糊弄了去，既然明允和林蘭求情，她就賣個順水人情，也好讓德懷知道知道自己有多糊塗。

葉老太太故作為難，薄嗔道：「妳都把我的甥孫兒搬出來了，我還能不依嗎？周嬤嬤，妳帶表少爺去祠堂，跟大老爺說，他若知錯了就起來。」

周嬤嬤應了一聲，前頭帶路。

光線昏暗，寂靜無聲的祠堂裡，葉德懷已經跪了兩個時辰了，雖說有軟墊子墊著，可是年紀大了，跪久了，骨頭僵硬，腿發麻，當真受不住，拿袖子不住地擦拭額頭上的汗，卻不敢挪一挪腿腳，偷個懶。已經很久沒見母親生這麼大的氣了，都怪他一時糊塗，把家訓拋到了腦後，他實在是被馨兒那一撞嚇壞了呀！

吱呀一聲，身後的門打開了，葉德懷下意識挺直了脊背，還道是母親大人來了。

「舅父！」李明允走進來看到大舅父直挺挺地跪著，心裡一陣難受，輕輕喚了一聲。對大舅父，他一直心懷敬重和感激，雖然這一次大舅父確實是讓他和蘭兒為難了，但他並不恨大舅父。

「舅父，起來吧！」李明允上前去攙扶他。

葉德懷見來的是明允，心裡很是慚愧，訕訕道：「明允啊，你就莫管舅父了，讓舅父跪著，都是舅父糊塗，你別怪舅父啊！」

李明允微笑著說：「外甥怎麼會怪舅父呢？舅父先起來吧，是外祖母讓外甥過來的。」

周嬤嬤道：「大老爺，老太太說您若是知錯了，就起來吧！」

葉德懷這才在李明允的攙扶下，顫巍巍地站了起來。李明允扶他出了祠堂，到一旁的暖房坐下，又命人趕緊上杯熱茶來。

葉德懷一杯熱茶下肚，總算緩過神來，對李明允說：「你怎麼還沒回去？早些回家去吧，省得林蘭記掛。」

李明允笑了笑，搬了椅子在一旁坐下，說：「外甥已經回去過了，這會兒是跟蘭兒一道過來看外祖母的。」

葉德懷不由得老臉一紅，說：「林蘭沒怪舅父吧？」

李明允笑道：「怎麼會呢？蘭兒一向敬重舅父的。」

葉德懷嘆了一口氣，想想自己當初上門去提非分的要求，對馨兒那些過分的舉動睜一隻眼閉一隻眼，實在是有失光明磊落四個字，這人年紀大了，就容易心軟，容易糊塗。

「你跟林蘭說，這次是舅父錯了，讓她別放在心上。」葉德懷訕訕道。

李明允點點頭，「蘭兒心裡都清楚，也能體諒舅父的苦衷，她是不會放在心上的。事情過去了就過去了，舅父也不要再介懷。」

三天後，葉馨兒就被葉老太太送回豐安了，馮氏很盡職地擔負起林蘭娘家人的角色，去跟葉老太太和王氏搞好關係，這一來是敬重葉老太太的為人，二來是之前跟葉家大舅爺鬧得不愉快，雖然事情已經解決了，但心裡總是有這麼個疙瘩，再說，相比起李家，葉家跟李明允的關係要更親密，這也是給李明允面子，兩家人和和氣氣的，他們小倆口的日子才能過得和和美美。

時間過得很快，一晃眼又兩個多月過去了，年關將近，林蘭的預產期也快到了。

林蘭的肚子大得不像話，肚皮上已經爬滿了妊娠紋。林蘭躺在床上，摸著一條條西瓜皮似的紋路，心裡很是惆悵，「明允，這些紋路褪不掉了，以後這肚子會很難看，你會不會嫌棄？」

李明允放下書本，轉過身來摸她的肚子，柔聲道：「怎麼會呢？這是妳為我辛苦生育子女的證明，我心疼都來不及，怎麼會嫌棄？妳別胡思亂想。」

林蘭皺著鼻子道：「你嘴上是這麼說，心裡肯定會嫌棄的，就算現在不嫌棄，說不定將來就嫌棄了！」

李明允失笑道：「妳哪來這麼多奇思妙想，我是這樣的人嗎？」

林蘭哼哼道：「人是會變的！」

李明允笑道：「那妳就等著瞧唄，看我會不會變。」

林蘭翻了個白眼，又去數肚子上的紋路，好像今天又多出一條。

這陣子，她的情緒低落，腦子裡總是會想一些不好的事，從理論上講，她和李明允的身體都很健康，沒有不良嗜好，生活習慣也很好，自從懷孕後，她更是小心謹慎，吃食都很講究，不該吃的東西她碰都不碰，胎兒的心跳有力，胎位也很正，這樣的孩子應該是健康的吧？但她還是很愁、很怕，這個年代沒有超音波，看不到孩子在肚子裡的情況，像那個魏紫萱不就生了個兔唇的孩子嗎？萬一她的孩子多根手指多根腳趾，或者其他地方有不好的，那該怎麼辦？

其實林蘭自己清楚，她這是產前憂鬱，很多產婦都會有這樣的症狀，忐忑、焦慮、不安。她已經一再調整自己，可就是控制不住地會胡思亂想。

李明允見林蘭皺著眉頭不說話，最近這段時間，她經常這樣，心思很重。其實他也很擔心，當然，不是擔心林蘭的肚子上紋路又多了之類的，林蘭變成什麼樣，他都不會介意，他只是害怕林蘭不能順利生產。他私底下問過穩婆，穩婆說，生雙生子等於生產兩回，對產婦的體力是很大的考驗。

「蘭兒，我給咱們的孩子想了幾個名字，妳看看哪個好？」李明允從書裡抽出一張紙。

林蘭湊過來，枕在他肩膀上看。

「按李家的族譜，咱們的孩子，若是男孩就應該是承字輩了，那些承德、承業、承志什麼的，就不取了，沒啥意思，咱們的孩子肯定差不了，青出於藍勝於藍，我只希望他們能平平安安，無憂無慮地長大，但是承平、承安又顯得太普通，咱府裡的管家還叫福安呢！不行不行，所以，我就想著乾脆叫承愉、承悅好了。愉悅，快樂高興的意思，他們是咱們最大的快樂，希望他們也能愉悅安然，妳看如何？」李明允低柔地說道。

林蘭不住點頭，「嗯，這兩個名字我喜歡。我也不求咱們的孩子有多大的出息，能健健康康、平平安安、高高興興的就好，可是……萬一是女兒呢？」

李明允低頭在她額上輕啄了下，「兒子的名字我取，女兒名字就留給妳去想。」給她弄點事情做，她就沒空胡思亂想了。

林蘭撇了嘴道：「你這是重男輕女，憑什麼就給兒子取名字，不給女兒取啊？我辛辛苦苦懷胎十月，你卻只輕輕鬆鬆動個腦子？不行不行，你去想！」

李明允苦笑道：「我的祖奶奶，我可絕對沒有重男輕女的意思！好吧，其實我想了好幾個，都覺得不合適，所以只好請妳出馬了。」

林蘭甩了白眼給他，「你取了什麼名？」

「說了妳可不許笑。」李明允故意逗她。

「快說快說！」

李明允支吾道：「如花、如玉怎樣？咱們的女兒肯定長得如花似玉，跟她們的娘一樣俊俏。」

林蘭嗤道：「俗，俗不可耐！這可真沒體現你狀元郎的水準，太差勁了！如花似玉？我還含苞待放呢！換一個！」

「那……李思蕙、李思敏如何？」

林蘭想了想，說：「勉強可以，不過，馮氏就叫馮淑敏，跟長輩同名，不行啊！」

李明允故作沮喪道：「妳看妳看，難得想到好的，結果又重名了，我實在想不出來了。」

「算了算了，你這個沒用的爹，取個名字都取不好，還是我自己來取！」林蘭悻悻地躺下，準備睡覺。

「哎，取名字可不是隨便取的，要排天地人格，要看生辰八字……」李明允還在嘮叨。

「知道了知道了，那就等孩子生出來再取。明允，推我一把，我要轉過去睡，這樣躺著，我氣都喘不上來了。」

李明允小心翼翼托著林蘭的腰背，讓她側起身，又體貼地拿了個軟枕放在她的肚子下面墊著，「這樣舒服些嗎？」

林蘭點點頭，「這會兒還好，估計待會兒又不舒服了，這最後幾天最難熬了。」

李明允心疼地撫著她的肩膀，說：「妳不舒服了就叫我，別怕吵醒了我。」

李明允不敢睡，林蘭稍動一下，他就緊張得傾過身去。穩婆說，林蘭隨時都有可能要生了。

「明允，你安心睡吧，有情況我會叫你的。再說，如意就在外間候著呢！」林蘭也沒睡著，她一動，身後的李明允動靜比她更大，弄得她睡不著。

李明允輕輕貼過去，摟著她的肚子，肚子裡的孩子不安分地動了起來。

李明允默默地跟孩子說：兒子，要乖啊，讓你娘好好睡覺！你娘休息好了，才有力氣把你生出來，乖啊……爹疼你！

林蘭睡得迷迷糊糊，感覺肚子一陣絞痛，初時還以為是做夢，可那痛楚越來越清晰，越來越強烈，她不由得驚醒過來，一摸褲子，已經濕了一大片。

「明允，明允……快醒醒……」林蘭用手去搖李明允。

李明允立刻就醒了過來，「蘭兒，怎麼了？」

「我、我可能要生了……」林蘭咬著唇，儘量讓自己的聲音保持平穩。可惡，這才開始陣痛，怎麼就這麼痛啊？

「啊？要生了？如意，如意，快掌燈……」李明允摸黑扯過棉袍披上，下了床。

如意聞聲點了燈來。

李明允見林蘭眉頭緊皺，很痛苦的樣子，心都揪起來了。他扶林蘭躺平了，安慰道：「蘭兒，別怕啊！我這就去請穩婆，請大夫，沒事的，沒事的……」

如意不待二少爺吩咐，就跑去出叫人。

很快，穩婆來了，周嬤嬤也來了，她連推帶搡地把二少爺推出門去。

「周嬤嬤，我得留下……」李明允扒著門框不肯走。

周嬤嬤急道：「哎喲，我的二少爺，這裡要作產房了，你是男人，可不能待在這裡！」周嬤嬤遞了個眼色，幾個婆子一同過來把李明允推了出去。

李明允被關在房外，急得團團轉，「蘭兒，妳別怕，我就在外面……」

林致遠夫婦得了訊，半夜就趕了過來，在門口碰到葉家老太太和王氏，大家一起進門。

也不知挨過了幾陣痛楚，從天黑熬到陽光漫上帷帳，這痛楚卻彷彿無邊無際，沒有消停的時候。林蘭身上的汗水濕了又濕，頭髮都黏成一縷縷的，穩婆一個勁地在她耳邊嘮叨：「再忍忍，現在還不是用力的時候，呼吸，再呼吸，對，就這樣……」

所有的過程她都知道，可是，當痛楚來臨，連呼吸都是痛的。此時此刻，她能做的唯有忍。不到時候不能用力，否則子宮撕裂會大出血。

「孩子，如果忍不住，妳就喊兩聲，沒人會笑話妳的。」葉老太太看林蘭忍得太辛苦，汗出如漿，卻緊咬著嘴唇不肯哼一聲，嘴唇都咬破了，她看了也很心疼。

「是啊，二少奶奶，您要是痛就喊，只要別太大聲就行。」周嬤嬤勸道，適當地發洩一下，有助於減輕痛楚。

林蘭搖搖頭，虛弱道：「我還挺得住。」她不能喊，明允就在外頭呢！她要是喊起來，明允肯定會衝進來的。

「二少奶奶，喝口參湯續續力氣。」如意端了參湯餵到林蘭嘴邊。

林蘭勉強喝了一口，陣痛再次來襲，這一次比之前不知要厲害多少倍。林蘭心裡暗罵，他娘的，原來之前的痛都是毛毛雨啊毛毛雨！

外間，林致遠坐立不安地搓著手，心裡萬分焦急，這種感覺就好像沈氏當年生林風時那般焦慮忐忑，不過，李明允比他更緊張，都好幾個時辰了，屁股都沒沾過椅子，始終在廳堂中走來走去。

「明允，你坐下歇會兒，生孩子沒那麼快的。」林致遠勸道。

「是啊，明允，周嬤嬤都說了，蘭兒的情況穩定，應該沒問題。」馮氏也安慰道。

李明允什麼也聽不進去，雖然林蘭沒有哭也沒有喊，但他能想像得到林蘭此刻受著多大的煎熬，他心裡害怕極了。

日光無聲地西斜，天色漸漸暗了。

林蘭無力地睜開眼，看著案上跳躍的燭火，已經一天過去了嗎？穩婆一直在讓她用力，她已經用盡全力，累到虛脫了，可還是不行啊！從看到孩子的頭，到現在應該有一個多時辰了吧？羊水都快流光了，這樣的情形可不太好，若是再生不出來，孩子會有危險。有些渙散的目光在眾人焦急不安的臉上一一掃過。穩婆和葉老太太在咬耳朵，每說一句，葉老太太的臉色就難看一分。

「二少奶奶，您得堅持住，要用力啊，千萬不能睡著……」周嬤嬤急得嗓音都變了調。

是啊，她好睏，只想就這樣睡過去……

「蘭兒，蘭兒，妳聽見了嗎？別忘了妳答應我的，妳和孩子都會好好的，不許耍賴，說話要算話，妳一向都算話的不是嗎？這次也不能食言，蘭兒，蘭兒，聽到沒有……」外頭傳來李明允的叫喊聲，沙啞的嗓音帶著哽咽。

林蘭的眼淚湧了出來，真是的，這傢伙，這麼多人在，他也好意思哭，她這麼痛都沒有哭！

林蘭努力集中精神，對穩婆說：「剪吧！」

穩婆看向葉老太太，葉老太太默了片刻，點點頭，林蘭是大夫，她知道自己在做什麼。

「周嬤嬤，按我教妳的法子按我的肚子，我需要妳們的幫忙。」林蘭急促地呼吸著，現在只能用這個法子了。

原來世上真的有一種痛，痛到別人拿剪子在你身上剪一個大口子都沒有感覺。

「動手。」林蘭啞著嗓子，眼神中是堅毅的決然。她下意識拽緊了綁在床柱子上的布袋，深深呼吸，感覺到周嬤嬤使力一按，她也同步用力。

只覺身下一陣濕熱，彷彿所有的壓抑和痛楚頓時找到了發洩的出口。

「出來了！出來了……」穩婆喜道。

林蘭眼前一黑，失去了意識。

也不知過了多久，又是一陣絞痛將她從昏迷中拉回到現實。

耳旁亂烘烘的一片，許久她才聽清，是葉老太太在她耳邊說話：「孩子，好孩子，辛苦妳了，第一個孩子已經出來了，是個男孩，長得好俊，跟他爹一個模子刻出來似的，可是，孩子，妳還不能休息啊，第二個孩子正在努力，妳要幫幫他……」

李明允聽到裡頭傳來孩子響亮的哭聲，心裡的大石頭頓時落了地，歡喜得不知所以，「生了生了，蘭兒生了……」

林致遠也眼泛淚光，上前給了李明允一個大大的擁抱，哈哈笑道：「聽這聲音多洪亮，定是個男娃！」

吱呀，門開了，周嬤嬤抱了孩子出來，向二少爺和林將軍屈膝一禮，「恭喜二少爺，恭喜將軍，二少奶奶生了個男娃。」

林致遠哈哈大笑，「好，賞，大家都有賞！」

李明允看著襁褓裡那紅彤彤的小嬰兒，急道：「二少奶奶可好？」

周嬤嬤道：「這會兒二少奶奶累得虛脫了，不過不要緊，待會兒還要辛苦呢！」

李明允頓時心又揪了起來，周嬤嬤忙道：「二少爺不用擔心，第二個應該會容易許多。」

林蘭幾乎是在半昏迷狀態下生下第二個孩子，聽到孩子啼哭的聲音，失去意識的最後一個念頭就是……但願是個女兒。

這一覺睡得沉，夢都不曾做一個，等林蘭悠悠醒轉，映入眼簾的就是李明允憂心的面容，「蘭兒，妳還好吧？」

林蘭定了定神，屋子裡還點著蠟燭，靜悄悄的。她問：「孩子呢？」聲音啞啞的，連自己都覺得陌生。

「外祖母和林夫人抱著，在外頭，怕吵著妳休息。」李明允緊握她的手貼在唇邊，柔聲道。

「是龍鳳胎嗎？」林蘭急切地問。

李明允笑著搖頭，「是李承愉和李承悅，說是雙生子，長得卻不像，老大像我，老二像妳，我還說老大哭聲大，沒想到老二哭聲更大，簡直要把屋頂都給掀了。估計是被老大搶了先，心裡不服氣，委屈了。」

「是嗎？」林蘭笑了，這樣也很好啊！

「蘭兒，謝謝妳，謝謝妳說話算話，謝謝妳為我生了兩個這麼可愛的孩子，謝謝妳……」李明允眼裡泛著淚光，吻著林蘭的手，彷彿在親吻失而復得的珍寶，從來沒有一刻像現在這麼感激上蒼，感激上蒼讓林蘭平安無事。

林蘭笑著說：「你去把孩子抱進來我瞧瞧。」

「好，妳等著。」李明允又俯身在她額上親了一下。

不一會兒，李明允左手一個右手一個抱了進來，將兩個孩子並排放在林蘭臂彎裡。

林蘭支起身子去瞧，只見兩個紅紅皺皺的肉團子，一個瞇著眼在睡覺，一個正張著小嘴兒，不過根本看不出哪個像她，哪個像李明允。

「誰是老大啊？」林蘭瞧了半天也沒分辨出來。

李明允笑咪咪地指著張合著小嘴的孩子說：「這個是老大，這個瘦一點的是老二。老二剛才已經吃過奶了，這傢伙吃了就睡。」

林蘭把孩子的小手拿出來數了數，不多不少，正好十根指頭。

李明允看她認真數著孩子的手指頭，不禁笑道：「別數了，手指腳趾都是十個，正常得再正常不過了。」

林蘭這才鬆了口氣，略有些失望道：「我還指望生一對龍鳳胎的，結果都是兒子。」

「兒子女兒不都一樣嗎？只要是妳生的，我都喜歡。」李明允去逗老大，手指一碰到老大的嘴，老大的嘴就往這邊歪，以為食物上門了，兩下吃不到，就開始惱了，小臉漲得通紅，張大嘴巴就要哭起來。

林蘭忙拍掉李明允的手，「你看你，把他弄哭了。」看孩子癟嘴，她就莫名心疼。

李明允好笑道：「這孩子，剛才餵他不肯吃，這會兒倒是饞上了。」

因為李明允喜得雙生子，皇上特意放了他七天假。李府每日前來道賀的賓客絡繹不絕，讓李明允好生頭疼。此時此刻，他只想待在蘭兒身邊，左手蘭兒右手兒子，呃，不對，兒子有兩個，抱不過來……算了，還是兩隻手都抱蘭兒吧，孩子反正多的是有人搶著抱。

林蘭每天的任務就是吃和睡，那兩個小包子，搶著抱的人實在太多了，她這個做娘的產後虛弱，沒力氣搶，只好眼饞地看著小包子在大家手中輪轉。本來還想藉著餵奶的理由把小包子搶回來，結果，她的倉庫中看不中用，好不容易擠出一點，還不夠兩包子漱口，林蘭徹底蔫了。

「您瞧，這小不點多好玩，還吐泡泡呢！」馮氏抱著老大逗得不亦樂乎。

「老二也喜歡玩口水呢！妳瞧妳瞧，這小模樣，簡直跟他爹小時候一個樣！」葉老太太更是疼愛得恨不得小包子時時刻刻黏在她身上。

林蘭幽怨地兩眼望床頂，老太太啊老太太，您已經說老大像明允了，好歹也留一個給我。

「我瞧著老二還是像林蘭多一點，您瞧他這大眼睛，這小嘴兒，跟他娘多像啊……」身為林家人，馮氏自然要為林家爭氣。

葉老太太仔細瞅了瞅懷裡的老二，認真地說：「我瞧來瞧去，覺得還是像明允多一些。」

「哪有？您老兩個放一起瞧，就覺出來了！」馮氏很執著地把老大抱到葉老太太身邊，兩小包子做個比較。

「我也覺得老二比較像林蘭。」喬雲汐也來幫腔。

「妳們什麼眼力啊……周嬤嬤，妳說說……」葉老太太孤軍奮戰，只好把周嬤嬤拖來當盟友。

林蘭再度無語，妳們還真是執著啊！

就在馮氏和葉老太太為兩個孩子像誰的問題爭論不休的時候，裴芷箐來了，身後的若兒懷裡抱著粉嘟嘟的小囡囡。

這下就更熱鬧了，話題從像爹還是像娘轉換成小囡囡以後該嫁給誰，而且幾個人討論得相當認真，似乎都很糾結。最後終於商量出辦法，說等孩子滿月了拿來抓鬮，誰抓到就嫁給誰。

看著她們終於解決了一件大事，樂呵呵地笑不停，林蘭內心在咆哮：那可是我的兒子，妳們居然都不問問我這個做娘的意思，就把我的包子終身大事都給定下了，妳們好歹也尊重尊重我呀！

林蘭悲催地覺得，自從有了孩子，她就成了被遺忘的一族，連如意和周嬤嬤，只要小包子在，她們的眼睛就只會在小包子身上打轉。哎，也只有明允還記得她，果然還是老公比較可靠。

晚上，客人們都走了，兩包子終於可以安安靜靜躺在林蘭身邊。林蘭看著左邊的老二揮舞著小拳頭，一雙小腳還不老實地蹬來蹬去，右邊的老大兩隻眼睛烏溜溜，只顧吃著自己的小拳頭，弄得小拳頭上濕漉漉的都是口水，林蘭心裡萬分滿足。小東西們，娘終於可以好好瞧瞧你們了，真是不容易啊！

李明允送走最後一撥客人……老丈人和外祖父，才得以清閒下來，急忙回房陪蘭兒。見林蘭正在逗孩子玩，場面如此溫馨，一日的疲勞都煙消雲散了。

「孩子還沒睡呀？」李明允輕輕走過來，抱起老大，挨著林蘭，靠在床柱子上。

「就是啊，別人家的孩子沒滿月的時候，一天十二個時辰，有八九個時辰都是睡著的，咱們的孩子，卻是一天到晚精神氣十足，估計長大是個淘氣鬼！」林蘭笑著嘀咕道，也把老二抱了起來，夫妻倆頭碰頭，肩並肩，幸福甜蜜地看著懷裡的孩子。

李明允護犢子道：「這也難怪，一天到晚都是人，這個抱，那個逗，他們想睡也睡不著。」

一提起這個，林蘭恨得直咬牙，「你說她們明天還會不會來？」

李明允瞅著她，無奈地蹙了蹙眉，「就算把門關了，妳爹和我外祖父也會把門砸開的。」

林蘭頓時無力，「她們怎麼一點同情心都沒有，我還在做月子耶！她們天天就在我屋裡逗孩子，我想看孩子一眼都輪不到！」

李明允深有感觸，「我何嘗不是？皇上一共才給我七天假，原是讓我好好陪陪妳和孩子的，結果我一天到晚盡忙著應酬了，連親孩子的時間都沒有。」

說著，李明允抱了老大，在他臉上狠狠親了兩口。為了公平起見，又湊過來親老二。老大好商量，老爹突如其來狠啄，他依然淡定地吸吮著手指，彷彿這是世間最美味的食物。老二就沒那麼好商量了，揮舞著小拳頭對老爹的粗魯行為表示抗議。

林蘭忙把孩子抱遠一點，「你輕點，別這麼粗魯，孩子的皮膚嫩著呢，小心把孩子弄哭了！」

李明允悻悻道：「那我親妳。」說著就撲過去在林蘭臉上也狠啄了一下。

林蘭忙伸手推開他，笑嗔道：「去去去，你那哪叫親，是啃好不好！」

李明允討好地笑道：「對啊，我就是想啃妳，我還想吃了妳呢！」

正說著，老二的小腳就踢到了老爹的嘴邊。

林蘭哈哈大笑，捉了老二的腳送到李明允嘴邊，「你吃啊你吃啊……」

李明允瞪著老二胖乎乎白嫩嫩的小腳，當真就咬了一口。

老二怔了一下，咯咯的笑了起來。

李明允笑道：「這小子還怕癢，敢情將來是個怕媳婦的？」

林蘭懷疑地看著他，「你這是什麼理論？你也怕癢啊，你怎麼不怕我？」

李明允笑道：「外頭的人都說我懼內，我還不怕妳啊？」

林蘭撇了撇嘴，「那咱們就驗證一下。」

李明允忍住笑，「妳說，怎麼驗證？」

林蘭拍拍腰，「我躺了一天，腰酸死了，趕緊替我揉揉。」

「好咧！兒子，妳爹要伺候妳娘了，妳先乖乖躺著自己玩！」李明允把小包子放到一旁的小床上，又回來把林蘭懷裡的老二也抱了過去，放在老大身邊，小心翼翼替他們蓋好被子。

「夫人，請趴好，讓為夫替妳揉揉。」李明允態度甚是殷勤。

林蘭抿嘴偷笑，忙趴好了，享受李明允的按摩，有老公疼愛真好。

林蘭心裡雖然有諸多牢騷，但是不可否認，每天一大堆人在她屋子裡說說笑笑，這個月子做得一點都不悶。

轉眼，舊年已過，新年來臨，李承愉和李承悅也滿月了。

不論是在古代還是在現代，添丁都是大喜事，更何況李明允得的是雙生子，這滿月酒是少不了的，還得辦得熱熱鬧鬧。

這點李明允和林蘭倒沒費什麼心思，馮氏和葉老太太積極得很，搶著操辦，最後決定一起操辦，連丁若妍都插不上手。

不過，在林蘭的再三要求下，李明允私下裡去找了陳子諭，道是這親事還是不要這麼早定，等將來孩子們長大了，看哥倆誰手段高，小囡囡再決定嫁誰。陳子諭一想，自家的小囡囡長大了肯定是閉月羞花、傾國傾城的貌，將來讓你家兩小子圍著自己的小囡囡轉，這才有面子，便爽快地答應去說服裴芷箐。

林蘭倒不是不喜歡小囡囡做她的兒媳婦，陳家的家世擺在這裡，兩家的交情擺在這裡，這門親事按古代的說法，就是世家婚配，天作之合，只是，感情的事並不是門當戶對就一定幸福，她希望孩子將來能娶他們自己喜歡的人，和自己喜歡的人在一起，那才是最大的幸福，當然，她也會給小囡囡創造機會，如果將來老大或是老二有誰喜歡上小囡囡了，那是最好不過了。不過，林蘭沒想到的是，萬一將來她家兩個包子都喜歡上小囡囡又該怎麼辦呢？三角戀，糾結啊！

忙完小包子的滿月酒，葉家的綢緞鋪也開始忙活了。葉老太太不能每天過來看孩子，但還是隔三差五過來。馮氏也開始張羅林風和劉家小姐的事，變著法地給他們找機會，但林風似乎沒什麼興趣，劉家小姐算是見過林風一面，也沒什麼想法。馮氏心裡著急啊，這個劉家小姐，她和老爺都很看好的，最後還是林蘭幫忙想了個法子。

「那劉家小姐不是喜歡比她強的人嗎？」

「對啊，可人家又不比武招親。」馮氏氣餒地說。

「不比武招親也有辦法啊！」林蘭笑得狡黠。

馮氏好奇道：「有什麼法子？快說來聽聽。」

林蘭笑道：「雖說將門千金性子上要大方爽快些，但規矩禮儀什麼的還是有的，妳都把人約在家中多拘束，就算他們彼此有意思也不好意思說不是？這些將軍夫人、小姐們，不是經常會去騎馬狩獵嗎？如今天氣漸漸轉暖了，妳何不約上一幫人去郊外莊子騎騎馬打打獵什麼的，讓我哥顯顯身手，或者來個英雄救美什麼的戲碼，說不定這事就成了。」

馮氏聞言不由得撫掌，笑道：「正是正是，我怎麼就沒想到這碴？我這就回去準備準備。」

目送馮氏興沖沖離去，林蘭不禁對那位劉小姐心生好奇，這樣高傲的女子，若是當真看上某人，定會全心全意的吧？

馮氏的辦事效率極高，跟林蘭借了京郊的大莊子辦了一場聚會，若不是兩個小包子拖累，林蘭也想出去走走，如今只有眼饞的份。她特意吩咐文山辦妥這件事，一應開銷全部到她這報帳。

聚會一結束，文山就來回稟，說大舅子出了好大的風頭，一箭射下雙雁，不過有人說大舅子箭術還不夠高明，只射中了雙雁的翅膀，說誰誰誰當年曾一箭射中雙雁的眼睛。大舅子卻道，雁乃忠貞之鳥，何苦傷牠性命？那劉家小姐聞言，便跟大舅子討了雙雁去，說是帶回去養傷。

林蘭喜道：「這事十拿九穩，成了！」

雁自古以來乃是請期之信物，劉小姐討了雙雁去，豈非芳心暗許之意？

果然，過了兩天，馮氏樂呵呵地上門來，說親事成了，郊遊回來後，她託媒人上門提親，劉家一口就應了。

劉小姐年紀不小了，劉家是急於將她嫁出去，嫁妝什麼的早就辦妥了，所以，合過八字後，兩家挑了個吉日，準備盡快把婚事給辦了，時間就定在五月。

李明允私底下探過林風的意思，他對劉家小姐雖談不上很喜歡，但印象還是不錯的，只要她能對憨兒好，他就沒意見。

大舅子再婚，李明允送起禮來毫不手軟，原先的宅子夠大也夠氣派，只是內部的擺設簡單了些，李明允就訂了全套的黃花梨木家什送過去，又送了諸多價值不菲的擺設，外加十萬禮金。

五月初六，林風成親的日子，李明允特意請了假，林蘭一早就給兩包子打扮得漂漂亮亮，一家四口歡歡喜喜地去了林風的府邸。

林風自己雖然官銜不高，但他身為林將軍的兒子，李尚書的大舅子，這身分擺在那裡，自然賓客盈門，原本寬敞的宅院都顯得擁擠了。

大家喝著茶，說著吉祥話，一邊等待新郎官把新娘子迎回家。

林蘭和馮氏這邊應酬，那邊應酬，忙得團團轉，嘴巴都快笑抽筋了。

「這吉時都快過了，妳哥怎麼還不回來？」馮氏站在門口翹首，小聲地問林蘭。

林蘭也是納悶，按說該到了呀！

「怕是新娘子捨不得離家，哭嫁哭得厲害了……」喬雲汐掩著嘴笑道。

李明允支使冬子去瞧瞧。

冬子跑出去沒多遠又跑回來，「來了來了，新娘子來了！」

果然聽見喜氣得嗩吶聲由遠而近，馮氏忙讓樂隊奏起喜樂。門前圍觀的人群頓時騷動起來，踮著腳尖，昂著脖子，等著看新娘子。

今日的林風，一身大紅袍騎著一匹白色的駿馬，身姿挺拔，英武非凡。誰能想到，就在四年前，林風還是山村裡一個籍籍無名的獵戶，一個木訥的少年。林蘭由衷地感慨，當年若非姚金花逼她嫁給張大戶，她也不會跟明允簽下假婚約，跟隨明允來到京城。她若不來京城，大哥也許一輩子都只會在深山裡打轉，所以說，是姚金花的自私成全了她和大哥，卻毀了自己。若是姚金花看到大哥有今日，會作何感想？只怕會氣死吧！

林蘭瞥眼瞧見林致遠笑得合不攏嘴，眼底眉梢全是得意的神色，那是發自內心的喜悅和驕傲吧？林蘭覺得自己對林致遠的抵觸越來越少了，想到他對她和大哥做的種種，尤其是看到他疼愛憨兒的時候，抱著愉悅兩包子，高興得像個孩子的時候，她真的恨不起來。

花轎已經抬到門前，林蘭還沒見過這位新嫂子呢，頗為期待。目光越過花轎，那麼不經意的一掃，身子驀然一震，她扯了扯一旁的馮氏，低聲道：「妳看，那人像誰？」

馮氏順著林蘭的目光看去，只見人群中一個包著頭巾的婦人頗為眼熟，蹙眉道：「誰啊？啊……莫不是姚金花吧？」

兩人面面相覷，腦子裡第一個反應就是：不好，姚金花這是要來砸場子！

沒有功夫去想姚金花怎麼會出現在這裡，兩人只知道若是今日姚金花闖出來，那這場婚禮不出明日就會成為全京城的笑話。

林風已經翻身下馬，動作乾淨俐落，瀟灑帥氣，引得圍觀人群一陣叫好。于管家呈上一把綁了紅綢子的弓箭，讓新郎射轎門。

馮氏連忙喚了王嬤嬤，低聲吩咐道：「妳速速帶幾個人，把那邊那個女的帶離這裡，不得驚動大家。」

王嬤嬤朝那邊一瞥，就知道夫人說的是誰了，這不就是那個被休了的潑婦姚金花嗎？

可惜的是，王嬤嬤的人還沒過去，姚金花已經衝出來，衝到花轎前，指著林風破口大罵：「林風，你這個忘恩負義、始亂終棄的混蛋！你發達了，就嫌棄糟糠，費盡心思休妻，好另娶高門女子！鄉親們，你們評評理，這種臭男人該不該挨千刀下地獄……」

林風被突然闖出來的姚金花嚇了一跳，一時不知該如何是好。這個時候，這麼多雙眼睛看著，難道他要跟她對罵？跟她動手？林風無措地看向林蘭。

林蘭懊惱極了，這種事實在太出乎意料，這個時候說什麼都遲了。家醜不外揚，姚金花就是吃定了林家不敢在這麼多人面前為難她，才敢這麼鬧。她不是沒想過姚金花不會這麼善罷甘休，但她總以為姚金花已經回豐安了，不可能會出現在大哥的婚禮上，結果……真是百密一疏啊！

馮氏已經先她一步向姚金花發難：「姚金花，妳不要在這裡信口雌黃！」

姚金花不僅恨林風，她更恨馮氏，當初若不是馮氏和那個老傢伙咄咄逼人，她死也不會離開林風的。

「我呸！我信口雌黃？你們有本事倒是說說，我哪句話說錯了？你們一家子就沒有一個好東西，嫌貧愛富，聯起手來欺負人！鄉親們啊，我一個孤苦無依的女子，哪是他們的對手，他們還威脅我，若不答應離開我丈夫，就要把我弄死啊……就是他們害我夫妻離散，骨肉離散……」姚金花一把鼻涕一把眼淚地控訴林家的惡行。

人群中發出了竊竊私語，弱者原本就容易受到同情，大家看姚金花哭得這般淒慘，心裡便信了幾分。

林致遠氣得臉色發白，鬍子發顫，朝一幫手下怒吼道：「都杵著幹什麼？還不把這個瘋婆子趕走！」

姚金花一屁股坐在地上，哭天喊地：「老天爺，你怎麼不開開眼啊，林家仗勢欺人啊……」

馮氏急得恨不得上去一把掐死姚金花，這個瘋婆子，早知道當日就不該對她手軟，落得今日這樣被動的局面，外人不明就裡，聽這個瘋婆子胡說八道，林家怎麼做都逃不過非議了，還有新娘子，新娘子會怎麼想？劉家又會怎麼想？

于管家一招手，幾個下人上前去，就要把姚金花拖出去。

刷的轎簾被掀開，蓋著紅頭巾的新娘子下轎來，嬌喝一聲：「住手！」

騷動的人群立時安靜下來，姚金花也忘了哭鬧，大家都睜大眼睛看新娘子。

新娘子沒有掀開紅蓋頭，低著頭走到姚金花身邊，冷靜地問：「妳就是姚氏？」

姚金花怔了一下，可能是覺得自己這樣坐在地上跟情敵對話沒有底氣，今天她來的目的就是要攪黃這樁婚事的，所以，姚金花爬了起來，拍拍裙上的灰塵，擦了把眼淚，甕聲甕氣道：「是，我就是姚氏，林風的結髮妻子。我嫁給他的時候，他還是山村裡一個窮困潦倒的獵戶，我不嫌棄他窮，我幫他辛勤持家，幫他生兒育女，結果到頭來只落得被休棄的下場！我勸妳趕緊看清他的真面目，這男人不是個好東西，他們一家都不是好東西，妳會後悔的！」

新娘子淡淡道：「我的事不勞妳操心，我要嫁的人我自然了解，包括妳的事我也略知一二。林風是怎麼對妳的，林家是怎麼對妳的，而妳又做了什麼？一個不識好歹的人，一個氣死婆婆、刁難小姑的人，一個為斂財不擇手段的人，被休棄已是最好的下場，我只能說，早知今日，何必當初？」

姚金花有些傻眼，換作別的女人，新婚之日被人這樣鬧一場，早就哭哭啼啼回家去了，這個劉家小姐居然一點也不生氣，還幫著林風說話。

林蘭等人也是驚詫，關於林風往事，雖然不曾瞞著劉小姐，但只是粗略告知一二，可劉小姐似乎知道得挺多，看來劉小姐早就去打聽過了。

「說起來，我還要謝謝妳，是妳不知珍惜，把這樣好的男子留給了我。以後我會和林風好好過日子，妳的孩子我也會視如己出，但是，希望妳不要再出現在我們面前，妳最好先去打聽打聽我劉月梅是什麼人。」新娘子說完，緩步走向林風，「吉時快過了，該拜堂了。」

若說林風之前只是抱著將就的態度，這會兒卻是心動了。劉月梅的冷靜、劉月梅的大氣，她對他和林家的維護，以及她在這麼多人面前說的那句，她會對憨兒視如己出……這樣的女人，如何能不叫人心動？有妻如此，夫復何求！

林蘭忍不住在心裡為這個新嫂子叫好，她不卑不亢，輕描淡寫的幾句話，完全扭轉了局面，噎得姚金花啞口無言。

馮氏連忙給喜娘使眼色，喜娘忙送上大紅綢緞。樂隊及時吹奏起來，鑼鼓喧天。林風沒有再看姚金花一眼，這樣的女人，已經沒有什麼可留戀的了。他微微一笑，牽了新娘子步入宅門。

大家簇擁著一對新人去喜堂，門外只留下姚金花。

姚金花頹然委頓於地，掩面痛哭。圍觀的人群紛紛對她嗤之以鼻，原來是個潑婦啊！

◆◆◆

新嫂子當真好得沒話說，對大哥好，對憨兒好，對林家的人都好。雖然不是很親熱的那種，但是禮數周到，言語真誠，理家更是一把好手，上上下下對她無不信服，讓林蘭自愧不如。她很少佩服別人，但對這位新嫂子，那是打心眼裡的佩服。

林風有了好歸宿，林蘭的心也安了，每天忙活著兩個小包子，晚上，一家四口其樂融融，日子過得忙碌而快活。

到了十月間，老家那邊來信，說是李敬賢去了。這個消息讓李明允和林蘭都很驚訝，一直纏綿病榻，抱著藥罐子度日的三叔父都還活得好好的，李渣爹除了不能人道，身子還是健朗的，怎麼就去了呢？信中也沒有詳細說明原因，雖然這個爹很渣，但畢竟是親爹，李明允和李明則只好向朝廷報了丁憂，兩家人一起前往處州。

因著還有三個孩子，不可能日夜兼程趕路，所以，李明允和李明則先行，讓文山護送林蘭和丁若妍走水路。

老實說，林蘭和丁若妍對李敬賢的突然離世，除了有些意外，並無悲傷，反正李明允和李明則都不在，兩人人前哀戚，關起門來，逗兒說笑，一路倒也不無聊。

李承宣很有做大哥的風範，對兩個弟弟疼愛有加，從不和他們爭搶，反倒處處禮讓，林蘭很是羨慕，看著自己的兩個小搗蛋，話還不會說，爭寵卻是一等一的，讓她頭疼。她閒著的時候，兩包子都不理她，自顧自地玩，她若是抱了李承愉，李承悅就一定要把哥哥從她懷裡推開，然後一個勁往她身上蹭。李承愉也一樣，她抱李承宣，他沒意見，但是一抱李承悅，他就不依了。林蘭不禁想，這兩包子難不成是前世的冤家？

悠悠哉哉地走了一個多月，終於到了處州。

下了碼頭，林蘭就看到李明棟在等她們。

「三堂嫂、四堂嫂，三堂兄和四堂兄走不開，讓我來接妳們。」李明棟彬彬有禮地作揖。李明則和李明允在李氏家族晚輩裡排行第三和第四，上頭有大伯父家的李明啟和李明非。

「我公爹的後事辦得怎樣了？出殯了嗎？」丁若妍關切地問。

「回三堂嫂，還未出殯，先時是為了等三堂兄和四堂兄，後來是因為擇了幾個日子都不適宜出殯，要等這個月底了。」李明棟回道。

這個月底，那也沒幾天了，看來她們還是趕上送公爹最後一程。

大家在馬車上換了孝服，李承愉和李承悅對這身白色的新衣似乎很不喜歡，尤其是那白帽子，戴上去沒半刻鐘，胖爪子就給扯下來，戴上又扯，氣得林蘭捉過兩包子的胖爪子，每人敲了一下，他們這才消停，知道這帽子再扯下來是要挨揍的。

路上，林蘭問李明棟公爹的死因，李明棟支支吾吾的不肯說，林蘭就曉得這其中定有貓膩。

忍著好奇心，坐馬車行了大半日，才進了處州城。處州城跟豐安縣差不多大，坐馬車的話，不消半個時辰也就走遍全城了。

馬車在李家大宅停下，林蘭等人下了馬車，只見大門口還掛著白燈籠。李明棟去跟門房說了一聲，門房就跑了進去。李明棟領著眾人往裡走，到了二門，一個圓臉，長相樸實的婦人迎上來，向林蘭和丁若妍屈膝行禮，「紅玉給三堂嫂和四堂嫂請安。」

李明棟介紹道：「這是我家媳婦，讓她領兩位堂嫂先去歇下。」

裡面又跑出幾個半大的孩子，瞪著大眼睛好奇地看著她們，身後還跟了兩位素衣的婦人。

「喲，是明則媳婦和明允媳婦到了！巧哥、容哥、連兒，還不快向堂嬸娘行禮。」一個顴骨高高的婦人催促道。

紅玉連忙介紹：「這位是大堂嫂蘇氏，這位是二堂嫂吳氏。」

原來是大伯父家的兩位媳婦，林蘭和丁若妍笑著見禮。

「快別多禮了，走了這麼遠的路，一定累了吧？妳們的住處我都安排好了，雖然比不得京城裡舒適，妳們且將就一下，來，我帶妳們進去。」蘇氏很熱絡地拍拍手要去抱李承悅。李承悅烏溜溜的大眼睛，戒備地看了她一會兒，扭頭趴在如意的肩膀上，意思就是不要妳抱。忘了說，這小傢伙喜歡漂亮的妹子。

林蘭訕笑道：「孩子認生呢！」

蘇氏也笑，「小孩子都這樣。」

「娘，您不是說堂嬸嬸來了會給我們帶禮物的嗎？」一個孩子搖著蘇氏的手，眼巴巴地看著林蘭等人。

蘇氏面上一窘，低聲斥道：「哄妳玩的，妳也信！」

孩子不依，「您不是說京城裡的堂叔當大官，很有錢的嗎？」

蘇氏一巴掌拍過去，起手重，落手輕，訓斥道：「哪有人見面就討禮物的？還不快滾！」

孩子哇的哭了起來，委屈得不行。

林蘭心裡鄙夷，大伯父、大伯母貪財，連他們的媳婦都是如此。丁若妍忙上前勸道：「童言無忌，堂嫂何必苛責？」說著又去摸那孩子的頭，柔聲道：「堂嬸這次來得匆忙，回頭，堂嬸把禮物給你們補上。」

一聽有禮物，孩子立馬就不哭了，昂著頭問丁若妍：「什麼禮物，是小金馬嗎？我屬馬。」

另外兩個孩子也湊上來。

「我屬猴……」

「我屬豬……」

呵，口氣不小啊！開口就要金馬金猴金豬，都是大人教的吧？林蘭心裡暗暗搖頭，看來，大伯父一家沒個有出息的。

丁若妍怔了一下，不自然地笑道：「好，大家都有。」

等安定下來，林蘭和丁若妍已經很累了，幾個孩子也都乏了，丁若妍抱了李承宣先回自己屋裡歇息，蘇氏和吳氏還賴在林蘭房裡不肯走，一個勁地跟林蘭套近乎。那幾個半大的孩子因為得了丁若妍的允諾，興奮不已，在屋子裡跑來跑去，大呼大叫。林蘭看看李承愉已經趴在錦繡的肩頭睡著了，李承悅也是耷拉著腦袋，進入半夢半醒的狀態，不由暗嘆了口氣，幾次暗示，可她們都好像聽不明白，弄得林蘭很鬱悶。

紅玉的差事被蘇氏接替後就走了，這會兒搬來了一張小床，說：「這是明棟新打的小床，還沒用過，這棉被和褥子也是新做的，裡頭塞了雲絲，曬了幾個日頭，又輕又暖，給兩個孩子用，希望堂嫂不要嫌棄才好。」

林蘭笑道：「難為妳想得周到，我很喜歡，怎會嫌棄？如意、錦繡，兩位小少爺都睏了，妳們帶他們下去歇著吧！」

紅玉靦腆笑道：「兩位堂哥去看墳地了，興許還得過個把時辰才能回來。兩位堂嫂走了一路，也累了吧？紅玉就不打攪了，你們先歇會兒。」

紅玉很知趣地行禮告辭。蘇氏一臉悻悻，瞪著紅玉的背影，嘴裡不知道嘀咕什麼，等林蘭回過頭來，她已是換了張笑臉，說：「那你們就先歇會兒，晚些再過來瞧你們。」蘇氏說著，和吳氏招呼幾個孩子告辭，一個不肯走的，被吳氏提了耳朵拎出去。

林蘭長出了一口氣，終於耳根清靜了。

林蘭陪兩小包子迷迷糊糊地睡著，感覺到有人替她掖了掖背角，林蘭睜開眼，見是李明允坐在床頭，笑咪咪地看著她。

「你回來啦……」林蘭小心翼翼地坐起來，不忘給孩子蓋好棉被。

「妳再躺會兒吧，這一路辛苦妳了。」李明允柔聲道。

「我還好，就是大嫂有點暈船，不過慢慢就適應了。」林蘭伸手摸摸他略顯消瘦的臉頰，心疼道：「這陣子是不是很忙？看你都瘦了。」

「還好，有明棟和明柱兩兄弟幫忙，我和大哥不過是跟著跑跑腿。孩子們還乖嗎？」

林蘭扭頭憐愛地看著兩包子睡得香噴噴的，嘴角不自覺翹了起來，說：「乖，乖得很呢，越來越無法無天了！」

李明允輕笑道：「淘氣的孩子才聰明呢！」

林蘭笑嗔著：「你啊，孩子都被你慣壞了。」

李明允好看的眉毛一挑，「我可不想做個一本正經又不苟言笑的嚴父。」

林蘭笑了笑，回到正題：「對了，父親怎麼好端端的就……」

說到這個，李明允面上的神情不自然起來，嘆了口氣，「這事真有些難以啟齒，如今也只大伯父和三叔父還有幾位堂兄弟知道此事，外頭都不敢說。父親看上了一個佃戶家的閨女，花了五十兩銀子把人弄回家，父親那啥……妳是知道的，估計是把人嚇著了，那女的就要逃，父親就追，一不小絆了一跤，頭磕到了門檻，就……下人發現父親的時候，他衣衫不整，那女的嚇得縮在角落裡，話都不會說了。大伯父要把那女的送官，是三叔父攔住的，說這事要是宣揚出去，丟臉的就不止是父親了。還好，那女的也明白父親是因她之故才出了意外，若是送官的話，她也沒活路，因此這事就給瞞了下來。」

林蘭驚愕不已，李渣爹都不能人道了，還想著禍害人家閨女，真是為老不尊。

孝是中華民族傳統美德，尤其是古人，最重孝道，父亡，子須守孝三年。

然而，李敬賢的後事剛辦妥，朝廷的奪情旨意就到了，不是給李明則的，而是給李明允的。

彼時，林蘭和丁若妍正忙著布置新的宅院，一處簡簡單單半舊的二進小院子。她們倆都對大伯父一家很不耐煩，反正李明則和李明允兄弟倆要在這裡丁憂三年，索性搬出來住，圖個耳根清靜。

四人坐在一起商量。

李明則先開口：「既然皇上有旨，二弟還是回京吧，這裡有我守著就行了。」

丁若妍雖然捨不得林蘭走，但事關李明允的前程，李明允是戶部尚書，身居要職，若真丁憂三年，朝廷不可能讓尚書之位空缺這麼久，到時候，官職被人頂了，再回去，誰知道是怎麼個情形。而且，有李明允在朝中，李明則孝期滿後，要重回仕途，也容易些，便勸道：「是啊，有我們在這邊就行了。」

李明允看林蘭的意思。林蘭原是無所謂，李明允在哪她就在哪，只是，她總覺得這是李明允脫離官場的好機會。位高權重，固然是榮耀，但朝廷局勢瞬息萬變，前太子一黨和秦家雖已經倒臺，幾位親王表面上雖然恭順，但暗地裡小動作還是有的。靖伯侯得到消息，被貶去廬州的三皇子，已經在暗中聯絡各路人馬，更有小道消息說，三皇子手中有太上皇的密旨……諸多不安的因素，暗潮湧動，所以，還是趁早棄官不做，遠離是非之地的好。就算是她自私好了，她只求一家人能平安和樂。

「皇上要為你奪情，是皇上對你的器重，然百善孝為先，身為人子，不能不報父母生養之恩。」林蘭目含期待地說，只是不知李明允能否理解她的心思。

李明允微微頷首，轉而對大哥說：「不若，你回京去，我留下。」

李明則驚訝道：「那怎麼行？皇上是要你回去。」

李明允笑了笑，「之前讓父親回老家，京中已經有不少閒言碎語，大哥也是知道的，我若就此回去，只怕說閒話的人會更多，還是我留下吧！我要重回仕途容易，但大哥那個職位雖然官銜不高，卻是要職，升遷也容易，若是就此失去，很是可惜。咱們兄弟倆，一個在此盡孝，一個在京盡忠，也算是兩全了，朝廷的旨意我會想辦法。」

「不，要留，咱們一起留。」李明則覺得過意不去，二弟比他更有前途，他怎能這麼自私？

李明允笑著，目色卻是凝重，「大哥，樹大易招風啊！朝廷此番召我回京，必是有大事，只是前車之鑒，不敢忘啊！」

「前車之鑒？」李明則茫然。

「你忘了陳閣老的事了？」李明允提醒道。

李明則怔了怔才恍然，當年陳閣老任左相期間，母親離世，朝廷再三奪情，因為當時朝廷正推行新政，離不開陳閣老，但陳閣老毅然拒絕，事後證明陳閣老的堅持是對的。新政推行不利，主持新政的右相首當其衝，成了替罪羔羊。二弟是在暗示，二弟此時也處在這樣左右為難的境地，若真如此，那還是不要回去的好。

三個月後，李明則帶了丁若妍回京，李明允和林蘭留在了處州。

按照丁憂的規矩，李明允在丁憂期間不能住在家裡，就在墳邊搭一簡易茅屋，寢苫枕塊，每日粗茶淡飯。林蘭每隔半月就帶李承愉、李承悅去看他，送些素食、瓜果。李明允則日日看書練字，日子雖清苦，倒也悠然。

大伯父家的兩個兒媳，先時還隔三差五來叨擾林蘭，被林蘭冷臉打發了幾次。她們見從林蘭這也撈不到什麼好處，漸漸也就不來了。李明棟家的媳婦紅玉也常來，時不時送些時令蔬果，帶了她家的李承義跟李承愉和李承悅玩。林蘭看她為人敦厚善良，李承義也是憨憨的可愛，很是喜歡。

林蘭遠在處州，京城的生意有莫子遊打理，東阿那邊有王大海打理，倒是無憂，她只管收銀子就是了。閒來無事，她就在城裡盤了個鋪面，開了間醫館，不出一年，已是處州城有名的大夫。

天氣漸熱，又是一年初夏，李承愉、李承悅已經四歲了。李承愉長得越發像李明允，連性子也像，沉靜且喜歡看書，一個四歲的娃，已經學完了《幼學瓊林》和《論語》，能吟詩會作畫，在處州城頗有才名。人人都說，此子有狀元之才，將來必定青出於藍勝於藍。而李承悅就頑皮許多，上樹掏鳥，下河摸魚，偶爾還跟人打架，看他整天淘氣，卻識得娘親藥鋪裡的所有藥材，知道每一味藥材的藥性。林蘭很是激動，直嘆上蒼公道，兩個娃，一個隨爹，一個隨娘，便有心要將李承悅培養成一代名醫，常常捉了他背藥方，看醫書，可這小子屁股抹油，兩下就坐不住，一個不留神，沒看住，便又逃出去玩了，讓林蘭很是惆悵，培養新一代名醫之路，任重而道遠啊！

這日，林蘭又帶了孩子去看李明允。

這丁憂的規矩真是不人道，丁憂期間，不得洗澡、不得剃頭、不得更衣，倘若真如此過三年，這人該髒成什麼樣子了？十里聞臭了吧？李明允素來愛潔，當初在澗西後山替他娘守孝期間，也都是乾乾淨淨、清清爽爽，所以，澡還是要洗的，衣裳也還是要換的，反正很少出門，附近也沒什麼人家，別人也不會來管，但頭髮和鬍子嘛，林蘭每次看到李明允捋著掛到胸前的鬍子就很有怨念。她眉清目秀，清俊儒雅的李明允啊，平白老了好幾歲！

當然，林蘭認為，最不人道的就是……三年都不讓人人道啊！死個爹守三年，死個娘守三年，死個祖父一年，死個祖母又一年，那還剩多少年能人道？氣憤啊氣憤，悲苦啊悲苦，當然，林蘭只能在心裡忿忿不平一下。

「爹……」

「爹……」

李承愉和李承悅每次見到爹就很開心，爭先恐後爬到爹身上，摟著爹，活像兩隻樹袋熊。

「爹，我開始讀《孟子》了。」李承愉小脖子梗著，大眼睛眨巴著，又開始賣乖。

「好好，我的愉兒真厲害，比爹小時候還厲害！」李明允哈哈大笑，眼底盡是滿足與自豪。

李承悅皺著小眉頭，每次看爹稱讚哥哥，他就開始搜腸刮肚地想自己有什麼能拿得出手的。有一回，他告訴爹，他把家裡那棵大樟樹上的鳥窩給端下來了，爹氣得吹鬍子瞪眼，可這不是本事嗎？哥哥就不會爬樹。還有一回，他告訴爹，他把隔壁二牛哥哥給揍了，二牛哥哥比他還高半個頭呢！誰讓二牛搶了承義哥哥的冰糖葫蘆來著？結果爹板起面孔教訓他，小孩子不許打架。還有一次，他跟二牛他們去野地裡玩，二牛被蛇咬了，他就把蛇打死了，拎回來給娘看，後來娘治好了二牛的傷，爹聽了又將他罵一頓，再不讓他去野地裡玩。李承悅想來想去，沒啥好說的，很是沮喪，心裡又不甘。

「悅兒呢？這幾天乖不乖？有沒有闖禍？」李明允看著蔫著的李承悅就很擔心，這小子八成又闖禍了。

李承悅很不服氣，也梗了脖子道：「我沒有，我還幫娘親做藥丸子了！」

李明允眉毛一挑，笑道：「你還會做藥丸子了？」

李承悅認真道：「不信，爹問娘去。」

林蘭翻了個白眼，很想說，虧你還好意思拿出來現，你才做了六顆藥丸子就開溜了。

李明允知道李承悅不愛讀書，在醫藥上卻很有天賦，只是性子浮躁了些，不過，孩子還小嘛，應該以鼓勵為主，便笑道：「悅兒也很能幹呢！聽說悅兒認識很多草藥了，說不定悅兒長大後，也能成為像你娘一樣的神醫喔，那將來爹爹生病了，就可以找悅兒看病了！」

李承悅歪著腦袋，用稚嫩的嗓音說：「娘就是神醫，爹爹病了，娘一定會治好爹爹的。」

李明允哈哈笑道：「傻孩子，爹爹和娘都會老了，等爹和娘都老了，老得不能動了，那就只能指望悅兒了。」

「那愉兒也要學醫，等爹爹和娘老了，愉兒給爹娘看病。」李承愉鄭重說道。

李承悅嚷道：「你連那些藥名都記不住，還看病呢！爹，你放心，悅兒一定會成為神醫的，以後爹爹生病了，就交給悅兒好了！」

林蘭瞪他，「說什麼大話呢？教你四言脈訣，你就溜了，還想成為神醫？」

李承悅嘛著小嘴，不服氣地說：「四言脈訣我早就會背了，不信，我背給娘聽。」

「從來久矣，茲者補其略缺，正其差訛，乃舊者十之二三……」軟軟糯糯的童音，卻是字正腔圓，李承悅一口氣背完。

林蘭驚詫地看著兒子，靠，這小傢伙是過耳不忘嗎？她不過讀了兩遍給他聽，他就能一字不差地背下來了。

李明允看林蘭驚訝得下巴都要掉下來了，歡喜地抱著兩個兒子，哈哈笑道：「好好，真不愧是我李明允的兒子，都是可造之材！」

文山和如意帶了兩位小少爺去捉蛐蛐，李明允攜了林蘭進茅屋說話。

「愉兒性子沉穩，是個省心的，悅兒也不差，聰明得很，雖然淘氣，卻從不驕縱。妳也不用著急，孩子還小，別管束得太緊了，抹煞了孩子的天性。」李明允好言勸道，他知道林蘭的心思，林蘭就擔心悅兒成不了氣候。

「別忘了，當初可是妳自己說的，不求孩子成龍成鳳，只求他們一生安樂。」

林蘭撇了撇嘴，當初孩子沒生下來，自然不會想那麼多，可是愉兒這麼優秀，都是一個娘肚子裡出來的，她當然希望悅兒也能有出息。今日悅兒露了這麼一手，著實叫她驚喜。罷了，且撇開這事不談，言歸正傳，林蘭問道：「還有兩個月孝期就滿了，你有什麼打算？」

李明允微微一笑，「如今大哥已經升任吏部侍郎，李家有他光耀門楣就夠了。」

林蘭心中一喜，聽李明允的意思，他是不打算回京了。

「可是，皇上會答應嗎？」林蘭不免憂心。

「皇上那裡好說，稱病就是了。再說，如今三皇子起兵造反，皇上也沒心思來管這些事，現任的戶部尚書陶大人做得好好的，我回去，皇上倒要為難了。我已經讓大哥在京城放出風聲，到時候再上份奏摺，想來皇上也不會為難我。」李明允胸有成竹道。

原來他早就已經開始盤算了，林蘭歡喜道：「回春堂在蘇杭皆開了分店，我想，等你孝期滿了，咱們先回一趟豐安，看看外祖父和外祖母，然後咱們就去杭州。年初，我已經讓福安在西湖邊購置了宅院，以後咱們就定居杭州吧！上有天堂，下有蘇杭，我最喜歡這兩處地方了！」

李明允拉了林蘭坐在膝上，輕輕擁著她，眼底溢滿柔情，柔聲說：「妳喜歡哪，咱們就去哪，有妳和孩子的地方，就是我的天堂。」

什麼功名利祿，不過都是過眼雲煙，能和相愛的人廝守，才是最大的幸福。

林蘭心底滿滿的都是幸福，多年前，她貿然找上了他，和他簽訂了假婚約，那時她只想藉此擺脫張大戶的糾纏，誰料到，弄假成真，一簽便是一輩子了。是命運使然？還是她的眼光超然？這麼些年，他們有過輝煌，也經歷過磨難，相扶相持，風雨同舟，如今，風雨已過，終於可以安然相守。

歲月靜好，現世安穩，最簡單的幸福，往往是最難得的，而她，得到了。

林蘭依偎在他懷裡，輕輕呢喃著：有你和孩子在的地方，也是我的天堂！

（全文完）

後記

《古代試婚》是阿紫第一次嘗試寫歡樂宅鬥文，一紙契約聯繫的是兩個無奈的人，也是兩個堅強的人，尤其是女主角林蘭，作為穿越人士，有著現代女性的堅強、獨立、善良、勇敢，也正因為如此，她才敢於和封建禮教，和無奈的命運抗爭。

為了不被嫂子賣去做妾，林蘭厚著臉皮挾恩求報，與李明允簽訂了假婚約，而李明允同樣為了擺脫被人當作棋子的命運，選擇了林蘭。

從最初的相互利用，到情愫暗生、兩心相許、風雨同舟，一路走來，艱辛中不乏溫馨，無奈中也有許多的歡樂，也許這正是這本書的魅力所在。

曾經有人質疑阿紫是個十足的後媽，再一次喊冤：我不是──（尾音無線延長）！

阿紫一直秉承懲惡揚善，對惡人毫不手軟，大是大非上毫不妥協，不過有些知錯能改的人，咱們還是得給他們個機會不是？譬如李明珠，譬如李明則。人性本善，所謂的惡，大多是後天各種因素造成的。作為老妖婆的兒女，老妖婆再壞，也是自己的親媽，其實他們也有諸多無奈不是嗎？這一點，我很欣賞李明允，恩怨分明，但不會被仇恨蒙蔽了心，也不會讓仇恨成為人生的全部，那樣的人生太沉重也太悲慘。

總之，林蘭和李明允終於守得雲開見月明，過上了他們一直嚮往的平淡、安逸的生活，不過有承愉、承悅這一雙可愛的小包子，我想，他們的生活是不會平淡的，也不可能安逸了。

承愉繼承了李明允的沉穩，但相信這只是外表，這小傢伙腹黑著呢！而承悅繼承了林蘭的跳脫與聰慧，也明顯比他老娘更古靈精怪，啊啊啊……其實阿紫好想看看林蘭搞不定兒子的場面，該有多歡樂啊！

也有讀者問，當初明戀林蘭的柱子哥哥結果如何？好吧！阿紫在這裏請大家放心，柱子哥娶了同村一位可愛的姑娘，至於是誰，大家不妨猜猜，但我想林蘭在柱子哥心中會是永遠的女神。

還有讀者問，四皇子做了皇帝，那靖伯侯還能東山再起嗎？阿紫想說的是，人生不可能永遠處在巔峰，總會有起起落落，精明睿智如靖伯侯，大家就放心吧，英雄總會有用武之地的。

這個故事阿紫寫得很歡樂、很痛快，希望讀者們看得也歡樂、痛快。

故事雖然到此結束，但故事裡的人依然要延續他們的生活，阿紫只能祝他們一生平安，永遠快樂，也祝廣大讀者，平安幸福！

漾小說 117

古代試婚⑤完

國家圖書館出版品預行編目資料

古代試婚 / 紫伊著. -- 初版. -- 臺北市 :
麥田, 城邦文化出版 : 家庭傳媒城邦分公司發行,
2014.04
冊 ; 公分. -- (漾小說 ; 117)
ISBN 978-986-344-065-9(第5冊 : 平裝)

857.7 103002210

作者	紫伊
封面繪圖	若若秋
責任編輯	施雅棠
副總編輯	林秀梅
編輯總監	劉麗真
總經理	陳逸瑛
發行人	涂玉雲
出版	麥田出版 城邦文化事業股份有限公司 104台北市中山區民生東路二段141號5樓 電話:(886)2-25007696 傳真:(886)2-25001966
發行	英屬蓋曼群島商家庭傳媒股份有限公司城邦分公司 104台北市中山區民生東路二段141號2樓 客服服務專線:(886)2-25007718;25007719 24小時傳真專線:(886)2-25001990;25001991 服務時間:週一至週五上午09:00~12:00;下午13:00~17:00 劃撥帳號:19863813;戶名:書虫股份有限公司 讀者服務信箱:service@readingclub.com.tw
麥田部落格	http://blog.pixnet.net/ryefield
香港發行所	城邦(香港)出版集團有限公司 香港灣仔駱克道193號東超商業中心1樓 電話:852-25086231 傳真:852-25789337 E-mail:hkcite@biznetvigator.com
馬新發行所	城邦(馬新)出版集團【Cite (M) Sdn Bhd】 41, Jalan Radin Anum, Bandar Baru Sri Petaling, 57000 Kuala Lumpur, Malaysia. 電話:(603) 90578822 傳真:(603) 90576622 Email:cite@cite.com.my
美術設計	洸譜創意設計股份有限公司
印刷	鴻霖印刷傳媒股份有限公司
初版一刷	2014年04月03日
定價	250元
ISBN	978-986-344-065-9